THEIL VERLAG
Dieser Titel ist auch als E-Book erschienen.

Wir verfolgen eine nachhaltige Buchproduktion, sind
ClimatePartner und verwenden Papiere aus nachhaltiger Forstwirtschaft.
Unsere Bücher werden nicht einzeln in Folie eingeschweißt.
Unsere Autoren-Wunder suchen sich jeweils Projekte, die wir fördern.
Diese finden Sie unter dem QR-Code.

ClimatePartner.com/14701-2102-1002

ISBN 978-3-96857-030-3

Originalausgabe
1. Auflage
Copyright © 2022 by Theil Verlag, Hannover,
Copyright © 2022 by Franziska Kamberger
Virginia Theil, Noltenburg 3a, 30890 Barsinghausen

Text: Franziska Kamberger
Einband und Illustrationen und Satz: Virginia Theil (www.vie-vantastisch.de)
Lektorat | Korrektorat: Mila Marten
Druck-, Veredelungs- und Bindearbeiten: Totem Polen

Dieses und weitere wundervolle Lesehighlights im Internet unter:
www.theil-verlag.de

Inhalt

Prolog

Gewitter sollten mich immer an den schwersten Tag in meinem Leben erinnern.

Blitze zuckten über den sonst schwarzen Nachthimmel, als ich mir mit zitternden Fingern an dem kleinen Schloss zu schaffen machte, das an meinem Zimmerfenster angebracht war.

Meine Tür knarzte bedrohlich, als sie sich öffnete. Ich war so erschöpft gewesen, dass ich nicht daran gedacht hatte, den Stuhl unter die Klinke zu klemmen.

Ein leises Klicken ertönte, als das Schloss aufsprang. Erleichtert schluchzte ich auf und öffnete das Fenster. Der Wind trieb mir den Regen entgegen, doch das war egal. Alles war egal.

Ich wagte nicht, mich umzudrehen. Wagte nicht, zu atmen. Ein Blitz loderte auf, und ich sah seinen Schatten an der Wand neben meinem Bett.

Ich schnappte mir meine Reisetasche und den Rucksack und warf beides aus dem Fenster. Ein Donnerschlag übertönte den Aufprall. Mein Blick huschte hektisch durch das dunkle Zimmer und blieb an all den Dingen hängen, die ich zurücklassen musste. Fotos von besseren Zeiten. Ein altes Hundehalsband. Meine Bücher, mit denen ich mich in den dunkelsten Stunden abgelenkt hatte. Die Reiseführer, mit deren Hilfe ich Roadtrips plante, die ich nie antreten würde. Aber das Träumen tat gut. Träumen half. Davon zeugten auch meine Notizbücher. All die Notizbücher, die ich mit Welten, Wesen und Geschichten gefüllt hatte und die jetzt vom hereinwehenden Regen durchnässt wurden. Nur eins nahm ich mit. Eines Tages, vielleicht, würde ich all die anderen holen. Wenn sie dann noch da waren. Wenn es sicher war.

»Ich weiß, dass du wach bist.«

Mein Herz schien zu bersten vor Angst und Schuld. Meine

Kehle war eng vor ungeweinten Tränen. Ich sah mich aus dem Zimmer gehen und Brian wecken. Sah mich eine Nachricht für meine Mutter bereitlegen. Doch ich konnte nicht. Ich musste sofort gehen. Ohne Abschied. Langsam stieg ich auf das Fensterbrett. Vorher steckte ich mir noch das Foto in die Hosentasche, das immer über meinem Schreibtisch hing. Es zeigte meine Mom, mich und meinen Bruder Brian zu besseren Zeiten. Bevor meine Mom Link in unser Leben brachte.

»Glaubst du wirklich, du bist stärker als ich?«

Meine Beine baumelten gut drei Meter über dem Boden. Mit beiden Händen klammerte ich mich an die Kante des Fensters und rutschte langsam nach vorne.

»Ich hab dich in den letzten Monaten beobachtet, weißt du?«
Schritte näherten sich meinem Bett. Mein Herzschlag ging so schnell und laut, dass er beinahe seine nächsten Worte übertönte. Ich wünschte, er hätte es wirklich getan.

»Du bist zur Frau geworden. Das eröffnet mir ganz neue Möglichkeiten.«

Mein gesamtes Gewicht hing nur noch an meinen Fingerspitzen. Wenn dieser Sprung schiefging, war ich verloren.

Meine Matratze sank unter seinem Gewicht ein. Ich spürte, wie er sich vorbeugte, bis ganz dicht an mein Ohr. Ich roch den Alkohol in seinem Atmen.

»Deine Mutter ist mir schon lange langweilig geworden«, flüsterte er rau.

Ich ließ los und fiel. Der Aufprall jagte Schmerzen durch meinen Körper. Meine Knöchel brannten.

Eine Hand legte sich an meine Hüfte. Ich biss mir die Lippe blutig, um ein Wimmern zu unterdrücken.

»Doch mit dir werde ich Spaß haben. Meinst du nicht?«

Die Schmerzen ignorierend rappelte ich mich auf. Meine Kleidung war schlammig und durchnässt. Über mir grollte der Donner wie ein wütendes Tier. Ich setzte mir meinen Rucksack auf und griff nach meiner Reisetasche. Die Dinge darin waren alles, was mir jetzt noch blieb. Das und die Aussicht auf ein besseres Leben. Ohne Schmerz. In Sicherheit. Mein Blick wanderte über das kleine Haus am Waldrand, in dem ich die schönsten Momente meines Lebens verbracht hatte.

Ich hörte sein heiseres Lachen dicht an meinem Ohr. Spürte, wie sein feuchter Atem über meine Haut glitt. Dann ging er. Doch ich wusste, dass er wiederkommen würde.

Die schönsten Momente. Und die schlimmsten. Erinnerungen, die mich nie wieder verlassen würden.

Als sich meine Tür schloss, entfuhr mir ein verzweifeltes Schluchzen.

Langsam ging ich rückwärts auf den Wald zu, während mein Blick über die bröckelnde Fassade, das mittlerweile undichte Dach und die Fenster von Brians Zimmer glitt.

Ich hatte keine Wahl. Meine Tränen mischten sich mit dem niederprasselnden Regen. Sie würden mich hassen, aber ich musste gehen. Link zog mich sonst hinab in einen dunklen Abgrund, aus dem es kein Entkommen gab. Einen Abgrund, den ich nicht überleben konnte.

Ich hörte, wie meine Mutter im Zimmer unter mir unterdrückt aufschrie.

Mit einem Mal sprangen die Lampen im Erdgeschoss an. Licht flutete die durchnässte Wiese und floss über meine Füße. Ich fuhr herum und rannte um mein Leben.

1

Andy

Das Piercing war noch ungewohnt. Ich ertappte mich erneut dabei, wie ich mit meiner Zunge über den dünnen Metallring an meiner Unterlippe glitt. Jedes Mal wieder ärgerte ich mich darüber. Denn sicher war mir anzusehen, dass dieser Schmuck überhaupt nicht zu mir passte. Dass das Mädchen mit dem Piercing, der bunten Kurzhaarfrisur und der dunklen Kleidung eigentlich nicht ich war.

Möglicherweise war ich auch nicht mehr ich selbst. Zumindest fühlte ich mich zeitweise wie ein anderer Mensch.

Trotzdem hatte ich die Befürchtung, dass mir jeder meine Vergangenheit ansehen konnte. Wie eine Narbe oder eine Wunde mitten im Gesicht.

An meinem Milchkaffee nippend, blickte ich von meinem Laptop auf und schaute mich im *Café Mary* um. Der kreisförmige Innenraum wirkte, als wäre ein Einrichtungshaus explodiert. Runde Tische wie eckige, gepolsterte und kahle Stühle, Sessel, Barhocker, Fotos und Lichterketten, die sich an den Wänden entlanghangelten – irgendjemand hatte all diese Dinge auf skurrile und dennoch harmonische Weise miteinander kombiniert. Das Café erschien mir bei meinem ersten Besuch wie ein verrücktes Gemälde. Ich war sofort verliebt.

Plötzlich wurde ich unruhig. Mein Blick tastete sich durch den Raum und versuchte, die Ursache dafür zu finden. Niemand beobachtete mich, niemand sah in meine Richtung. Trotzdem schlug mein Herz ein wenig schneller, während ich die anderen Gäste unauffällig musterte. Auf einigen T-Shirts entdeckte ich ein Logo mit einem Berggipfel und den verschlungenen Buchstaben

A und U. Der Campus der *Acadia University* lag nur ein paar Straßen entfernt, und so verschlug es viele Studierende hierher.

Alles wirkte friedlich und ungefährlich, dennoch blieb die innere Anspannung, die momentan mein ständiger Begleiter war.

Unbewusst strich ich über die Narbe an meinem Oberarm. Als es mir auffiel, holte ich tief Luft und versuchte, die Beklemmung abzuschütteln.

Ich stellte die bunt geblümte Kaffeetasse ab, loggte mich im freien WLAN des Cafés ein und öffnete meine liebste Suchmaschine. Mein Laptop gab ein lautes Brummen von sich, während er die Seite lud, und ich tätschelte ihn vorsichtig. Ich hatte ihn kurz vor meinem Highschool-Abschluss gebraucht gekauft. Er hatte schon einige Jahre auf dem Buckel, war ziemlich klobig und die Buchstaben auf der Tastatur waren teilweise nicht mehr zu erkennen. Aber er war der Einzige gewesen, den ich mir damals hatte leisten können, und er funktionierte zuverlässig. Mittlerweile konnte ich zwar auf mein Ausbildungskonto zugreifen, wollte das Geld davon aber nicht leichtfertig ausgeben, und irgendwie hing ich an meinem alten, klapprigen Laptop.

Während ich einen Moment überlegte und mich wieder dabei ertappte, wie ich das Piercing mit der Zunge abtastete, brachte mir die leise vor sich hin summende Bedienung den Blaubeer-Cupcake, den ich bestellt hatte.

»Danke«, murmelte ich, als sie sich bereits zum Gehen wandte.

Meine Finger verharrten über der Tastatur, und schließlich, mit dem Gefühl etwas Verbotenes zu tun, tippte ich ein paar Worte in die Suchleiste.

Gefälschten Ausweis erstellen.

Mein Puls beschleunigte sich, als ich mir die Ergebnisse ansah. Ich hatte sicher keine weiße Weste. In den letzten Jahren hatten mich Angst, Schmerz und Verzweiflung einige Dinge tun lassen, auf die ich nicht stolz war. Aber so wie jetzt waren sie immer notwendig gewesen, um zu überleben. Mir war nicht wohl dabei, jedoch führte an einem gefälschten Ausweis kein Weg vorbei.

Nicht, wenn ich mich sicher fühlen und trotzdem normal leben wollte. Dennoch hatte ich diese Aufgabe bisher vor mir hergeschoben. Ich wollte keine weitere Straftat auf meiner Liste. Vor allem keine, die es leichter machte, mich zu finden, sollte ich auffliegen.

Eine halbe Stunde lang scrollte ich mich durch dubiose Websites, die gefälschte Ausweise und Führerscheine zu hohen Preisen anboten. Auf anderen Seiten gab es Tutorials, mit deren Hilfe es angeblich jeder schaffte, die benötigten Papiere selbst zu fälschen.

Als meine Tasse leer war und ich die letzten Krümel des Cupcakes vom Teller sammelte, fühlte ich mich noch genauso ratlos wie vorher. Ich wusste einfach nicht, wie ich die Sache angehen sollte. Woher sollte ich wissen, wer mir wirklich eine gute Fälschung anfertigte und wer mich nur abzockte – oder schlimmer noch, an die Polizei verriet? Sicher hatte diese auch ein paar Undercover-Ermittler, die selbst solche Websites erstellten, um potentielle Kriminelle anzulocken. Vielleicht hatte ich auch nur zu viele Filme gesehen.

»So was würde ich nicht in der Öffentlichkeit machen.«

Erschrocken zuckte ich zusammen und stieß beinahe meine Tasse vom Tisch. Ich konnte sie gerade noch festhalten, während ich mit der anderen Hand hastig meinen Laptop zuklappte.

Neben meinem Tisch stand ein Typ, etwa in meinem Alter, mit unordentlichem Haar, eckiger Brille und einem dunklen T-Shirt, das die Aufschrift *Not Today* trug.

Was sagen wir dem Gott des Todes?, raunte eine leise Stimme in meinem Kopf, als ich mich an die entsprechende Folge aus *Game of Thrones* erinnerte. Ein Satz, der mir im Kopf hängen geblieben war.

»Ich recherchiere nur«, erklärte ich eilig und versuchte, nicht so ertappt zu wirken, wie ich mich fühlte.

Ein Grinsen zupfte an den Mundwinkeln meines Gegenübers. »Sicher.« Er blickte nach links und rechts, die Hände in die Taschen seiner Jeans gesteckt. »Ich an deiner Stelle würde mir für diese Recherchen einen weniger öffentlichen Ort suchen.«

Unsicher blickte ich mich um. Ich saß an einem kleinen Tisch in einer Nische, ganz in der Nähe der Toiletten, weit entfernt vom Eingang und dem Tresen. »Eigentlich fand ich den Platz ganz gut.«

Der Typ gluckste. »Ich meinte einen Ort, an dem du allein bist.«

Ich schluckte und wandte den Blick ab. Allein. Ich wusste nicht, ob ich je wieder allein sein konnte, ohne dass die Düsternis in meinem Inneren mich zu überwältigen drohte. Selbst jetzt, umgeben vom Lärm des Cafés, fühlte ich, wie ein Sturm aus Erinnerungen und Gefühlen in mir brodelte. Ich hatte erwartet, dass die Distanz mir das Vergessen erleichtern würde. Bisher war jedoch das Gegenteil der Fall. Meine Erinnerungen wurden zum Verräter, indem sie mich immer wieder aus dem Nichts überfielen und peinigten.

Während ich überlegte, wie ich den Typen schnell wieder loswurde, glitt er auf den Platz mir gegenüber.

»Ich bin Dustin.« Lächelnd lehnte er sich zurück. Der rote Lederbezug des Stuhls knarzte leise.

»Okay …«, erwiderte ich gedehnt. »Hallo, Dustin.« Irritiert rutschte ich auf meinem Stuhl herum und betrachtete ihn. Sein schiefes Lächeln war mir sympathisch, und er schien es nicht im Geringsten seltsam zu finden, sich einfach zu einer Fremden an den Tisch zu setzen. Dennoch musste ich ihn loswerden, und das schnell. Er durfte sich hinterher nicht mehr an mein Gesicht erinnern. Wenn man ihn nach mir fragte, musste ich in der Flut täglicher Begegnungen untergehen.

Dustin trommelte mit den Fingern auf die hölzerne Tischplatte und deutete dann auf meinen mit Stickern beklebten Laptop. »Wozu brauchst du gefälschte Papiere?«

Unruhig schnellte mein Blick durch das Café. Dustin machte sich nicht die Mühe, seine Stimme zu senken. Doch niemand schien seine Worte gehört zu haben. Alle waren vertieft in ihre eigenen Gespräche, Laptops, Zeitungen und Bücher. Tassen klapperten, leise Popmusik kam aus den Lautsprechern an der Decke und vom Tresen drang das vertraute Zischen einer Espressomaschine zu uns herüber.

Dustin beobachtete mich unablässig und wartete eindeutig auf eine Antwort.

»Wieso interessiert dich das?« Ich lehnte mich zurück und verschränkte die Arme.

»Wenn du eine Kriminelle bist oder etwas Kriminelles geplant hast, gehe ich zurück an meinen Tisch und esse den Rest von meinem Stück Schokotorte.« Er deutete auf einen Tisch ganz in meiner Nähe, auf dem ein angegessenes Stück Torte neben einem aufgeschlagenen Buch stand. »Wenn du aber gute Absichten hast oder Schwierigkeiten, könnte ich dir vielleicht behilflich sein. Was mir ganz lieb wäre, denn ehrlich gesagt, ist das heute schon das dritte Kuchenstück auf meinem Teller.«

Unwillkürlich ließ ich meine Arme sinken. »Inwiefern behilflich?«

Dustin lächelte schulterzuckend. »Zufälligerweise bin ich mit der Gabe gesegnet, gewisse Dokumente anzufertigen.«

»Wirklich?« Aufregung erfasste mich.

»Klar. Aber nicht hier.« Er glitt von seinem Stuhl.

Hin- und hergerissen beobachtete ich, wie er sein Buch zuklappte, einen Schein auf den Tisch legte und aus dem Café ging.

Ich verharrte noch für einen Moment unschlüssig auf meinem Stuhl, bis mir klar wurde, dass Dustin vielleicht meine einzige, reelle Chance war, um schnellstmöglich an den gefälschten Ausweis zu kommen. Auch wenn das bedeutete, dass er sich auf jeden Fall an mich erinnern würde.

Bevor mich der Mut verlassen konnte, stopfte ich meinen Laptop in die zerschlissene Umhängetasche, die ich seit Jahren mit mir herumtrug, und legte etwas Geld für Kaffee und Cupcake auf den Tisch. Dann hastete ich Dustin hinterher.

Hitze und Verkehrslärm schlugen mir entgegen, als ich das

Café verließ. Bevor ich nach Bar Harbor gekommen war, hatte ich mich nicht im Geringsten mit dem Ort beschäftigt, der auf einer Halbinsel vor Maines Küste angesiedelt war. Ehrlich gesagt, hatte ich nicht einmal von ihm gehört. Erst, als ich den Entschluss fasste, mich an der AU zu bewerben, sah ich auf der Website des Colleges Bilder der Stadt. Doch sie spiegelten die wahre Schönheit des Ortes nicht annähernd wider. Ich hatte den ersten Fuß hineingesetzt und war mir vorgekommen, als wäre ich von meiner grauen Heimat in ein buntes Wimmelbild gefallen. Die teils modernen, teils aus älteren Epochen entsprungenen Häuser strahlten in vielen verschiedenen Farben. Studierende tummelten sich auf den Straßen ebenso wie kleine Kinder und ältere Menschen. Es war ein Ort voller Leben, in dem sich viele Touristen herumtrieben, und dennoch ging das Gefühl der freundlichen Idylle nicht verloren. Überall strahlte mir die Natur entgegen. Kleine Parks, Wiesen und Gemeinschaftsgärten schmiegten sich an Wohnhäuser und Geschäfte. Vorbeifliegende Möwen erinnerten an die unmittelbare Nähe des Ozeans, ebenso wie der salzige Geruch, den der Wind von dort mitbrachte.

Ich atmete tief durch und wandte mich nach rechts, wo Dustin merklich langsam zwischen den anderen Passanten entlangschlenderte. In wenigen Sekunden hatte ich ihn eingeholt, was er mit einem Lächeln quittierte.

»Wohin gehen wir?«, fragte ich atemlos.

»Zu mir. Ich wohne ganz in der Nähe.«

Seine Antwort brachte mich kurz aus dem Tritt, doch ich fing mich schnell wieder. *Du hast keine Wahl,* drängte mich meine innere Stimme. *Du brauchst diese Papiere. Sei nicht paranoid!*

Dustin führte mich nur wenige Minuten durch die mir noch überwiegend unbekannten Straßen von Bar Harbor. Bisher fand ich mich nur mithilfe von Karten und dem Handynavi zurecht, dennoch erkannte ich schnell, in welche Richtung er mich führte. Vielleicht weil ich mir den Ort, der jetzt vor uns auftauchte, so oft im Internet angesehen hatte. Die altehrwürdigen Gebäude, die schmalen Steinwege, die sich über das weite Gelände schlängelten, und die kleinen Brunnen und Statuen, die auf den Wiesen zu finden waren.

»Du wohnst auf dem Campus?«

Dustin blickte mich an. »Scharfsinnig, Mädchen ohne Namen.«

Mein Blick glitt zu seinem T-Shirt. Ich verstand die Anspielung sofort. »Du bist ein Riesenfan von *Game of Thrones*, was?«

»Dass du das erkannt hast, kann nur bedeuten, dass du selbst einer bist.« Dustin lächelte und führte mich an zwei hellen Steinsäulen vorbei auf das Gelände der AU. Der Name *Acadia University* spannte sich in großen, hölzernen Buchstaben zwischen den Säulen auf und bildete so ein Tor, das langsam von Efeu überwuchert wurde.

»Wie könnte ich nicht?«, erwiderte ich, wobei meine Begeisterung in meinen Ohren vollkommen falsch klang. Denn mit ihr kämpften noch andere Gefühle um meine Aufmerksamkeit. Erinnerungen an seltene, friedliche Nachmittage, in denen Brian und ich uns die Serie angesehen hatten.

Um die mit Traurigkeit durchsetzten Gedanken abzuschütteln, richtete ich den Blick auf das Gelände der AU. Obwohl das Semester erst nächste Woche begann, entdeckte ich einige Studierende, die auf den Wiesen quatschten und etwas aßen oder an den beeindruckenden Gebäuden aus dunklem Stein vorbeischlenderten und miteinander lachten. Eine leise Zuversicht erfüllte mich, dass ich bald zu ihnen gehören könnte. Die Vorstellung, mir nach ein paar interessanten Kursen selbst einen Lernplatz auf einer der Wiesen zu suchen, die die Gebäude umgaben, lenkte mich für einen Moment ab. Dieser Gedanke war gleichermaßen mit Hoffnung und mit Zweifeln behaftet.

»Gehst du auch aufs College?«, wollte Dustin wissen, während er auf eines der Wohnheime zuhielt.

»Ich hab eine Zusage der AU«, erwiderte ich bloß.

»Aber?«

Ich wusste nicht, was ich antworten sollte. Die Tatsache, dass ich überhaupt erwog, aufs College zu gehen, wirkte abwechselnd lächerlich und vollkommen leichtsinnig auf mich. Aber da war dieser kleine Teil in mir, der trotzig mit dem Fuß aufstampfte und mir sagte, dass ich es tun sollte. Dass ich jetzt frei war, und es, nach allem, was ich erlebt hatte, vielleicht verdient hatte.

Doch da waren auch die Schuldgefühle, die mich zu ersticken drohten. Wegen derer ich jeden Tag kurz davor stand, diesen Plan zu verwerfen. Deshalb erwähnte ich auch nicht, dass ich den Platz an der AU schon angenommen hatte. »Vielleicht gehe ich doch woanders hin«, antwortete ich schließlich.

Dustin blickte mich fragend an. »Du bist aber nicht von hier, oder?«

Die gläserne Tür des modernen Wohnheims glitt von selbst auf, als er seinen Studierendenausweis gegen das kleine Lesegerät hielt, das an der Mauer angebracht war.

Drinnen empfing uns eine Mischung verschiedener Musikrichtungen, die gedämpft aus den Zimmern drangen, und das Rauschen eines Ventilators, der sich an der Decke drehte. Bestimmt herrschte hier nach Semesterbeginn ein ständiges Kommen und Gehen. Jetzt jedoch waren die hellen Flure noch verlassen.

»Wie kommst du darauf, dass ich nicht von hier bin?«

Dustin führte mich eine Treppe hinauf in den ersten Stock und zog einen kleinen Schlüsselbund aus der Hosentasche. »So was sehe ich einfach«, meinte er zwinkernd und schloss die Tür auf. »Ich bin hier geboren. Und jemand wie du wäre mir sicher aufgefallen.«

Meine Erwiderung blieb mir irgendwo im Hals stecken, als Dustin seine Tür öffnete. Als Erstes sah ich das Schwert. Ein langes, silbernes Schwert mit einem weißen Knauf in Form eines Wolfskopfes. An den Wänden hingen Karten, die aussahen, als wären sie mehrere Jahrzehnte alt. Da sie Winterfell, Dorne und die Flusslande zeigten, waren sie höchstens ein paar Jahre alt, aber trotzdem beeindruckend. Zumindest für jeden *Game-of-Thrones*-Fan.

Über einem Bett mit dunklem Bezug zierte ein riesiges Poster die Wand, auf dem drei Drachen abgebildet waren. Direkt neben dem Bett stand ein Regal mit der wahrscheinlich größten Comic-Sammlung, die ich je gesehen hatte.

»Wow«, entfuhr es mir, als mein Blick auf eine etwa kniehohe Nachbildung von BB8 fiel, auf der Dustin einen wackeligen Papierstapel abgelegt hatte.

»Das nehme ich als Kompliment«, gluckste er und schloss die Tür hinter mir. Dann zog er ein leeres Blatt von seinem überfüllten Schreibtisch und reichte es mir mit einem Kugelschreiber. »Du brauchst einen Ausweis und sicher auch einen Führerschein, richtig?« Er ließ sich auf seinen Stuhl sinken und klappte seinen Laptop auf.

»Keinen Führerschein.« Ich verzog das Gesicht. »Kann kein Auto fahren.«

Dustin blinzelte ungerührt. »Okay, dann nur den Ausweis. Schreib mir auf, welche Daten ich eingeben soll. Und ein aktuelles Foto brauche ich natürlich auch noch.«

Ich ließ mich auf sein Bett sinken, nutzte meine Tasche als Unterlage für das Blatt Papier und verharrte dann unsicher. »Wie viel willst du dafür? Ich meine, ich habe nicht allzu viel Geld.«

Dustin hob den Blick. Seine Augen wanderten langsam über meinen Körper. Vielsagend hob er eine Braue. »Da finden wir schon einen Weg, schätze ich.«

Sofort versteifte ich mich. Röte kroch mir bis unter die Haarspitzen, und Beklemmung stieg in mir auf. Unsicher huschte mein Blick zur Tür.

Link hob die Bierflasche und trank in langen, tiefen Schlucken, während sein Blick an meinem Körper hinabwanderte. Zum ersten Mal bekam ich wirklich Angst vor ihm. Er sah es. Und sein Grinsen zeigte mir, dass er es genoss.

Dustin lachte so plötzlich auf, dass ich zusammenzuckte. »Gott, du müsstest dein Gesicht sehen. Das war nur Spaß. Außerdem kommst du vom falschen Ufer.« Zwinkernd wandte er sich wieder seinem Laptop zu. »Sieh es als Freundschaftsdienst. Denn ich bin mir ziemlich sicher, dass wir beide gute Freunde werden. Zumindest wenn du auch auf die AU gehst.«

»Oh.« Erleichtert holte ich Luft und verdrängte Links Gesicht aus meinen Gedanken. Ich schrieb meine Daten auf und reichte Dustin den Zettel, den er kurz überflog.

»Ich bin übrigens Adriana«, sagte ich und bemühte mich um ein Lächeln. Es fühlte sich falsch an, als hätten meine Muskeln vergessen, was sie tun sollten. »Aber alle nennen mich Andy.«

»Freut mich dich kennenzulernen, Andy. Bist du wirklich achtzehn, oder gehört das zur Fälschung?« Er lächelte wieder dieses völlig ungezwungene, freundliche Lächeln. Für einen Moment fürchtete ich, dass eines Tages etwas passierte, das dieses Lächeln verschwinden ließ.

»Nein, das stimmt.«

»Dann, Andy, schalte mal dein Bluetooth ein und schick mir ein hübsches Foto von dir.«

Ich hatte mein Smartphone, nachdem ich es die letzten Tage ignoriert hatte, nur schnell vom Ladegerät genommen, bevor ich zum Café aufgebrochen war. Ohne es anzuschalten hatte ich es in meine Tasche gesteckt und nicht weiter gebraucht. Deshalb fiel es mir jetzt beim Aufleuchten des Displays fast aus der Hand. Es zeigte ein halbes Dutzend verpasster Anrufe an, alle von Brian. Ebenso wie eine Mailboxnachricht. Außerdem drei Mails, alle von derselben Person. Mein Atem stockte, als ich den Absender sah. Ich zitterte. Übelkeit stieg in mir auf. Panisch scrollte ich durch die Nachrichten.

Ich finde dich.
Du dreckige Schlampe, warte nur ab, was ich mit dir mache, wenn ich dich in die Finger kriege.
Was ich deiner Mutter angetan habe, wird dir dagegen wie ein Witz vorkommen.

»Alles okay?«

Dustins Stimme schreckte mich auf. Reflexartig drückte ich

das Handy an meine Brust.

»Ja. Moment.« Ich riss mich zusammen und wollte die Mails meines Stiefvaters löschen. Er war der letzte Mensch, dem ich meine neue Nummer geben würde. Ob er erst jetzt bemerkt hatte, dass die alte nicht mehr funktionierte? Oder hatte er aus einem anderen Grund so lange damit gewartet, mich zu kontaktieren?

Eilig öffnete ich meine Galerie und schickte Dustin ein passendes Foto. »Ich muss mal telefonieren«, sagte ich dann und verließ das Zimmer. Nach einem Blick den schmalen Flur entlang, rief ich die Mailboxnachricht ab. Tränen stiegen mir in die Augen, als ich die Stimme meines Bruders hörte.

»Andy, wo bist du?« Brian klang aufgewühlt, geradezu panisch. Er war nur zwei Jahre jünger als ich, aber in Momenten wie diesem sah ich in ihm immer noch den kleinen Jungen, dessen Hand ich an seinem ersten Schultag gehalten hatte. »Weißt du, was hier los ist? Was du uns damit angetan hast?«

Schuldgefühle gruben sich brennend in meine Eingeweide. Ich musste ihn zurückrufen. Für einige Sekunden schwebte mein Daumen reglos über dem Tastenfeld. Seit zehn Tagen zögerte ich diesen Moment heraus. Seit ich Chicago hinter mir gelassen hatte. Ich hatte mich weder bei Brian noch bei meiner Mom gemeldet. Allein der Gedanke daran machte mir Angst. Die Schuldgefühle fraßen mich fast auf wegen dem, womit sie jetzt alleine zurechtkommen mussten. Ich schämte mich mehr dafür, als ich sagen konnte. Die Stunden im Zug, auf dem Weg nach Bar Harbor, hatte ich damit verbracht, mir selbst immer wieder zu sagen, was für ein furchtbarer Mensch ich war.

Ich hatte kein Recht mehr, Kontakt zu meiner Mutter aufzunehmen. Oder zu Brian. Dieses Recht hatte ich mit vielen anderen Habseligkeiten in Chicago zurückgelassen.

Doch jetzt waren da Links E-Mails und Brians Stimme auf meiner Mailbox, und mich überkam ein ungutes Gefühl. Ein Teil von mir wollte Brians Nummer nicht wählen. Aus Angst vor dem, was ich bei diesem Telefonat erfahren würde. Solange ich weder mit ihm noch mit meiner Mom sprach, konnte ich mir einreden, dass es ihnen gut ging. Dass Link seine Wut nicht an ihnen ausgelassen hatte. Ich war feige. Das war der einzige Grund, aus dem ich jetzt in diesem Flur stand und das Handy anstarrte wie ein giftiges Tier. Ich war feige, und ich wusste es.

Feigheit ließ mich davonlaufen.

Feigheit hielt mich davon ab, Brian anzurufen.

Feigheit verhinderte, dass ich noch einmal versuchte, Link anzuzeigen, um ihn ein für alle Mal loszuwerden.

Die Feigheit schmeckte wie bitteres Gift und zwang mich langsam in die Knie. Ganz zu schweigen von den Schuldgefühlen, an denen ich eines Tages zerbrechen würde.

Aber war meine eigene Sicherheit nicht auch wichtig? Wie oft hatte ich Verletzungen davongetragen, seelisch wie körperlich, um meine Liebsten zu schützen? Wie oft hatte ich mein eigenes Bedürfnis nach Sicherheit ignoriert, um sie ihnen zu schenken? Wenn niemand mich vor Link beschützte, musste ich mich dann nicht selbst schützen? Oder sollte ich zulassen, dass Link mich zerstörte? Mir nach und nach alles nahm, was mich ausmachte? Denn das war es, was er meiner Mom angetan hatte. Stück für Stück hatte er ihr genommen und die Löcher in ihrer Seele mit Angst und Schmerz gefüllt.

All diese Gedanken wirbelten mir ungeordnet durch den Kopf, während ich Brians Nummer wählte. Um seine Stimme zu hören, nur für einen Moment. Denn er fehlte mir. In manchen Augenblicken so sehr, dass mein ganzer Körper schmerzte. So sehr, dass ich diese Gedanken heute hinunterschluckte.

Es klingelte so lange, dass ich befürchtete und zeitgleich hoffte, er würde nicht drangehen. Was, wenn ihm etwas passiert war, und er deshalb nicht abnehmen konnte? Dann tat er es.

»Andy.«

Ein Schluchzen entwich mir, als ich seine Stimme hörte. Ich presste mir eine Hand auf den Mund, um es zu ersticken. »Brian«, keuchte ich erleichtert. »Gott sei Dank.«

Meine Knie wurden weich, und ich sackte gegen die Wand. Ich vermisste ihn. O Himmel, wie sehr er mir fehlte.

»Du bist es wirklich. Ich hatte Angst, dass du dich gar nicht mehr meldest. Du musst zurückkommen.«

Mein Herz gefror innerhalb von Sekunden. Langsam rutschte ich an der Wand hinab, bis der Holzboden schmerzhaft gegen meine Knie drückte, doch ich nahm nur die eisigen Splitter in meinem Inneren wahr. »Brian …« Ich schluckte schwer gegen den Druck in meiner Brust an. »Ich kann nicht. Ich wollte nur hören, wie es euch geht und -«

»Wie es uns geht?« Ein hohles Lachen drang aus dem Lautsprecher. »Soll das ein Witz sein?«

»Nein … Ich meinte, ich wollte -«, verzweifelt suchte ich nach den richtigen Worten. Doch Brian ließ mir keine Chance, den Satz zu beenden.

»Du bist abgehauen und hast mich und Mom allein gelassen. Weißt du eigentlich, was Link getan hat, als er es bemerkt hat?«

»Ich kann es mir vorstellen«, gab ich kleinlaut zu.

»Nein«, erwiderte Brian resigniert. »Kannst du nicht.«

Einige Sekunden war es still in der Leitung, nur unterbrochen von den Geräuschen fahrender Autos. Brian schien draußen unterwegs zu sein. Er war nicht zu Hause. Das war gut.

Ich wartete darauf, dass er mir erzählte, was geschehen war. Gleichzeitig wünschte ich mir, er würde es nicht tun. Ich wusste nicht, wie viel ich noch ertragen konnte.

Als Brian sprach, klang er gebrochen. »Es war schlimmer als sonst«, sagte er leise. »Diesmal dachte ich wirklich, er bringt uns um. Am Ende war Mom …«

Zitternd umklammerte ich das Handy. »Was?«

Brian seufzte schwer. »Link hat mir erlaubt, sie ins Krankenhaus zu bringen. Er hatte wohl Angst, dass sie es nicht schafft und er sich aus einem Mord rausreden muss.«

Seine Worte waren wie Fausthiebe. Mir blieb die Luft weg. Ich traute mich kaum, die nächste Frage zu stellen. »Wie schlimm ist es?«

»Sie hat eine Gehirnerschütterung, eine gebrochene Nase, eine Nierenprellung und noch ein paar andere Verletzungen«, antwortete er tonlos. »Link hat allen erzählt, sie wäre auf der Kellertreppe gestürzt. Ich hatte wirklich Angst. Sie sah furchtbar aus. Er hat sie schon nach zwei Tagen wieder aus dem Krankenhaus geholt, kaum, dass sie aufrecht stehen konnte.«

Tränen rannen mir stumm über die Wangen. »Und du?«

»Ging schon mal besser«, sagte er knapp. »Mom hat das meiste abbekommen.«

Weil ich nicht da war, um sie zu schützen.

Doch kaum war dieser Gedanke aufgetaucht, spürte ich Wut in mir aufsteigen. »Wieso hast du ihr nicht geholfen?«, entfuhr es mir unwillkürlich. »Du warst bei ihr. Du hättest sie beschützen müssen!«

»Ach, so wie du?«, fragte Brian kalt. »Nicht ich bin abgehauen, sondern du. Du hast uns allein gelassen. Es ist deine Schuld, dass er in dieser Nacht so ausgeflippt ist. Du hast nur an dich gedacht, und es schert dich einen Dreck, was jetzt mit uns passiert.«

Meine Wut wuchs weiter, während Brian sprach und ich an all die Male dachte, in denen er sich aus der Situation gezogen und es mir überlassen hatte, Schläge und Tritte für Mom einzustecken. Ich dachte an all die Stunden, die ich damit verbracht hatte, mir verschiedene Kampfsportarten anzueignen und alles über die Versorgung von Brüchen und offenen Wunden zu lernen. Ich dachte an all die Lügen, die ich mir ausgedacht hatte, weil kein Geld für Schulbücher da war oder ich mit immer neuen Verletzungen in die Schule kam. Ich dachte an all die Menschen, die jahrelang weggesehen und die Wahrheit ignoriert hatten. An all die Male, die ich geschwiegen hatte, um meine Mom nicht zu gefährden.

Während Brian sich bloß versteckte und sich von Link kontrollieren ließ.

»Ich habe euch jahrelang beschützt«, presste ich mühsam hervor. »Immer wieder habe ich mich vor euch gestellt und eure Prügel eingesteckt. Mein Körper ist übersät mit Narben, die für euch bestimmt waren.«

Brian schwieg, während aus mir all die Gedanken herausbrachen, die ich sonst nicht auszusprechen wagte. Gedanken, für die ich mich hasste und die ich immer wieder zurückgedrängt hatte.

»Du hast keine Ahnung, was ich alles getan habe. Du weißt nicht, was Link getan hat, wenn du dich mal wieder versteckt hast. Du weißt nicht, was er tun wollte. Du hast seine Blicke nicht gesehen. In der Nacht, als ich gegangen bin -« Ich brach ab und schluckte. Ich konnte es Brian nicht erzählen. »Ich kann das nicht mehr Brian«, sagte ich stattdessen. »Und mir ist klar geworden, dass ich es nicht mehr ertragen muss. Das Leben muss nicht so sein. Ich will eine andere Zukunft als die, die mir bevorsteht, wenn ich in Links Nähe bleibe.«

»Denkst du, ich weiß nicht, dass es nicht einfach war?«

»Weißt du nicht. Und das ist gut so. Ich wollte nie, dass du das ertragen musst. Deshalb habe ich es immer getan. Aber ich kann nicht mehr. Es ist zu viel.« Erschöpft von all den Worten sank ich nach hinten, zog die Beine an und legte die Stirn auf die Knie.

»Du hättest uns mitnehmen können.«

Langsam schüttelte ich den Kopf. Natürlich hatte ich daran gedacht, lange bevor ich gegangen war. Schon als ich heimlich meine Collegebewerbungen geschrieben hatte. »Mom wäre niemals mitgekommen«, antwortete ich müde. »Das weißt du genau. Wie oft haben wir versucht, sie dazu zu überreden, einfach zu gehen?«

Ich konnte Brian schlucken hören. »Stimmt«, erwiderte er leise. »Mom wäre nicht mitgekommen. Aber du hast auch mich im Stich gelassen.«

Bevor ich noch etwas sagen konnte, legte er auf. Mein Handy rutschte mir aus der Hand und landete dumpf auf dem Boden.

Vielleicht war es besser so. Ich hätte ihm nie sagen können, was ich dachte. Dass ich mich nur so von allem lösen und neu anfangen konnte. Wenn ich alles zurückließ. Und jeden. So schwer es auch war.

2
Andy

Es dauerte, bis ich mich einigermaßen gefasst hatte. Dann wischte ich mir ein letztes Mal über die Wangen und ging zu Dustin ins Zimmer zurück.

Er sah von seinem Laptop auf. Sein Blick blieb an meinem verheulten Gesicht hängen, doch er sagte nichts. Stattdessen streckte er mir den Ausweis entgegen. »Ich bin fertig«, verkündete er fröhlich.

Erstaunt nahm ich ihm den falschen Ausweis ab. Ich zog das echte Gegenstück aus meiner Tasche und hielt es zum Vergleich daneben.

»Wahnsinn!« Es war kein Unterschied zu erkennen. So schnell wurde aus Adriana Torrez die neue Adriana Haraza. Erleichtert blickte ich Dustin an. »Vielen Dank.«

»Kein Ding.«

Neugierig musterte ich ihn, während ich den Ausweis in meine Tasche gleiten ließ. »Ich verstehe das nicht. Wieso tust du das für mich? Wir kennen uns nicht mal.«

Dustin legte den Kopf schief. »Solltest du hier aufs College gehen – und ich habe das Gefühl, dass du das tun wirst – kann sich das ja noch ändern. Außerdem stehe ich total auf gute Geschichten. Und irgendetwas sagt mir, dass deine verdammt gut ist.«

Du hast ja keine Ahnung, dachte ich mit einem gezwungenen Lächeln.

Mit meinem neuen Ausweis in der Tasche ging ich auf direktem Weg zum Zulassungsbüro, um ein paar letzte Unterlagen abzugeben. In manchen Augenblicken haderte ich mit meinem

Entschluss, doch tief in mir drin wusste ich, dass ich nicht zurück nach Hause konnte. Deshalb hatte ich den Platz an der AU angenommen. Mit ihr hatte ich endlich einen Ort gefunden, an den ich fliehen konnte. Einen Ort, an dem ich sicher war, da niemand davon wusste. Von all den Universitäten, an denen ich mich beworben hatte, war die AU am weitesten entfernt. Und hatte zudem den Ruf, das beste College für Literaturwissenschaften und literarisches Schreiben zu sein. Für die entsprechenden Kurse und noch dazu welche in Anglistik und Publizistik hatte ich mich bereits angemeldet.

Meinen neuen Namen hatte ich mir schon bei meiner Bewerbung ausgedacht und es mit viel Mühe geschafft, sämtliche Zeugnisse und notwendige Unterlagen so zu bearbeiten, dass er darauf stand. Doch die AU wollte auch eine Kopie meines Ausweises haben. Es hatte einige geschickte Lügen und falsche Tränen erfordert, um die Zulassungsstelle zu überzeugen, dass er gestohlen worden war und sich die Ausstellung eines neuen verzögerte. Ich hatte schon nicht mehr daran geglaubt, als man mir schließlich sagte, dass ich ihn zu Semesterbeginn nachreichen konnte. Das Glück war tatsächlich mal auf meiner Seite.

Mit zitternden Fingern reichte ich meinen falschen Personalausweis jetzt über den hellen Tresen im Zulassungsbüro. Der lächelnden Mitarbeiterin schien das nicht aufzufallen. Ihr Blick huschte kurz über den Ausweis, dann kopierte sie ihn für meine Akte und gab ihn mir zurück. Die ganze Zeit raste mein Herz, und ich rechnete damit, dass sie die Fälschung erkannte. Nichts dergleichen geschah.

Durchgeschwitzt, aber erleichtert verließ ich das Büro und trat hinaus auf den Campus, in meiner Hand eine Mappe mit Informationen zum Semesterstart und eine Chipkarte, wie ich sie schon bei Dustin gesehen hatte. Sie gewährte mir Einlass in die verschiedenen Gebäude, diente zum Bezahlen in den Campusgeschäften und gleichzeitig als Studierendenausweis.

Draußen dämmerte es und war merklich kühler geworden. Ich war versucht, mich für einen Moment auf einer der hölzernen

Bänke niederzulassen, und als ich die rosa- und orangefarbenen Spuren bemerkte, die den Abendhimmel durchzogen, gab ich dieser Versuchung nach. Mein Blick wanderte über den Himmel, der sich über den Campus und die bunten Häuser der Stadt erstreckte, und ich atmete tief durch. Ich nahm das Bild des fast verlassenen Campus in mich auf und versuchte, zu begreifen, dass ich es wirklich geschafft hatte. Ich war *hier* und fing ein neues Leben an.

Noch schöner wäre es nur, wenn ich die Aufregung und Vorfreude mit jemandem teilen könnte. In einem anderen Leben hätte meine Mom mich hergebracht. Wir hätten uns gemeinsam den Campus angesehen, vielleicht mein Wohnheimzimmer zusammen eingerichtet und uns tränenreich voneinander verabschiedet. Aber ich hatte meiner Mom nie von meinen Collegebewerbungen erzählt und die Antwortbriefe an ein Postfach schicken lassen, das ich heimlich eröffnet hatte. Meine Mom dachte, ich würde mir nach dem Schulabschluss einen richtigen Job suchen. Damit Link uns noch mehr Geld wegnehmen konnte und ich weiter dort feststeckte? Nein.

Ich hatte mich an jedem College beworben, das mir annähernd interessante Möglichkeiten bot, und hatte keinen Mucks darüber gesagt. Auch nicht, als die Zusagen ankamen. Nicht, weil meine Mom es nicht wissen sollte. Sondern weil Link auf keinen Fall davon erfahren durfte. Er hätte diese Info aus ihr herausgeprügelt. Auch Brian wusste es deshalb nicht.

Das College sollte stets mein Ausweg sein. Ich hoffte, auch wenn ich mich heimlich davonstehlen würde, meine Mutter würde es verstehen. Dass ich es tun musste, um neu anzufangen. Fernab von all dem Schmerz.

In diesem Moment wollte ich erleichtert sein und mich freuen, aber es gelang mir nicht so ganz. Immer wieder hatte ich Brians Stimme im Ohr. Die Vorwürfe. Das Leid in seiner Stimme. Die aufkommende Stille um mich herum machte es zunehmend schwerer, nicht hinzuhören. Deshalb zog ich nach wenigen Minuten mein Handy hervor, um meinen Rückweg rauszusuchen. Dann zögerte ich, aus Angst, eine weitere Mail darauf vorzufinden. Das konnte ich heute nicht verkraften.

Ich ließ mein Telefon ausgeschaltet, steckte es wieder in meine Tasche und lief los. Dabei versuchte ich, mich mit dem Gedanken anzufreunden, dass ich den langen Weg zum Campingplatz ohne technische Unterstützung finden musste.

Die Dunkelheit kroch allmählich über den Horizont hinaus, als ich müde zugeben musste, dass ich mich verirrt hatte. Ich stand irgendwo in einer von kleinen Einfamilienhäusern gesäumten Straße und blickte mich ratlos um. Der Wald, den ich bis vor kurzem noch in der Ferne gesehen und als Anhaltspunkt genutzt hatte, war nicht mehr zu entdecken. Unsicher ging ich ein paar Schritte hin und her. Von einem Haus zu meiner Rechten klangen Stimmengewirr und laute Musik. Vielleicht konnte ich jemanden nach dem Weg fragen?

Ich hatte kaum den ersten Schritt auf das Haus zugemacht, da wurde die Tür aufgerissen. Die Musik dröhnte laut heraus, und zwei Gestalten erschienen im Türrahmen. Zögernd trat ich einen Schritt näher und erkannte, dass ein Typ den anderen am Arm gepackt hielt. Einen Moment später verpasste er ihm einen Stoß.

»Sieh zu, dass du verschwindest! Jemanden wie dich brauchen wir hier nicht!«, rief er, und der andere Typ stolperte die kurze Treppe hinab.

Die Tür schlug zu, und plötzlich waren ich und der andere allein.

Er fluchte, tat ein paar wackelige Schritte durch den Vorgarten und stolperte betrunken durch die hellen Rosen.

In der Hoffnung, dass er mich aufgrund der Dunkelheit und seines Alkoholpegels nicht wahrnehmen würde, blieb ich einfach stehen und wartete darauf, dass er sich entfernte. Doch er trat durch die Gartenpforte und ging genau in meine Richtung. Er wäre blind in mich hineingelaufen, hätte ich nicht in letzter Sekunde einen Schritt zur Seite gemacht. Das war der Moment, in dem er mich bemerkte.

»Sorry«, nuschelte er.

Das verbleibende Licht reichte gerade so aus, um zu erkennen, dass er ziemlich gut aussah. Dunkles Haar, markante Wangenknochen und Augen, die beinahe schwarz wirkten und auf meinem Gesicht ruhten.

»Warst du auch auf der Party?« Er lallte ein wenig, aber nicht so sehr, wie ich erwartet hatte.

Ich löste meinen Blick von seinen Augen und schüttelte den Kopf.

»Stimmt«, antwortete er, jetzt etwas klarer. »Du wärst mir aufgefallen.« Sein Blick glitt über mein hellblondes Haar, bis zu den pinken und blauen Spitzen, und blieb an meinem Piercing hängen.

Ich spürte, wie mir bei seiner Musterung die Röte den Hals hinaufkroch. Um uns trotz der Dunkelheit erkennen zu können, waren wir uns unbewusst nähergekommen. Über den Alkohol hinweg roch ich sein herbes Aftershave.

Mich räuspernd trat ich einen Schritt zurück. »Kennst du dich hier aus?« Meine Stimme wirkte unerwartet laut in der verlassenen Straße.

Er lachte auf, und es klang seltsam freudlos. »Ich kenne jede noch so kleine Gasse.«

»Okay«, erwiderte ich beruhigt. »Kannst du mir sagen, wie ich zum *Riftwood Campingplatz* komme?«

Er schnaubte skeptisch. »Was willst'n da?«

»Campen?«

Sein Blick glitt über meine Tasche und die Turnschuhe mit den Keilabsätzen. »Sicher«, murmelte er, und schüttelte den Kopf, als versuchte er, klar zu werden. Dann deutete er zum Ende der Straße. »Wenn du dort rechts abbiegst, kommste zu nem Feldweg. Der führt dich in den Wald und direkt zum Campingplatz.«

»Danke.« Ich seufzte erleichtert. »Du hast mir sehr geholfen.«

Ich hatte mich schon umgewandt, da hörte ich erneut seine Stimme.

»Kein Problem. Mach's gut, Little Rainbow.«

Als ich mich noch mal umdrehte, ging er bereits in die andere Richtung davon.

28

3

Andy

Dank der Beschreibung schaffte ich die restliche Strecke zum Campingplatz in kurzer Zeit. Auf dem Weg zu meinem Stellplatz hielt ich noch bei dem kleinen, pinken Häuschen am Platzrand an und warf Rosa, der Platzbesitzerin, einen Stapel Briefmarken und Umschläge in den Briefkasten, die ich am Morgen für sie besorgt hatte.

Rosa war der wunderbarste Mensch, der mir bisher begegnet war. Sie hatte keine Fragen gestellt, als ich vor ein paar Tagen in ihrem Büro stand und wissen wollte, ob ich für längere Zeit einen Platz mieten konnte. Aber nicht, um einen Wohnwagen daraufzustellen, sondern um zu zelten.

Für ein Wohnheimzimmer war ich in diesem Semester zu spät dran, und eine Wohnung konnte ich auf die Schnelle nicht finden. Außerdem war ich auf diesem Platz sicher etwas schwerer zu entdecken, sollte Link nach mir suchen. Denn ich hatte sein gefährliches Versprechen nicht vergessen, was er mir einst gegeben hatte.

Ich weiß, was du denkst. Aber du wirst mir nicht entkommen. Egal wohin du gehst, wo du dich versteckst und wer so dumm sein sollte, dir zu helfen. Es wird damit enden, dass ich dich finde.

Wahrscheinlich wollte er mir mit diesen Worten nur Angst machen. Ebenso wie mit seinen Nachrichten. Angst war seine schärfste Waffe. Sie funktionierte zuverlässig.

Dennoch wollte ich kein Risiko eingehen.

Rosa hatte mich zu einem Stellplatz geführt, der abgelegen lag und zwischen den Bäumen kaum zu sehen war. Dort stand ein alter, schmutziger Wohnwagen, umgeben von einem löchrigen Holzzaun. Der Besitzer war vor einiger Zeit verstorben, und niemand hatte den Wohnwagen abgeholt. Deshalb bot Rosa ihn mir an. Da sie Hilfe bei einigen Erledigungen und Aufgaben brauchte, konnte ich einen Teil der Stellplatzmiete bei ihr abarbeiten. Trotz der Spinnenweben und des Staubs, der mich empfing, hatte ich vor Glück geweint, als ich den Wohnwagen am ersten Abend betreten hatte.

Nach einer stundenlangen Putzaktion glänzte er mittlerweile sowohl von innen als auch von außen, sodass mich der frische Geruch des Allzweckreinigers empfing, als ich jetzt die Tür zu meinem kleinen Heim öffnete. Müde schaltete ich den Wasserkocher ein, den ich mir gleich am Morgen nach meinem Einzug gekauft hatte. Während das Teewasser warm wurde, ließ ich mich auf das Bett in der anderen Ecke des Wohnwagens fallen und zog meine alten und neuen Papiere hervor.

Dustin hatte wirklich großartige Arbeit geleistet. Ich musste unbedingt einen Weg finden, mich bei ihm zu bedanken.

Meine Augen glitten über das neue Foto und wie so oft in den letzten Tagen, erkannte ich mich selbst kaum wieder. Meine braunen Augen wirkten auf eine Art wach und lebendig, die ich nicht von mir kannte. Die langen, dunklen Haare waren einer blassblonden Frisur mit pinken und hellblauen Spitzen gewichen, die knapp unter meinem Kinn endeten.

Mach's gut, Little Rainbow.

Auf einmal hatte ich das Gesicht des Fremden vor meinen Augen, der mir den Weg gewiesen hatte. Etwas an ihm hatte mich gleichermaßen irritiert wie gefesselt.

Das Wasser kochte, und ich schob die alten Papiere unter mein Bettlaken, bevor ich die neuen in meinem Portemonnaie verstaute und mir einen Tee aufgoss.

Still stand ich mit der Tasse in der Hand in meinem kleinen Wohnwagen und spürte die mittlerweile vertraute Nervosität in mir aufsteigen. Obwohl es beinahe Mitternacht war, stellte ich meine Tasse ab, zog einen meiner Notizblöcke hervor und schrieb all die Dinge auf, die ich in den nächsten Tagen erledigen wollte. Die Jobsuche stand ganz oben auf meiner Liste. Gefolgt von vielen Kleinigkeiten, mit denen ich mich beschäftigen wollte. Ich brauchte noch einige Dinge für die Uni, von Notizheften über Textmarker bis hin zu Karteikarten, weswegen ich eine weitere Liste anfertigte.

Sie war schnell geschrieben, deshalb zog ich im Anschluss meinen Laptop aus der Tasche und öffnete die Geschichte, an der ich aktuell arbeitete. Mit einer Hand griff ich unter mein Kopfkissen und holte das Notizbuch hervor, das dort immer lag. Es enthielt all meine Ideen und Skizzen zu den Charakteren, der Handlung und den Schauplätzen. Falls mir in der Nacht ein guter Gedanke kam, den ich sofort aufschreiben wollte, hielt ich ihn darin fest. Ich füllte es mit Worten, Gedanken, Emotionen und Satzfetzen, die irgendwann hoffentlich ein großes Ganzes ergaben. Das Notizbuch lag aber auch bereit für den Fall, dass ich aus einem Albtraum aufschreckte und mich ablenken musste, was fast jede Nacht geschah.

Heute schrieb ich Seite um Seite, bis mir in der Morgendämmerung vor Erschöpfung endlich die Augen zufielen. Aber es half nichts.

Blut quoll aus der Wunde und tropfte ins Waschbecken.

»Es ist nur ein Kratzer, Andy. Mach kein Drama daraus.«

Wütend blickte ich auf die tiefe Platzwunde an der Stirn meiner Mutter. »Das ist nicht nur ein Kratzer! Das muss genäht werden!«

»Sei nicht albern.« Das Zittern ihrer Stimme verriet sie. Sie hielt ein dünnes Pflaster in der Hand, das sie vorsichtig auf die klaffende Wunde drückte. Innerhalb von Sekunden war es blutdurchtränkt.

Ich schnaubte ungläubig und wandte mich ab. Vor der Badezimmertür zögerte ich einen Moment. Dann durchquerte ich mit schnellen Schritten unser Wohnzimmer, vorbei an Brian, der in der Küche die Scherben unseres Geschirrs aufsammelte. Im Flur schlüpfte ich in meine Sneakers und schnappte mir Links Autoschlüssel vom Haken.

»Wo willst du hin?«

Ich erstarrte. Meine Nackenhaare stellten sich auf, und mir brach der Schweiß aus. Langsam drehte ich mich um. Link blickte mich lauernd an. Die Arme vor dem bulligen Körper verschränkt, versperrte er mir den Weg.

Ich zwang mich, seinen Blick zu erwidern, und zog die Schultern zurück. »Das geht dich einen Scheiß an!«, zischte ich und drängte mich an ihm vorbei.

Alles in mir schrie laut, dass ich ihm nicht den Rücken zukehren durfte. Ich ging weiter, obwohl ich seinen stechenden Blick auf mir spürte.

Zurück im Badezimmer fand ich meine Mutter blass auf dem Badewannenrand sitzend. Sie presste sich ein blutiges Handtuch gegen die Stirn und zitterte merklich.

Ich packte sie am Arm, entschlossen ihr diesmal keinen anderen Ausweg zu lassen, als mir zu folgen. »Komm«, sagte ich barsch. »Wir fahren ins Krankenhaus.«

»Aber Schatz, du kannst doch gar nicht fahren!«

»Ich habe keinen Führerschein. Aber fahren kann ich.«

Entweder war es das Blut, das ihr ins Auge und an der Wange hinablief, oder sie war von meinem harschen Auftreten überrumpelt. Sie ging kommentarlos mit mir. Zumindest, bis wir den Flur erreichten.

Link stand immer noch dort. Bei seinem Anblick blieb meine Mutter wie angewurzelt stehen. Reflexartig stellte ich mich vor sie. Das boshafte Grinsen, das Link zur Schau trug, jagte mir einen Schauer über den Rücken.

»Ihr geht nirgendwo hin.« Link lachte spöttisch. »Du hast ja nicht mal einen Führerschein.«

Hass und Angst brachten mein Herz zum Rasen. Meine Hand schloss sich fester um den Autoschlüssel. Das Metall bohrte sich in meine Haut. Ich spürte, wie meine Mutter zurückweichen wollte, ließ ihren Arm aber nicht los.

»Warum?«, schleuderte ich ihm entgegen. »Hast du Angst vor den Fragen, die sie uns stellen werden? Dass du mit deinen Lügen nicht mehr durchkommst?«

Links Grinsen wurde noch breiter. »Eins solltest du dir merken: Ich komme mit allem durch.«

4

Hunter

Logan ächzte, als wir das Bücherregal hinter der letzten Treppenstufe einen Moment abstellten. Er lehnte sich an die Wand des Flurs und wischte sich den Schweiß von der Stirn. »Kannst du mir noch mal erklären, warum du dir keins der geräumigen Einzelzimmer gönnst, sondern bei mir einziehst?«

Schnaufend änderte ich meinen Griff, mit dem ich das Regal festhielt. »Sicher. Wenn du mir erklärst, warum du nicht bei den *Sharks* wohnst?«

Logan verdrehte die Augen.

»Oder versuchst du mir damit zu sagen, dass du mich nicht als Mitbewohner willst?«, fragte ich.

»Unsinn. Es wundert mich nur.« Auf mein Zeichen hin fasste er nach dem unteren Ende des Regals und dirigierte mich um eine weitere Ecke des Wohnheims, während ich rückwärtsging. »Wir werden eine tolle Zeit zusammen haben. Das letzte Jahr war total öde ohne dich.«

Mit einem Blick über die Schulter stellte ich erleichtert fest, dass wir unser Zimmer erreicht hatten. Kaum war ich über dessen Schwelle getreten, ließ ich das Regal auf den Boden sinken. Ich sah es als ein schlechtes Omen, dass der Fahrstuhl ausgerechnet heute defekt war.

Mein bester Freund schüttelte seine Arme aus, wobei die dunklen Sterne auf seinem linken Oberarm tanzten.

Ein letztes Mal hoben wir das Regal an und hievten es neben das freie Bett direkt gegenüber der Fenster.

Zur Grundausstattung jedes Wohnheimzimmers gehörten ein Bett, ein Schreibtisch mit Stuhl, ein Kleiderschrank und ein Bücherregal pro Bewohner. Mir war jedoch schnell klar geworden, dass ein einzelnes Regal für mich nicht ausreichen würde. Selbst mit dem zusätzlichen hatte ich nicht genug Platz für all meine Bücher, doch ein weiteres Möbelstück passte eindeutig nicht in den Raum. Es wäre tatsächlich angenehmer gewesen, eines der großen Einzelzimmer zu mieten. Nicht wegen Logan, er war wie ein Bruder für mich und wir verbrachten sowieso fast den ganzen Tag miteinander. Sondern weil ich in einem Einzelzimmer genug Platz gehabt hätte. Ich hätte mein Schlafzimmer zu Hause komplett ausräumen und diese Verbindung kappen können.

»Du grübelst«, stellte Logan fest. Sein blonder Schopf verschwand für einen Augenblick unter dem Schreibtisch, wo ein kleiner Kühlschrank stand. Kurz darauf flog mir eine Dose Cola entgegen. Lässig fing ich sie auf und ließ mich auf die noch nackte Matratze sinken.

»Also«, nahm Logan den Faden wieder auf und setzte sich auf den Schreibtischstuhl. »Was soll das mit dem Zimmer? Wenn ich mich richtig erinnere, hätte deine Mutter dir sogar eine ganze Wohnung in Campusnähe gemietet. Wieso ziehst du da lieber ins Wohnheim und noch dazu zu mir?«

Ich grunzte mürrisch und trank einen Schluck. Das Gespräch mit meiner Mom hatte ich noch gut im Kopf. Kurz nachdem ich meine Zusage von der AU bekommen hatte, hatte meine Mutter überall herumerzählt, was sie mir alles ermöglichen würde. Die schönste Wohnung, die besten Praktika und Lehrbücher. Ein Bray musste nichts aus der Bibliothek ausleihen. Vielleicht hoffte sie, dass so alle den Skandal vergaßen, der Maias Verschwinden vorausging.

»Ich will es nicht mehr, Logan«, antwortete ich, als sein forschender Blick unangenehm wurde. »Das Geld. Den Namen. Die Lügen für das Image. Ich hab die Schnauze voll davon. Je weniger Geld ich von ihnen nehmen muss, desto besser.«

»Das wird deine Mom nicht begeistern.«

Gleichgültig zuckte ich die Schultern. »Sie wird sich schon

eine gute Story einfallen lassen. Das kann sie schließlich am besten. Ich sehe den Artikel im nächsten Klatschblatt schon vor mir. ›Wohlhabender Junge beweist Bodenständigkeit‹ – oder irgendwie so was.«

Logan leerte seine Dose in einem Zug und angelte sich eine weitere aus dem Kühlschrank. Als bräuchte er das Koffein. Durch seine Adern war immer schon reine Energie geflossen. Ich konnte mich nicht erinnern, ihn je vollkommen still sitzen gesehen zu haben. Selbst jetzt wippte er unablässig mit den Füßen auf und ab. »Und …« Er zögerte, und ich ahnte, was er fragen würde. »Hast du etwas Neues gehört. Über Maia?«

Ich antwortete nicht. Logan wusste, dass ich es ihm erzählt hätte, wenn ich etwas über den Verbleib meiner Schwester herausgefunden hätte. Er fragte mich nur, weil er mein bester Freund war. Und weil sonst niemand fragte. Denn wieso sollte man sich bei dem gewalttätigen Bruder erkundigen, was mit seiner suchtkranken Schwester passiert war?

»Lass uns weitermachen.« Ich stand auf. »Unten warten noch zehn Kisten Bücher auf uns. Und ich will heute noch trainieren.«

»Du weißt, dass es nicht deine Schuld ist, oder?«, setzte Logan unser Gespräch ungerührt fort, während er mir durch die Flure folgte. »Maia … In ihrer Lage ist es nicht so einfach, sich jemandem entgegenzustellen. Diese Situation zu bewältigen, wäre jedem anderen schon schwergefallen. Für sie war es noch mal schwerer.«

Ich spürte, wie sich die Wut in mir regte, und hielt an. »Sie war nicht immer so«, erwiderte ich hart. »Sie war selbstbewusst und stark. Immer fröhlich.« Mühsam schluckte ich.

»Ich weiß.«

»Aber meine Mom hat es als Unsinn abgetan«, fuhr ich fort, »und mein Dad hat es immer zugelassen. Als Maia verschwand -« Ich brach ab und raufte mir die Haare. Ich ertrug die Gefühle nicht, die sich in mir nach oben kämpften. »Sie hatte es unter Kontrolle. Bis zu dieser Geschichte in der Schule. Meine Eltern haben einen Scheiß getan, um ihr zu helfen. Und jetzt machen sie weiter, als wäre nichts? Wie soll ich das Maia erklären? Sie ist erst fünfzehn und musste schon so viel ertragen. Wie soll sie das auch noch verkraften? Was, wenn sie wieder …« Meine Stimme versagte. Ich konnte es nicht aussprechen. Es war bereits Monate her, und dennoch fehlte mir die Kraft, es in Worte zu fassen.

Mitfühlend legte Logan mir eine Hand auf die Schulter. Nur mühsam konnte ich den Drang unterdrücken, sie abzuschütteln. Mitleid. Wie Säure brannte es auf meiner Haut.

»Es ist scheiße, Hunter«, sagte er. »Ich weiß das. Aber mit dieser Krankheit stehst du immer an der Schwelle. Auch ohne den Mist, den Maia erlebt hat. Wir müssen einfach für sie da sein, wenn sie zurückkommt.«

Ich atmete tief durch und lief weiter. Logan hatte recht, und ich wusste es. Doch Emotionen und Verstand gingen nicht immer Hand in Hand.

»Meinst du, ich hätte zu Hause bleiben sollen? Damit ich da bin, wenn sie zurückkommt? Glaubst du …« Die letzten Worte konnte ich nicht aussprechen. Meine Sorge, dass Maia sich etwas angetan hatte, das schlimmer war als alles, was sie bisher durchgemacht hatte. Dass sie nicht nur verschwunden war. Sondern tot. Weil ich dieses Mal nicht dagewesen war. Sie nicht rechtzeitig gefunden hatte.

Logan schüttelte den Kopf. »Nein, ich denke, der Abstand tut dir gut. Aber ich glaube nicht, dass das ausreicht, damit du endlich zur Ruhe kommst. Wann hast du das letzte Mal richtig geschlafen? Dich auf etwas anderes konzentriert als auf Maia? Ich sage das nicht gerne, aber sie ist nun seit fast einem halben Jahr verschwunden. Niemand hat auch nur die geringste Ahnung, wo sie ist. Meinst du nicht, du hast dir eine Pause verdient?«

Ich antwortete nicht. Stattdessen schluckte ich gegen den Kloß in meinem Hals an, der sich dort bei seinen Worten bildete. Ich wünschte, es wäre so einfach. Wenn ich doch weitermachen könnte. An etwas anderes denken könnte.

Wir traten nach draußen, und die Sonne stach mir für einen

Moment in den müden Augen. Sicher brauchte ich mal eine Pause, doch heute Abend fand eine Party statt, auf der ein paar von Maias Freunden sein würden. Ich musste mich dort sehen lassen.

Plötzlich spürte ich eine Erinnerung von der gestrigen Party an meine Schläfe klopfen. Ich wusste nicht mehr, was genau geschehen war. Denn ich hatte mir ein paar Tequila zu viel gegönnt. Irgendetwas war mit einer Ziege gewesen, aber alles in allem war die Nacht in meiner Erinnerung so verschwommen wie eine Kreidezeichnung im Regen. Man hatte mich rausgeschmissen, nachdem ich begonnen hatte, die anderen Partygäste nach Drogen zu fragen. Natürlich nicht, um das Zeug selbst zu nehmen, sondern nur in der Hoffnung, dass sich einer der Dealer offen zeigen würde.

Dann war auf einmal dieses Mädchen aufgetaucht. Mit Haaren wie ein Regenbogen und einem Ausdruck in den Augen, der mir bekannt vorkam. Weil ich mich auch so fühlte. Als wäre mein Innerstes ein verbeultes und zerkratztes Blech. Stark beschädigt, aber nie zerbrochen.

Bis zum Abend hatten Logan und ich das Zimmer fertig eingeräumt. Ich sortierte meine Bücher nach Genre und Autor in die Regale und stapelte alle, die nicht mehr hineinpassten, auf dem Boden neben meinem Bett und unter dem Schreibtisch. Vielleicht sollte ich mir doch einen E-Reader besorgen. Aber nichts ging über den Geruch von echtem, bedrucktem Papier, das beim Umblättern leise raschelte.

Als ich mir ein frisches Shirt für die Party überzog, fiel mein Blick auf mein Handy. Das Display zeigte immer noch die Nachricht an, die mein Vater mir am Nachmittag geschickt hatte.

Ich hoffe, du bist gut angekommen.
Grüß Logan von mir. Dad.

Zwei Sätze, die bedeutungsloser nicht sein könnten und die ich dennoch bisher nicht beantwortet hatte, weil ich nicht wusste, wie. Ich nahm das Handy zur Hand und ließ mich aufs Bett sinken. Für einen Moment überlegte ich, ob ich ihn anrufen sollte. Die unangenehme Erinnerung an unser letztes Gespräch hielt mich davon ab. Ich ertrug keinen weiteren Dialog, bei dem letztendlich niemand von uns etwas sagte. Oder bei dem Mom heimlich lauschte, um unsere Worte im Nachhinein gegen uns zu verwenden.

Mein Vater und ich, wir hatten früher eine besondere Beziehung gehabt. Mit Moms Erfolg als Bürgermeisterin änderte sich ihr Verhalten jedoch, und irgendwie zog sie ihn mit sich. Sie war schon immer die Stärkere der beiden gewesen. Manchmal denke ich, dass es nie so weit gekommen wäre, wenn mein Dad sich ihr häufiger entgegengestellt hätte. Stattdessen verschwand er mehr und mehr in ihrem Schatten, und eine Katastrophe jagte die nächste, bis selbst ich Maia nicht mehr beschützen konnte. Die Geschehnisse des letzten Jahres hatten die langsam bröckelnde Beziehung zu meinem Dad endgültig zu Staub zerfallen lassen. Mit Maia verschwand auch jede Form von Nähe und Geborgenheit in meiner Familie.

Soweit ich zurückdenken konnte, war Maia unsere Sonne gewesen. Sie war unser Mittelpunkt. Wir bewegten uns um sie herum und taten alles für sie. Seit ich sie das erste Mal sah, so winzig, der kleine Kopf nur mit einem dünnen Flaum bedeckt, hatte ich dieses unbändige Gefühl, sie schützen zu müssen.

Dieser Drang wuchs immer weiter. Als sie das erste Mal krank wurde und wir nicht wussten, ob sie überleben würde. Als sie eingeschult wurde und zunächst keine Freunde fand. Als sie älter wurde und die Dunkelheit in ihr wuchs. Immer weiter wie eine unsichtbare Kraft. Bis ich nicht mehr wusste, wie ich ihr helfen konnte. Bis zu jenem Tag, an dem ihr Leben fast vorbei gewesen wäre. Immer wieder sah ich die Bilder vor mir. Sie verfolgten mich.

Rot sickerte in den hellen Teppich.
Wein. Es ist nur Wein. Sieh doch, das Glas ist umgekippt.

Aber in dem Glas war Wasser gewesen. Die Tabletten lagen noch daneben. Die Scherben in den leblosen Fingern ...

»Hunter.«

Logans Stimme schreckte mich auf. Das Handy fiel mir aus der zitternden Hand, und ich fluchte, während ich es fahrig aufhob.

»Hey, alles klar?«

Schwer atmend blickte ich zu Logan auf, der verschwitzt vor mir stand, den Baseballschläger auf die Schulter gestützt. Seine Stirn war in besorgte Falten gelegt. Ich hatte ihn nicht kommen gehört.

»Ja«, erwiderte ich hastig. Ich fuhr mir mit der Hand übers Gesicht und versuchte, die schrecklichen Bilder zu vertreiben. »Ich dachte nur, vielleicht sollte ich meinen Dad anrufen.«

Logan stieß beinahe erleichtert den Atem aus. »Solltest du.« Er warf den Schläger aufs Bett und zog das Trikot aus, von dem mir der grinsende Hai entgegenblickte, der den *Sharks* ihren Namen gab. »Aber nicht jetzt. Es ist schon spät.«

Verdammt, er hatte recht. Ich sprang auf und schnappte mir meinen Schlüssel. Irritiert blickte ich Logan an. »Es ist fast elf, wieso kommst du jetzt erst vom Training?«

Logan grinste verlegen. »Oh, tja, da war diese Cheerleaderin ...«

Abwehrend hob ich die Hand. »Vergiss es. Ich will es gar nicht wissen.«

Logan zuckte mit den Schultern und hielt dann inne. »Gehst du zur Party?«

»Ja. Viele von Maias Klassenkameraden werden da sein. Vielleicht hat jemand was gehört.«

»Dann komme ich mit«, sagte er entschlossen. »Ich erinnere mich gut an das letzte Mal, als du bei Buck warst. Jemand sollte auf dich aufpassen.«

Ich verdrehte die Augen. »Auf dich auch. Mit Sexsucht ist nicht zu spaßen.«

Es gelang mir geradeso, dem stinkenden Schuh auszuweichen, den Logan nach mir warf.

5
Andy

Man sollte meinen, dass man sich irgendwann an die Albträume gewöhnte. Nicht mehr schweißgebadet aufwachte und mit rasendem Herzschlag an die Decke starrte. Sie begleiteten mich schon so lange, dass ich mich nicht mehr an die Nächte ohne sie erinnern konnte. Trotzdem hatten sie nichts von ihrem Schrecken eingebüßt.

Die Erinnerungen daran stiegen auch noch in mir auf, als ich den nächsten Morgen im *Café Mary* verbrachte, diesmal am Fenster, mit Sonnenschein im Gesicht und den Blick auf die vorbeiziehenden Menschen gerichtet. Alle in Bar Harbor wirkten fröhlich und gelöst, als gäbe es in dieser Stadt keine Probleme. Dunkelheit war wohl ein Fremdwort für die Menschen hier. Ich beneidete sie darum. Ob ich eines Tages auch so sein würde, wenn ich nur lang genug bliebe?

Mittlerweile trank ich meinen zweiten Milchkaffee und durchforstete seit einer Stunde Websites mit Jobangeboten. Es schien aussichtslos. Die Stellen waren entweder zu weit entfernt für mich, nicht mit meinen Kursen vereinbar oder verlangten eine Ausbildung, die ich nicht besaß.

Frustriert seufzte ich auf und vergrub das Gesicht in den Händen. Es war nicht so, dass ich dringend einen Job brauchte. Mein leiblicher Vater, dessen Namen ich nicht einmal kannte, hatte jahrelang Geld für mich auf ein Ausbildungskonto eingezahlt. Brian dagegen bekam nichts. Meine Mom hatte mir nie den Grund dafür verraten. Ich nahm an, dass er vielleicht nicht genug Geld hatte, um zwei Kindern die Ausbildung zu finanzieren.

Als ich jünger war, hatte ich versucht, meinen Vater anhand

dieser Überweisungen ausfindig zu machen. Jedoch landete ich mit meiner Suche schnell in einer Sackgasse, denn auf den Einzahlungen war lediglich der Name einer Firma angegeben. *Global Treats Industry.*

Meine Mom weigerte sich zudem standhaft, mir etwas über meinen Vater zu erzählen. So vehement, dass ich mich manchmal fragte, ob er ein ebenso schlechter Mensch war wie Link.

Dieser wusste nichts von dem Konto. Es war eines der wenigen Dinge, die meine Mom vor ihm hatte verheimlichen können. Dennoch hatte ich das Geld darauf sicherheitshalber abgehoben.

Auf die Länge der Collegezeit berechnet war es eine eher knapp bemessene Summe, vor allem, da ich nun auf mich allein gestellt war. Deshalb brauchte ich einen Job. Außerdem war ich für jede weitere Beschäftigung dankbar. Alles, was meine Erinnerungen und Gedanken ausschaltete, war mir willkommen.

»Kann ich dir noch etwas bringen?«

Ich schreckte hoch und entdeckte eine Bedienung mit kurzem Jeansrock, schwarzen Locken und bunter Schürze neben meinem Tisch. *Vicky*, verkündete ein kleines Schild an ihrem T-Shirt. Ihre Augen strahlten so viel positive Energie aus, dass ich automatisch lächelte, bevor ich unentschlossen auf meine schon wieder geleerte Kaffeetasse blickte.

»Oh, ähm … vielleicht diesmal einen Tee? Pfefferminz?«

Vicky schmunzelte. »Sicher. Kommt sofort.«

Während sie sich umwandte und ging, widmete ich mich wieder der Website. Es dauerte kaum zwei Minuten, da stand Vicky mit einer dampfenden Tasse Tee neben mir und spähte auf meinen Laptop.

»Kein Erfolg, was?«

Missmutig verzog ich den Mund. »Nicht wirklich.«

Sie ließ ihren Blick kurz durch den Innenraum des Cafés schweifen und sagte dann: »Also, wenn du etwas Erfahrung im Kellnern hast, könnte ich ein gutes Wort bei meiner Mom für dich einlegen.«

Irritiert blinzelte ich sie an. »Bei deiner Mom?«

Vicky lachte. »Na, das ist ihr Café. Sie ist die Mary im *Café Mary*. Also wenn du Lust hast, komm doch morgen einfach zum Probearbeiten vorbei. Eine unserer Bedienungen hat gerade erst gekündigt, und es wär echt super, wenn ich die Nachmittagsschicht nicht ständig allein schmeißen müsste. Vor allem, wenn das Semester losgeht. Dann wird es häufig sehr voll.«

Meine Augen wanderten durch das Café, während ich mir vorzustellen versuchte, hier zu arbeiten. Ich mochte es und kam fast jeden Tag her, wenn ich der Ruhe des Wohnwagens entfliehen musste. Mir gefiel die Vorstellung, die köstlichen Tortenstücke und Cupcakes zu servieren sowie die bunten Tassen zu füllen, die immer für eine Überraschung gut waren, weil die Gäste vorher nie wussten, in welcher davon sie ihren Tee oder Kaffee bekamen.

Der Job wäre zwar nicht so anonym, wie ich ursprünglich geplant hatte. Andererseits erinnerten sich die wenigsten Menschen im Nachhinein an eine Bedienung. Man erinnerte sich an den Geschmack der Torte, das Bild im Milchschaum und die Sauberkeit der Toiletten. Doch das Gesicht der Bedienung verflüchtigte sich meist, noch während man das Café verließ.

Ich hatte keine Erfahrung als Kellnerin, aber das brauchte Vicky nicht zu wissen. Wie schwer konnte die Arbeit schon sein?

»Gerne!«, sagte ich, bevor mich der Mut verlassen konnte. »Das wär echt super, danke!«

Ich verabredete mich mit Vicky für den nächsten Nachmittag, trank meinen Tee aus und machte mich dann mit neuem Schwung auf den Weg.

Nachdem sich die Jobsuche vorerst erledigt hatte, wollte ich mir etwas Gutes tun und beschloss, neuen Lesestoff zu besorgen. Ich suchte den Weg zur nächsten Buchhandlung heraus und fand ein Geschäft in der Nähe des Hafens. Als ich den Laden erreichte, konnte ich das Meer riechen. Ein paar Möwen zogen ihre Kreise am Himmel, und für einen Moment fühlte ich mich an einen unserer Urlaube in meiner Kindheit erinnert. Bevor Link ein fester Bestandteil unseres Lebens wurde. Damals gab es nur meine Mom, Brian und mich.

Das Haus, in dem der Buchladen untergebracht war, stand eingeengt zwischen einem Restaurant und einem Spielzeuggeschäft. Das Dach wirkte seltsam schief, als hätte jemand die ganze obere Etage verrückt. In den Fenstern stapelten sich Bücher jeden Formats, und über der gläsernen Tür verkündeten goldene, geschwungene Lettern den Namen: *Whisper of Books*.

Voller Vorfreude trat ich ein. Der warmherzige Geruch von bedrucktem Papier, der mir entgegenschlug, war mir so vertraut wie die Umarmung meines Bruders. Ich spürte, wie meine Schultern sich entspannten und Ruhe durch meine Glieder floss.

Das Geschäft war größer, als ihm von außen anzusehen war. Für ein paar Minuten schlenderte ich durch die Regale und versuchte, mich zu entscheiden, auf welche Art von Geschichte ich Lust hatte. Über drei Stockwerke zogen sich dunkle Bücherregale aus Kirschholz, die bis zum letzten Millimeter mit Büchern aus allen Bereichen gefüllt waren. Zwischen den Regalen standen immer wieder kleine, knautschige Sessel in allen möglichen Farben sowie runde Tische und Leselampen.

Vielleicht war es leichter, sich mit den tragischen Schicksalen fiktiver Charaktere zu beschäftigen als mit den eigenen, denn ich blieb vor dem Thrillerregal stehen, in dem Cody McFadyen neben Kathy Reichs und Dan Brown neben John Grisham stand. Langsam ließ ich meine Finger über die Buchrücken gleiten und verharrte einen Moment bei den Werken, die ich schon gelesen hatte, während ich mich an ihre Geschichten erinnerte. Mein Herz wurde schwer, als ich an all die Bücher dachte, die ich hatte zurücklassen müssen.

Bücher waren schon immer meine Zufluchtsstätte gewesen. Meine zweite Heimat, meine Seelentröster. Unbedingt musste ich heute ein paar kaufen, um meinen Wohnwagen damit zu füllen.

Gerade wollte ich *Die Blutlinie* aus dem Regal ziehen, als ich ein Kribbeln in meinem Nacken spürte. Unsicher sah ich mich um. Ich ließ meinen Blick über den Raum schweifen. Obwohl ich nichts Auffälliges entdecken konnte, fühlte ich mich unbehaglich. Ich wandte mich von den Thrillern ab und ging weiter zwischen den Regalen entlang. Etwas in mir wäre am liebsten panisch losgerannt, und meine Beine schmerzten regelrecht, als ich mich diesem Drang widersetzte.

In einer ruhigen Ecke, am Ende des Ladens, blieb ich zwischen zwei Regalen stehen. Hier war ich allein und atmete tief durch. Ich lehnte mich mit dem Rücken gegen das Regal und ordnete meine Gedanken. Zwischen Fantasy und Science-Fiction wurde mir schnell klar, dass ich überreagiert hatte. In letzter Zeit passierte mir das öfter. Bei dem, was ich erlebt hatte, war es vermutlich kein Wunder. Dennoch ärgerte und erschöpfte es mich. Ständig war ich wachsam. Immer auf der Hut. Eine besorgte Stimme in meinem Innern flüsterte mir konstant zu, dass es vielleicht nicht genug war. Dass Link mich finden konnte, wenn er es wirklich wollte. Und dass er sich anschleichen würde wie ein Raubtier.

Zwei Mädchen kamen fröhlich plaudernd um die Ecke, und ich wandte mich eilig dem Regal zu. Während sie an mir vorbeigingen, tat ich, als würde ich die Titel der Bücher studieren, und erinnerte mich dabei wieder, warum ich eigentlich im Geschäft war. Um mir etwas Gutes zu tun. Mich normal zu fühlen.

Entschlossen schüttelte ich die Anspannung ab und zog ein Buch aus dem Regal. Eine Weile lenkte ich mich ab, indem ich verschiedene Fantasyromane der gleichen Autorin verglich. Am Ende entschied ich mich für eine wunderschöne illustrierte Neuausgabe von *Der Herr der Ringe*. Ich kannte die Geschichte um Frodo und seine Gefährten in- und auswendig und besaß bereits fünf verschiedene Ausgaben. Doch diese waren im Moment unerreichbar. In die Welt dieser Geschichte zurückzukehren, würde sich wie heimkommen anfühlen. Der Gedanke hatte etwas Tröstliches.

Ich ging zur Kasse, legte das Buch zusammen mit etwas Geld auf den Tresen und wandte mich dann zur Seite, um mir einen

Stoffbeutel vom Ständer neben der Kasse auszusuchen. Mein Blick fiel auf die Auslage an Zeitschriften und Zeitungen – und das Blut gefror mir in den Adern.

Angriff auf eigene Familie: Sie stieß ihre Mutter die Treppe hinab – und floh.

Daneben prangte ein Bild von unserem Haus.

Unwillkürlich wich ich einen Schritt zurück. Ich bekam keine Luft mehr. Mein Herz raste. Zitternd fuhr ich herum und lief auf den Ausgang zu. Ich musste sofort raus. Schwarze Flecken tanzten vor meinen Augen, und ich spürte den Türgriff mehr, als ich ihn sah. Ich stolperte hinaus auf die Straße und stieß im selben Augenblick so heftig mit jemandem zusammen, dass ich nach hinten auf den harten Bordstein fiel.

»Hoppla.« Eine tiefe, leicht rauchige Stimme drang durch das benommene Rauschen in meinen Ohren. »Alles in Ordnung?«

Ich blinzelte, bis die schwarzen Punkte vor meinen Augen verschwanden. Als ich aufblickte und entdeckte, in wen ich hineingelaufen war, erstarrte ich.

Im Tageslicht sah er anders aus. Seine Haare waren nicht schwarz, sondern von einem tiefen Braun und wiesen kleine Löckchen im Nacken auf. Die Bartstoppeln, die mir in der Nacht ungepflegt vorgekommen waren, wirkten jetzt gewollt. Sie machten ihn älter, als er wahrscheinlich war. Aber auch attraktiv. Die Überraschung, ihn hier zu sehen, ließ meinen Kopf kurz klar werden.

In diesem Moment erkannte er mich wieder. »Ah, Little Rainbow.« Er reichte mir die Hand.

Zögernd ergriff ich sie und stand auf. Ich hoffte nur, dass ihm nicht auffiel, wie mein Puls raste.

»Hätte nicht gedacht, dass wir uns so schnell wiedersehen«, bemerkte er.

»Hätte nicht gedacht, dass du dich daran erinnerst«, entfuhr es mir atemlos.

Er lächelte, doch seine Augen blieben davon unberührt. Verlegen biss ich mir auf die Unterlippe. Sein Blick glitt über meine bunten Haare und blieb an meinem Piercing hängen. »Ja, ich hab es wohl etwas übertrieben«, gab er leichthin zu. »Was tust du hier?«

Ich wusste nicht, ob er Bar Harbor an sich oder den Buchladen meinte, doch das war unbedeutend. Denn in dieser Sekunde fiel mir wieder ein, wieso ich überhaupt in ihn hineingelaufen war.

»Ich muss gehen«, sagte ich eilig und ließ ihn stehen. Jeder meiner Schritte war schneller als der vorherige.

Ich hörte, wie er mir etwas hinterherrief, aber ich reagierte nicht darauf.

Diesmal gab ich dem Drang nach und rannte.

6
Hunter

Nach der eher langweiligen und leider auch ergebnislosen Party letzte Nacht war meine Laune heute eigentlich im Keller. Bis ein Schopf bunter Haare und ein verschreckter Blick mich all das Negative vergessen ließen.

Ich hatte es schon öfters erlebt, dass Mädchen vor mir davonliefen. Jedoch keine, die hier Urlaub machten und die Geschichten nicht kannten. Und auch nicht so, als wäre der Teufel hinter ihnen her. Doch das Mädchen mit dem Regenbogenhaar rannte so schnell, dass ich sie schon nach wenigen Sekunden nicht mehr entdecken konnte. Dabei war sie kaum zu übersehen.

Irritiert blickte ich noch einen Moment die Straße entlang, bis ein Kunde den Buchladen verließ und mir beinahe die Tür gegen den Kopf rammte. Eine Entschuldigung murmelnd drückte er sich an mir vorbei, und ich betrat den Laden. Ich strebte direkt auf die Abteilung mit den Science-Fiction-Romanen zu, als mich ein »Hey du!« aufhorchen ließ.

Der Typ an der Kasse winkte mir zu, und ich ging stirnrunzelnd an den wartenden Menschen vorbei, die frustriert aufstöhnten, weil sie endlich ihren Einkauf bezahlen und gehen wollten.

»Kennst du das Mädchen?« Der Typ nickte in Richtung Tür.

Bevor ich antworten konnte, reichte er ein dickes Buch über den Tresen. »Sie hat es schon bezahlt«, erklärte er und schob sich die eckige Brille etwas höher über die Nase. »Nimmst du es mit?«

Ich zögerte eine Sekunde. Genau genommen kannte ich sie ja nicht. Andererseits wusste ich, wo ich sie finden konnte. Schließlich hatte ich ihr selbst den Weg beschrieben.

»Sicher.« Ich griff mir das Buch, und der Verkäufer atmete

erleichtert aus, wahrscheinlich, weil er sich jetzt um ein Problem weniger kümmern musste.

Erst als ich mich von der Kasse entfernte, blickte ich auf den Titel des Buches. Es war eine wunderschöne Ausgabe von *Der Herr der Ringe*. Mein Herz zog sich zusammen. Ausgerechnet dieses Buch. Unzählige Stunden haben Maia und ich früher mit dieser Reihe verbracht. Ich habe sie ihr an verregneten Nachmittagen vorgelesen, und wir haben in der Sonne liegend unsere Lieblingsstellen diskutiert.

Meine Finger fuhren die goldenen Lettern auf dem Einband nach. Welch seltsamer Witz des Schicksals war das schon wieder? Wieso kaufte ein Mädchen von irgendwo gerade dieses Buch und ließ es am Tresen liegen, kurz bevor ich auftauchte?

Vielleicht sollte ich es zurück zur Kasse bringen. Sie würde es sicher abholen kommen. Andererseits: Ich war neugierig. Zu gerne würde ich mehr über sie erfahren. Wieso war sie so überstürzt abgehauen? Irgendetwas an ihr passte nicht zusammen.

Ich wollte ergründen, was es war.

7

Andy

Als ich den Campingplatz erreichte, bekam ich kaum noch Luft. Übelkeit wirbelte in meinem Magen. Ob vom Rennen oder durch die Gedanken, die mir durch den Kopf schossen, wusste ich nicht.

Ich zwang mich, langsamer zu werden und folgte einem der Wege an Wohnwagen, Zelten und dem Waschraum vorbei, bis ich den kleinen, farngesäumten Trampelpfad wiederfand, der in den Wald führte. Mein Atem beruhigte sich etwas, während ich zwischen den Bäumen abtauchte, und als ich ein paar Minuten später den Bach erreichte, ließ auch die Übelkeit nach.

Erschöpft sank ich auf einen Felsen am Bachufer und legte die Stirn auf meinen Handflächen ab. Das Wasser plätscherte zwischen Steinen und den aus der Erde ragenden Wurzeln entlang, ein leichter Wind trocknete den Schweiß in meinem Nacken. Langsam konnte ich wieder klar denken.

Ein paar Sekunden rang ich mit mir, dann zog ich mein Smartphone aus der Tasche und suchte Brians Nummer heraus. Mein Finger schwebte kurz über Moms Namen, aber ich konnte sie nicht anrufen. Ich brachte es nicht über mich, und ich fürchtete, dass sie mich überreden würde, nach Hause zu kommen. Außerdem hatte ich Angst, dass Link das Gespräch belauschte. Wofür er sie bestrafen würde.

Ich wählte Brians Nummer. Nervös spielte ich mit meinem Piercing, bis meine Unterlippe sich schon ganz wund anfühlte. Ich hoffte, Brian nahm ab. Nach dem Ende unseres letzten Gesprächs war ich mir da nicht so sicher. Nach einigen quälend langen Momenten wich das monotonen Tuten seiner Stimme.

»Du hast es gesehen«, sagte er ohne Begrüßung.

Ich schluckte. Obwohl ich nur die Artikelüberschrift gelesen hatte, war mir ziemlich klar, was geschehen war. Doch trotz allem, was ich über Link wusste, und allem, was er mir schon angetan hatte, hoffte ich. Hoffte inständig, dass ich mich irrte. »Was hat er getan? Woher dieser Artikel?«

Brian seufzte. Es klang erschöpft. »Ist das nicht offensichtlich?«

»Er hat mir die Schuld für Moms Verletzungen zugeschoben.« Erst als ich es aussprach, spürte ich die Wut und Verzweiflung in mir aufsteigen.

Brian seufzte erneut. »Er hat noch mehr getan«, sagte er langsam.

Ich verkrampfte mich und drückte mir das Handy fester ans Ohr. »Was?«

Brian räusperte sich. »Als er Mom ins Krankenhaus gebracht und erzählt hat, sie wäre die Treppe runtergefallen, haben die Ärzte es erst geglaubt. Aber einem ist dann doch aufgefallen, dass die Verletzungen nicht zu so einem Sturz passen. Er stellte Fragen, und er war beharrlich. Ich hab zum ersten Mal erlebt, dass Link sich nicht einfach so rauswinden konnte.«

Wenn ich nicht gewusst hätte, worauf diese Geschichte hinauslief, hätte mich die Vorstellung mehr als gefreut. Jetzt jedoch löste sie nur Beklemmung aus.

»Er dachte sich alle möglichen Lügen aus. Wie aggressiv du wärst und wie gewalttätig. Er sagte, du hättest Mom die Treppe runtergestoßen und anschließend auf sie eingeschlagen und getreten. Er schien geradezu Spaß dabei zu haben, dir all das anzuhängen, und ging noch weiter.«

»Was meinst du?« Meine Stimme war heiser vor Angst, über das Plätschern des Bachs kaum zu verstehen. Brian schien mich dennoch gehört zu haben.

»Link hat dich angezeigt«, antwortete er. Hastig und atemlos, als würde er es nur schnell hinter sich bringen wollen. »Er hat dich wegen schwerer Körperverletzung angezeigt.«

Erstarrt blickte ich auf die kleinen Wellen des Bachs und sah doch nichts. Galle stieg in mir auf, als ich die Tragweite dieser Worte begriff. »Sie suchen nach mir«, stellte ich fest. Ein dunkles Rauschen füllte meine Ohren. Ich fühlte mich seltsam taub. Als würde ich geradewegs auf einen Abgrund zu rasen, mit dem Wissen, niemals rechtzeitig anhalten zu können.

»Ja. Tut mir leid.«

»Wieso hast du mich nicht verteidigt?« Die Wut kam so plötzlich wie ein Donnerschlag. Mit einem Mal war ich auf den Beinen und lief unruhig hin und her. »Wieso hast du ihnen nicht gesagt, wie es wirklich war?«

»Was glaubst du, hätte Link dann getan?«, lautete Brians Gegenfrage. Als er weitersprach, drang Verzweiflung aus jeder Silbe. »Ich hab versucht, ihnen die Wahrheit zu sagen. Wirklich. Aber du weißt ja, wie Link ist, wie er sich verstellen kann, und dann dachte ich, wenn sie in deine Akte schauen, glauben sie mir sowieso nicht mehr. Aber Link hätte auf jeden Fall herausgefunden, dass ich geredet habe. Ich wollte es wirklich. Ich hatte nur …«

»Angst«, beendete ich seinen Satz leise. »Ja, ich weiß.«

Meine Wut verpuffte und ließ mich erschöpft zurücksinken. Ein Schluchzen kämpfte sich in meiner Kehle nach oben und erinnerte mich an all den Schmerz, den ich Tag für Tag wegzusperren versuchte.

»Du hättest mich wenigstens warnen können. Spätestens bei unserem letzten Telefonat.«

»Das wollte ich«, erwiderte Brian. »Aber dann dachte ich, wieso? Ich bin nicht blind. Ich weiß, was du für uns getan hast, und ich wollte nicht, dass du noch mehr Angst haben musst. Zumindest für den Moment.«

Bei seinen letzten Worten konnte ich die Tränen nicht länger zurückhalten. Weil ich nicht damit gerechnet hatte. Ich hatte mich immer um Brian gesorgt, um ihn gekümmert, mich aber nie gefragt, ob er auf seine Art dasselbe versuchte.

»Die Fahndung ist bisher auf Illinois beschränkt« sagte er nach kurzer Stille. »Aber ich bin mir sicher, dass Link nicht aufgeben wird, bis sie für die ganzen Vereinigten Staaten gilt.«

Für einen kurzen Moment war ich erleichtert. Immerhin landete mein Bild noch nicht auf den Polizeidienststellen von Bar Harbor. Doch dann fiel mir der Zeitungsartikel wieder ein. Ich hatte nur das Bild von unserem Haus gesehen.

»Weißt du, ob in der Zeitung ein Foto von mir ist?«

»Nein, da war keins.«

Ich atmete auf.

»Sag mir, wo du bist«, bat Brian. Anders als bei unserem letzten Gespräch klang er nicht wütend, sondern besorgt.

Ich biss mir auf die Lippe, während ich mit mir rang. Das Piercing drückte sich in meine Haut, bis ich antwortete: »Ich kann nicht.«

Brian schnaufte frustriert. »Glaubst du, ich verrate dich?«

»Nein«, antwortete ich, während ich aufstand und mich vom Bach abwandte. »Nicht absichtlich. Aber du weißt, wie überzeugend Link sein kann.«

Einen Moment war es still in der Leitung. »Ich bin immer noch wütend, okay?«, fuhr Brian dann mit fester Stimme fort. »Ohne dich wäre all das nicht passiert. Wenn du noch eine Weile durchgehalten hättest, wäre Link nicht so ausgeflippt.«

Ich öffnete schon den Mund zu einer aufgebrachten Erwiderung, als er sagte: »Aber ich verstehe es. Wahrscheinlich bin ich sogar neidisch, weil du genug Mut hattest, zu gehen. Und ich hoffe, dass Link dich nie findet. Ich habe ihn noch nie so gefährlich erlebt wie jetzt.«

Ich blieb stehen und atmete tief durch, bevor ich einen Gedanken aussprach, der mir schon lang durch den Kopf ging. »Du könntest auch gehen, weißt du?« Mein Herz setzte einen Schlag aus, weil ich nicht glauben konnte, dass ich es wirklich aussprach. »Du musst nicht bleiben, nur, weil Mom es tut. Sie hat uns kein einziges Mal geschützt. Sie hat nie den Versuch unternommen, Link loszuwerden. Du bist ihr nichts schuldig. Du könntest gehen und sie zurücklassen.«

Ich fühlte mich wie der schlechteste Mensch der Welt. Obwohl ich wusste, dass es die Wahrheit war. Noch konnte Brian sich retten.

»Wenn du das wirklich glaubst«, antwortete er bitter, »wieso hast du dann all die Schläge für sie eingesteckt, und das jahrelang?«

Der Wind strich über meine nackten Arme und meinen Nacken, bis ich eine Gänsehaut bekam. Ich suchte nach einer Antwort. Die Wahrheit war, dass ich es selbst nicht mehr wusste.

Ich lief noch lange durch den Wald. Bis meine Panik abebbte. Bis ich Brians Stimme nicht mehr in meinem Kopf hörte. Bis ich das Bild von Link im Krankenhaus loswurde. Davon, wie er der Polizei all die Lügen erzählte.

Es spielte keine Rolle. Ich war hier. Ich würde nicht nach Chicago zurückkehren. Mir blieb nur, weiterzugehen.

Als ich am Abend den Campingplatz erreichte, blieb ich wie angewurzelt stehen. Irritiert musterte ich die Gestalt, die auf einer Bank neben dem Kiosk saß. Das Licht der Laternen warf Schatten in sein Gesicht, dennoch erkannte ich ihn sofort. Für einen Moment fragte ich mich, ob ich einfach schnell an ihm vorbeihuschen konnte. Aber als ich näherkam, stand er auf und blickte mich an.

»Little Rainbow.« Seine Stimme war warm und rauchig wie ein Lagerfeuer. So wie am Mittag schon, als wir vor dem Buchladen zusammengestoßen waren. Er betrachtete mich nachdenklich. Unruhe befiel mich.

»Was soll das? Verfolgst du mich? Wie hast du mich gefunden?«

Irritiert zog er die Brauen zusammen. »Ich habe dir gestern den Weg beschrieben, weißt du noch?«

Meine Schultern sackten herab. Ich spürte, wie ich rot wurde. Daran hatte ich nicht gedacht. »Stimmt«, gab ich zu. »Das erklärt trotzdem nicht, was du hier willst.«

Wortlos kam er näher und streckte mir einen Stoffbeutel entgegen. Ich erkannte das Logo des *Whisper of Books*. Unsicher nahm ich den Beutel entgegen und sah hinein.

»Oh.« Überrascht zog ich die Ausgabe von *Der Herr der Ringe* aus der Tasche, die ich im Laden vergessen hatte.

»Ich dachte, das hättest du vielleicht gerne. Immerhin hast du es bezahlt. Bevor du so überstürzt aufgebrochen bist.«

Ich hörte die versteckte Frage in seinen Worten, ging allerdings nicht darauf ein. Überrumpelt drückte ich das Buch an mich. Ein kleines Lächeln zupfte an den Lippen meines Gegenübers. »Ja. Vielen Dank – äh …« Hatte er mir seinen Namen schon genannt?

Er schmunzelte. »Ich bin Hunter.«

»Hunter«, wiederholte ich. Ein eher ungewöhnlicher Name. Der Beginn wie ein Lachen, der Schluss wie ein Wispern. Er gefiel mir. Vielleicht war es aber nur ein Spitzname?

Er legte den Kopf schief, und es dauerte ein paar Sekunden, bis ich begriff.

»Oh, ich bin Andy.« Unwillkürlich drückte ich das Buch fester an mich. Nach wie vor befiel mich eine leichte Unruhe, wenn ich meinen Namen aussprach. Ich dachte an den Artikel. Die Fahndung. Mein Herz klopfte schneller.

»Du machst hier also Urlaub?« Er sank zurück auf die Bank und lehnte sich entspannt zurück. Es schien nicht so, als hätte er vor, demnächst zu gehen.

»Ja.« Fieberhaft überlegte ich, ob ich gefahrlos die Wahrheit sagen konnte, während er mit seinen hellen, blauen Augen in mich hineinzuschauen schien. Vielleicht war es übertrieben, doch nach allem, was ich heute erfahren hatte, wusste ich nicht mehr, wie viel ich über mich verraten sollte. Eine Studentin, die auf einem Campingplatz wohnte, kam Hunter sicher merkwürdig vor. Merkwürdige Dinge blieben den Menschen in Erinnerung. Das war das Letzte, was ich brauchte.

»Ich dachte, so ein kleiner Trip, bevor das erste Collegesemester beginnt, kann nicht schaden. Selbstfindung und so.« Ich lachte leise auf, als mir klar wurde, wie bescheuert ich klang.

Doch Hunter wirkte eher neugierig als belustigt. »Dann beginnst du auch mit dem College? Woher kommst du denn?«

»Chicago.« Hastig bis ich mir auf die Zunge. *Ganz toll, Andy, schrei ruhig jedem Fremden die Wahrheit ins Gesicht.*

»Und du?«, fragte ich, um von mir abzulenken. »Lebst du schon immer hier?«

Hunter stützte die Ellenbogen auf den Oberschenkeln ab und legte die Hände zusammen. »Meine Familie hat sozusagen eine enge Bindung zu dieser Stadt.« Mir entging das leise Zögern in seiner Stimme nicht. Im nächsten Moment war es verschwunden. »Früher hatten wir nur unseren Zweitwohnsitz hier. Aber vor einiger Zeit sind wir ganz hergezogen.«

»Zweitwohnsitz«, rutschte es mir raus. »Wow.«

Hunter lachte auf. »Ist nicht so cool, wie es klingt. Glaub mir.« Sein Lachen ging mir bis ans Herz. Es war so warm. Dennoch. Da war noch etwas anderes. Etwas, das ich nicht einordnen konnte. »Meine Freunde sind in den Ferien durch die halbe Welt gereist, und ich kam mit meiner Familie immer wieder hierher, weil meine Mutter die Ruhe und Idylle so mag.« Ein leicht bitterer Unterton hatte sich in seine Stimme geschlichen.

Einen Moment rang ich mit mir, dann ließ ich mich neben ihn auf die Bank sinken. Mittlerweile schmerzte mein Körper vor Anspannung und Erschöpfung. »Kann ich irgendwie verstehen. Die Ruhe, die Abgeschiedenheit. Dieser Ort ist wie eine kleine eigene Welt.«

Hunter musterte mich fragend, sprach seine Gedanken aber nicht aus. Sein Blick fiel auf das Buch, das ich immer noch an mich drückte. »Hast du es schon einmal gelesen, oder ist das deine erste Reise mit den Gefährten?«

Bei dieser Frage war ich es, die schmunzeln musste. »Einmal? Ich habe es so oft gelesen, dass ich es beinahe auswendig kann.«

Der Blick in Hunters Augen war unergründlich. Er sah mich einfach nur an, bis ich nichts mehr wahrnahm, als seine Augen und meinen eigenen Herzschlag, der mir in den Ohren pochte.

»Ich auch«, sagte er schließlich. Er räusperte sich. »Und auf welches College gehst du? In Chicago bei deiner Familie? Dann musst du sicher bald abreisen, es sind ja nur noch ein paar Tage bis Semesterbeginn.«

Ich spürte, wie mein Lächeln von eben mit jedem weiteren Wort gefror. Es waren harmlose Sätze, von jemandem gesprochen, der mich nicht kannte. Einfache Worte, die einen Abgrund in mir aufrissen.

Hunter schien es zu bemerken, denn er richtete sich langsam auf. Seine Augen suchten mein Gesicht ab. Ich wusste nicht, was er zu finden hoffte.

In diesem Moment gab mein Handy ein kurzes Läuten von sich. Ich wich Hunters Blick aus und sah auf den Bildschirm. Wider besseres Wissen öffnete ich die Mail.

Genieß deine Freiheit, solange du noch kannst.

Meine Finger krampften sich um das Handy. Diese Worte stammten zweifelsohne von Link.

Mit einem Mal wurde mir wieder bewusst, was ich tat. Wie sehr es meinen Vorsätzen widersprach. Keine unnötigen Kontakte. Verrate nicht zu viel. Verdammt.

Ich sprang auf. »Ich muss los«, sagte ich, während ich schon rückwärts die ersten Schritte machte. »Danke für das Buch. Mach's gut.«

Hunter stand auf. »Bis dann, Little Rainbow.«

Der Spitzname ließ mich kurz innehalten und schlucken.

Hunter klang verwirrt, und ich konnte es ihm nicht verübeln Schon wieder lief ich vor ihm davon. Seine Worte waren so voller Wärme, dass es mich beinahe schmerzte, weiterzugehen.

8
Hunter

Ich schaute Andy hinterher, und für einen Moment sah ich Maia. Es war dieser Blick in Andys Augen, als sie auf ihr Handy geguckt und scheinbar eine Nachricht gelesen hatte. Ein Blick, zerbrechlich wie Glas. Andy verbarg etwas. Etwas, das sie quälte.

Alles in mir schrie, dass ich mich von ihr fernhalten sollte. Es war gut, dass sie bald abreiste, denn ich traute mir nicht. Ich sollte mich auf niemanden einlassen. Vor allem nicht auf eine Frau, die möglicherweise Probleme mit sich herumtrug. Ich konnte nicht noch jemanden schützen. Vor allem konnte ich dabei nicht noch einmal versagen. Das würde ich nicht ertragen.

Mein Handy klingelte, und ich riss meinen Blick von den Wohnwagen fort, zwischen denen Andy verschwunden war. Während ich über den leeren Vorplatz zur Straße ging, um mich auf den Weg zurück zum Campus zu machen, angelte ich das Handy aus meiner Jeans und fluchte unterdrückt, als ich den Namen sah. Resigniert nahm ich das Gespräch entgegen, da es sich erfahrungsgemäß eh nicht vermeiden ließ. »Hallo, Mom.«

»Guten Abend, William.«

Ich knirschte mit den Zähnen. Mein zweiter Vorname klang für mich so unangenehm wie das Kratzen von Fingernägeln auf einer Tafel. Bei meiner Geburt durfte mein Vater den ersten Namen auswählen, bei Maias Geburt meine Mutter. Sie hatte sich nie damit anfreunden können, dass er mich Hunter nannte, also hielt sie eisern an meinem zweiten Vornamen fest.

»Was gibt's?«

»Bist du gut angekommen? Gab es Probleme?« Im Hintergrund raschelte Papier, während meine Mutter sprach. Vermutlich arbeitete sie nebenbei. Wie immer. »Hast du dich schon für deine Kurse eingetragen?«

»Mach ich gleich morgen früh. Heute war keine Zeit mehr.«

Meine Mutter seufzte hörbar ungehalten. »William, du musst dich rechtzeitig für die richtigen Kurse anmelden, sonst bekommst du keinen Platz und eine Verlängerung des Studiums -«

»Die Plätze werden per Losverfahren verteilt, und in den meisten gibt es genug«, unterbrach ich ihren Vortrag.

»Ich will mich nicht streiten.«

Das war ja etwas ganz Neues.

»Für welche Kurse hast du dich denn entschieden? Wirtschafts- und Politikkurse sind für den Anfang auf jeden Fall gut. Das schafft ein gutes Fundament für alles Weitere, spezialisieren musst du dich sowieso erst später.«

Ich versuchte, nicht genervt zu klingen, als ich die Kurse herunterleierte, die ich mir nicht ganz freiwillig ausgesucht hatte. Ehrlich gesagt, wusste ich nicht, was ich mit meiner Zukunft anfangen wollte. Ich las gerne, schrieb manchmal selbst Geschichten. Vorzugsweise welche mit vielen gefährlichen Gänsehautmomenten, die der Stoff für Albträume waren. Aber ich wusste nicht, ob mehr daraus werden konnte und ich damit mein Geld verdienen wollte. Ob ich es überhaupt konnte. Möglicherweise war alles, was ich schrieb, totaler Mist.

Ich interessierte mich auch für Musik und spielte Geige. Ich trieb gerne Sport, und manchmal, wenn ich Logan beim Lernen beobachtete, spürte ich das Interesse an naturwissenschaftlichen Fächern in mir aufsteigen. Aber ein Studium in dem Bereich? Ich wusste es nicht.

Das war natürlich etwas, das meine Mom nicht gerne hörte. Deshalb hatten wir uns darauf geeinigt, dass ich verschiedene Dinge ausprobieren und sie mich bis zum Ende des Studiums unterstützen würde, wenn ich gleichzeitig Kurse besuchte, mit denen ich später in ihre Fußstapfen treten konnte. Sie stellte es als eine Art Notausgang dar. Einen Weg, den ich einschlagen konnte, falls aus all meinen anderen Ideen nichts wurde. Doch ich wusste, dass es in Wirklichkeit ihr Wunsch war. Ihr großer Plan für mich. Ich sollte unserem Namen Ehre machen. Dem Namen, der Bar Harbor gegründet hatte. Eine Vorstellung, bei der ich mich geradezu angekettet fühlte. Dennoch hatte ich die von ihr vorgeschlagenen Kurse gewählt. Aus der irrwitzigen Hoffnung heraus, dass wir irgendwann doch zu unserem alten Verhältnis zurückfinden konnten.

Gerade als ich etwas vom Kurs *Geschichte der Politik* erzählte und Gott dafür dankte, dass ich mir zumindest ein paar Infos durchgelesen hatte, hörte ich meinen Vater im Hintergrund.

»Ist das Hunter? Stell doch den Lautsprecher an, Liebling.«

Ich konnte beinahe hören, wie meine Mom die Augen verdrehte, während sie den entsprechenden Knopf drückte. »Er war gerade dabei, mir von seiner Kurswahl zu erzählen.«

»Wunderbar«, sagte mein Vater. »Ist etwas Gutes dabei? Hast du dich schon für eine Mannschaft entschieden? Wie sieht es mit dem Orchester aus?«

»Das ist doch nun wirklich zweitrangig, Derek«, nahm meine Mom mir unwirsch die Antwort ab. »Für seine Hobbys hat er später noch genug Zeit.«

»Wenn ich tot bin«, murmelte ich leise, während ich in der Ferne die Lichter der Unibibliothek sah.

»Da hast du sicher recht.«

Wut regte sich in mir, als ich Dads unterwürfige Antwort hörte. Ich atmete tief durch, bevor ich sagte: »Die Termine fürs Probetraining der Mannschaften sind nächste Woche, genauso wie das Vorspielen für das Orchester.«

Mein Vater würde es jetzt, in Gegenwart meiner Mutter, nicht zugeben, doch er wollte diese Antwort hören, und wahrscheinlich würde ihn mein möglicher Beitritt zum Orchester tausendmal glücklicher machen als die Tatsache, dass ich Wirtschafts- und Politikkurse wählte.

»Ich denke, letztendlich werde ich mich für eins entscheiden müssen«, fügte ich hinzu, während ich auf das Wohnheim zuging. »Für Sport *und* Musik fehlt mir sicherlich die Zeit.«

Ich hätte meinen Dad gern gefragt, ob sich etwas Neues bei unserem gemeinsamen Projekt ergeben hatte. Allerdings wusste ich, dass das dies nicht der ideale Zeitpunkt für einen Themenwechsel war. Eine Übungshalle für *American Ninja Warrior* war nichts, was Mom befürwortete. Dafür war es eines der wenigen Dinge, die meinen Dad und mich momentan zusammenbrachte, und dafür war ich dankbar.

»Das klingt vernünftig, William«, erwiderte meine Mom. »Sehr schön, dass du dich wieder mehr auf die wirklich bedeutenden Dinge konzentrierst.«

»Bedeutende Dinge?«, echote ich ungläubig. Den Haufen unfreundlicher Gedanken, der mir zeitgleich durch den Kopf schoss, schluckte ich runter. Stattdessen angelte ich mit meiner freien Hand die Chipkarte aus meiner hinteren Hosentasche, zog sie über den Scanner an der Tür und betrat das Wohnheim.

»Wir erwarten dich nächsten Freitagabend zum Essen. Es ist wichtig.«

»Ist es das nicht immer?« Augen verdrehend durchquerte ich den Flur, hielt vor dem Fahrstuhl an und wandte mich wieder um. Ich traute dem kleinen Kasten nicht, obwohl man ihn gerade erst repariert hatte. Die Treppe erschien mir sicherer.

Mein Dad räusperte sich. »Es geht um Maia.«

Ich verpasste die oberste Treppenstufe und schlug keuchend der Länge nach hin. Unterdrückt fluchend rappelte ich mich auf und rieb mir die schmerzende Seite.

»William?«

»Was ist mit Maia?« Meine Hand hielt das Handy so fest, dass meine Finger schmerzten. Die helle Leuchtstoffröhre über mir erlosch, weil ich mich zu lange nicht geregt hatte und die AU mithilfe von Bewegungsmeldern Geld sparen wollte.

»Wir haben beschlossen, unsere bisherigen Bemühungen zu verstärken, um sie nach Hause zu holen«, erklärte meine Mutter.

Beinahe hätte ich laut aufgelacht. Bisherige Bemühungen? Meinte sie damit das Vertuschen vor der Presse, damit ihre Karriere als Bürgermeisterin und Vorzeige-Powerfrau nicht gefährdet war? Oder das konsequente Ignorieren des freien Platzes am Esstisch?

»Ich bin mir nach wie vor sicher, dass sie sich bei einer ihrer äußerst fragwürdigen Freundinnen jeder Verantwortung entzieht und ihr Leben verschwendet, aber da sie scheinbar von allein nicht zur Vernunft kommt und wir sie so bisher nicht ausfindig machen konnten, halten wir es für angebracht, einen Privatdetektiv zur Unterstützung hinzuzuziehen.«

Es dauerte eine Weile, bis ich aus ihren wie beiläufig gesprochenen Worten die wichtigsten Informationen herausgefiltert hatte. Wut, Unglaube und Hoffnung kämpften um meine Aufmerksamkeit, während ich die Tür zu meinem Zimmer öffnete. Ich entschied mich für die Hoffnung, schließlich war dies ein wahrer Fortschritt im Vergleich zu den letzten Wochen. »Sehr gut. Wie wird er vorgehen?«

»Das werden wir nächste Woche bei dem gemeinsamen Essen besprechen«, antwortete meine Mom. An ihrem abwesenden Tonfall erkannte ich, dass sie in Gedanken schon längst bei ihrer Arbeit war.

»Nächste Woche erst?«, fragte ich ungläubig und ließ mich Logan gegenüber aufs Bett fallen.

Er beobachtete mich neugierig von seinem Bett aus, eine Hand voll Chips auf halbem Weg zum Mund.

Meine Mom schnalzte mit der Zunge. »Hörst du nicht zu, William? Nächste Woche Freitag. Achtzehn Uhr. Sei pünktlich.«

»Er ist ein gefragter Mann. Aber es ist ein Anfang«, fügte mein Dad hinzu.

Dann ertönte ein Tuten. Meine Mom hatte das Gespräch beendet. Anderen das Wort abzuschneiden – darin war sie unglaublich talentiert.

»Gibt's was Neues?« Logan richtete sich auf, wobei ein Haufen

Chipskrümel zu Boden rieselte.

In wenigen Worten berichtete ich ihm von dem Gespräch.

»Dein Dad hat recht, es ist ein Anfang. Und wenn der Detektiv so ausgebucht ist, dass er erst am nächsten Freitag Zeit hat, ist das doch ein gutes Zeichen, oder?«

»Ja, vielleicht.« So ganz überzeugt war ich davon nicht. Irgendwie kam es mir seltsam vor, dass meine Mutter plötzlich ihre Meinung änderte und etwas tat, um Maia zu finden. Dennoch fühlte ich mich für einen Moment ein Stück leichter. Trotz der Lügen, Sorgen und Ängste, die mich zurzeit erfüllten, sah ich plötzlich etwas Licht durch die düsteren Wolken in meinem Innern brechen.

Müde ließ ich mich rücklings auf mein Bett fallen und starrte an die Decke. Ich war kurz erleichtert, dass heute keine Party anstand. Ich brauchte eine Nacht voll Schlaf.

Logan knüllte die leere Chipstüte zusammen und wandte sich seinem Handy zu.

Bereit, den Tag hinter mir zu lassen, griff ich unter mein Kopfkissen und zog den Roman hervor, der sich dort verbarg. Im Moment war es *Nevernight*. Ein Buch, das eigentlich viel zu dick war, um darauf zu schlafen, doch der einzigartige Schreibstil des Autors ließ mich auch in den dunkelsten Nächten mit Leichtigkeit in eine andere Welt gleiten.

Während ich das Buch aufschlug, blitzte Andys Gesicht in meinen Gedanken auf. Ich erinnerte mich an das Funkeln in ihren blauen Augen, als sie *Der Herr der Ringe* von mir entgegennahm. Für einen Moment überlegte ich, ob sie auch ein Buch unter dem Kopfkissen liegen hatte. Und ob sie, wenn sie das nächste Mal *Der Herr der Ringe* las, an mich denken würde.

9
Andy

Während ich zum Mittag eine Schüssel Müsli mit Jogurt verschlang, wanderte mein Blick immer wieder von den Seiten meines Buchs zu dem kleinen Regal über meinem Bett, auf dem jetzt
die neue Ausgabe von *Der Herr der Ringe* lag. Hunter ging mir
nicht aus dem Kopf. Er war ein gleichermaßen faszinierender wie
irritierender Mensch. Wer schenkte einem wildfremden Mädchen
schon ein Buch?

Gut, genau genommen hatte er es mir nicht geschenkt, ich
hatte es ja selbst bezahlt. Aber er hatte es mitgenommen und
dann, wer weiß wie lange, auf dem Campingplatz auf mich gewartet, um es mir persönlich zu geben. Das war fast noch seltsamer. Er hätte es auch bei Rosa abgeben können.

Ich schüttelte den Kopf über mich selbst. Schluss jetzt, keinen
weiteren Gedanken wollte ich an diese Begegnung verschwenden.
Immer wieder rief ich mir meinen ursprünglichen Grundsatz in
Erinnerung. Unauffällig bleiben. Keine überflüssigen Kontakte.

Es war besser so. Durch Link hatte ich in den letzten Jahren
kaum Gelegenheit gehabt, Freundschaften aufzubauen. Er hatte
mich nicht nur von allem ferngehalten, sondern mir auch gezeigt,
wozu Menschen fähig waren und dass man nicht vorsichtig genug
sein konnte.

Entschlossen stellte ich die leere Schüssel in das kleine Spülbe-
cken und fasste mein buntes Haar in einem kurzen Zopf zusammen. Ich wusste nicht, ob es als Kellnerin irgendwelche Kleider-
vorschriften einzuhalten gab, weshalb ich mich für ein schlichtes
schwarzes Shirt und Jeans entschieden hatte. Beim Blick in den
kleinen Spiegel an der Tür bemerkte ich, dass die Ärmel des Shirts

zu kurz waren. Wenn ich mich bewegte, schaute die Narbe an meinem Oberarm deutlich darunter hervor. In einer Jacke würde mir heute schnell zu warm werden, deshalb ging ich zurück und suchte mir ein anderes Shirt aus. Es war etwas zu groß und leuchtete in einem viel zu grellen Pink. Aber die Narbe war nicht mehr zu sehen. Ich band einen Knoten in den Saum des T-Shirts, damit es besser saß. Dann machte ich mich auf den Weg zum *Café Mary*.

Ich war etwas früh dran, aber als ich ankam, winkte Vicky mich gleich erleichtert zu sich.

»Gott sei Dank bist du pünktlich«, keuchte sie und drückte mir sogleich ein Tablett und einen Lappen in die Hand. »Tu mir den Gefallen und räum einfach erst mal die Tische ab, hier ist heute die Hölle los.«

Da hatte sie nicht unrecht. Jeder Tisch war besetzt, auf einigen stand noch das Geschirr der vorherige Gäste, während die neuen bereits in den kleinen, bunten Getränkekarten blätterten. Vicky bediente die Kasse und den Kaffeeautomaten gleichzeitig und hatte Schweißperlen im Gesicht.

Ohne zu zögern, wandte ich mich um und lief von einem Tisch zum nächsten, um das Geschirr einzusammeln. Es dauerte. Ich hatte noch nie ein volles Tablett getragen und musste viel zu häufig zum Tresen zurückgehen. Nach zwanzig Minuten hatte ich die Tische abgeräumt, und die Gäste brauchten ihre Arme nicht mehr auf den klebrigen Krümeln längst gegessener Cupcakes ablegen.

»Das Pärchen in der Ecke wünscht sich Mousse au Chocolat, der Nerd am Fenster wartet auf seinen veganen Latte macchiato und Elsa mit Hut möchte ein Stück Käsekuchen mit extra Sahne«, ratterte ich nach meinem letzten Gang atemlos die Bestellungen runter, die mir nebenbei zugerufen worden waren.

Vicky, die gerade gefüllte Tassen und Kuchenteller auf ein Tablett stapelte, blinzelte mich irritiert an. »Wer?«

Ich pustete mir eine Haarsträhne aus den Augen und zeigte auf die besagten Leute. Vicky stellte mir in Windeseile das Gewünschte bereit, und ich bemühte mich, alles heil zu den Tischen zu tragen. Vermutlich wusste jetzt jeder in diesem Raum, dass ich noch nie zuvor gekellnert hatte, so unsicher, wie ich das Tablett mit beiden Händen zwischen den Tischen hindurchbalancierte.

Eine Stunde später ließ der Andrang etwas nach, und Vicky und ich konnten einen Moment der Ruhe genießen. Ich nippte an dem hausgemachten Eistee, den sie mir reichte, und lehnte mich erschöpft gegen den Tresen.

»Ich mag es nicht, wenn man mich anlügt«, sagte sie aus dem Nichts heraus. Über den Rand ihres Glases musterte sich mich stirnrunzelnd. »Du hast noch nie gekellnert.«

Schuldbewusst verzog ich das Gesicht. »Nein. Tut mir leid.«

Vicky schüttelte nachdenklich den Kopf und trank einen Schluck. »Weißt du, ich mag dich und brauch hier wirklich Hilfe.« Sie stellte ihr Glas ab, und ich seufzte innerlich frustriert auf. Ich ahnte, was jetzt kommen würde.

»Aber ich -« Vicky verstummte. Ein panischer Ausdruck huschte über ihr Gesicht. Sie presste sich eine Hand auf den Magen und verschwand durch die kleine Tür am anderen Ende des Tresens.

Kurz blickte ich mich im Café um. Die Gäste waren gut versorgt, deshalb eilte ich ihr hinterher. »Vicky?«

Die Tür führte mich in einen kurzen Flur, der von Deckenflutern erhellt wurde. Ein paar Fotos zierten die eher kahlen Wände. Auf gut Glück öffnete ich die erste Tür und landete in einer Art Lager voll Geschirr, Servietten und dem Geruch von Kaffeepulver. Die nächste Tür führte in ein kleines Büro, dessen Schreibtische unter Bergen ungeordneten Papiers versanken. Schnell eilte ich weiter zur letzten Tür, hinter der sich hoffentlich die Toilette verbarg. Ich vermutete, dass Vicky schlecht geworden war. Tatsächlich war der letzte Raum ein kleines Badezimmer. Ich hörte ein leises Wimmern, doch Vicky kniete entgegen meiner Erwartung nicht vor der Toilette, sondern stand, nur noch in BH und Jeans gekleidet, vor dem kleinen Waschbecken.

»Verdammt, verdammt, verdammt«, fluchte sie leise vor sich hin, die Hände auf ihren nackten Bauch gedrückt. Ein eigenartiger Geruch erfüllte den Raum.

»Kann ich dir irgendwie helfen?«, fragte ich und versuchte, aus der Situation schlau zu werden.

Vicky fuhr erschrocken herum, wobei es leise knisterte. »Was machst du hier?« Wütend blitzten ihre Augen mich an. »Verschwinde.«

Irritiert trat ich zurück. Ich wollte mich gerade umdrehen und gehen, als ich den kleinen hellen Beutel unter ihren Händen entdeckte, der sich deutlich von ihrer dunklen Haut abhob. Mit einem Mal verstand ich. Entschlossen zog ich die Tür hinter mir zu und drehte den Schlüssel im Schloss.

»Was soll das?«, fragte Vicky. Ihre Stimme zitterte, doch sie klang mehr verzweifelt als aufgebracht.

Ich deutete auf den Beutel in ihren Händen, der sich scheinbar von ihrer Haut gelöst hatte. »Wenn ich dir bei der Versorgung des Stomas helfe, geht es schneller. Du hast doch sicher Material zum Wechseln dabei?«

Vicky sah mich perplex an. Vermutlich hatte sie nicht erwartet, dass ich ihren künstlichen Darmausgang direkt als solchen erkannte. Dann zeigte sie auf einen kleinen Rucksack am Boden und beobachtete unsicher, wie ich dessen Inhalt auspackte. Das Desinfektionsmittel, die Einmalwaschlappen, die Handschuhe und die Stomaplatte, die auf die Haut geklebt wurde, dazu den Beutel, den man daran befestigte.

»Woher weißt du, wie das geht?«, fragte Vicky und steckte die Mülltüte, die ich ihr reichte, in den Bund ihrer Jeans.

»Bevor ich hierhergezogen bin, hab ich ein längeres Praktikum in einem Krankenhaus gemacht«, antwortete ich mit Bedacht. »Dort habe ich viel gesehen.«

Ich zog mir die Handschuhe an und löste den alten Beutel von ihrem Bauch. Sie wich meinem Blick aus, während ich ihre Haut reinigte.

»Wieso hast du ein Praktikum im Krankenhaus gemacht?«, fragte sie, vermutlich mehr, um sich selbst abzulenken als aus ehrlichem Interesse, doch das spielte für mich keine Rolle.

»Ich hatte überlegt, Ärztin zu werden«, log ich geübt. Die gleiche Lüge hatte ich damals den Pflegekräften aufgetischt, die mich über die Stationen geführt hatten. Ich hätte ihnen ja kaum erzählen können, dass ich lernen wollte, die Verletzungen, die Link uns zufügte, selbst zu versorgen. Tatsächlich hatte ich anschließend für kurze Zeit überlegt, Medizin zu studieren. »Aber ich hab mich dann doch dagegen entschieden.«

Mein Herz schlug für Bücher und das Schreiben. Zumindest einmal in meinem Leben wollte ich diesem Gefühl folgen. Die wichtigsten Entscheidungen sollte man immer aus dem Bauch heraus treffen.

»Ich glaube, der Beruf würde dir liegen«, meinte Vicky, während ich die neue Platte andrückte.

»Wie lange hast du das Stoma schon?«, fragte ich, um von mir abzulenken.

Vicky nahm den frischen Beutel und befestigte ihn geübt an der Platte. Es klickte leise, als er einrastete. »Seit ein paar Jahren. Ich hatte einen Autounfall, und ein Stück Metall hat mich durchbohrt. Die Ärzte dachten eigentlich, es würde genug gesunder Darm erhalten bleiben, um normal weiterzuleben. Aber bei der OP stellte sich heraus, dass doch ein ziemlich großes Stück beschädigt war und entfernt werden musste.«

»Das tut mir leid.« Ich trat zurück und reichte ihr ihr T-Shirt.

Vickys Mundwinkel zuckten schwach. »Schon gut. Immerhin lebe ich noch, nicht wahr?« Sie verknotete die Mülltüte und warf sie in den Eimer unter dem Waschbecken. »Eigentlich komme ich gut damit zurecht, doch manchmal werde ich so unfassbar wütend. Wie jetzt im Sommer. Durch die Hitze löst die Platte sich einfach andauernd.« Seufzend zog sie sich ihr T-Shirt über, unter dem die Ausbuchtung des Beutels kaum zu sehen war. »Und ich kann dir gar nicht sagen, wie gerne ich einfach mal wieder einen

Bikini anziehen und mich in die Sonne legen würde.«

»Das könntest du.« Ich lächelte. »Sicher, es kostet Überwindung, aber es ist möglich.«

Vicky schüttelte den Kopf. »Danke, aber das Stoma an sich reicht mir, ich muss mich nicht auch noch zum Gespött machen. Menschen sind grausam.«

Ich schluckte und senkte den Kopf. *O ja*, dachte ich. *Grausamer, als du dir vorstellen kannst.*

Vicky blickte in den Spiegel und zupfte an ihren Locken. Ich wusste, wie es jetzt weitergehen würde. Wir würden den Raum verlassen und das Gespräch von eben fortsetzen. Ich würde meinen Job verlieren, bevor ich ihn richtig angetreten hatte. Der Gedanke ließ mich mit der Hand an der Türklinke innehalten. Es war nicht nur die Tatsache, dass ich das Geld und die Beschäftigung gut gebrauchen konnte. Ich brauchte auch das Gefühl von Normalität und Zugehörigkeit, das sich in mir ausgebreitet hatte, während ich Kuchen, verschiedene Kaffeekreationen und Saft servierte.

Ich straffte die Schultern und holte tief Luft. »Ich habe gelogen.« Meine Stimme klang fest durch den kleinen Raum.

Vicky wandte sich überrascht von ihrem Spiegelbild ab.

»Ja, okay, ich hab noch nie gekellnert. Aber das bedeutet nicht, dass ich diesen Job nicht machen kann. Ich lerne schnell. Ich bin klug, belastbar und halte sehr viel Stress aus. Das Praktikum im Krankenhaus ist nicht der einzige Job, den ich bisher hatte. Ich habe schon in einem Kiosk gearbeitet, wo mich jeden Abend schmierige und besoffene Idioten angegraben haben. Eine Zeit lang habe ich Nachhilfe gegeben, ich habe Regale in Supermärkten eingeräumt und Post ausgetragen. All diese Dinge hatte ich vorher nie getan, aber ich habe sie gut gemacht. Und ich verspreche, wenn ich hier arbeiten darf, wirst du das nicht bereuen.«

Vicky legte die Stirn in Falten. Ich konnte nicht sagen, ob mein kleiner Ausbruch sie überzeugt hatte oder sie sich fragte, wie sie mich ohne Schwierigkeiten loswurde.

»Ich brauche nur eine Chance«, fügte ich leise hinzu.

Ich bekam den Job und wäre Vicky vor Erleichterung am liebsten um den Hals gefallen. Sie erzählte ihrer Mutter Mary, einer zierlichen Frau mit stetem besorgten Stirnrunzeln, die am Ende der Schicht abgehetzt das Café betrat, dass ich ihr trotz fehlender Vorerfahrung eine große Hilfe gewesen war.

Ich hatte keine Ahnung, ob sie sich wegen meiner Worte oder aufgrund des Vorfalls im Bad für mich einsetzte. Es war auch unwichtig. Ich hatte einen Job, noch dazu einen, der mir Spaß machen könnte, und nur das zählte. Außerdem war Vicky wirklich nett, und für einen Moment erfreute mich der Gedanke, dass wir vielleicht Freundinnen werden könnten. Bis mir aufging, dass es eine Freundschaft voller Lügen sein würde. Ich konnte ihr kaum etwas Wahres über mich erzählen. Der Gedanke schloss sich wie eine eiserne Faust um mein Herz, und die Freude über den neuen Job verpuffte.

Als ich meinen Wohnwagen erreichte, kroch ich unter meine Bettdecke, zog meine Notizbücher hervor und versuchte, mich in meine erdachten Welten zu flüchten.

In den nächsten Tagen entwickelte ich eine Routine, um meine freie Zeit zu füllen. Morgens erledigte ich ein paar Dinge für Rosa, arbeitete anschließend ein paar Stunden im *Café Mary*, wobei ich mich laut Vicky immer geschickter anstellte, und ging anschließend eine Runde joggen.

Ich hatte mir vor Jahren angewöhnt, fast jeden Tag Sport zu machen. Ich tat alles, in der Hoffnung, fit genug zu sein, um gegen Link zu bestehen. Auf der Website der AU wurden einige Sportkurse angeboten, doch die meisten strebten die Teilnahme an öffentlichen Wettbewerben an und fielen für mich damit weg. Ich konnte es nicht riskieren, durch meine Teilnahme auf einem Foto in der Zeitung zu landen oder erwähnt zu werden, auch wenn mein Name jetzt ein anderer war. Deshalb war Joggen im Moment das Einzige, mit dem ich mich ein wenig fit halten konnte.

Meist lief ich durch den an den Campingplatz angrenzenden Wald, bis es dunkel wurde. Doch hinterher war ich nie erschöpft genug, um meine Gedanken zum Verstummen zu bringen.

Als ich am Abend vor dem Semesterbeginn meine übliche Runde lief, dachte ich immer wieder zurück an meine letzten Momente in Chicago. Ich beschleunigte meine Schritte, bis mein Atem viel zu schnell ging, aber auch das stoppte meine Gedanken nicht. Ich war so nah dran, meine Pläne zu verwirklichen, dass die Angst davor, jetzt könnte noch etwas schiefgehen, beinahe übermächtig wurde.

In der Nacht, als ich davongelaufen war, stellte die Zusage für die AU den Strohhalm dar, an den ich mich klammern konnte, um nicht zu ertrinken.

Es war die Nacht gewesen, in der Link mein Zimmer betreten hatte. Weil ich so müde gewesen war, hatte ich vergessen, die Tür zu verbarrikadieren. Sonst tat ich das jeden Abend. Seit ich das erste Mal den veränderten Ausdruck in seinen Augen bemerkt hatte, wenn er mich ansah. Seit er das erste Mal aus Versehen das Bad betreten hatte, während ich duschte. Ich war mir sicher, dass ich die Tür vorher abgeschlossen hatte.

Die Nacht, in der er mein Zimmer betrat, zeigte mir, dass die Zeit um war. Die Zeit, in der er mich nur beobachtete. Mich mit Blicken ansah, die mir Angst und Übelkeit verursachten. Ich wusste, dass es ihm nicht mehr ausreichte, nur hinzusehen.

Die Collegezusage war alles, was mir noch blieb. Während ich im Zug saß, vom Regen durchnässt und durchgefroren, fiel mir ein Stein vom Herzen. Weil ich alles zurückließ, was mir Schmerzen verursachte. Weil ich plötzlich unabhängig und für niemanden mehr verantwortlich war. Ab sofort schützte ich nur noch mich selbst. Ich war so überwältigt von diesem Gedanken, dass ich in Tränen ausbrach und nicht aufhören konnte, zu weinen. Vor Erleichterung. Ich hasste mich dafür.

Als ich mir vorstellte, was Link meiner Mutter und Brian jetzt antun konnte, wurde mir schlagartig so übel, dass ich es gerade noch rechtzeitig zur Toilette schaffte. Weinend und würgend kniete ich auf dem klebrigen Boden der Zugtoilette und wünschte mir kurz, zu sterben. Damit die Erinnerungen verschwanden. Zusammen mit all den Gefühlen, die an mir zerrten. Nur der Gedanke an die AU ließ mich aufstehen, mein Gesicht abwaschen und zu meinem Platz zurückgehen. Der Gedanke, dass mein Leben sich jetzt wirklich bessern könnte, bewahrte mich davor, am nächsten Bahnhof auf die Gleise zu springen, weil ich genau wusste, was ich meiner Mom und Brian gerade antat.

Ich atmete tief durch und schüttelte die Erinnerungen ab. Genauso den Gedanken, dass all meine Pläne und Hoffnungen in Flammen aufgehen würden, wenn Link mich je finden sollte.

Der mit trockenen Nadeln und Zweigen bedeckte Waldweg flog unter meinen bunten Turnschuhen dahin, und nach wenigen Minuten nahm ich nur noch meinen eigenen Herzschlag wahr. Die Dämmerung sog die Farben aus dem Wald und ließ das tägliche Vogelgezwitscher langsam verstummen.

Nach einiger Zeit tauchte vor mir ein altes Industriegelände auf. Die Gerippe ehemaliger Fabriken streckten sich brüchig bis in den Himmel. Schornsteine, die aussahen, als könnte der nächste Windstoß sie umwerfen. Rostige Container und die Überbleibsel eines alten Baukrans standen zwischen den Gebäuden wie Zeugen eines längst vergessenen Lebens. Der Zaun, der das Gelände umgab, war löchrig. Eines der Tore stand halb offen.

Ich wollte weiterlaufen und die alten Gebäude schnell hinter mir lassen. Irgendwie fühlte ich mich unwohl. Dann sah ich die Gestalt auf dem Dach.

Er stand am äußeren Rand und hatte den Blick nach unten gerichtet.

Mein Herz stolperte. Meine Füße trugen mich auf den Zaun zu, während ich nach oben starrte. Verdammt. Der wollte doch nicht -

»Nein, nein, nein, vergiss es!«

Natürlich konnte er mich nicht hören.

Ich rannte zu dem halb geöffneten Tor und wollte es aufreißen. Doch eine dicke Stahlkette verband das Tor mit dem Rest des Zauns. Fluchend ging ich in die Hocke und versuchte, mich durch den Spalt unter der Kette zu quetschen. Als ich halb hindurch war, kam ich plötzlich keinen Zentimeter weiter. Hektisch drückte ich gegen die Metallmaschen. »Du wirst dich nicht umbringen, kurz nachdem ich hier angekommen bin. Nein!«

Der Zaun gab mich urplötzlich frei, und ich fiel hart auf den Asphalt. Ich rappelte mich auf und sah zu dem Dach hinauf.

Es war schon recht dunkel, die Sonne versank hinter den Gebäuden. Doch es war eindeutig ein junger Mann, der dort an der Kante stand. Nein, er stand nicht mehr. Jetzt ging er entschlossenen Schrittes zur Mitte des Flachdachs zurück.

Ich atmete schon erleichtert auf, als er sich plötzlich umwandte und zur Dachkante blickte. Schnell lief ich weiter auf das Gebäude zu. Ich hatte erst ein paar Meter geschafft, als er losrannte. Er flog geradezu über das Dach. Seine Schuhspitze erreichte die Kante, und er stieß sich davon ab.

»Nicht!«

Mein Schrei hallte ungehört über das Gelände. Erstarrt musste ich mit ansehen, wie der Mann durch die Luft flog und mit einer unwiderruflichen Endgültigkeit auf den Boden zuraste. Bis er die Arme ausstreckte, und die Dachkante des tiefer liegenden Nachbargebäudes packte. Fassungslos stieß ich den Atem aus. Er hing kurz reglos an der Kante, dann schwang er sich vor und verschwand durch ein zerbrochenes Fenster.

Ein lautes, johlendes Rufen weckte mich aus meiner Starre. Ich fuhr herum und entdeckte einen blonden Typen im Baseballtrikot, der lässig an einem der Container lehnte und jubelnd zu dem zerbrochenen Fenster hochblickte. Jetzt stieß er sich ab, legte die Hände an den Mund und rief: »Wahnsinnssprung, Hunter!«

Ungläubig glitt mein Blick von dem Blonden zurück zu dem Fenster, durch das die Gestalt verschwunden war. Hunter? Sicher gab es noch andere, die diesen Namen trugen. Mein Bauchgefühl sagte mir jedoch, dass dieser Verrückte, der sich von dem Gebäude gestürzt hatte, der Hunter war, der mir das Buch gebracht hatte.

In der nächsten Sekunde begriff ich noch etwas anderes. Ich hatte mich vollkommen zum Affen gemacht. Hunter war zum Spaß vom Dach gesprungen. Was zur Hölle?

Ich nahm mir keine Zeit, diese Erkenntnis zu verdauen, sondern wandte mich um, um schnell das Weite zu suchen. Hunter durfte mich nicht sehen. Er würde mich nur in ein Gespräch verwickeln, und ich würde es zulassen, denn unsere letzte Begegnung spukte mir immer und immer wieder im Kopf herum und hinterließ ein warmes und neugieriges Gefühl. Aber ich wollte nicht mit ihm reden. Ich ertrug es nicht, netten Menschen ständig Lügen zu erzählen. Außerdem war das Betreten dieses klar umzäunten Geländes sicherlich verboten, und bei Straftaten, so klein sie auch waren, durfte ich mich im Moment einfach nicht erwischen lassen. Ich lief auf das Tor zu, doch erwischte mit dem Fuß ein altes Blech, das dadurch scheppernd über den Boden rutschte.

»Hey!«

So viel zu meinem schnellen, unbemerkten Abgang.

Mich über meine eigene Dummheit ärgernd blickte ich auf.

Der Blonde kam im lockeren Laufschritt auf mich zu. »Wer bist denn du?« Seine Augen wanderten über meine Laufklamotten und blieben an den bunten Haarspitzen hängen. »Coole Frisur. Ich hatte mal nen Irokesen, weißt du? In Blau und Rot, das sah richtig krass aus, hat meine Tante in den Wahnsinn getrieben. Ich bin übrigens Logan.«

»Oh, äh …« Ich brauchte ein paar Sekunden, um seinen Wortschwall in meinem Kopf zu sortieren. »Ich bin Andy«, antwortete ich und wandte mich um, »und ich muss jetzt los.«

»Warte mal.« Logan griff nach meinem Arm. Es war eine harmlose Berührung, er wollte mich nur zurückhalten, vielleicht, um sich weiter mit mir zu unterhalten. Doch in mir spannte sich alles an, mein Arm brannte unter seinem lockeren Griff. Schlagartig riss ich ihn zurück.

Logan runzelte die Stirn. Langsam hob er die Hände. »Sorry, ich wollte dich nicht erschrecken. Ich dachte, du bist vielleicht auch zum Trainieren hier?«

Peinlich berührt rieb ich mir den Arm. Ich wünschte, ich würde nicht jedes Mal so ausflippen, wenn mich jemand unerwartet anfasste. »Trainieren?«, wiederholte ich verwundert, und Logan schmunzelte.

»Parcourlauf.« Er deutete auf das Dach, von dem Hunter eben gesprungen war. »Mit etwas Glück entsteht hier bald eine richtige Trainingshalle dafür.«

»Oh.« Jetzt ergab der waghalsige Sprung zumindest annähernd Sinn. Ich hatte schon von diesen Waghalsigen gehört, die an Gebäuden emporliefen, sich über Brückengeländer schwangen, Innenstädte in ihren Abenteuerspielplatz verwandelten, und das als Sport bezeichneten. So beeindruckend die Bewegungen auch manchmal waren, vieles war gefährlich. So wie Hunters Sprung eben.

In diesem Moment trat er aus dem Gebäude. Ich starrte ihn an, nur eine Sekunde, um sicher zu sein, dass er sich wirklich nichts getan hatte. Diese Sekunde reichte aus, dass er mich bemerkte. Hastig wandte ich mich ab.

»Ich muss jetzt wirklich gehen«, sagte ich und ließ Logan stehen.

Ich hatte mich gerade durch das Tor gequetscht, als Hunter meinen Namen rief.

10
Hunter

Ich erkannte Andy, sobald ich aus der Tür trat. Ihre bunten Haare leuchteten selbst in der sich festigenden Dunkelheit. »Andy!«

Sie reagierte nicht, zumindest nicht so, wie ich es mir erhofft hatte. Irritiert sah ich zu, wie sie sich unter der Kette am Tor durch den Zaun zwängte und im Wald verschwand.

»Du kennst sie?«, fragte Logan, als ich ihn erreichte. Grinsend stieß er mir gegen die Schulter. »Sag bloß, du hast sie auf einer der Partys abgeschleppt.«

»Unsinn«, wehrte ich ab. »Ich hab sie im Buchladen getroffen.« Die Vorstellung, Andy könnte ihre Nächte auf denselben Partys verbringen wie ich, behagte mir gar nicht.

Logans begeisterte Miene wich der Verwirrung. »Wie reißt man eine wie die im Buchladen auf?«

Frustriert stöhnte ich auf. »Ich hab sie nicht *aufgerissen*, du Blödmann. Sie hat ihr Buch an der Kasse vergessen, und ich hab es ihr vorbeigebracht. Was tut sie noch hier?« Die letzte Frage richtete ich mehr an mich selbst. Ich schnappte mir meine Tasche, die neben einem der alten Container stand, und warf sie mir über die Schulter. Eigentlich hatten Logan und ich noch ein paar Sprünge an einigen der Querbalken eines nie fertig gewordenen Gebäudes machen wollen, doch mir war die Lust vergangen. Scheinbar hatte Andy kein Interesse daran, mit mir zu reden. Was mir mehr ausmachte, als erwartet.

»Ich glaub, sie war nur zufällig hier«, erwiderte Logan und folgte mir am Zaun entlang. An einer Stelle, etwa zweihundert Meter entfernt, war ein Riss, groß genug, um bequem hindurch-schlüpfen zu können. »Sie wusste gar nicht, was grade abging. Ich glaube sogar, sie dachte, du würdest dich umbringen wollen. Hast du sie nicht rufen gehört?« Logan klang amüsiert, ich fühlte mich durch seine Worte nur noch mieser.

»Hast du es ihr erklärt?«, fragte ich, als wir den kaputten Zaunabschnitt erreichten.

»Sicher. Aber ich glaube, sie fand es nicht cool, dass wir Parcours laufen.« Er schüttelte nachdenklich den Kopf. »Wenn du sie rumkriegen willst, musst du dir was ausdenken, um das wieder hinzubiegen.«

»Vergiss es, sie macht hier nur Urlaub.« Ich runzelte die Stirn, als ich an unser Gespräch zurückdachte. »Ich hätte nicht gedacht, dass sie noch in Bar Harbor ist. Sie sagte, sie würde mit dem College beginnen.«

»Vielleicht fängt sie später an. Was interessiert dich das?« Logan gluckste. »Von wegen ›Vergiss es, sie macht hier nur Urlaub‹.«

Schnaubend verpasste ich ihm einen Schlag.

Als wir den Wald betraten, schaltete ich die Taschenlampe an meinem Handy ein. Mittlerweile war es zwischen den Bäumen so dunkel, dass ich meine eigenen Füße nicht mehr sah.

»Hast du schon etwas von deinem Dad gehört? Wegen der Genehmigung für die Trainingshalle?«, fragte Logan.

Ich schüttelte den Kopf. »Nein, bisher nicht. Aber er war eigentlich ganz zuversichtlich, was das angeht.«

»Mann, das wär so cool! Und dann räumen wir nächstes Jahr bei *American Ninja Warrior* richtig ab! Ich meine, das alte Fabrikgelände ist einfach perfekt dafür. Wir hätten sogar Platz für große Kletterwände. Und ich weiß, dass dein Dad heimlich auf die Show steht. Da wird er das doch irgendwie möglich machen können.«

Ich musste grinsen, als ich daran dachte, wie Logan und ich meinen Dad fluchend vor dem Fernseher erwischt hatten, nachdem sein Lieblingswarrior im Finale den Sprung vom Trampolin verpatzt hatte.

In einvernehmlichem Schweigen gingen wir weiter durch den

Wald, der uns in Hafennähe ausspuckte. Von hier aus war es nicht mehr weit bis zum Campus. Aus der Ferne konnten wir ausgelassenes Stimmengewirr und Musik hören. Sämtliche Studenten schienen sich am letzten Abend der Ferien auf dem Campusgelände versammelt zu haben, um den Semesterstart zu feiern, sich kennenzulernen und die ausgelassene Stimmung zu genießen, bevor das Lernen begann.

Als wir den Campus erreichten, holte ich meinen Sweater aus der Tasche, zog ihn über und verbarg mein Gesicht, indem ich mir meine Kapuze tief in die Stirn zog. Logan bemerkte es, gab aber keinen Kommentar dazu ab. Mit in den Taschen vergrabenen Händen und gesenktem Kopf eilte ich auf das Wohnheim zu. Ich wusste, dass es der letzte Abend sein würde, an dem ich mich vor den anderen verstecken konnte. Ab Morgen würden sie mich erkennen. Würden sich an die Zeitungsartikel und reißerischen Postings in den sozialen Medien erinnern. Es war schon erschreckend, wie gut plötzlich jeder über alles Bescheid zu wissen glaubte, wenn es auch nur den Hauch einer Katastrophe oder eines Skandals gab. Wenn ich großes Pech hatte, traf ich auf jemanden, der mich persönlich kannte. Gerüchte und Geschichten lebten wieder auf. Der Gedanke daran sackte wie ein schwerer Stein in meinen Magen, der mich die ganze Nacht wachhielt.

11
Andy

Mein Handy leuchtete auf und zeigte mir, dass in der Nacht eine Nachricht angekommen war. Im Halbschlaf griff ich danach, doch dann ließ ich es wieder fallen. Zu klar hatte ich noch Links letzte Mail vor Augen.

Heute war mein erster Tag am College, der erste Tag, der mein Leben in eine neue und selbstbestimmte Richtung lenken sollte. Ich wollte keine Nachricht lesen, die mir möglicherweise die neu gewonnene Zuversicht raubte.

Ich schaltete das Handy aus, ohne aufs Display zu sehen, und schnappte mir den kleinen Plastikkorb, in dem ich mein Duschgel, Shampoo und Make-Up aufbewahrte, bevor ich mich auf den Weg zu den Waschräumen machte. Das kleine Waschhaus lag am anderen Ende des Campingplatzes, bot ein Dutzend Duschkabinen, Waschbecken, Toiletten und sogar eine Kammer mit Waschmaschinen und Trockner. Die Duschen und Geräte wollten mit Kleingeld gefüttert werden, und wenn man unter dem Wasserstrahl die Zeit vergaß, musste man das Shampoo mit kaltem Wasser ausduschen, was mir leider schon ein paarmal passiert war. Anfangs fand ich es nicht angenehm, ungewaschen und direkt nach dem Aufstehen quer über den Platz zu laufen, mittlerweile hatte ich mich daran gewöhnt. Ich genoss es sogar ein wenig, zwischen den verschiedenen Wohnwagen und Zelten entlangzulaufen, dem Gezwitscher der Vögel zu lauschen und mich von dem herben Duft des Waldes wecken zu lassen.

»Guten Morgen, Andy!«

Ich wandte mich um und sah Rosa neben dem kleinen Hühnerstall hinter ihrem Haus stehen. Zu ihren Füßen stand ein kleiner Weidenkorb mit Eiern und ein Eimer mit Futterkörnern. Ein rundliches Huhn pickte vorwitzig am Henkel des Eimers und wartete auf das Futter.

Lächelnd hielt ich an und lehnte mich gegen den Zaun. »Morgen, Rosa. Sammelst du die Eier ein?«

Rosa nickte. »Die Gäste wollen schließlich ihr Frühstück.« Sie nahm ihren Strohhut ab, den einst ihr Mann getragen hatte, und wischte sich über die Stirn. Die grauen Strähnen in ihrem sonst braunen Haar schienen in der Morgensonne zu glitzern. »Der Stall muss noch gereinigt werden, meinst du, du kannst mir helfen?«

Mein Blick huschte zu dem Waschhaus, in das bereits die ersten Gäste strömten. Wenn ich mich nicht beeilte, musste ich auf eine frei werdende Dusche warten und stand vor der Wahl, zu spät oder ungeduscht zur ersten Einführungsveranstaltung zu kommen. »Eigentlich gerne, aber heute ist mein erster Tag am College. Vielleicht heute Nachmittag?«

»O Kind, natürlich, das hab ich ganz vergessen. Kein Problem.« Sie legte ein weiteres Ei in den Korb und klopfte sich die Hände an ihrer zerschlissenen Jeans ab.

Rosa gehörte zu der Sorte Mensch, die hübsch aber ihrem Aussehen gegenüber eher gleichgültig waren. Sie trug einen Strohhut aus Liebe zu ihrem verstorbenen Mann, und ihre Jeans und Blusen waren durch die Arbeit meist mit Erde oder Grasflecken bedeckt. Doch es scherte sie nicht, und irgendwie beneidete ich sie darum.

»Hast du alles, was du brauchst?«, fragte Rosa jetzt, und bei der herzlichen Sorge in ihrer Stimme, bildete sich ein Kloß in meinem Hals. »Hast du mittlerweile ein Zimmer gefunden?«

Kurz nach meiner Ankunft hatte ich Rosa erzählt, dass ich einfach kein WG- oder Wohnheimzimmer bekam und deshalb erst mal auf dem Campingplatz bleiben musste. Lange würde sie mir diese Ausrede wahrscheinlich nicht mehr glauben. Mein Lächeln fühlte sich plötzlich wie eine weitere Lüge an.

79

»Nein, leider noch nicht«, erwiderte ich und stieß mich vom Zaun ab. »Zum Semesterstart ist es immer schwierig, aber das wird schon. Jetzt muss ich leider wirklich los.«

Ich hatte mich bereits abgewandt, als Rosa sagte: »Gib mir Bescheid, wenn du eine kleine Standheizung brauchst. Ich habe noch eine im Abstellraum, und obwohl es jetzt noch nicht so scheint, werden die Nächte bald kalt.«

»Danke!«, rief ich über die Schulter zurück. Meine Augen brannten plötzlich, als mir die Bedeutung ihrer Worte bewusst wurde. *Bleib, solange du möchtest.*

Ich schaffte es pünktlich zum Campus, nur um dann fast zu spät zu meinem ersten Kurs zu kommen, weil ich nicht wusste, wie ich meinen Raum finden sollte. Ich stand auf dem Weg zwischen den Gebäuden für Naturwissenschaften und Mathematik und suchte nach irgendeiner hilfreichen Beschilderung, als jemand meinen Namen rief.

»Andy!«

Überrascht blickte ich auf und sah ein mir bekanntes Gesicht mit Brille und einer unordentlichen Frisur. Es dauert eine Sekunde, bis mir sein Name wieder einfiel. »Dustin. Wie geht's?«

»Super. Hast du dich doch für die AU entschieden?«

»Ja, die Wahl fiel sozusagen von selbst«, antwortete ich vage und schmunzelte, als ich sein T-Shirt bemerkte, auf dem in großen, leuchtenden Lettern *Bazinga!* stand. »Kannst du mir zufällig sagen, wie ich zur Einführungsveranstaltung in *Literarisches Schreiben* komme?«

Dustins Grinsen wurde noch breiter. »Hey cool, da muss ich auch hin. Folge mir unauffällig.«

Erleichtert lief ich hinter ihm her und spürte, wie mein Herzschlag sich etwas beruhigte. Mir war nicht bewusst gewesen, wie nervös ich war. Doch immer noch lauerte in mir die Angst, dass ich kurz vor der Erfüllung meines Wunsches scheitern könnte.

Während wir über den Campus gingen, bemerkte ich zum

ersten Mal, wie groß er wirklich war. Jeder Fachbereich hatte sein eigenes Gebäude, und die Bibliothek wirkte wie ein mehrgeschossiges Fußballfeld. Eine Mensa, die Sporthalle, das Football- und das Baseballfeld und die Wohnheime verteilten sich über das weitere Gelände. Ganz zu schweigen von den großen Wiesen, den kleinen Rondellen mit Pflanzen und Teichen, den vielen Bänken zum Sitzen und Lernen und dem kleinen Campusladen, in dem man Merch und alles für einen Lebensmittel- oder anderen Notfall kaufen konnte.

»Willst du auch Bücher schreiben?«, fragte ich, als wir an einem eher kleinen und abgelegenen Gebäude angekommen waren, an dessen dunkler Backsteinfassade sich wilder Wein rankte.

»Nein, nicht direkt«, antwortete Dustin. »Ich weiß, ehrlich gesagt, noch nicht genau, in welche Richtung ich gehen will. Ich würde gern Comics zeichnen und rausbringen, aber ich liebe es auch, Animationen zu erstellen. Also vielleicht arbeite ich später an der Entwicklung von Animationsfilmen oder Videospielen mit?« Er hielt mir die Tür auf, ohne seinen Redefluss zu unterbrechen. »So oder so denke ich, dass es nicht schaden kann, zu wissen, wie Geschichten entstehen und geschrieben werden. Comics, Filme und Videospiele brauchen immer eine Geschichte. Meine Mom sagt ständig, ich habe zu viel Fantasie. Also dachte ich, *Literarisches Schreiben* könnte ein guter Einstieg sein, egal, für was ich mich am Ende entscheide.«

»Wow«, erwiderte ich, während wir den hellen Fluren folgten. Es waren noch etliche Studierende auf dem Weg zu ihren Räumen, und ich spürte, wie die Anspannung weiter von mir abfiel. »Ich bin schon froh, wenn ich eine vernünftige Präsentation am Laptop gestalten kann, aber Animationen und Videospiele könnte ich im Leben nicht entwerfen.«

»Oh, es macht echt Riesenspaß, das kannst du dir nicht vorstellen. Ich hab mal einen Ferienkurs gemacht.« Dustin erzählte von dem Kurs und all den technischen Details, die ihm dort nähergebracht worden waren, doch ich hörte kaum zu. Denn in diesem Moment erreichten wir den Hörsaal. Es war genauso, wie ich es mir sooft vorgestellt hatte. Die langen, Sitzreihen, die vielen und ganz verschiedenen Menschen und die Neugier auf das Kommende, die in der Luft lag.

Während ich mich neben Dustin auf einen der freien Sitze aus Holz sinken ließ, fühlte ich mich in meine eigenen Tagträume zurückversetzt. Es wirkte alles so surreal. Meine Finger glitten über die kleine, klappbare Tischplatte und fuhren die Worte nach, die jemand hineingeritzt hatte. *Lass deine Geschichte wahr werden.*

Ob meine Mom stolz auf mich wäre, wenn sie von alldem wüsste? Es war ein Gedanke, der aus dem Nichts kam und mir die Luft abschnürte. Ich ließ meinen Rucksack auf den Boden sinken und krallte meine Hände in die kurze, schwarze Jeans, die ich heute trug.

Als ich mit brennenden Augen mein Notizbuch und meinen Laptop aus der Tasche zog, versuchte ich, zu glauben, dass meine Mom sich für mich freute. Weil ich es geschafft hatte. Weil ich einen Ort gefunden hatte, von dem Link nichts wusste. Einen Ort, an dem meine Verletzungen heilen und ich mein Leben frei und neu gestalten konnte.

Die Hoffnung dieses Gedankens überwältigte mich, während der Saal sich vollständig füllte. Durch meinen Schmerz hindurch spürte ich plötzlich etwas, dass ich seit Ewigkeiten nicht mehr erlebt hatte. Ein Gefühl des Glücks. Endlich realisierte ich, dass ich wirklich und wahrhaftig hier war. An der AU. Um das zu tun, was ich liebte.

Für eine Sekunde glaubte ich daran, dass alles gut werden würde. Dann betrat ein hochgewachsener Typ mit dunklem Shirt und müden Augen den Saal. Ein Ruck ging durch Dustin, als er meinen Gedanken aussprach.

»Was zur Hölle macht Hunter Bray hier?«

12
Hunter

Das Getuschel begann, als ich das Wohnheim verließ. Ich hatte ja damit gerechnet, dass man über mich reden würde. Aber dass ich nicht einmal ungestört zu meinem ersten Kurs kam, überraschte mich dann doch.

Logan versuchte, mich abzulenken, und es gelang ihm sogar, bis er das Gebäude für Naturwissenschaften betrat und mich allein ließ. Da hörte ich es wieder.

»Ist das Hunter Bray?«

»Der, der diesen Jungen verprügelt hat?«

»Ich hab gehört, er dealt. Nur deshalb ist er ständig auf diesen Partys.«

»Hast du von seiner Schwester gehört? Es heißt, sie ist abgehauen, weil sie Angst vor ihm hat.«

Meine Hände ballten sich zu Fäusten, und ich riss die Tür zum Gebäude für Sprachen und Literatur so heftig auf, dass ich einen Moment Sorge hatte, die Scheiben würden zersplittern. Ich betrat den Hörsaal und versuchte, die Müdigkeit zusammen mit dem eben Gehörten abzuschütteln. Niemand von diesen Leuten wusste, worüber sie sprachen. Niemanden interessierte, was wirklich passiert war. Ich kannte die Wahrheit, ebenso wie Logan und meine Familie. Das war alles, was zählte. Auch wenn meine Eltern die Wahrheit etwas anders interpretierten.

Ich sank auf einen Platz in der letzten Reihe und breitete meine Sachen auf den Tischen links und rechts von mir aus, damit sich dort niemand hinsetzte. Ich wollte meine Ruhe und mich auf den Kurs konzentrieren. Langsam ließ ich den Blick über die anderen Anwesenden wandern und stellte erleichtert fest, dass ich niemanden kannte. Vielleicht hatte ich Glück und traf zumindest auf ein paar Menschen, die noch keine vorgefertigte Meinung von mir hatten. Die Leute kamen schließlich aus allen Ecken der USA.

Mein Nacken kribbelte eigenartig. Mit einem Mal fühlte ich mich beobachtet. Ich sah mich um, entdeckte jedoch niemanden, der für dieses Gefühl verantwortlich sein konnte. Die meisten hatten ihre Blicke nach vorn gerichtet, wo jetzt ein Mann mittleren Alters den Hörsaal betrat und auf den Schreibtisch vor der Tafel zu ging. Sein Gang strotzte nur so vor Energie und guter Laune, es war geradezu lächerlich.

Wieder spürte ich dieses Kribbeln. Als hätte jemand meinen Namen gerufen, wandte ich mich nach rechts. Da sah ich sie. Andy. Ihre bunten Haare waren unverkennbar. Das Lippenpiercing funkelte im Sonnenlicht, das durch die bodentiefen Fenster fiel. Sie saß ein paar Reihen unter mir und blickte zu mir hoch

Fassungslos starrte ich sie an. Sie hatte mich angelogen. Nicht, dass es eine Rolle spielte, schließlich kannten wir uns kaum. Was allerdings die Tatsache, dass sie das Gefühl hatte, lügen zu müssen, noch seltsamer machte.

Ihre Augen weiteten sich, während sie meinen Blick erwiderte. Vermutlich begriff sie gerade, dass ihre Lüge aufgeflogen war. Ihre geschwungenen Lippen öffneten sich, dann presste sie sie wieder zusammen und wandte sich ruckartig nach vorne, wo unser Dozent sich als Mr Turner vorstellte.

Ich hörte nur mit halbem Ohr zu, als er uns die Einheiten des Kurses und die damit zusammenhängenden Prüfungsleistungen erklärte. Mein Blick huschte immer wieder zu Andy, die hochkonzentriert nach vorne sah.

Du glaubst nicht, wer mit mir im Hörsaal sitzt, tippte ich eine Nachricht an Logan. Seine Antwort kam in Sekundenschnelle.

Wer?

Andy.

Logans Antwort ließ auf sich warten, und ich bemühte mich, in der Zwischenzeit Mr Turners beschwingten Worten zu folgen. Ich hatte einige hitzige Diskussionen mit meiner Mutter ertragen, um in diesem Kurs zu sein, und ärgerte mich, dass ich mich direkt so ablenken ließ. Aber ich konnte nicht verhindern, dass meine Gedanken ständig zurück zu Andy wanderten. Zu unserer Begegnung auf dem Campingplatz und dem Moment, als sie auf ihr Handy sah. Wieder dachte ich daran, dass sie etwas verbarg. Vielleicht hatte sie sogar ernsthafte Probleme. Ob ihre Lüge mir gegenüber damit zusammenhing? Und ihr Weglaufen im Buchladen?

Sie sah so blass und zerbrechlich aus, während sie sich etwas notierte.

Ich schaffte es, mich zumindest genug zu konzentrieren, um die Abgabe- und Prüfungstermine aufzuschreiben. Bis eine neue Nachricht von Logan aufploppte.

Ich dachte, sie studiert nicht hier? Wieso hat sie gelogen?

»Das Highlight dieses Semesters wird wie jedes Jahr das große Kreativwochenende Anfang Oktober im Acadia Nationalpark sein«, verkündete Mr Turner gerade, und ich sah auf. »Alle Studenten aus kreativen Kursen dürfen sich anmelden. Sie können an Projekten und Workshops aus verschiedenen Fachbereichen teilnehmen, und noch dazu ist es gerade für Sie als Erstsemester eine tolle Gelegenheit, sich näher kennenzulernen.«

Mein Blick wanderte ganz automatisch zu Andy.

Nachdenklich erwiderte sie ihn.

13
Andy

Hunter wusste jetzt, dass ich ihn angelogen hatte. Na und? Das sollte mir nichts ausmachen. Wir kannten uns kaum, eigentlich gar nicht. Seit wann ist man verpflichtet, einem Fremden immer die Wahrheit zu sagen? Bekamen wir nicht schon als Kinder eingetrichtert, ihnen nicht zu vertrauen?

Trotzdem spürte ich Nervosität und Scham in mir aufsteigen, als Hunter mich bemerkte.

»Dass die ihn hier aufgenommen haben ist unmöglich«, sagte Dustin ungläubig.

Irritiert wandte ich den Kopf. »Kennst du ihn?«

Dustin setzte zur Antwort an, doch in diesem Moment eröffnete unser Dozent die Veranstaltung. Ich nahm sämtliche Infos in mich auf und konnte es kaum erwarten, mit den richtigen Kursinhalten anzufangen. Ich bemühte mich um Konzentration, doch Hunters Anwesenheit brannte wie ein Muskelkrampf in meinem Nacken. Immer wieder wanderten meine Augen zu ihm.

Er sah müde aus, und ich fragte mich, ob er wieder auf einer Party gewesen war. Oder gab es etwas anderes, das ihn in der Nacht wachhielt? Oder jemanden?

Mr Turner beendete die Veranstaltung, indem er die Anmeldeliste für das Kreativwochenende auslegte.

»Ich muss schnell weiter«, verkündete Dustin, während er seine Sachen einpackte. »Kannst du mich für das Wochenende eintragen? Und hier ist meine Nummer.« Er schob mir einen Zettel über den Tisch zu. »Für alle Fälle.« Er zwinkerte und sprang von seinem Sitz.

Ich räumte meine Sachen ein und zog mein Handy aus der Tasche, um Dustins Nummer einzuspeichern. Später würde ich ihm auf jeden Fall schreiben. Ich wollte wissen, woher er Hunter kannte und vor allem, warum er so aufgebracht auf sein Erscheinen reagiert hat.

Erst als ich auf das dunkle Display des Handys blickte, fiel mir die ungelesene Nachricht wieder ein. Unsicher schaute ich mich im Saal um. Vorne drängten sich viele Leute um die Anmeldeliste, und bis zu meiner nächsten Veranstaltung hatte ich noch etwas Zeit, sodass ich noch einen Moment sitzen bleiben konnte. Mein Blick wanderte zu Hunters Platz, der jetzt leer war. Ich pustete mir eine Haarsträhne aus den Augen und schaltete das Handy ein. Früher oder später musste ich die Nachricht sowieso lesen.

Das Display leuchtete auf und ich sah, dass eine weitere Nachricht hinzugekommen war. Beide waren von Brian. Mein Herz schlug viel zu schnell. Als wüsste mein Unterbewusstsein schon, dass nichts Gutes passieren würde.

Die erste Nachricht enthielt einen Link zur Website einer Tageszeitung aus Chicago. Mit zitterndem Finger klickte ich ihn an.

Die Familie packt aus. So gewalttätig ist Adriana T. wirklich!
Ermittlungen wegen schwerer Körperverletzung laufen.

Mir gefror das Blut in den Adern. Ich wollte den Artikel nicht lesen, wollte mir meine neu gewonnene Energie und Zuversicht nicht nehmen lassen. Doch meine Augen huschten über die Worte, bevor ich es verhindern konnte. Was ich las, zog mir den Boden unter den Füßen weg.

»Sie war schon immer ein labiles Mädchen«, berichtet die Mutter der Achtzehnjährigen. Die Wunden, die sie von der letzten Auseinandersetzung mit ihrer Tochter davongetragen hat, sind noch deutlich zu sehen. »Es begann, als ihr Vater uns verließ. Damals war sie erst drei Jahre alt, und von da an wurde jeder Tag zu einem Kampf. Als Teenagerin hatte sie ihre Wut nicht mehr unter Kontrolle, und je älter und stärker sie wurde, desto gefährlicher wurde sie.«

Der Text verschwamm vor meinen Augen. War das die Strafe dafür, dass ich sie zurückgelassen hatte? Es erschien mir wahrscheinlich, dass Link sie mittlerweile so sehr manipuliert hatte, dass sie mich verriet und Lügen über mich erzählte. Ich starrte auf die nächsten Zeilen, ohne wirklich etwas aufzunehmen, bis ich Brians Namen sah. Fassungslos las ich, was er über mich gesagt hatte.

»Ich hatte oft nur noch Angst. Mit ihr unter einem Dach zu wohnen, war wie auf einer tickenden Bombe zu schlafen.«

Das konnte alles nicht wahr sein. Irgendetwas entging mir.

Für eine aktive Mitarbeit an diesem Fall bin ich zu befangen, zitierte der Artikel Link, *doch ich werde alles in meiner Macht Stehende tun, um die Ermittlungen inoffiziell zu unterstützen.*

Mir wurde übel, als ich die Bedeutung seiner Worte begriff. Er würde mich suchen. Auf eigene Faust. Er würde nicht aufhören, bis er mich gefunden und bestraft hatte. Nicht, weil ich weggelaufen war. Sondern, weil ich stärker war als er. Weil ich ihn besiegt hatte. Zumindest kurzzeitig.

Dieses Mal hatten sie auch ein Foto von mir veröffentlicht. Allerdings jagte es mir deutlich weniger Angst ein, als ich befürchtet hatte. Das Foto war mindestens fünf Jahre alt, weil Mom in den letzten Jahren immer weniger Momente mit der Kamera festgehalten hatte. Zusammen mit den Veränderungen, die ich an meinem Aussehen vorgenommen hatte, konnte mich kaum jemand wiedererkennen.

Alles ist gut, sagte ich mir selbst. *Link hat keinen Schimmer, wo er nach mir suchen muss, und niemand wird mich anhand des Fotos identifizieren. Ich bin in Sicherheit.* Zumindest körperlich. Meine Seele schmerzte unter den gerade gelesenen Worten, bis ich mich krümmte. Wie konnten sie mir das antun?

Wie konntest du sie verlassen?, fragten die Schuldgefühle und schmerzten wie Messerstiche.

Dann fiel mir Brians andere Nachricht ein. Ich öffnete sie in Erwartung von bösen Worten und noch mehr Schmerz. Erst beim Lesen der zwei Sätze, begriff ich, wie dumm ich gewesen war.

`Du weißt, dass es nicht wahr ist. Wir hatten keine Wahl.`

Natürlich. Ich stützte das Gesicht in die Hände und atmete tief durch. Link hatte sie gezwungen. Weiß der Himmel, womit er ihnen gedroht hat, damit sie seine Lügen untermauerten.

Hinter all der Angst und den Sorgen, die dieser neue Artikel mit sich brachte, spürte ich plötzlich leise Schadenfreude. Wie wütend musste Link sein, um zu solchen Mitteln zu greifen? Wie sehr erzürnte ihn mein Verschwinden, dass er seine Lügen in der Zeitung verbreitete? Viel wichtiger war jedoch die Frage, was er damit bezweckte. Wollte er mir nur Angst einjagen? Nun, dieses Ziel hatte er erreicht. Oder hoffte er, dass man mich ihm ausliefern würde? Denn er wusste nicht, dass ich hunderte Meilen entfernt ein neues Leben begann.

Ein Leben, das er jetzt wieder bedrohte und das ich dennoch so sehr wollte. Weil ich stark genug war.

Ich atmete noch einmal tief durch und schüttelte das Gefühlschaos der letzten Minuten ab. Sollte Link so viele Lügen verbreiten, wie er wollte. Ich war hier. Er nicht. Zumindest im Moment konnte er mir nichts Schlimmeres antun, als falsche Geschichten über mich zu erzählen.

Ich speicherte Dustins Nummer ein, schickte ihm ein Emoji, damit er meine ebenfalls hatte, und schnappte mir dann meine Tasche. Als ich die Anmeldelisten erreichte, hatte sich der Saal fast vollständig geleert. Ich trug Dustins Namen in die Liste ein und dann, ohne groß darüber nachzudenken, ob es sinnvoll war, Geld für das Kreativwochenende auszugeben, fügte ich auch meinen hinzu.

»Du hast mich angelogen.«

Ich fuhr zusammen. Der Stift fiel mir aus der Hand und rollte über den Schreibtisch.

Hunter stand direkt hinter mir. Wie hatte ich ihn übersehen können?

»Du hast mich zu Tode erschreckt.« Ich stieß die Luft aus. »Was sollte das?«

Hunter blickte mich ungerührt an und hob den Stift vom Boden auf. »Darf ich?« Er deutete auf die Listen, und ich trat einen

Schritt zur Seite. Jedoch nicht schnell genug, dass mir der herbe Geruch entging, der an ihm haftete. Hunter roch wie ein Wald im Regen.

Er setzte seinen Namen auf die Liste, direkt unter meinen. »Du hast meine Frage noch nicht beantwortet, Andy.«

Ich zuckte zusammen und wandte meinen Blick von seinen starken Händen ab. »Du hast mich nichts gefragt«, erwiderte ich ausweichend und warf mir meine Tasche über die Schulter.

»Du hast mich angelogen«, wiederholte er und musterte mich. »Du bist hier nicht im Urlaub.«

Ich lächelte süffisant. »Das war keine Frage.«

Hastig drängte ich mich an ihm vorbei und stieg die Stufen des Hörsaals hinauf. Ich hörte seine Schritte auf dem Linoleum. Er holte mich ein, bevor ich die Tür erreichte.

»Wieso hast du mich angelogen?«

Seufzend blieb ich stehen. »Wir kennen uns nicht. Wieso sollte ich dir die Wahrheit sagen?«

Hunter verschränkte die Arme vor der Brust. »Eine ziemlich misstrauische Einstellung.«

Ich zuckte die Achseln. »So lebt es sich sicherer.«

Er schüttelte den Kopf. Als ich weiterging, blieb er an meiner Seite. »Nun, jetzt gehen wir zusammen aufs College, das zählt definitiv als kennen«, entschied er und hielt mir die Tür auf.

Wir verließen das Gebäude, die Sonne schien mir warm ins Gesicht, und ich musste lächeln. Ich liebte den Sommer und genoss jede Sekunde, die mir noch mit ihm blieb.

»Das ist eine ziemlich lockere Auslegung des Wortes *kennen*«, erwiderte ich, während ich mich umsah. Meine nächste Veranstaltung war eine Einführung in Publizistik und Marketing und fand im Wirtschaftsgebäude statt.

Hunter spähte auf den kleinen Spickzettel, den ich mir geschrieben hatte und jetzt aus der Tasche zog. »Ah, das Wirtschaftsgebäude. Da muss ich auch hin. Passenderweise liegt es am anderen Ende des Campus, wir haben also genug Zeit, damit du mir verraten kannst, wieso du auf einem Campingplatz wohnst.«

Ich kam aus dem Tritt und stolperte über die schmale, steinerne Wegumrandung. Bevor ich fallen konnte, griff Hunter nach meinem Arm und zog mich an sich. Mein Puls raste. Die Stelle, an der seine Hand meine Haut berührte, brannte lichterloh. Mir blieb der Atem im Hals stecken, doch das Bedürfnis, ihn von mir zu stoßen, gefror, als ich in seine Augen sah. Sie leuchteten blau. Strahlend wie der Sommerhimmel. Für eine Sekunde verlor ich mich darin. Dann befreite ich mich aus seinem Griff und zog den Ärmel meines Shirts hinab, bevor die wulstige Narbe zum Vorschein kommen konnte.

»Ich wohne da nicht«, antwortete ich. Mir schoss die Röte ins Gesicht, und ich ging schnell weiter, damit Hunter es nicht sah.

»Aber Urlaub machst du auch nicht.«

Genervt verdrehte ich die Augen. »Bist du immer so neugierig?«

Hunter gluckste. »Und du immer so störrisch?«

Ich blieb stehen und funkelte ihn wütend an. »Hör zu, ich hab keine Ahnung, ob du ein verrückter Stalker oder einfach unverschämt bist, aber -«

Hunter lachte. Er lachte laut und schallend und trieb mich damit fast in den Wahnsinn. »Ich und unverschämt? Ich hab dir eine simple Frage gestellt, und du hast mich belogen und beschimpfst mich gerade, dabei hab ich dir dein Buch gebracht – obwohl wir uns nicht kennen.«

»Ich …« Mir fehlten die Worte. »Ach verdammt.« Ich fuhr mir durchs Haar und ließ den Blick über den belebten Campus schweifen. Niemand war allein unterwegs. Alle schwatzten und lachten, und einige schienen unseren kleinen Schlagabtausch zu beobachten, was mir eindeutig zu viel Aufmerksamkeit war. Vielleicht musste ich mich nicht von allen fernhalten. Vielleicht war das nicht nötig. Ich dachte an das veraltete Foto von mir, das eine weit entfernte Zeitung zierte, und überlegte, dass es auf ein weiteres Risiko auch nicht mehr ankam. »Du hast recht«, gab ich zu, und Hunter blinzelte überrascht. »Tut mir leid.«

»Wirklich?«

Ich lächelte. »Wirklich.«

Wir setzten unseren Weg fort, und ich ließ mir schnell eine möglichst glaubwürdige Erklärung einfallen.

»Als du mir das Buch gebracht hast, hatte ich noch nicht endgültig entschieden, wo ich studiere«, sagte ich, wobei ich seinen Blicken auswich. »Es gab ein paar Dinge zu Hause, wegen derer ich mir nicht ganz sicher war, ob ich wirklich an die AU gehen kann. Und weil diese Entscheidung sehr kurzfristig war, habe ich kein Zimmer mehr bekommen und bleibe auf dem Campingplatz, bis ich etwas anderes finde.«

Für mich klang dies nach einer logischen Erklärung, dennoch schlug mir das Herz bis zum Hals. Bis Hunter schließlich sagte: »Ich hoffe, du findest schnell etwas. Nach Semesterstart kann es wirklich schwierig sein.«

Vor allem, wenn man möglichst unsichtbar bleiben möchte, dachte ich resigniert. Doch ich sagte nur: »Es wird schon gehen. Auf dem Campingplatz ist es eigentlich ganz nett.«

Hunters Antwort war ein nachdenklicher Gesichtsausdruck, der mein Herz zum Stolpern brachte.

Einige Zeit lang gingen wir schweigend weiter, und ich beobachtete die anderen Studenten um uns herum. Weiterhin ruhten viele Blicke auf mir und Hunter. Ein nervöses Kribbeln überlief mich. Hatte ich mich geirrt? Konnte man mich mithilfe der Fotos leichter erkennen, als mir klar war? Gab es vielleicht noch mehr Fotos, die ich nicht bemerkt hatte?

Mir fielen zwei Mädchen auf, die mich geradezu anstarrten und miteinander tuschelten. Beklommen löste ich meinen kurzen Zopf und ließ mir die Haare ins Gesicht fallen. Dabei fiel mein Blick auf Hunter. Es wirkte so, als wäre ihm die Aufmerksamkeit der Mädchen auch aufgefallen. Seine Miene verfinsterte sich, und er biss die Zähne aufeinander. Anders als erwartet wirkte er nicht verwirrt. Den Rest des Weges starrte er auf seine Füße, die in den neuesten Turnschuhen von *Nike* steckten, und blickte so wütend drein, dass es mir beinahe Angst machte. Irgendetwas musste mir entgangen sein. Nur wusste ich nicht, was.

»Hier ist es«, sagte er schließlich, und jede Leichtigkeit war aus seiner Stimme verschwunden.

Ich ging auf das Gebäude zu, vor dem er stehen geblieben war. Erst als ich die Tür öffnete, bemerkte ich, dass er sich nicht gerührt hatte.

»Kommst du nicht mit?«

Er schüttelte den Kopf. »Nein. Ich habe jetzt frei.«

Irritiert sah ich zu, wie er sich abwandte und weiterging. Hatte er nicht gesagt, dass er zum selben Gebäude musste wie ich?

Einen Moment lang blickte ich ihm hinterher und versuchte, schlau aus ihm zu werden. Dann betrat er das nächste Gebäude. Wenn meine Erinnerung mich nicht täuschte, fanden dort die Veranstaltungen für Rechts- und Sozialwissenschaften statt.

Mit einem Mal kam mir der Gedanke, dass ich hier nicht die Einzige mit Geheimnissen war.

14
Hunter

Ich spürte die Blicke wie mit Gift benetzte Dolche auf mir, als ich den nächsten Hörsaal betrat. Erneut ließ ich mich auf einen Platz in der letzten Reihe sinken und versuchte, alles um mich herum zu ignorieren.

Ich wusste, dass Andy bemerkt hatte, wie die beiden Mädchen mich angestarrt hatten. Es war geradezu unmöglich, dass sie nicht erfuhr, was geschehen war. Irgendjemand würde es ihr erzählen. *Vielleicht ist das gar nicht schlecht*, versuchte ich mir einzureden. So würde es nicht lange dauern, bis Andy von meiner Vorgeschichte erfuhr. Oder eher von dem, was alle für die Wahrheit hielten. Sie würde sich von mir abwenden, ganz sicher. Das sollte mir nichts ausmachen, denn wie sie so treffend bemerkt hatte, wir kannten uns eigentlich nicht.

Doch, verdammt sollte ich sein, ich wollte diesen Zustand unbedingt ändern. Aber der einzige Weg, den Gerüchten zuvorzukommen, war, ihr die wahre Geschichte zu erzählen. Ich wusste nicht, ob ich das konnte. Es war keine schöne Geschichte. Sie war dunkel und schmerzhaft und nichts, die man sich beim ersten Date oder sogar noch davor erzählte.

Außerdem hatte ich genug andere Probleme, die ich bewältigen musste. Zum Beispiel die Tatsache, dass ich gerade in einem Einführungskurs für Rechtswissenschaften saß, obwohl ich mir ziemlich sicher war, dass das absolut nichts für mich war. Noch dazu war mein Stundenplan dadurch so voll, dass ich überhaupt nicht wusste, wie ich ihn in den nächsten Monaten erfüllen sollte. Auch ein Grund, warum ich Andy vergessen sollte. Einer von tausend. Andy mit ihrem Regenbogenhaar und dem scheuen

Lächeln. Deren Blick mir durch Mark und Bein ging, obwohl er sich gleichzeitig zu verstecken versuchte. Sie verschwand mir nicht mehr aus dem Kopf, seit ich ihr den Weg zum Campingplatz erklärt hatte. Ich glaubte nicht an Schicksal, aber als sie vor dem *Whisper of Books* in mich hineinlief, geriet alles, woran ich je geglaubt habe, ins Wanken.

Nachdem ich neunzig Minuten öden Geschwafels über die Bedeutung von Recht und Politik in unserer heutigen Gesellschaft über mich hatte ergehen lassen, traf ich mich mit Logan zum Mittagessen. Neben der Mensa, die zu Semesterbeginn total überfüllt war, gab es am Rand des Campus noch das *Stand Up*, ein kleiner Laden, der als Restaurant und Café diente. Ein paar Möwen hatten sich davor niedergelassen, denen Logan die letzten Krümel einer Weißbrotscheibe entgegenschmiss.

»Wieso musst du diese Viecher ständig füttern?« Kopfschüttelnd sah ich zu, wie die Möwen sich auf die im Schmutz liegenden Brösel stürzten, als wären diese das perfekte Festmahl.

»Das sind keine Viecher«, erwiderte Logan unwirsch. »Sondern wunderschöne Vögel. Und jetzt komm, ich verhungere gleich.«

Das tropische Flair, das die Einrichtung des *Stand Ups* verströmte, ließ mich fast vergessen, dass wir uns auf einem Campus in Maine befanden. Die Möbel aus Bambusholz, die vielen Grünpflanzen und die großen Fenster, durch die das Sonnenlicht hereinfiel, harmonierten perfekt. Es lief leise Musik, deren Melodie sich überwiegend aus Tönen von verschiedenen Trommeln zusammensetzte. Von Logan wusste ich, dass hier manchmal Poetry-Slams stattfanden, Musiker aus der Umgebung auftraten und verschiedene andere Events den Laden zu einem beliebten Ziel machten, um Lernstress und Abgabetermine für einen Moment zu vergessen. Heute jedoch war es ruhig, nur wenige Gäste saßen an den Tischen, und ich spürte, wie ich mich ein wenig entspannte, als ich hinter Logan die kleine Terrasse betrat. Der Ausblick war fantastisch. Wir sahen von dem höher gelegenen Campus über einige Häuserreihen hinweg auf den Hafen und bis hinaus auf den Ozean.

»Wahnsinn, oder?«, fragte Logan und sank auf einen der Stühle direkt am Geländer. Er nahm seine Basecap ab und drehte sie nachdenklich in den Händen. »Manchmal kann ich gar nicht glauben, dass ich wirklich hier bin.«

»Das hast du dir verdient, Mann«, erwiderte ich ohne Zögern. Es stimmte, und ich gönnte es Logan von Herzen. Die letzten Jahre hatte er bei seinem Onkel und seiner Tante gelebt, die alles für ihn taten, sich jedoch niemals die Collegegebühren leisten konnten. Erst recht nicht für das Medizinstudium, das Logan anstrebte. Logans Cousinen fraßen ihnen buchstäblich die Haare vom Kopf. Seinen Platz an der AU verdankte er einem Sportstipendium, für das er jahrelang bis zur Erschöpfung trainiert und gelernt hatte. Bis er schließlich sogar eine Klassenstufe übersprang und mir jetzt ein Collegejahr voraushatte. Anders, als viele dachten, brauchte man auch für ein Sportstipendium Bestnoten in allen Fächern, um sich gegen die anderen Bewerber durchzusetzen. Das Gesamtpaket zählte. Und Logan hatte sich fast umgebracht bei dem Versuch, dieses Gesamtpaket zu werden.

Eine Kellnerin kam an unseren Tisch, und Logan knipste sein strahlendes Lächeln an. »Hey, Mira, was geht?«

»Hi.« Mira reichte uns unsere Speisekarten und strich sich dann schüchtern das dunkle Haar hinter die Ohren. »Nichts Besonderes, und bei euch?«

Mein Blick wanderte über die angebotenen Gerichte, während mein bester Freund Mira in ein lockeres Gespräch verwickelte.

»Du bist unverbesserlich«, gluckste ich, als wir bestellt hatten und Logan einen kleinen Zettel mit Miras Telefonnummer in seine Tasche wandern ließ.

Grinsend sah er der Kellnerin nach. »Ein bisschen Spaß muss sein. Würde dir auch mal wieder guttun.«

Meine Gedanken wanderten unwillkürlich zu Andy. Nein.

Andy war nicht die Richtige für ein kurzes Vergnügen. Sie war … einfach mehr.

»Am Wochenende steigt die Homecoming-Party der *Sharks*«, eröffnete Logan mir, als Mira unser Essen vor uns abstellte.

Das Wasser lief mir im Mund zusammen, während ich den Burger und die große Portion Pommes frites zu mir heranzog.

»Du solltest auch kommen«, fügte Logan hinzu, nachdem ich nichts erwiderte.

Kauend zog ich die Brauen in die Höhe. »Niemand will mich dort haben.« Der Burger war fantastisch, trotzdem hatte ich plötzlich das Gefühl in einen Haufen Staub zu beißen.

»Du musst den Leuten die Chance geben, dich kennenzulernen.« Logan wedelte mit der Gabel vor meiner Nase herum und verspritzte etwas von seinem veganen Chili auf meinen Burger. »Ich meine wirklich dich und nicht die Version, die Gerüchte und Zeitungen von dir gezeichnet haben.«

»Das ist schwer möglich, wenn man mich schon an der Tür rauswirft.«

Ich dippte die Pommes in meinen Erdbeer-Shake und dachte daran, dass ich dieses Essen beim späteren Training sicher bereuen würde. Doch an manchen Tagen musste es fettig und mit viel Zucker sein.

»Das wird nicht passieren.« Logan legte sein Besteck beiseite und sah mich an. »Ich meine es ernst, Hunter. Du musst mal an etwas anderes denken als an Maia. Du brauchst Spaß und Abwechslung. Und wenn du das Image des Schlägers loswerden willst, solltest du etwas dafür tun. Von allein löst sich das nämlich nicht auf.«

Bei Maias Namen blieb mir der Rest des Burgers im Hals stecken. Dennoch rührten Logans Worte etwas in mir. Sie erinnerten mich an die Erschöpfung, die ich empfand, wenn ich nur daran dachte, nach weiteren Spuren zu suchen. Die Wut, die mich befiel bei dem Gedanken, heute Abend wieder nach Dealern und Maias früherer Clique Ausschau zu halten, in der irren

Hoffnung, dass sie etwas wussten. Anfangs, direkt nach Maias Verschwinden, hatte ich mich jede Nacht voller Tatendrang auf den Weg gemacht. Doch mit jeder ereignislosen Party, mit jedem Gespräch ohne richtige Informationen, wurde es schwerer und aussichtsloser. Vielleicht hatte Logan recht. Möglicherweise tat es mir gut, mal zum Vergnügen auf eine Party zu gehen, und nicht, um meine Schwester zu finden.

»Du meinst echt, für dein Team ist das okay?« Ich musterte den springenden Hai auf seinem Cap.

Logans Miene hellte sich auf. »Natürlich. Die Party ist für alle, die Bock haben, nicht nur fürs Team. Da fällst du gar nicht auf, und die meisten *Sharks* sind nicht mal von hier, die kennen deine Geschichte also nicht.«

Ich sagte Logan nicht, dass sich das bei all dem Getuschel, das ich heute um mich herum gehört hatte, schnell ändern würde. Stattdessen nickte ich und dippte eine weitere Fritte in den Shake. »Okay. Bin dabei.«

15

Andy

Die nächsten Vorlesungen ließen die Fragen in meinem Kopf verstummen. Ich dachte nicht mehr an Hunter und an das Getuschel, das uns verfolgt hatte. Zwischen den anderen Studierenden und mit dem Ausblick auf das erste Semester, in dem ich mich voll und ganz meiner größten Leidenschaft widmen durfte, fühlte ich mich angekommen. Zum ersten Mal seit Jahren hatte ich das Gefühl, am einzigen für mich richtigen Ort zu sein.

Dennoch wurde ich die Enge in meiner Brust nicht los. Eine Schlinge hatte sich um mein Herz gelegt, seit ich den Artikel gelesen hatte, und mit jedem Atemzug schien sie sich enger und enger zu ziehen. Zwar hatte ich mir für einen Moment erfolgreich eingeredet, dass all diese Lügen egal waren und Link mich nicht finden würde. Durch die Begegnung mit Hunter hatte ich die Gedanken daran sogar für einen Moment vergessen können. Doch als wir uns im Seminar *Englische Literatur des 19. Jahrhunderts* einander vorstellen sollten und ich die gewohnten Lügen abspielte, wurde mir klar, wie sehr ich mir etwas vormachte. Link war nicht nur entschlossen und gefährlich. Er war Polizist. Er war unantastbar und hatte Mittel und Wege, um mich zu finden. Und dank der Lügen, zu denen er meine Familie zwang und die er in den Nachrichten über mich verbreitete, konnte mir am Ende niemand mehr helfen.

Als ich die letzte Vorlesung verließ und in die Nachmittagssonne hinaustrat, bekam ich kaum noch Luft. Ich wusste, welche Gefühle in mir lauerten. Ich unterdrückte sie jetzt schon so lange, dass es nur noch eine Frage der Zeit war, wann sie mich wirklich überwältigten. So weit durfte es nicht kommen, denn ich war nicht sicher, ob ich es ertragen konnte. Ob ich die Schuld und den Schmerz je wieder loswerden würde, wenn ich erst mal in ihre Fänge geriet.

Vicky hatte mir für heute freigegeben, da es mein erster Collegetag war und sie wollte, dass ich ihn genießen konnte. Für einen Moment dachte ich darüber nach, dennoch im Café vorbeizuschauen, vielleicht konnte ich spontan in die letzte Schicht eintauchen. Doch mir wurde klar, wie verrückt das wirken musste. Deshalb machte ich mich auf den Weg zum Campingplatz und reinigte den Hühnerstall, wie ich es Rosa versprochen hatte.

Am frühen Abend lieh ich mir ihren Rasenmäher, um die Wiese um meinen Wohnwagen herum zu mähen. Während das laute Brummen des Motors meine Ohren erfüllte, glitt mein Blick über meine Behausung, den brüchigen Zaun, der meinen Platz umgab, und die Bäume, die ihren Schatten auf alles warfen. Ich hatte mein Bestes gegeben, die Wände des Wohnwagens zu schrubben, das Unkraut zu entfernen und den wilden Rasen zu zähmen, doch alles in allem sah meine Unterkunft noch recht erbärmlich aus. Zweckmäßig zwar, aber nicht nach einem Zuhause. Genau das war dieser Campingplatz jetzt aber für mich, oder nicht?

Ich konnte es nicht riskieren, mir eine Wohnung oder ein WG-Zimmer in der Stadt zu nehmen. Wenn Link je in Bar Harbor nach mir suchte, würde er sicher in den Straßen und Geschäften nach mir Ausschau halten. Der Campingplatz war schwer zu finden, wenn man nicht wusste, dass es ihn gab. Hier würde Link bestimmt nicht auftauchen, und falls doch, wäre da noch Rosa. Man sah es ihr nicht an, doch sie war sehr kritisch, was die Gäste auf ihrem Campingplatz anging. Sicher würde sie ihn wegschicken. Zumindest hoffte ich das.

Vielleicht wurde es Zeit, dass mein neues Zuhause auch wirklich wie eines aussah. Ich stellte den Rasenmäher ab und fasste einen Entschluss. Eine Stunde später hatte ich mir Rosas Fahrrad geliehen und erreichte kurz vor Ladenschluss den nächsten Baumarkt. In Windeseile packte ich Farbe, Werkzeug, einen kleinen Teppich, ein paar Dekoartikel und mithilfe eines eher widerwilligen Verkäufers Holz für einen neuen Zaun in meinen Einkaufswagen. Der Einkauf sprengte deutlich das Budget, das ich mir als Grenze für monatliche Einkäufe gesetzt hatte, allerdings war mir das in diesem Moment egal. Mein Collegekonto würde noch eine ganze Weile reichen, außerdem hatte ich jetzt einen Job, und ich konnte schon lange nicht mehr zählen, wie oft ich in meinem Leben hatte verzichten müssen. Auf ein neues Paar Schuhe, Schulbücher, das Abendessen. Auf ruhigen Schlaf, Sicherheit und Freundschaften.

Es war an der Zeit, meinen Neuanfang endgültig durchzuziehen, und diese Dinge brauchte ich dafür.

Dummerweise gab es etwas, das ich bei meinem spontanen Großeinkauf nicht bedacht hatte. So saß ich jetzt mit einem Haufen Holz, Teppich und mehreren Farbeimern auf dem Parkplatz des Baumarkts und fragte mich, wie zum Teufel ich all diese Dinge mit dem Fahrrad transportieren sollte.

»Super Leistung, Andy«, murmelte ich.

Die Lichter im Baumarkt erloschen, und ich stand plötzlich in der Dunkelheit. Stille hüllte mich ein, und mit einem Mal schlug mein Herz viel zu schnell.

Nervös zog ich mein Handy aus der Tasche und scrollte durch die wenigen Nummern, die ich eingespeichert hatte. Da Rosa immer im Morgengrauen aufstand und jetzt bestimmt schon schlief und ich mir nicht sicher war, wie Vicky reagieren würde, wenn ich sie um Hilfe bat, blieb mir eigentlich nur eine Person, die ich anrufen konnte. Ich zögerte noch einen Moment, denn ich war mir nicht sicher, ob ich ihm diesen Teil von mir wirklich anvertrauen wollte. Ich seufzte. Mir blieb wohl keine andere Wahl.

»Was verschafft mir das späte Vergnügen?« Dustins Stimme dröhnte aus meinem Lautsprecher, und ich musste unwillkürlich lächeln. Es fühlte sich immer noch fremd an. Der Umgang mit Dustin war von der ersten Minute an so leicht gewesen, dass er ein echter Freund werden könnte. Zumindest wenn er mich nicht gleich zum Teufel jagte.

»Hey, Dustin, sag mal, hast du eigentlich ein Auto?«

Ich hörte etwas rascheln und fragte mich, ob er schon im Bett gelegen hatte.

»Nicht direkt. Aber mein Zimmernachbar hat einen Pick-up, den ich mir jederzeit leihen darf. Brauchst du eine Mitfahrgelegenheit?«

Erleichtert blickte ich auf meinen Einkauf. »So ungefähr.«

»Jetzt bin ich neugierig. Hast du eine Bank ausgeraubt, und ich soll den Fluchtwagen fahren?«

Ich holte tief Luft. »Was würdest du sagen, wenn ich dir erzähle, dass ich auf einem Campingplatz wohne und gerade einen Haufen Zeug gekauft habe, um dort alles ein bisschen zu verschönern? Allerdings ohne zu bedenken, dass ich mit dem Fahrrad unterwegs bin und damit weder einen Teppich noch einen Stapel Holzlatten transportieren kann.«

Für einige Sekunden war es still in der Leitung, dann brach Dustin in schallendes Gelächter aus. »Okay, das muss ich sehen. Wo bist du?«

Ich nannte ihm die Adresse, und er versprach, in zwanzig Minuten da zu sein. beruhigt sank ich auf den Bordstein.

Um mir die Zeit bis zu Dustins Ankunft zu vertreiben, öffnete ich die E-Reader-App auf meinem Handy und versuchte, zu lesen. Aus irgendeinem Grund konnte ich mich nicht konzentrieren. Ständig verlor ich die Worte aus den Augen und ließ meinen Blick über den fast leeren Parkplatz schweifen. Ein paar Autos standen darauf verteilt, vermutlich gehörten sie den Mitarbeitern, die noch nicht gegangen waren.

Nächtliche Stille umgab mich. Das einzige Licht verströmten die wenigen Straßenlaternen, die das Gelände umgaben. Obwohl die Luft noch von dem sonnigen Tag aufgeheizt war, fröstelte ich plötzlich. Mit Dunkelheit kam ich schon seit Jahren nicht gut zurecht. Nicht seit Link mir einmal in meinem dunklen Kinderzimmer aufgelauert und mich gewürgt hatte, bis mir schwindlig wurde. Es war eine der ersten schlimmen Attacken gewesen, die sich gezielt gegen mich gerichtet hatten. Weil ich Geld für Schulbücher aus der Haushaltskasse genommen hatte. Doch die Nervosität, die ich jetzt spürte, rührte nicht von meiner üblichen Abneigung gegen die Dunkelheit. Etwas war anders.

Langsam sah ich mich erneut auf dem Parkplatz um. Musterte Autos und liegen gelassene Getränkedosen. Etwas …

Alles in mir erstarrte, als ich den Schatten sah. Er lehnte an einem der weiter entfernten Autos, direkt unter einer Straßenlaterne. Kaum, dass ich ihn entdeckt hatte, löste er sich von dem Wagen und bewegte sich in meine Richtung. Mein Herz raste, während ich langsam aufstand. Bereit, wegzulaufen, zuzuschlagen, zu schreien – ich wusste es nicht. Die Gestalt bewegte sich auf mich zu, und ich wich automatisch zurück, bis ich an die Außenwand des Ladens stieß. Es war ein Mann, groß, schlank, aber sicher mit starken Muskeln ausgestattet.

Link.

O Gott, es ist Link, er hat mich gefunden!

Ich zitterte am ganzen Körper. Mir war speiübel.

Der Mann war jetzt so nah, ich konnte sein Gesicht erkennen. Es war schmal, glatt rasiert, mit ersten Falten an Augen und Mundwinkeln. Links Gesicht sah längst nicht so freundlich aus. Er war es nicht.

Dennoch löste mein Körper sich nicht aus seiner Habacht-Stellung.

»Brauchst du Hilfe?«

Ich stieß den Atem aus. Wie ein Torpedo durchschnitt der Laut die Nacht. »Was?«

Der Mann trat noch ein paar Schritte näher und blieb dann stehen. Er deutete auf die Einkäufe und lächelte. »Ob du Hilfe brauchst? Du siehst aus, als wärst du gestrandet.«

»Nein. Ich … ich warte auf jemanden«, würgte ich hervor. Meine Finger schlossen sich so fest um mein Handy, dass ich glaubte, das Display splittern zu hören.

»Ach, dann ist ja gut. Ein junges Mädchen sollte um diese Zeit nicht allein unterwegs sein.«

»Ja«, erwiderte ich und schluckte. »Mein Freund müsste jeden Moment hier sein.«

Der Mann lächelte freundlich, und ich dachte, dass er wahrscheinlich wirklich nur ein besorgter Passant war. Doch da war etwas in seinen Augen, das mich irritierte. Er taxierte mich. Nicht auf eine anrüchige oder bedrohliche Art. Eher neugierig. Als hätte er mich schon einmal gesehen und wüsste nicht mehr wo. *Die Fotos*, schoss es mir durch den Kopf.

»Ich bin übrigens David«, sagte er plötzlich und streckte mir die Hand hin. Verwundert starrte ich seine Finger an. Ein Ring funkelte an seiner Hand. Scheinbar war er verheiratet.

In diesem Moment bog ein Pick-up auf den Parkplatz ein und erfasste uns mit seinen Scheinwerfern. Erleichtert stieß ich den Atem aus. »Das ist mein Freund«, sagte ich und eilte auf meinen Einkaufsberg zu. »Tschüss.«

»Oh. Ja, auf Wiedersehen.« Der Mann entfernte sich, jedoch entging mir nicht, dass er sich noch mal nach mir umsah, bevor er in sein Auto stieg.

»Hey, alles klar?«, fragte Dustin, kaum, dass er vom Fahrersitz gesprungen war. »Was wollte der denn?«

»Keine Ahnung.« Nachdenklich sah ich zu, wie der Mann vom Parkplatz fuhr. »Ich glaube, er wollte nur helfen. Aber irgendwas war merkwürdig … Er hat mir einen Riesenschreck eingejagt«, sprudelte es auf mir heraus.

Dustin folgte meinem Blick. »Er sah eigentlich ungefährlich aus. Aber man sollte immer auf seinen Instinkt hören, nicht wahr?«

»Sicher«, murmelte ich. Leider hatte Link meinen inneren Radar nachhaltig geschädigt. Ich wusste oft nicht, ob ich meinem Gefühl trauen konnte.

Dustin deutete auf meinen Einkauf. »Da hast du ja ordentlich zugeschlagen.« Er schnappte sich den Teppich und half mir, alles Weitere auf die Ladefläche des Pick-up zu hieven.

»Es überfiel mich irgendwie.« Ich rieb mir verlegen den Nacken. »Dass ich das Zeug nicht mit dem Fahrrad transportieren kann, fiel mir leider erst hinterher ein.«

Dustin gluckste. »Na, zum Glück spiele ich gerne den edlen Retter in der Not.« Er zwinkerte schalkhaft. Dann bückte er sich nach den letzten Kleinteilen. »Oh, was haben wir denn da?« Augenzwinkernd hielt er die Kabelbinder hoch. »Darauf stehst du also, soso. Wusste gar nicht, dass du Christian Grey kennst.«

Der letzte Rest Anspannung fiel bei dieser Bemerkung von mir ab. Lachend ging ich auf die Beifahrertür zu. »Ich dachte eigentlich, der wäre Bestandteil deiner Träume?«

Dustin fasste sich in gespielter Empörung an die Brust. »Du glaubst, ich könnte Christian Grey umdrehen?« Er grinste kokett. »Herausforderung angenommen.«

Wenige Minuten später lenkte Dustin die Wagen auf die Straße, und wir ließen den Baumarkt hinter uns. Leise Instrumentalmusik drang aus den Lautsprechern des Wagens. Es klang wie der Soundtrack irgendeiner Serie. Dustin schwieg, er wirkte entspannt, und zwischendurch erwischte ich ihn, wie er leise mitsummte. Plötzlich bildete sich ein Kloß in meinem Hals, weil mir klar wurde, welches Glück ich hatte. Ich hätte an dem Tag im Café auf jeden treffen können, und hatte ausgerechnet Dustin kennengelernt. Dustin, der keine Fragen stellte, sondern seine Hilfe anbot und Witze machte.

Plötzlich sah er mich an, und ich bemerkte, dass ich ihn anstarrte. Er grinste. »Mach ein Foto, da hast du mehr von.«

»Sorry«, sagte ich ertappt. »Nur … danke. Dass du mir hilfst, und na ja, einfach danke.« Unbeholfen versuchte ich, auszudrücken, was mir im Kopf herumspukte, doch meine Worte griffen all das nicht annähernd auf.

»Für meine Freunde tu ich alles«, erwiderte Dustin lässig. »Und ich hab dir doch bei unserer ersten Begegnung schon gesagt, dass wir Freunde werden.«

»Hast du«, bestätigte ich und musste sein Grinsen einfach erwidern.

Wir bogen auf den Campingplatz ab. Dustin folgte im Schritttempo meinen Anweisungen und hielt schließlich bei meinem Wohnwagen. Skeptisch blickte er durch die Windschutzscheibe. »Hier wohnst du?«

Im Licht der Scheinwerfer sah der Wohnwagen beinahe unheimlich aus, ein leuchtender Schandfleck inmitten des nächtlichen Waldes. Ich konnte es Dustin nicht übel nehmen, dass er so misstrauisch reagierte.

Unsicher wand ich mich in meinem Sitz. »Also. Ja.«

Entgeistert sah Dustin mich an. »Als du sagtest, du wohnst auf einem Campingplatz, hatte ich mir das irgendwie … keine Ahnung, idyllischer vorgestellt? Wie bei diesen Vanlife-Influencern?« Seine Stimme rutschte am Ende des Satzes nach oben. »Aber das hier – wieso wohnst du hier?«

Ich schluckte. Für einen Moment stellte ich mir vor, wie es wäre, Dustin die Wahrheit zu sagen. Die ganze echte, unverfälschte Wahrheit.

Allein bei dem Gedanken daran schlugen Angst und Scham ihre Krallen in meine Brust. Gleichzeitig sehnte sich ein Teil von mir danach, alles zu erzählen. Meine Erlebnisse mit jemandem zu teilen, in der Hoffnung, dass er hinterher noch zu mir stehen würde.

Ich rang mir ein schwaches Lächeln ab. »Das ist eine lange Geschichte. Vielleicht erzähle ich sie dir irgendwann mal.« Ich atmete tief durch und richtete meinen Blick wieder auf den Wohnwagen. »Im Moment ist er der einzige Ort für mich. Und von innen sieht er deutlich besser aus.«

Dustin wirkte nicht überzeugt.

»Mit dem ganzen Kram, den ich gerade gekauft habe, verwandle ich das hier in eine Oase, wirst schon sehen.« Ich sprang aus dem Pick-up, und wir luden die Sachen aus. Holz, Teppich und Farbe verstauten wir unter einer Plane hinter dem Wohnwagen, unter der schon ein paar alte Gartenmöbel lagen, die ich hoffentlich wieder einsatzfähig machen konnte. Den Kleinkram wie Lichterketten, Pinsel und, ja, auch die Kabelbinder brachten wir nach drinnen.

Als Dustin sich in meinem kleinen Heim umsah, wirkte er aufgeschlossener. Er machte sogar Vorschläge, wie man den Wohnwagen mit einem gut eingerichteten Vorzelt aufbessern konnte.

»Ist das deine Familie?« Dustin griff nach dem zerknitterten Foto, das den Weg von Chicago nach Bar Harbor in meiner regennassen Tasche mehr schlecht als recht überstanden hatte und jetzt über meinem Bett hing.

»Nicht!«

Verwundert zog er seine Hand zurück.

Ich schluckte und spürte, wie ich rot wurde. »Entschuldige. Nur, das ist das einzige Foto, das ich im Moment von ihnen habe, und ich fürchte, es fällt bald auseinander. Das sind meine Mom, mein kleiner Bruder Brian und ich.«

Dustins Augen wanderten kurz zwischen mir und dem Foto hin und her. Ich wusste nicht, was in ihm vorging. Ob er sich über mein verändertes Aussehen wunderte oder darüber, dass ich nur dieses eine Foto besaß. Aber ich sah die Fragen in seinem Blick, während er das brüchige Bild noch einen Moment betrachtete. Ein Strom an Erleichterung erfasste mich, als er es ohne ein weiteres Wort ruhen ließ und sich weiter umsah.

»Wow, das gibt's ja nicht!« Dustin lehnte sich über mein – zum Glück gemachtes – Bett und griff nach der Schmuckausgabe von *Der Herr der Ringe*. »Von der Ausgabe träume ich jede Nacht, ich sag's dir. Die Illustrationen sind der Wahnsinn. Sieh nur, diese Linienführung!« Schwärmend sank er auf mein Bett und blätterte ehrfürchtig durch die Seiten. Das Foto war vergessen.

Mit Blick auf das Buch dachte ich plötzlich an Hunter und Dustins seltsame Reaktion am Morgen auf ihn.

»Du, Dustin …« Ich nahm auf meiner kleinen Sitzbank am anderen Ende des Wohnwagens Platz und beobachtete ihn aufmerksam. »Woher kennst du eigentlich Hunter?«

Er sah auf und runzelte die Stirn. »Hunter Bray? Den kennt hier jeder.«

Seinem Tonfall entnahm ich, dass mir der Grund dafür nicht gefallen würde. »Aber wieso?«

Dustin seufzte und legte das Buch zur Seite. »Wieso fragst du? Woher kennst du ihn denn?«

»Ich bin ihm vor ein paar Tagen zufällig begegnet«, antwortete ich ausweichend. »Und er hat mich heute zur nächsten Vorlesung begleitet.«

Dustins Augen weiteten sich. »Okay. Dann sollte ich es dir vielleicht doch erzählen. Diese Bad Boys scheinen euch Mädels ja magisch anzuziehen.«

Ich verdrehte die Augen. »Auf mich wirkt er eigentlich nicht wie ein Bad Boy.«

Dustin schnalzte mit der Zunge. »Weil du seine Geschichte nicht kennst. Von Hunter solltest du dich echt fernhalten.«

Mein Herz schlug plötzlich schneller, und mit einem Mal war ich mir nicht mehr sicher, ob ich die Geschichte hören wollte.

»Du musst dazu wissen, dass die Brays sehr wohlhabend sind. Sie haben Einfluss. Im Prinzip gehört ihnen diese Stadt.«

Überrascht lehnte ich mich vor. »Wie meinst du das?«

»Seine Mom ist eine Nachfahrin der Brays, die Bar Harbor gegründet haben. Das ist natürlich schon ewig her. Vor einer Ewigkeit gab es einen furchtbaren Brand, der den Großteil der Stadt zerstört hat. Damals war Bar Harbor noch viel kleiner«, fügte er hinzu und angelte sich dann eine Hand voll Schokodrops aus einem meiner Vorratsgläser. Er lehnte sich mit dem Rücken gegen die Spüle und erzählte weiter. »Die Großeltern von Hunters Mom haben den Ort wieder aufgebaut, die AU gegründet und ihren Einfluss immer weiter ausgebaut. Mittlerweile hat die Familie Bray in so ziemlich allem irgendwie einen Finger mit drin. Immobilien, Veranstaltungen, Geschäfte – irgendein Bray ist immer zumindest im Hintergrund vertreten. Das ist vermutlich auch der Grund, warum Hunter glaubt, sich alles ungestraft erlauben zu können.«

Ungläubig lauschte ich Dustins Erzählung und versuchte, das Bild von Hunter, der von Dächern sprang, mit Hunter, dem wohlhabenden Erben einer ganzen Stadt, zusammenzubringen. Konnte man überhaupt eine Stadt erben?

»Ja, kaum zu glauben, wenn man Hunter so sieht«, sprach Dustin meine Gedanken aus. »Er hat schon öfter mal Mist gebaut. Nichts Großes, und seine Mami hat ihn immer aus allem rausgehauen. Er und seine kleine Schwester sind quasi unantastbar. Denn wer soll dich bestrafen oder über dich bestimmen, wenn jeder von deiner Familie abhängig ist? Der Ruf, die Jobs, das Dach über deinem Kopf.«

So einschüchternd das auch klang, war es eine ganz andere Sache, die meine Aufmerksamkeit erregte.

»Hunter hat eine Schwester?«

Dustin nickte. »Maia. Ich kenne sie nicht, aber sie soll ein tolles Mädchen sein. Etwas jünger als Hunter, fünfzehn, glaube ich. Hübsch, klug, lustig. Zumindest war sie das, bis sie vollkommen abgestürzt ist. Hat angefangen, mit Drogen zu experimentieren, blieb tagelang verschwunden, fuhr einen gestohlenen Wagen zu Schrott. Und dann, letztes Jahr, kam Hunter morgens in ihren Klassenraum …«

Ich fröstelte plötzlich. Irgendetwas sagte mir, dass diese Geschichte kein gutes Ende nahm.

»Hunter und Maia gingen beide auf eine teure Privatschule. Dort war von Grundschule bis High School alles unter einem Dach. Eine Schule, die Leute mit solchen Problemen normalerweise sofort rauswerfen würde.« Kopfschüttelnd fuhr Dustin sich mit der Hand durchs Haar. »Auf jeden Fall stolzierte Hunter in den Raum, schnappte sich einen von Maias Klassenkameraden und verprügelte ihn.«

»Wie?«, fragte ich irritiert. »Einfach so?«

»Angeblich interessierte der Junge sich für Maia, und Hunter passte das nicht. Er prügelte so lange auf ihn ein, bis er bewusstlos am Boden lag. Zwei Lehrer mussten Hunter von dem Jungen wegziehen. Wer weiß, wie weit er sonst gegangen wäre.«

Ich traute mich kaum zu fragen, dennoch tat ich es. »Was war mit dem Jungen?«

»Der lag wochenlang im Krankenhaus. Musste operiert werden, weil die Milz gerissen war. Er hatte mehrere Brüche und ist danach weggezogen, ohne dass ihn noch mal jemand gesehen hat.«

Fassungslos sackte ich gegen die Lehne der Bank. Ich konnte es nicht glauben. Sicher, Hunter wirkte nicht wie der nette Junge von nebenan, aber dass er so etwas tat, wollte trotzdem nicht in meinem Kopf.

Mach dich nicht lächerlich. Die Stimme in meinem Kopf lachte mich geradezu aus. *Du weißt doch, wozu Menschen fähig sind. Wie sie andere täuschen können.*

Dennoch passte es nicht zusammen. Mein Instinkt sagte mir, dass an dieser Geschichte etwas nicht stimmte. Ich spürte Dustins Blick auf mir ruhen und bemühte mich um eine neutrale Miene. Diese entglitt mir jedoch direkt wieder, als ich Dustins zögernden Gesichtsausdruck sah.

»Was noch?«

Er seufzte. »Maia verschwand ein paar Wochen später. Erst dachte sich niemand etwas dabei, sie war in der Zeit davor häufiger tagelang weggeblieben. Doch nach ein paar Wochen fiel es dann auf. Seitdem hat sie niemand mehr gesehen. Ihre Eltern äußern sich nicht dazu. Einige spekulieren, dass sie einfach weggelaufen sei, aus Angst vor Hunter. Dass er sie ebenfalls geschlagen hat. Dann verkündeten ihre Eltern plötzlich, sie würde jetzt auf ein Internat gehen, aber das glaubte ihnen niemand mehr. Und Hunter flog aufgrund der Prügelei fast von der Schule, aber seine Mutter hat wohl dafür gesorgt, dass er bis auf ein paar Sozialstunden keine weitere Strafe zu fürchten hat.«

Nachdenklich kaute ich auf meiner Unterlippe. Mit einem Mal ergaben das Getuschel und die Blicke, die mich und Hunter am Morgen verfolgt hatten, einen Sinn.

»Hör zu, ich will dir echt nicht vorschreiben, mit wem du dich treffen sollst, aber an deiner Stelle würde ich mich von Hunter fernhalten.« Dustins Blick war so ehrlich besorgt, dass ich nur nicken konnte. »Man sieht ihn ständig auf zwielichtigen Partys, mit Dealern und anderen seltsamen Gestalten. Ich habe keine Ahnung, wie er es an die AU geschafft hat. Wahrscheinlich nur, weil es sie ohne die Brays nicht gäbe.«

Ich erhob mich und setzte Wasser für Tee auf. Ich hatte gar keinen Durst, aber das dringende Bedürfnis, irgendetwas zu tun. »Woher weißt du das eigentlich alles?«, fragte ich wie beiläufig.

»Die Zeitungen und sozialen Medien haben das Thema ziemlich ausgeschlachtet«, erwiderte Dustin achselzuckend, und ich konnte es mir gut vorstellen. »Der Sohn Bar Harbors, der Sohn unserer Gründerfamilie – ein Schläger. Das war ein Riesenskandal. Und die Einheimischen hier kennen sich alle irgendwie über ein paar Ecken. Da wandern solche Ereignisse von einem zum nächsten.«

»Oh.« Mehr fiel mir dazu nicht ein. Meine Gedanken kreisten um Hunter. Hunter, der mir mein Buch gebracht hatte. Hunter, der gerne las und im nächsten Moment von Dächern sprang. Der einen Jungen verprügelt hatte, von Partys vertrieben wurde und dann müde im Kurs für *Literarisches Schreiben* saß. Ich fragte mich, wie diese Seiten vereinbar waren. Oder war eine Seite eine Lüge?

Dustin verabschiedete sich kurz darauf, wieder mit seiner gewohnt guten Laune, und versprach mir, beim Bau des Zauns zu helfen, sobald ich loslegen wollte. Mir wurde warm ums Herz, als ich ihn wegfahren sah. Scheinbar hatte ich es in all dem Chaos, das mich umgab, wirklich geschafft, einen Freund zu finden. Vielleicht sogar einen, der mir glauben würde, wenn ich ihm irgendwann meine Geschichte erzählte.

Ich stand noch eine ganze Weile mit der Teetasse in der Hand in der Wohnwagentür und starrte in die Dunkelheit. Das melodische Zirpen der Zikaden hüllte mich ein. Mondlicht ergoss sich auf die kleine Wiese vor meinem Wohnwagen. Es war ein verträumtes, friedliches Bild und passte so gar nicht zu meiner inneren Aufruhr. Ich versuchte, schlau aus dem zu werden, was Dustin mir erzählt hatte. Der Tee war kalt, als ich mir eingestand, dass ich mich lächerlich verhielt. Weil ich Dustins Erzählung auf Fehler prüfte und mein Bestes tat, Beweise dafür zu finden, dass sie nicht stimmte. Aber manche Menschen waren nicht so, wie sie auf den ersten Blick wirkten.

Hatte ich nicht sogar selbst vermutet, dass Hunter etwas verbarg? Dass er Geheimnisse hatte? Nun, jetzt wusste ich, welche das waren. Es war Zeit für mich, das Thema abzuhaken.

Ich machte mir eine frische Tasse Tee und stellte fest, dass ich tatsächlich erschöpft genug war, um direkt einschlafen zu können. Der Tag war sowohl aufregend als auch anstrengend gewesen. Mittlerweile war es weit nach Mitternacht, und als ich mich mit dem Kräutertee ins Bett kuschelte, wurden mir bereits die Augenlider schwer.

Ich griff nach meinem Handy, um Dustin zu schreiben und mich noch mal für seinen spontanen Einsatz zu bedanken. Als ich das Display entsperrte, bemerkte ich, dass ich bereits zwei Nachrichten hatte. Die erste war von Brian. Sie war kryptisch und kurz, dennoch kroch mir sofort die Angst in die Glieder.

Mom geht's besser, Link sucht nach dir. Es tut mir leid. Pass auf dich auf.

Erst als ich die E-Mail sah, wurde mir das ganze Ausmaß von Brians Worten klar. Die Tasse rutschte mir aus der Hand und lauwarmer Tee schwappte über meine Bettdecke.

Glaubst du, ich kenne dich nicht? Wie viele Colleges gibt es wohl, die zu dir passen?
Ich finde dich.

16
Hunter

Ich bereute meinen Entschluss, Logan zur Party zu begleiten, bereits am nächsten Morgen. Wäre ich am Abend lieber einfach im Wohnheim geblieben und pünktlich schlafen gegangen. Dann hätte ich mich jetzt direkt auf den Weg in den Hörsaal gemacht. Stattdessen wollte ich mir vor der ersten Vorlesung noch einen Kaffee holen, doch kaum hatte ich die Cafeteria betreten, stand ich Garret Bates gegenüber. Dem Bruder des Jungen, mit dem alles begonnen hatte, bergab zu gehen.

Garrets Gesicht war gerötet wie eh und je. Er sah immer so aus, als würde er jeden Moment einen Wutanfall bekommen und alles kurz und klein schlagen. Dafür sprachen auch die bulligen Oberarme, die er jetzt vor der breiten Brust verschränkte. Finster starrte er mich an, während ich meinen Thermobecher in den Automaten stellte und einen starken Kaffee mit Zucker auswählte.

»Überlegst du, wie du mich um ein Date bitten könntest, oder stehst du einfach nur gerne im Weg rum?«, fragte ich betont gelangweilt und beobachtete, wie der Kaffee dampfend in den Becher floss.

Auf Garrets Stirn zuckte es bedrohlich. Mir war, als hörte ich seinen Kiefer knacken. Wow. Ich hatte fast Angst vor ihm. In meinem Leben hatte ich schon genug Kämpfe ausgefochten, Garret beeindruckte mich nicht im Geringsten. Es war verlockend, ihn so lange zu provozieren, bis er mich schlug. Und wenn ich mich nicht wehrte, würde das vielleicht mein Image aufbessern. Allerdings bestand auch die Möglichkeit, dass mir dieser Kampf nur Ärger bringen würde, weshalb ich meinen Kaffee nahm und an ihm vorbeigehen wollte.

Garret packte meinen Arm, und der Kaffee schwappte aus

dem ungeschlossenen Becher auf meine neuen Schuhe.

»Welcher Idiot hat dich denn hier reingelassen?«, fragte Garret so laut, dass ihn jeder in der Cafeteria hören konnte. Zum Glück war sie um diese Zeit noch nicht allzu gut besucht.

»Das solltest du den Dekan fragen«, erwiderte ich durch zusammengebissene Zähne. »Er wird sich freuen, dass du ihn einen Idioten nennst. Und jetzt solltest du meinen Arm loslassen, bevor ich dir einen neuen Gesichtsausdruck verpasse.«

Wir starrten einander an. Ich konnte deutlich sehen, wie Garret sich seine Chancen ausrechnete.

Ruckartig ließ er meinen Arm los. »Glaub bloß nicht, ich hätte vergessen, was du Ethan angetan hast.« Er zeigte drohend mit dem Finger auf mich. »Jeder hier weiß es, und eines Tages wirst du dafür büßen.«

Meine Finger schlossen sich fester um den Thermobecher. »Dein Bruder«, zischte ich leise, »ist ein widerliches Stinktier, das es nicht anders verdient hat. Sollte ich ihm je wieder begegnen, wird er sich wünschen, Maia nie auch nur angesehen zu haben.«

Die Geschwindigkeit, mit der das Blut aus Garrets Gesicht wich, verschaffte mir unversehens Genugtuung. Ich konnte nur hoffen, dass niemand anders meine Worte gehört hatte. Als ich die Umstehenden musterte, war ich mir leider nicht so sicher.

Dann fiel mein Blick auf Andy.

Sie stand in der Tür der Cafeteria und starrte mich an. Im Sonnenlicht wirkten das Pink und das Blau in ihren gewellten Haaren noch intensiver. Sie sah furchtbar aus. Ihre Haut war blass, sie hatte dunkle Schatten unter den Augen, und die Jeansjacke, die sie über dem roten Top trug, schlackerte, als hätte sie über Nacht zehn Kilo verloren.

Ich schluckte, als ich ihren erschrockenen Blick bemerkte. Sie stand zu weit weg, um meine Worte verstanden zu haben. Aber es schien, als hätte sie sich einiges zusammengereimt. Oder jemand hatte ihr die ganze Geschichte erzählt.

Bevor ich etwas sagen konnte, wandte sie sich um und ging.

Fantastisch.

Damit war der Fall wohl klar.

Meine Vermutung, dass Andy mittlerweile von den Gerüchten über mich gehört hatte, bestätigte sich bald.

Sie ging mir so offensichtlich aus dem Weg, dass es annähernd komisch war. Nur, dass es mich ziemlich frustrierte.

Wir hatten mehrere Vorlesungen und Seminare zusammen, dennoch schaffte ich es nicht einmal, mich mit ihr zu unterhalten. In den Vorlesungen setzte sie sich ans andere Ende des Hörsaals und verschwand am Schluss so schnell, dass ich nicht die geringste Chance hatte, sie einzuholen. Außerdem war ständig dieser Nerd in ihrer Nähe. Jeden Tag stand auf seinem T-Shirt ein neues Zitat aus irgendeiner Serie. Und sobald er mich entdeckte, wich er nicht mehr von Andys Seite. Vermutlich war er es, der ihr die Geschichten über mich und meine Familie erzählt hatte.

Im Laufe der Woche wurde meine Laune immer schlechter. Ich saß in den Veranstaltungen und konnte meinen Blick selten von Andy losreißen. Sie war mit einer solchen Leidenschaft und Neugierde dabei. Schrieb jede Kleinigkeit mit und hing an den Lippen der Dozenten, als würden sie ihr das Geheimnis des ewigen Lebens verraten. Dennoch entgingen mir die dunklen Schatten nicht, die immer wieder über ihre Züge huschten, wenn sie tief in Gedanken versunken war.

Morgens vor der ersten Vorlesung versuchte ich, zu erraten, was sie heute wohl trug. Ihr Kleidungsstil war ungewöhnlich. Meist etwas düster, aber vor allem schien er keinem festen Muster zu folgen. Gerade als ich dachte, Tops und Jeans wären ihr Ding, tauchte sie am Donnerstag plötzlich im Sommerkleid auf. Die einzige Konstante waren die Jacken. Jeansjacken, Lederjacken oder auch kurzärmelige Stoffjacken. Irgendeine trug sie immer, egal wie ungnädig die Sonne schien.

Andy war eine Ansammlung von Widersprüchen, aus der ich nicht schlau wurde. Sie wirkte taff und unnahbar, bis ich im nächsten Moment die Panik in ihren Augen sah und sie davonlief. Sie wirkte still, dennoch hatte ich manchmal das Gefühl, dass sie nichts lieber wollte, als ihre Gedanken in die Welt hinauszuschreien.

Ich wollte wissen, was sie zu sagen hatte. Ich wollte wissen, wer sie war. Nur funktionierte das nicht, solang sie mich auf Abstand hielt. Ich sah sie an, und alle Gründe, aus denen ich mich besser von ihr fernhalten sollte, waren vergessen. Es machte mich wahnsinnig.

Logan und ich trafen uns am Donnerstagabend zum Parcourstraining auf dem alten Firmengelände. Ich war unkonzentriert. Immer wieder wanderte mein Blick zum Zaun, in der Hoffnung, dass dort ein bunter Haarschopf auftauchte. Vielleicht kam Andy ja noch einmal zufällig vorbei. Vielleicht konnte ich sie abfangen.

Während ich darüber nachdachte, rannte ich auf die Wand zu, lief daran empor – und verpatzte den Überschlag. Gerade so gelang es mir, mich abzufangen, bevor ich einen harten Bauchklatscher auf dem Asphalt hinlegte. Meine Hände rutschten über den Boden, und ich spürte den Aufprall im ganzen Körper. »Scheiße, verdammt!« Ich rappelte mich auf und blickte genervt auf meine aufgeschrammten Hände. Blut lief über das Handgelenk und tropfte auf den staubigen Asphalt.

»Das war's dann wohl«, meinte Logan kopfschüttelnd.

»Sind nur ein paar Kratzer.« Gleichgültig wischte ich mir das Blut an der Jeans ab. »Lass uns weitermachen.«

Logan packte meine Schulter. »Vergiss es. Du bist nicht bei der Sache, so brichst du dir noch das Genick.« Er warf mir meine Flasche zu, und ich ließ etwas Wasser über die Schürfwunden fließen, bevor ich mich an die Wand lehnte und einen Schluck trank.

»Was lenkt dich so ab?«, wollte Logan ein paar Minuten später wissen. Dabei ließ er die leere Wasserflasche wie einen Fußball von einer Fußspitze zur anderen springen.

Andys Bild tauchte vor meinem inneren Auge auf. Allerdings wollte ich Logan nichts davon erzählen, bevor ich nicht selbst wusste, warum mir dieses Mädchen nicht mehr aus dem Kopf ging.

»Morgen ist das Essen bei meinen Eltern«, sagte ich stattdessen.

Logan kickte die Flasche über seinen Kopf und fing sie blind mit dem Hacken des rechten Fußes wieder auf. »Machst du dir deshalb Sorgen?«

»Ich brauche nicht noch einen Streit. Nicht noch mehr Vorhaltungen oder Fragen zu meinem Studium, bei dem ich immer noch nicht weiß, wohin es mich führen soll. Ich will einfach …« Frustriert suchte ich nach dem richtigen Wort. »Freiheit? Keine Ahnung. Ich wünschte, ich könnte auf das Essen verzichten. Aber wenn wirklich ein Privatdetektiv kommt, muss ich dabei sein.«

»Vielleicht tut es dir gut. Wenn der Privatdetektiv übernimmt, kannst du die Verantwortung abgeben. Du kannst dich endlich von dem Thema lösen, zumindest ein Stück weit, und dich auf etwas anderes konzentrieren. Auf dich, das Studium und na ja … auf Andy.« Logan grinste vielsagend und beugte sich dann über seinen Rucksack, steckte die leere Flasche hinein und holte ein kleines Pillendöschen heraus.

»Was hat das jetzt mit Andy zu tun?«, fragte ich mit hochgezogenen Brauen und tat so, als würde ich nicht sehen, wie er eine Tablette aus dem Döschen nahm und schluckte. Ich wusste, dass es ihm unangenehm war. Dass er die Pillen überhaupt in meinem Beisein nahm, war ein riesiger Vertrauensbeweis.

Er lachte. »Ich kenn dich seit siebzehn Jahren. Deine Familie war schon immer schwierig, aber du warst deshalb nie dermaßen unkonzentriert.«

Grummelnd stand ich auf. »Lass uns das Thema wechseln.« Logan seufzte übertrieben. »Gut. Von mir aus. Aber du weißt, dass du es mir irgendwann doch erzählen wirst. Nur, weil wir nicht drüber reden, löst das Problem sich nicht in Luft auf.«

»Wann bist du eigentlich so entsetzlich klug geworden?« Ich verdrehte die Augen, und wir schlugen den Weg zum *Stand Up* ein, wo wir diese Woche fast jeden Tag gewesen waren. Ich vermutete, dass es mit einer gewissen Kellnerin zusammenhing, die uns dort bediente, doch Logan wollte nichts davon hören.

Jetzt grinste er. »Einer von uns beiden muss in dieser Situation doch mit dem Hirn denken.« Lachend wich er meinem Schlag aus.

17
Hunter

Exakt vierundzwanzig Stunden nach dem ausgelassenen Abendessen mit Logan stand ich vor dem Haus, in dem ich aufgewachsen war, und sah einem ganz anderen Abendessen entgegen.

Obwohl ich meinen Aufbruch so lange wie möglich herausgezögert hatte, war ich zehn Minuten zu früh da. Missmutig blickte ich die graue Fassade hinauf, während zwei Gärtner die Rosenhecken beschnitten, die die Einfahrt zierten. Unser Haus war ein kalt erscheinender Klotz. Die vier Etagen waren seltsam versetzt zueinander gebaut und wirkten wie eine Art Knobelspiel, dessen verschiedene Ebenen man hin- und herschieben musste, bis alles perfekt aufeinandersaß. Für den Innenausbau hatte meine Mom damals einen renommierten Innenarchitekten beauftragt. Umso mehr verwunderte es mich, wie einheitlich und steril das Haus eingerichtet war. Weiß und verschiedene Grautöne dominierten, es gab nur wenig dekorative Gegenstände, und die vorhandenen waren entweder ein Geschenk gewesen oder einfach nur teuer und dementsprechend ein Beweis für Besucher, dass wir wirklich, wirklich wohlhabend waren. Davon zeugte auch die Tiefgarage, in der fünfzehn Autos Platz hätten.

Sicher, das Geld meiner Eltern hatte mir viele Sorgen erspart und einige Annehmlichkeiten ermöglicht. Trotzdem hatte ich nie den Hang zu Luxus und Übertreibungen gespürt wie meine Mutter. In dieser Hinsicht ähnelte ich mehr meinem Vater, der Löcher in seiner Kleidung lieber flickte, anstatt die betroffenen Stücke zu ersetzen. Meine Mom trieb er mit dieser Einstellung regelmäßig in den Wahnsinn, und manchmal fragte ich mich, ob dies insgeheim ein kleiner Akt der Rebellion gegen sie war.

Die Tür öffnete sich, und ich trat erschrocken einen Schritt zurück. »William, steh da nicht so rum, sondern komm endlich rein. Wir warten schon.«

Ich seufzte. »Hi, Mom.«

Wie immer war sie perfekt gestylt, als wäre sie bereit, jeden Moment ein Interview im Fernsehen zu geben. Die helle Bluse, die dunkle Hose mit den Bügelfalten, passend zum Blazer. Dazu eine Perlenkette, eine goldene Armbanduhr und der perfekte Dutt, der die gleiche Farbe hatte, wie meine eigene unordentliche Frisur.

»Mr Thompson wartet bereits im Esszimmer auf uns.«

Jeder andere normale Mensch hätte an einem der letzten sommerlichen Tage des Jahres das Essen auf unserer weitläufigen Terrasse mit Blick auf den Acadia Nationalpark serviert, aber meine Mutter empfing Besucher grundsätzlich im Salon oder im Esszimmer. Dabei hätte mir ein bisschen frische Luft sicher gutgetan.

Letztendlich verlief der erste Teil des Abends deutlich weniger unangenehm, als ich befürchtet hatte. Es gab kein sonderlich ausgefallenes Menü, sondern eine einfache Lasagne, mein Lieblingsessen. Mit einem Zwinkern raunte mein Vater mir zu, dass er darauf bestanden hatte. Während ich mir kleine Stücke von der Lasagne abschnitt, erzählten meine Mutter und mein Vater dem Privatdetektiv von den Geschehnissen um Maias Verschwinden. Ich hielt mich überwiegend zurück, ergänzte nur hin und wieder ein paar Details, die meine Eltern vergaßen. Dabei wurde mir klar, wie wenig meine Suche mich vorwärtsgebracht hatte. Nämlich gar nicht. Die einzige Information, die ich beisteuern konnte, war, dass niemand von Maias angeblichen Freunden sie in letzter Zeit gesehen hatte. Die zahlreichen Dealer, die ich mir vorgenommen hatte, verschwieg ich, da weder meine Mom noch mein Dad wussten, wie ernst Maias Drogenproblem am Ende wirklich gewesen war. Erst als Mr Thompson fragte, weshalb meine Eltern sich nicht an die Polizei gewandt hatten, musste ich um meine Selbstbeherrschung kämpfen. Meine Mutter drückte sich mit einigen geschickten Worten erfolgreich um die Wahrheit. Diese war ebenso einfach wie abstoßend. Sie fürchtete, dadurch einen noch größeren Imageschaden zu erleiden.

Angewidert ließ ich das Besteck sinken und biss die Zähne zusammen. Dad wich meinem Blick aus.

Nachdem Mr Thompson gegangen war, herrschte für einige Minuten Schweigen in unserem Esszimmer. Ich fühlte mich ausgelaugt. Die ganze Geschichte noch einmal zu hören, war erschöpfend. Gleichzeitig war ich erleichtert. Mr Thompson hatte durchaus ernsthaft und vertrauenswürdig auf mich gewirkt. Er hatte alle wichtigen Informationen notiert und die richtigen Fragen gestellt. Vielleicht hatte Logan recht, und es war gut, dass sich jemand anderes der Suche annahm. Jemand, der mehr Ahnung davon besaß, vermisste Personen zu finden. Möglicherweise konnte ich es mir wirklich erlauben, die Suche ruhen zu lassen und abzuwarten, was Mr Thompson herausfand.

»Nun«, sagte meine Mutter plötzlich, während sie den letzten Schluck Wein in ihrem Glas schwenkte. »Es gibt noch etwas anderes, worüber wir mit dir sprechen möchten, William.«

Sofort war ich auf der Hut. Misstrauisch blickte ich von meiner Mutter, deren Augen begeistert funkelten, zu meinem Vater, dem ein schwaches Lächeln auf den Lippen lag.

»Wie du weißt«, fuhr meine Mutter fort und faltete dabei ihre Serviette zu einem perfekten Rechteck, »habe ich schon länger geplant, meinen Weg im politischen Bereich weiterzugehen und zu schauen, welche Möglichkeiten sich mir dabei bieten.« Sie blickte mich auffordernd an, als müsste mir jetzt schon klar sein, worauf sie hinauswill.

Ich trank einen Schluck Wasser, damit ich nichts sagen musste und wünschte mir, sie würde aufhören, so gestelzt zu reden.

»Deshalb«, meine Mom zog das Wort wie einen Trommelwirbel in die Länge, »werde ich im nächsten Jahr als Senatorin kandidieren und Preston Sheer bei seinem Wahlkampf zum Präsidenten unterstützen.«

»Du willst Senatorin werden?« Das Wasserglas rutschte mir durch die Finger. Ich konnte es gerade noch rechtzeitig abstellen. Meiner Mom hätte in diesem Moment ein zweiter Kopf wachsen können, ich wäre nicht weniger überrascht gewesen.

Sie hob pikiert eine Braue. »Ja.«

Mein Blick wanderte zu meinem Vater, der lediglich knapp nickte. In mir regte sich eine mir mittlerweile vertraute Wut. Leise, sie wisperte nur, aber ich konnte sie kaum überhören.

»Du willst Senatorin werden und Preston Sheer unterstützen?«, wiederholte ich ungläubig. »Den offen homosexuellen und noch relativ jungen Preston Sheer? Nach allem, was mit Maia geschehen ist?«

Ich hörte meinen Vater scharf einatmen. Der Blick meiner Mutter verfinsterte sich, als ich eine von ihr eisern errichtete Grenze übertrat.

»Das hat nichts mit Maia zu tun.« Ihre Stimme war hart wie Stahl. Sie war eindeutig wütend. Es hätte mir nicht gleichgültiger sein können.

Ich lachte bitter. »Es hat alles mit Maia zu tun.« Mit jeder Silbe wurde meine Stimme lauter. »Du jagst deine eigene Tochter aus dem Haus, weil sie sich in ein anderes Mädchen verliebt hat, aber unterstützt den einzigen schwulen Präsidentschaftskandidaten? Wie kann man nur so falsch sein?«

»Deine Schwester«, begann Mom mit mühsam beherrschter Stimme, »hat einige falsche Entscheidungen getroffen. Unser Streit und ihr Weglaufen stehen in keinerlei Zusammenhang zu-«

»Ihr Weglaufen?« Ich sprang auf und schlug mit der Faust auf den Tisch. Mein halbvolles Glas fiel um, und das Wasser verteilte sich über die helle Tischdecke. »Du glaubst also immer noch, Maia wäre aus Trotz davongelaufen? Was sollte dann die ganze Aktion mit dem Privatdetektiv?«

Meine Mom strich sich über die Bluse und straffte die Schultern. Mir entging nicht, wie mein Dad meinen Blick mied. Mit einem Mal wurde mir alles klar. Meine Hände ballten sich zu

Fäusten, mit denen ich am liebsten den Tisch kurz und klein geschlagen hätte.

»Verstehe«, knurrte ich. »Alles fürs Image.«

Hätten wir ein Familienwappen, wäre das seine Gravur.

Meine Mutter war klug. Sie wusste, das Maias Verschwinden bei der Kandidatur erneut durch die Presse gehen würde. Dann konnte sie mit den unermüdlichen Ermittlungen des Privatdetektivs angeben. Vielleicht hoffte sie sogar, Maia schnellstmöglich zu finden, um sie unter Kontrolle zu bringen. Denn was wäre es für ein Skandal, wenn die entflohene Tochter während der Wahl auftauchte und enthüllte, was innerhalb dieser Wände wirklich passiert war?

»Das Gespräch ist hiermit beendet.« Mom stand auf und blickte mich kühl an. »Du enttäuschst mich, William. Ich dachte, meine Erfolge würden dir mehr bedeuten.«

Mir entfuhr ein Schnauben. Darauf konnte sie lange warten.

»Dein Vater wird hier die Stellung halten, wenn ich verreisen muss. Für den Fall, dass Maia sich tatsächlich entschließen sollte, zurückzukehren.«

Überrascht sah ich sie an. »Verreisen?«

»Natürlich. Wie soll ich denn von Bar Harbor aus die Wahl voranbringen?« Sie blickte ungeduldig auf die Uhr. »Und jetzt entschuldigt mich, ich habe noch eine Telefonkonferenz vor mir. Es war schön, dass du da warst, William.«

Mit diesen Worten verließ sie den Raum.

Es kostete mich all meine Selbstbeherrschung, meine Wut herunterzuschlucken, bevor ich mich zu meinem Vater umwandte.

»Ich war ebenso überrascht wie du, Hunter.« Er klang müde. Jetzt erst fielen mir die Schatten unter seinen Augen auf. Er saß zusammengesunken auf seinem Stuhl. Das teure Hemd, die klobige Uhr und die beherrschte Haltung wirkten wie eine bröckelnde Fassade.

»Du bleibst hier?«, fragte ich, und er nickte.

»Ich denke, es ist das Beste. Deine Mutter hat recht. Wenn

Maia zurückkommt … Du solltest damit nicht allein sein.«

Langsam strich er sich durch das angegraute Haar. Eine Geste, die mir sehr vertraut war, tat ich dies doch selbst so oft, wenn ich nachdachte oder aufgebracht war. Während meine Mom sich kurz nach Maias Verschwinden wieder in ihren gewohnten Aktionismus gestürzt hatte, war mein Dad immer mehr zu dem stummen Schatten an ihrer Seite geworden. Zum ersten Mal fragte ich mich, ob das gar nichts mit meiner Mom zu tun hatte. Sondern damit, dass er einfach nicht wusste, was er tun sollte.

»Es ist ihr nicht gleichgültig«, sagte er auf einmal. »Sie sorgt sich genauso um Maia wie du und ich. Deine Mom tut was sie kann.«

»Ach ja?« Es gelang mir nicht, die Bitterkeit aus meiner Stimme zu vertreiben.

»Ja.« Eine unendliche Traurigkeit lag in seinen Augen. So deutlich, so unverfälscht, dass mein Herz sich zusammenzog und ich den Blick abwandte, weil ich es kaum aushielt, ihn so zu sehen.

Dennoch verstand ich es nicht. Wie konnte er so überzeugt sein? Wieso war er sich so sicher?

Ich versuchte, mich zu erinnern, wann mein Dad zuletzt etwas getan hatte, das den Entscheidungen meiner Mutter entgegenlief. Ich konnte es nicht.

»Ich muss gehen«, murmelte ich. Plötzlich hatte ich das Gefühl, festzustecken. Ich wusste nicht, wohin mit mir und dem Chaos aus Empfindungen, das in mir brodelte. Wut über meine Mutter. Trauer, weil wir nicht einmal mehr ein blasses Abbild der Familie darstellten, die wir einst waren. Und eine Spur Erleichterung, weil noch jemand nach Maia suchte, aus welchen Gründen auch immer.

Nachdenklich lief ich die Einfahrt hinab. Wenn meine Mom bald verreiste und ich mit meinem Dad ohne ihre ständige Kontrolle allein sein würde, schafften wir es vielleicht, unser Verhältnis zu kitten. Vielleicht besserte sich sogar die Beziehung zwischen mir und meiner Mom, wenn die räumliche Distanz zwischen uns wuchs.

Ich konnte kaum noch sagen, wann alles angefangen hatte. Ich bekam ihn nicht zu fassen, diesen Zeitpunkt, ab dem meine Mom immer mehr ihre frühere Leichtigkeit gegen Strenge und Ernsthaftigkeit eingetauscht hatte. Ebenso wenig konnte ich sagen, wann Maias Schwierigkeiten begonnen hatten. Es war, als hätte ich einen entscheidenden Moment einfach verpasst.

Es wäre schön, wenn wir den unbeschwerten Umgang miteinander zurückgewinnen könnten. Früher waren wir ein fantastisches Vierergespann gewesen. Selbst Maias schwere Erkrankung, kurz nach ihrem fünften Geburtstag, hatte uns nichts anhaben können. Meine Mom verfolgte immer schon ehrgeizig ihre Ziele und hatte viel gearbeitet, aber sie hatte sich regelmäßig freigenommen, um Zeit mit Maia und mir zu verbringen.

Wir waren einer bunten Straße aus Abenteuern, Wohlstand und Liebe gefolgt. Bis wir irgendwo falsch abbogen und in dieser grauen, einsamen Sackgasse landeten, an deren Ende sich die Probleme zu einem schier unüberwindbaren Berg auftürmten.

Erschöpft sog ich die kühle Abendluft ein, als ich zu meinem Auto ging. Mit einem Mal fühlte ich mich vollkommen ausgelaugt. Gleichzeitig wusste ich, dass ich nicht einfach nach Hause gehen und schlafen konnte. In meinen Gliedern kribbelte es, und in meinem Kopf wirbelten so viele Gedanken, dass ich keinen einzigen klar zu fassen bekam. Das Abendessen vermischte sich mit den letzten Vorlesungen, mit Garrets fleckigen Wangen und mit einem wunderhübschen Gesicht, das von bunten Haarspitzen eingerahmt wurde. Ich ließ den Motor an. Die Campus-Bibliothek war mit über einhunderttausend Büchern bestückt. Irgendeins davon konnte mich sicher ablenken.

18
Andy

Ich lag im Bett und starrte abwechselnd an die Decke und zur Uhr. Die Zeiger standen auf kurz vor Mitternacht. Mein Herz pochte unruhig und nahezu schmerzhaft gegen meine Brust.

Sie kommt zu spät, dachte ich. Viel zu spät.

Unruhig schob ich meine Decke weg und trat ans Fenster. Der Wald dahinter lag unter einer dunklen, stillen Decke. Mein Handy vibrierte auf dem Nachttisch. Ich stürzte darauf zu. Brian hatte mir eine Nachricht aus dem Nachbarzimmer geschickt.

Sie kommt zu spät.

Ach was.

Eine zweite Nachricht folgte.

Bitte halt dich diesmal raus.

Böse Gedanken schossen mir durch den Kopf. Feigling. Angsthase. Wie kann er das verlangen? Natürlich tat ich ihm damit unrecht, doch die Wut in mir verschlang die Vernunft.

Endlich hörte ich einen Schlüssel im Haustürschloss. Ich lief zur Zimmertür und lehnte mich vorsichtig gegen den Stuhl, den ich wie jede Nacht unter die Klinke geklemmt hatte. Ich drückte mein Ohr an das Holz. Ich wusste, was als Nächstes passierte. Man entwickelte ein Gespür dafür. Es war wie das Nackenkribbeln, bevor es blitzt. Der Kopfschmerz, bevor der Wind dreht. Dennoch wartete ich, bis ich den ersten Schmerzensschrei meiner Mutter hörte, bevor ich den Stuhl wegschob und aus meinem Zimmer stürmte.

»Lass sie in Ruhe!«

Mein Schrei durchschnitt die Situation wie ein Sturm. Link

starrte mich an, an seiner Stirn pulsierte eine Vene, und seine schmalen Lippen verzogen sich zu einem gefährlichen Grinsen.

Meine Mom lag am Boden, auf den Küchenfliesen, die sie vor ein paar Stunden erst geschrubbt hatte. Sie hielt sich das linke Ohr, ihr Gesicht war schmerzverzerrt. »Andy. Bitte geh.«

Wütend blinzelte ich Link an.

Er trat auf mich zu, meine Mom schien er vergessen zu haben. Zumindest für den Moment.

Ich hörte den Schlag, das Klatschen von Haut auf Haut, bevor ich ihn spürte. Schmerz schoss durch meine Wange und Schläfe. Nach dem zweiten Schlag tropfte Blut aus meiner Nase. Nach dem dritten ging ich in die Knie. Er traf meinen Magen. Würgend krümmte ich mich. Hass loderte in mir auf, so viel stärker, als Angst es je konnte. Meine Finger gruben sich in den Stoff meines Pyjamas. Mir gelang ein schmerzhafter Atemzug, da packte Link meine Haare und zog so fest daran, dass mein Kopf in den Nacken fiel und ich fürchtete, meine Kopfhaut würde aufreißen wie ein poröses Blatt. Ich muss sie abschneiden, dachte ich. Meine Kehle brannte.

»Wann lernst du endlich,« zischte Link, und Spucke landete auf meinem Gesicht, »dass dich das nichts angeht?«

Ich schluckte. Schmeckte das Blut, das aus meiner Nase tropfte. »Niemals.«

Schreiend fuhr ich auf. Mein Herz raste, mein Magen schmerzte. Jedes Haar schien auf meiner Kopfhaut zu brennen. Seltsame Geräusche umgaben mich, und ich stürzte panisch aus dem Bett. Der Teppich fing mich auf. Mom. Ich hatte immer noch ihr Bild vor Augen. Ihr Körper, schwach und geprügelt auf den Fliesen. Dann wandelte sich das Bild. Sie lag inmitten von Scherben, die Augen aufgerissen. Doch der Blick leer. Zerschmettert wie ein fleckiger Spiegel. Ein Bild aus meinen Albträumen, eine furchtbare Vision, dessen, was meine Flucht verursacht haben könnte. Ein weiterer Schrei entrang sich meiner Kehle, und ich begriff, dass die seltsamen Geräusche von mir kamen. Ich schluchzte und wimmerte. Eine dunkle Kreatur hatte sich um meine Brust gelegt und drückte immer weiter zu. Mein Herz drohte zu zerplatzen, meine Lunge zu ersticken.

Ich konnte nicht mehr.

Von den Erinnerungen und der Trauer um das Leben, das wir einst hatten, übermannt, lag ich auf dem alten Teppich. Vorbei war es mit meiner Stärke, meiner Selbstbeherrschung und all der Verdrängung, die ich hatte aufbringen können. Meine Seele wurde von Splittern durchbohrt, die sich bei jedem Atemzug tiefer hineingruben, bis ich nichts anderes mehr wahrnahm.

So lange hatte ich durchgehalten. Seit dem Tag, an dem ich unser Zuhause verließ, hatte ich nicht geweint. Nicht getrauert. Jeden Gedanken an das, womit ich Mom und Brian zurückließ, beiseitegeschoben. Alles umsonst.

Mein ganzer Körper schmerzte. Ich konnte nicht atmen. Ich konnte nicht einmal mehr schreien. Hin und wieder drang noch ein Wimmern über meine Lippen.

Wann wirst du lernen?

Niemals.

Die Worte hallten in meinem Geist wider. Sie verspotteten mich. *Wann werde ich es lernen?* Ich hatte mir etwas vorgemacht. Mir eingeredet, ich könnte allem entfliehen. Neu anfangen. Dabei tat ich nur so. Link würde keine Ruhe geben. Er würde mich finden.

Mich töten.

Der Gedanke tauchte so klar und bestimmt in meinem Geist auf, dass er alles andere übertönte. Mein Wimmern verklang schwach in der Nacht. Mein Atem beruhigte sich.

Link würde mich töten. Das war keine Annahme, keine mögliche Entwicklung. Es war eine Tatsache. Er hasste mich aus tiefster Seele, seit ich mich ihm das erste Mal entgegengestellt hatte. Er fühlte sich bloßgestellt, weil ich keine Angst vor ihm zeigte. Weil er mich nicht kontrollieren konnte. Immer wieder hatte ich ihn gegen mich aufgebracht, und irgendwann sollte mir das zum

Verhängnis werden.

Link würde mich töten.

Oder ich ihn.

Das waren die einzigen Möglichkeiten. Schwer zu sagen, welche mir mehr Angst machte.

Es kostete mich all meine Kraft, doch dann konnte ich mich aufsetzen. Meine Arme zitterten, als ich mich auf die Knie stemmte.

Link würde kommen. Vielleicht morgen. Vielleicht in einem Monat oder in einem Jahr. Bis dahin würde ich das Beste aus dem rausholen, was mir das Leben ermöglichte. Ich würde mich nie mehr verstecken. Link durfte mir nichts mehr nehmen.

Der Schmerz schwelte noch immer in meiner Brust, als ich meinen Wohnwagen verließ. Er zwang mich nicht mehr in die Knie, zumindest vorerst nicht. Aber er war noch da, und ich wusste nicht, ob ich dieses Gefühl der Schwere je wieder loswerden würde, nachdem es mich einmal überwältigt hatte.

Ich hatte meine Tasche für den kommenden Tag gepackt, mich angezogen und war auf dem Weg zum Campus. Es war erst kurz nach drei am Morgen, Dunkelheit umhüllte mich und, anders als wenige Stunden zuvor, fürchtete ich sie nicht. Ich fühlte mich verborgen und geschützt.

Auf der Collegewebsite stand, dass die Bibliothek rund um die Uhr geöffnet war. In der Hoffnung, dass das stimmte, ging ich durch die dunklen Straßen und achtete dabei auf jedes Detail des Weges, um meinen Kopf zu beschäftigen, damit meine Gedanken sich nicht wieder in Erinnerungen verloren.

Meine Augen brannten noch vom Weinen und meine Kehle schmerzte, alles an mir fühlte sich seltsam wund an, doch ich ging immer weiter.

Als ich die Bibliothek erreichte, drang gedämpftes Licht durch die Fenster. Die Tür war nicht verschlossen. Ich betrat die Eingangshalle, und der tröstende Geruch tausender Bücher empfing mich. Ein Nachtwächter saß am Ausleihtresen. Sein Kinn war ihm auf die Brust gesackt, und er schnarchte leise. Zu jedem anderen Zeitpunkt hätte ich mich vielleicht darüber aufgeregt, dass er all die Bücher unbeaufsichtigt ließ und stattdessen selig träumte. Jetzt jedoch war ich dankbar dafür. Sicher sah ich nach meinem Zusammenbruch furchtbar aus.

Ich ging weiter in die Bibliothek hinein und schlenderte zwischen hohen Regalen entlang, in denen sich Buchrücken an Buchrücken schmiegte. Schließlich erreichte ich die Arbeitsplätze. Unzählige Tische aus dunklem Holz mit passenden Stühlen standen in mehreren Reihen verlassen da, eingekreist von den Regalen. Mein Blick wanderte über die Tische, während ich überlegte, wo ich sitzen wollte.

Ich erstarrte, als ich sah, wer sich nur wenige Meter von mir entfernt über ein Buch beugte.

19
Hunter

Erstaunt blickte ich Andy über die dünnen, vergilbten Seiten von *Die Zeitmaschine* an. Mein Mund öffnete sich, vielleicht wollte ich einen Witz über den Humor des Schicksals machen, da fiel mein Blick auf ihr Gesicht.

Ihre Haut war blass und übersäht mit leuchtend roten Flecken. Ihre Augenlider waren geschwollen, und ihre sonst geschwungenen und einladenden Lippen wirkten blutig, als hätte sie darauf herumgekaut. Sie schien meinen Blick zu bemerken, denn sie senkte den Kopf und murmelte dann: »Hätte nicht gedacht, dass jemand hier ist.«

Herrje, ihre Stimme klang furchtbar. Heiser und dünn. Was war passiert?

»Ja«, erwiderte ich langsam, versuchte, mir nichts anmerken zu lassen und mir gleichzeitig einen Reim auf ihren Zustand zu machen, »das hätte ich auch nicht gedacht. Aber da wir nun mal beide hier sind, könntest du dich zu mir setzen.« Lächelnd deutete ich auf den freien Stuhl mir gegenüber.

Andy zögerte. Ihre Finger klammerten sich an den Griff ihrer abgetragenen Tasche. Sie räusperte sich. »Eigentlich wollte ich in Ruhe an meiner Geschichte arbeiten.« Ihr Blick huschte unschlüssig zwischen mir und den freien Arbeitsplätzen hin und her.

Ich hob demonstrativ das Buch vor mein Gesicht, bevor ich es wieder ablegte und schief lächelte. »Ich verspreche, kein Wort zu sagen. Es sei denn natürlich, du möchtest meine wundervolle Stimme hören.«

Ihre Lippen zuckten kurz. Es fühlte sich an wie ein Triumph. Dann ließ sie ihre Tasche neben den Stuhl mir gegenüber fallen, und mein Herz führte einen kleinen Freudentanz auf. Auffordernd blickte sie mich an, woraufhin ich grinsend den Blick zurück auf mein Buch senkte.

Ich hätte genauso gut auf einen Haufen Hieroglyphen starren können. Mit einem Mal konnte ich kein einziges Wort lesen. Andys Anwesenheit setzte mich unter Strom, und ich nahm jede ihrer Bewegungen, jeden noch so kleinen Atemzug überdeutlich wahr. Wie sie ein dickes, in Leder gebundenes Notizbuch aus der Tasche zog, in dem scheinbar Dutzende lose Zettel und Skizzen lagen. Das Papier knisterte leise, während sie die Seiten umblätterte, die mit einer dichten, leicht schrägen Handschrift gefüllt waren.

Ihre Finger zitterten leicht, als sie einen Füller hervorzog. Fasziniert beobachtete ich, wie sie die ersten Buchstaben aufs Papier bannte. Ich konnte mich nicht erinnern, wann ich zuletzt jemandem mit einem Füller hatte schreiben sehen. Für mich war das nichts, ich verschmierte jede Seite. Ich schrieb zu hektisch, zu schnell, immer in der Angst, einen Gedanken zu verlieren, wenn ich ihn nicht sofort niederschrieb. Andy brachte ihre Worte auf ganz andere Weise zu Papier. Mit Bedacht, geradezu elegant. Ich ertappte mich, wie ich für eine ganze Weile nur auf ihre schmalen Finger starrte, die die Seiten ihres Notizbuchs füllten. Erst als sie innehielt und zu mir aufsah, bemerkte ich, dass ich mich minutenlang nicht gerührt hatte.

»Versuchst du etwa, mir meine Ideen zu klauen?« Ihr lag der Schelm in der Stimme, doch es klang gezwungen und überzeugte mich nicht.

Wieder blieb mein Blick an ihren geschwollenen Augen und dem blassen Gesicht hängen. Was war nur passiert? Ich konnte sie unmöglich danach fragen. Auch wenn ich unbedingt mehr über sie erfahren wollte. Sie machte nicht den Eindruck, als vertraute sie sich leicht einer anderen Person an. Deshalb stellte ich keine Fragen, sondern ging auf ihren schwachen Witz ein.

»O Gott, nein«, erwiderte ich mit gespieltem Entsetzen. »Was macht das nur mit meinem Ruf, wenn ich plötzlich eine vor Romantik triefende Liebesgeschichte schreibe?«

Empört ließ sie ihren Füller sinken. »Wer sagt, dass ich eine Liebesgeschichte schreibe?«

»Tust du nicht?«

Andy runzelte die Stirn. »Nein. Davon gibt es doch schon genug. Die Welt braucht weder einen weiteren Mr Darcy noch einen anderen Edward Cullen oder Mr Grey.«

Ich grinste. »Du hast *Shades of Grey* gelesen?«

Amüsiert bemerkte ich, wie sie rot anlief. Immerhin hatte ihr Gesicht jetzt wieder etwas Farbe.

»Reine Recherche«, murmelte sie, woraufhin ich in schallendes Gelächter ausbrach.

»Nicht *dafür*!« Ihr Gesicht glühte regelrecht. Es war süß und erfrischend, wie unangenehm ihr dieses Thema zu sein schien. Die Frauen, mit denen ich sonst flirtete, hätten mir schon längst angeboten, mir zu zeigen, was sie beim Lesen der Bücher gelernt hatten.

Moment. Flirtete ich etwa?

»Schon klar, Little Rainbow.«

Andy schnaubte und wandte sich ihrem Notizbuch zu.

»Woran schreibst du dann?«

Der Füller hielt erneut über dem Papier inne. »Möchtest du das wirklich wissen?« Ihre Augen glitzerten aufgeregt, obwohl ihre Frage so vorsichtig klang. Als könnte sie nicht glauben, dass sich jemand ernsthaft dafür interessierte.

»Sicher«, erwiderte ich lächelnd.

Andy zögerte. Sie biss sich auf die Unterlippe und blickte nachdenklich auf ihr Notizbuch hinab, bevor sie tief Luft holte. Dann erzählte sie, und, Himmel, ich hing wie hypnotisiert an ihren Lippen. Ihre Geschichte klang nach spannender und gut durchdachter Fantasy. Doch was mich wirklich in den Bann zog, war die Art und Weise, wie sie darüber sprach. Wie sie leidenschaftlich in ihren eigenen Vorstellungen versank. Ihre Augen funkelten, und sie blätterte immer wieder in ihren Notizen, um mir ihre Skizzen verschiedener Charaktere und Schauplätze zu zeigen. Ihre Leidenschaft war ansteckend, und schon bald stellte ich ihr eine Frage nach der nächsten, weil ich noch mehr über ihre Ideen erfahren wollte. Weil ich sie noch weiterreden hören wollte. Je mehr sie erzählte, desto entspannter wurde ihr Gesichtsausdruck und die Blässe verschwand. Als sie nach einiger Zeit schwieg, wirkte die Stille der Bibliothek fremd auf mich.

»Wahnsinn«, war das erste Wort, das mir einfiel. Unsicher, ob es sich auf die beschriebene Geschichte oder einfach auf Andy bezog.

Sie lächelte vorsichtig. »Wirklich?«

»Ja, nur …« Nachdenklich rieb ich mir das Kinn. »Es ist sehr düster, oder?«

Sie zog die Stirn kraus. »Was hast du gegen düster?«

»Nichts.« Ich zuckte die Achseln. »Das hatte ich nur nicht erwartet, denke ich.«

Andy zog ihr Notizbuch zu sich. »Die Welt ist selten, wie man sie erwartet. Überall lauern Lügen, Gewalt und Geheimnisse. Warum sollten Bücher nicht so sein?«

Die Wahrheit in diesen Worten war unbestreitbar.

Andy griff nach ihrem Füller. Ich wollte nicht, dass unser Gespräch schon endete.

»Aber willst du dich beim Lesen nicht gut fühlen?«

Das musste ich gerade sagen. In meiner Tasche steckte ein Laptop, auf dem die ersten Kapitel eines blutigen Thrillers darauf warteten, dass ich weiterschrieb. Ironischerweise fehlten mir die Worte, seit in meinem eigenen Leben das dunkle Chaos um sich griff.

Andy schien ernsthaft über meine Worte nachzudenken.

»Sicher will ich mich gut fühlen, aber nicht, weil ich angelogen werde. Sondern weil die Helden der Geschichte einen realistischen Weg finden, das Böse zu besiegen.«

»Dann glaubst du, dass das Gute immer siegen kann?«

Ihr Blick verfinsterte sich. »Nein.«

Sie blätterte die von Notizen übersäte Seite um und beachtete mich nicht weiter. Scheinbar tief konzentriert schaute sie auf ihr Notizbuch hinab, obwohl sie lange Zeit kein Wort mehr schrieb.

Etwas war passiert, ohne dass ich wusste, was es war. Es steckte alles in diesem einen Wort. Nein.

Ich versuchte, in meinen Roman zurückzufinden, allerdings gelang es mir nicht besonders gut. Zu sehr beschäftigte mich die Frage, woher dieser Stimmungswechsel kam. Etwas an unserem Gespräch war in eine falsche Richtung gelaufen. Nur wusste ich nicht, was.

Während ich auf die klein bedruckten Seiten meines Buches starrte, wurden mir die Augen schwer. Es war fast fünf Uhr, vor der Bibliothek kroch die Dämmerung heran. Mich jetzt noch einmal schlafen zu legen, würde sich kaum lohnen. Trotzdem klappte ich das Buch zu.

Andy sah auf, ihr Blick blieb an meinen Händen hängen. Die Spuren meines Sturzes waren noch deutlich zu sehen. Die aufgeschürften Handflächen und aufgerissenen Knöchel.

»Ich war etwas unkonzentriert beim Training«, antwortete ich auf ihre unausgesprochene Frage. »Du weißt schon. Das, bei dem ich von Häusern springe, um hübsche Frauen zu erschrecken.«

Vielleicht war es ein lahmer Scherz, aber dass Andy nicht einmal lächelte, irritierte mich dennoch. Ihre Augen starrten immer noch auf meinen Händen, während sie ihr Notizbuch zuklappte und in ihre Tasche steckte.

»Ich sollte gehen.«

Verwirrt beobachtete ich, wie sie aufsprang und sich ihre ausgefranzte Tasche über die Schulter warf.

»Jetzt warte.« Ich sprang ebenfalls von meinem Stuhl auf.

Sie wich einen Schritt zurück, und da verstand ich. Enttäuschung breitete sich in mir aus und verdrängte jedes gute Gefühl der letzten zwei Stunden sowie jede Hoffnung, dass Andy nicht Bescheid wusste.

»Ach so«, stellte ich kühl fest. »Du glaubst den Mist also auch. Die Geschichten, die man über mich erzählt.«

Meine Hände ballten sich zu Fäusten, woraufhin Andys Augen sich weiteten. Bei jemand anderem hätte es mich vielleicht amüsiert, dass eine simple Geste so verschrecken konnte. Bei Andy jedoch schmerzte die Reaktion. Mehr als erwartet.

Ich griff ebenfalls nach meiner Tasche, während die Wut in mir hochkochte. »Hätte nicht gedacht, dass du so dumm bist wie alle anderen.«

Bevor sie etwas sagen oder einen weiteren Schritt zurückweichen konnte, ließ ich sie stehen und lief dem Ausgang entgegen.

20
Andy

Die Kaffeemaschine zischte. Es klang viel zu laut in meinen Ohren. Mittlerweile bereute ich die kurze Nacht und den Abstecher in die Bibliothek in mehrerlei Hinsicht.

Ich klatschte den Milchschaum auf den Kaffee, bevor ich die Tasse zu einer älteren Dame am Fenster brachte, die schon seit einer halben Stunde in derselben Zeitschrift blätterte. Naserümpfend betrachtete sie meine missglückte Kaffeekunst, verkniff sich aber jeden Kommentar dazu.

»Du bist heute ziemlich mies drauf, was?« Vicky musterte mich, als ich am Tresen zu ihr stieß. Sie schob mir eine bunt gepunktete Tasse zu.

»Für welchen Tisch?«

»Der ist für dich. Du siehst scheiße aus.«

»Herzlichen Dank.« Grummelnd nippte ich an dem Milchkaffee.

Vicky schmunzelte. Dann griff sie in die Auslage und nahm zwei Blaubeer-Cupcakes heraus. Sie hielt mir einen entgegen und biss selbst von dem anderen ab. »Komm schon. Ich weiß, du liebst sie.«

Mein Magen knurrte zustimmend, und ich kapitulierte. Mit einem zufriedenen Lächeln beobachtete Vicky, wie ich in den Cupcake biss.

Heute war wenig los im *Café Mary*. Es regnete schon seit Stunden in Strömen, und niemand schien sich so recht nach draußen zu trauen.

»Also, wieso siehst du aus, wie kurz vor einer Zombieverwandlung?«, wollte Vicky wissen, während sie eine Blaubeere von ihrem Cupcake zupfte und sich in den Mund steckte.

Ich seufzte innerlich. In den letzten Tagen hatten Vicky und ich uns während der gemeinsamen Schichten langsam angefreundet. Nach der ereignisreichen ersten Schicht hatten wir bald festgestellt, dass wir eine Vorliebe für die gleichen Serien hatten und beide insgeheim davon träumten, irgendwann alle Zelte abzubrechen und mit wenig Gepäck um die Welt zu reisen. Ich mochte Vickys direkte Art, und noch dazu hatte ich festgestellt, dass sie fantastisch backen konnte. Das Rezept für die Zitronen-Erdbeer-Torte, die heute im Angebot war, hatte sie selbst entwickelt. Die Torte war einfach göttlich!

Dennoch zögerte ich, ihr etwas zu erzählen. Von den Albträumen, die mich heimsuchten. Oder von Hunter … Wie sollte ich ihr von ihm erzählen? Davon, dass seine Wunden an den Händen mich so an die von Link erinnerten, wenn er wieder mal getobt und unsere Einrichtung zerstört hatte. Wie sollte ich erklären, dass ich Angst bekommen hatte, als Hunters Gesicht sich plötzlich verändert und er die Fäuste geballt hatte? Weil ich Link vor mir sah?

Ich umklammerte meine Tasse und antwortete ausweichend: »Ich hab nur schlecht geschlafen. Mehr nicht.«

Vicky blickte skeptisch drein, sagte aber nichts.

Schweigend tranken wir unseren Kaffee und vernichteten die Cupcakes. Mittlerweile hingen so dicke und dunkle Wolken am Himmel, dass Vicky die Beleuchtung eingeschaltet hatte. Die Tür öffnete sich, und das Bimmeln des kleinen Türglöckchens wurde vom Tosen des Windes und Prasseln des Regens übertönt. Ich stellte meine Kaffeetasse ab und sah auf, um die neue Kundschaft zu bedienen, als ich eine bekannte Stimme hörte.

»Hey, Andy!«

Mist. Überrumpelt blickte ich in Logans Augen und konnte nicht verhindern, dass mein Blick von dort aus über seine Schulter glitt und Hunter fand, der hinter ihm stand und ebenso überrascht schien wie ich.

»Hi«, murmelte ich und wandte mich Logan zu. »Was kann ich für euch tun?«

»Zwei Kaffee zum Mit-«

»Wir suchen uns einen Tisch.« Hunters rauchige Stimme schnitt seinem Freund das Wort ab.

Logan drehte sich irritiert um.

Hunter zuckte mit den Achseln und ging auf einen freien Tisch am Fenster zu.

»Okay, scheinbar bleiben wir hier. « Logan wandte sich wieder an mich. »Aber vielleicht kannst du uns trotzdem zwei Kaffee bringen?«

Ich schluckte. »Sicher.«

»Was macht das Haifischbecken?«, fragte Vicky und stellte grinsend ihre Tasse ab.

Mit einem Stirnrunzeln sah ich sie an und begriff, dass die Frage an Logan gerichtet war.

»Witzig, Vic. Hast du einen Clown gefrühstückt?«

»Und du den Sprüchekalender deiner Oma geklaut?«

Logan verdrehte die Augen, woraufhin Vicky ihm die Zunge rausstreckte.

»Ihr kennt euch?«, sprach ich das Offensichtliche aus.

Vicky schlürfte lautstark ihren Kaffee, wobei sie Logan herausfordernd anblickte.

Dieser verdrehte die Augen. »Sie weiß, dass ich das hasse«, murmelte er an mich gewandt. »Also ja, wir kennen uns. Genau genommen lief unsere erste Begegnung so ähnlich ab wie diese. Wir saßen uns gegenüber, und Vicky trank ihren Eistee durch einen Strohhalm, was Geräusche machte wie ein verstopftes Abflussrohr.«

Ein Lachen entfuhr mir, während Vicky ihren Kaffee deutlich hörbar hinunterschluckte.

Dann spürte ich Hunters Blick auf mir. Ich sah auf und das Lachen blieb mir irgendwo in der Brust stecken. Der Ausdruck in seinen Augen war stechend kalt.

Logans schaute zwischen mir und Hunter hin und her. »Irgendwas habe ich wohl verpasst, mh?«

Ich blieb ihm die Antwort schuldig und wandte mich der Kaffeemaschine zu. Als ich hörte, wie er sich vom Tresen entfernte, atmete ich erleichtert aus. Das Schicksal hatte echt einen schlechten Sinn für Humor, Hunter ausgerechnet heute hierherzuführen. Vielleicht hatte ich ihn auch mit meinen Gedanken heraufbeschworen?

Während ich zwei Tassen auswählte, fragte ich mich, ob ich diese Begegnung als Chance sehen sollte. Ich konnte Hunter erklären, dass mein überstürzter Aufbruch heute Morgen nichts mit ihm oder den Gerüchten zu tun hatte. Aber stimmte das überhaupt?

Es hatte mir gefallen, mit ihm in der Bibliothek zu sitzen und meine Geschichte zu besprechen. Das hatte ich noch nie getan. Mein Herz schlug schneller, als ich daran dachte, wie sein Blick auf mir geruht hatte, immer wenn er glaubte, ich würde es nicht merken. Doch wie gut kannte ich ihn schon? War es nicht wahrscheinlich, dass all die netten Worte und die verspielten Scherze nur Fassade waren? Dass all die Gerüchte, von denen Dustin mir erzählt hatte, stimmten?

Bewies seine Reaktion das nicht sogar? Die schnell aufkeimende Wut, die ich bei ihm gespürt hatte. Die geballten Fäuste. Seine Worte.

Link hatte mich so oft auf so viele Arten als dumm bezeichnet, dass ich es irgendwann selbst geglaubt hatte.

Aber ich war nicht dumm. Nie wieder würde ich mir das weismachen lassen. Nie wieder wollte ich Kontakt zu Menschen, die mir nicht guttaten. Verdammt, ich hatte genug davon, die Handlungen anderer Menschen zu hinterfragen.

Entschlossen schnappte ich mir die beiden Kaffees und schritt damit auf den Tisch in der Mitte des Raums zu. Wortlos stellte ich die Tassen vor Logan und Hunter ab und führte innerlich einen kleinen Tanz des Triumphs auf, weil meine Hände ruhig waren und rein gar nichts von meinen wirren Gedanken verrieten.

»Du arbeitest hier?«, fragte Hunter kühl.

»Offensichtlich. Sonst noch was?«

Scheinbar gelangweilt betrachtete er seine Tasse, die in grellen Buchstaben *Ich bin nur zum Pöbeln hier*, verkündete. Eventuell hatte ich diese Tasse absichtlich gewählt. Hunter schien dasselbe zu denken, denn sein Gesicht verfinsterte sich.

Ich ignorierte Logans fragenden Blick und wandte mich eilig zum Gehen. Trotzdem konnte ich hören, wie Hunter Logan zuraunte: »Ich glaube, wir müssen uns ein neues Café suchen.«

Idiot. Hunters Anwesenheit schmerzte wie ein Sonnenbrand in meinem Nacken, während ich meiner Arbeit nachging.

Ich spürte Vickys Blicke und war mir sicher, dass sie mich schon bald mit Fragen löchern würde. Als ich den Tisch der älteren Dame abräumte und die Zeitschrift, die sie liegen gelassen hatte, in den Mülleimer fallen ließ, war es so weit.

»Woher kennst du Hunter Bray?«, fragte sie und schien vor Neugierde zu platzen.

Ich zog eine Augenbraue in die Höhe. »Woher kennst du ihn?«

Vickys Reaktion fiel ähnlich aus wie Dustins. »Na ja, ich bin mit Logan befreundet. Davon abgesehen – jeder hier kennt Hunter Bray.«

Ich seufzte und wischte den Tresen ab. »Ich kenne ihn nicht. Wir haben nur dieselben Kurse.«

Vicky schnaubte. »Das sah gerade aber ganz anders aus.«

Genervt ließ ich den Lappen fallen. »Was ist das mit Hunter? Jeder, der mich mit ihm sieht, hat das Bedürfnis irgendeinen Kommentar dazu abzugeben.«

Vicky nickte langsam. »Das kann ich mir gut vorstellen. Es gibt da einiges, was man sich über Hunter erzählt und nichts davon ist positiv.«

»Hab ich gehört. Aber glaubst du das alles wirklich? Dass er seine eigene Schwester verprügelt hat?«

Im nächsten Moment biss ich mir auf die Lippe. Ich wusste, wie diese Frage geklungen hatte. Zu neugierig. Zu interessiert.

Vicky schien ähnlich zu denken. Sie musterte mich nachdenklich. »Nein«, erwiderte sie dann zu meiner Überraschung. Sie zupfte an ihren kleinen Locken und stellte ihre Tasse ab.

»Ich kenne Hunter ein bisschen. Wir sind keine Freunde oder so, aber wenn man mit Logan befreundet ist, dann ist Hunter zwangsläufig Teil des Ganzen. Ich kannte ihn schon, bevor Maia verschwand. Bevor er diesen Jungen zusammengeschlagen hat.«

Zögernd kaute ich auf meiner Unterlippe. »Und ähm … wie war er da?«

Vickys Blick wanderte zu dem Tisch, an dem Hunter und Logan ihren Kaffee tranken, während sie sich angeregt unterhielten.

»Er war nett.«

Angesichts dieser nichtssagenden Antwort verdrehte ich die Augen.

Vicky seufzte. »Es war früher schon so, dass ihn jeder kannte«, fügte sie hinzu. »Nicht wegen seines Namens und seiner Familie, sondern weil er einfach da war. Man konnte ihn nicht *nicht* bemerken. Er war auf jeder Party, bei allen möglichen Sportveranstaltungen und immer im Mittelpunkt. Er scherzte und lachte, und ja, er war wirklich witzig. Aber eben auch impulsiv. Es gab regelmäßig kleine Skandale, weil er betrunken Mist baute. Aber es war nichts Besonderes, verstehst du. Nichts, was andere nicht auch mal tun. Nur, dass jeder ein Auge auf Hunter hatte, wodurch die Bedeutung dieser Skandale viel größer wurde, als sie eigentlich war.«

Ich fuhr fort, den Tresen zu reinigen. »Also ist alles Unsinn, was man sich so Schlimmes über ihn erzählt?«

Gegen meinen Willen wanderte mein Blick zu Hunter, der mit Logan in eine Diskussion vertieft war. Aus irgendeinem Grund war ich froh, dass er nichts von dem Gespräch zwischen mir und Vicky mitbekam.

»Das würde ich nicht unbedingt sagen.« Vicky gab einer Kundin ein Handzeichen, die zahlen wollte. Sie schnappte sich den Geldbeutel und stellte ihre Tasse in die Spüle. »Ich war eine Zeit lang auf der gleichen Schule wie Maia und Hunter, weißt du?«

»Wirklich?« Ich versuchte, die nächste Frage zu unterdrücken, doch es gelang mir nicht. »Und stimmt es? Dass Hunter dort aufgetaucht ist und diesen Jungen verprügelt hat?«

Als Vicky nickte, musste ich schlucken. Dabei hatte ich es schon gewusst. Wieso interessierte es mich überhaupt noch?

»Aber zu dem Zeitpunkt ging Maia schon nicht mehr auf diese Schule.« Vicky senkte ihre Stimme und warf noch einen Blick zu dem Tisch der Jungs, bevor sie weitersprach. »Maia war immer so nett und irgendwie unschuldig. Das typische Mädchen von nebenan. Sie hatte nie Ärger. Doch in der Zeit vor diesem Zwischenfall hatte sie sich verändert, war immer dünner geworden. Stiller. Es war beinahe …« Vicky suchte einen Moment nach den richtigen Worten. »… als würde sie sich auflösen. Sie war anwesend, aber irgendwie auch nicht. Dann tauchte sie eines Morgens nicht mehr auf, und verschiedene Gerüchte gerieten in Umlauf. Wie das eben so ist. Einige behaupteten, sie würde nur schwänzen, andere wiederum erzählten, sie hätten einen Krankenwagen vor dem Haus der Brays gesehen und der hätte Maia mitgenommen.«

»Wieso?«, fragte ich mit trockenem Mund.

Vicky wog unsicher den Kopf. »Die einen sagen, Hunter hätte sie verprügelt. Die anderen, sie hätte sich etwas angetan. Sicher wissen tut es niemand, die Familie schweigt eisern darüber.«

»Wieso sollten sie es auch jemandem erzählen?«

Vickys Blick wanderte erneut zu Hunter.

Ich drehte mich nicht zu ihm um, sondern wartete, dass Vicky antwortete.

»Ist schon merkwürdig, dass sie alles so geheim halten«, sagte sie dann. »Es wurden so viele Gerüchte laut, da sollte man doch meinen, dass zumindest seine Mutter es für sinnvoll hält, das Ganze aufzuklären. Unter diesen Geheimnissen leidet ihr Ruf als Bürgermeisterin doch sicher mehr als unter der Wahrheit. Meinst du nicht?«

Da war etwas Wahres dran. Doch vielleicht war die Wahrheit ja viel schlimmer als die Gerüchte, und sie behielten sie deshalb für sich?

»Ein paar Tage, nachdem Maia nicht mehr zur Schule kam, er-

schien Hunter in ihrer Klasse und verprügelte diesen Jungen.« Sie
musterte mich. »Den Rest kennst du vermutlich schon.«

Ich nickte stumm.

»Es ist wirklich seltsam …«, meinte Vicky. »Ich kann mir nicht
vorstellen, was da passiert ist. Wie diese Dinge zusammenhängen.
Aber Hunter war nie bösartig. Eigentlich war er ein guter Kerl.
Hilfsbereit. Und ebenso wie Logan absolut loyal. Aber das küm-
mert niemanden mehr. Nur Logan hat noch was mit ihm zu tun.
Die zwei sind wie Brüder. Ansonsten sind die Einzigen, die sich
für ihn interessieren, Mädels, die sich damit brüsten wollen, den
wilden Hunter für eine Nacht gezähmt zu haben.«

Ich konnte Vicky die Abscheu in ihrer Stimme nicht übel nehmen. Jetzt drehte ich mich doch zu Hunter um. Mein Herz setzte
einen Schlag aus. Er sah mich direkt an.

»Eigentlich eine echte Verschwendung, meinst du nicht?«,
hörte ich Vicky leise sagen. »Er ist schon heiß.«

Ich spürte, wie mir bei ihren Worten die Röte in die Wangen
schoss. Hunters Aufmerksamkeit lag noch immer auf mir, und
mein Puls beschleunigte sich. Seine Augen funkelten, doch sein Gesichtsausdruck war verschlossen. Zu gerne hätte ich gewusst, was er
dachte, während sein Blick langsam über meinen Körper glitt.

Als Hunter sich endlich abwandte, rauschte das Blut in meinen Ohren.

»Ich weiß nicht, was hinter all dem steckt, aber wenn du dir
Stress ersparen willst, solltest du dich von Hunter fernhalten. Sogar Logan -« Sie brach ab und schüttelte den Kopf. »Ich geh mal
abkassieren. Kannst du neuen Kaffee aus dem Lager holen?«

Sie ließ mich mit meinen Gedanken zurück. Eigentlich
war ich der Meinung gewesen, es würde mir helfen, mehr über
Hunter zu erfahren. Doch während ich die nächsten durchnässten
Kunden begrüßte, musste ich zusehen, wie das Bild, das ich mir
bisher von ihm gemacht hatte, mit jeder weiteren Info mehr und
mehr verschwamm.

21
Hunter

Weiß der Teufel, was mich geritten hat.

Eigentlich hatten Logan und ich nach dem heutigen Parcours, der so unsanft vom Regen unterbrochen worden war, nur einen Kaffee zum Aufwärmen holen und zurück zum Campus laufen wollen. Doch als ich Andy hinter dem Tresen stehen sah, setzte irgendetwas in mir aus und ich konnte das *Café Mary* nicht mehr verlassen. Logan hatte mich angesehen, als hätte ich nackt einen Stepptanz hingelegt.

Andys und meine letzte missglückte Begegnung lag erst wenige Stunden zurück. Dennoch hatte ich mehrfach daran zurückgedacht. Jedes Mal mit dem Wunsch, etwas kurz und klein zu schlagen. Und trotzdem, als sie jetzt vor mir stand, wollte ich einfach bleiben. Sie noch etwas länger ansehen und ihr die Chance geben, die Situation zu klären. Sie brachte unsere Bestellung, und mir wurde klar, dass ich darauf vergeblich hoffte. Es war eine dämliche Idee gewesen, den Kaffee nicht einfach mitzunehmen.

Logan las den Spruch auf meiner Tasse und gluckste. »Sie kennt dich wirklich gut.«

»Witzig.« Brummend trank ich einen Schluck, und aus einem unerfindlichen Grund ärgerte es mich, wie gut er schmeckte.

Logan musterte mich grinsend.

»Was?«

Ohne zu antworten, goss er sich Hafermilch in seinen Kaffee. Dann nickte er unauffällig in Andys Richtung. »Wann gibst du endlich zu, dass du auf sie stehst?«

Ich verdrehte die Augen. »Vergiss es. Sie ist genauso dumm wie all die anderen hier.«

»Das hast du ihr hoffentlich nicht gesagt«, meinte er scherzhaft.

»Irgendwie schon.«

Logan rutschte die Milchkanne aus, und die beige Flüssigkeit verteilte sich über den Tisch. Leise fluchend riss er Servietten aus dem Spender und ließ sie in die Pfütze fallen, wo sie sich sofort vollsogen.

»Was stimmt nicht mit dir?«, stieß er hervor, während er die Schweinerei beseitigte.

»Mit mir? Sie ist doch diejenige, die sofort jeden Scheiß glaubt.«

Logan sammelte die nassen Servietten in einer Ecke des Tischs. »Oh. Verstehe. Das ging ja schnell.«

»Ja.« Ich räusperte mich. »Kann man wohl sagen.«

»Na ja, wenn sie den Kram einfach so glaubt, ohne mit dir zu sprechen, ist das ihr Problem. Vergiss sie.«

Wie gerne würde ich ihm zustimmen. Nur, ein Teil von mir wusste, dass es nicht so einfach war, Andy einfach abzuhaken. Sie hatte sich in meinen Kopf geschlichen, seit wir uns das erste Mal gesehen hatten. Sie hatte sich dort eingenistet und überstrahlte seitdem jeden meiner Gedanken. Ich wusste nicht, wie ich das wieder ausstellen konnte.

Weil Logan sowieso nicht aufgeben würde, bis er alle Infos hatte, berichtete ich ihm von meiner nächtlichen Begegnung mit Andy und davon, wie sie mit einem Mal geflüchtet war. Logan trank nebenbei seinen Kaffee und sagte nicht viel. Als ich fertig war, setzte er seine Tasse ab, auf der ein dicker, grinsender Smiley prangte, und fuhr sich durch das helle Haar.

»Alter, Mann, ich hab eigentlich nur Scherze gemacht.« Irritiert blickte ich von meiner leeren Tasse auf. »Was meinst du?«

»Na, ich dachte nicht, dass du wirklich auf sie stehst.«

Ich schüttelte den Kopf. »So ist das nicht«, erwiderte ich lahm, was mir nur ein Augenverdrehen von Logan einbrachte.

»Wir kennen uns unser ganzes Leben, und ich hab dich nur einmal so von jemandem sprechen gehört: Claire.«

Bei dem Namen meiner Exfreundin hätte ich Logan am liebsten meine Tasse gegen den Kopf geschleudert. »Kein Wort von ihr. Andy ist ganz anders.«

Logan hob entschuldigend die Hände. »Ist sie das? Gerade meintest du noch, sie wäre so dumm wie alle anderen.«

»Ja, aber sie ist nicht wie Claire.«

Logan grinste. »Dich hat's voll erwischt.«

»Herrgott, bist du nervig.« Mein Herz schlug mir bis zum Hals, ohne dass ich so recht wusste, weshalb. »Wieso sind wir noch mal befreundet?«

»Weil ich dir jetzt einen verdammt guten Ratschlag gebe.« Logan lehnte sich vor. »Du musst ihr die Wahrheit sagen.«

Die Wahrheit. Wie oft hatte ich schon versucht, die Lügen aus der Welt zu schaffen. Leider hielten die Menschen gerne die falschen Dinge für wahr. »Was soll das bringen? Außerdem stimmt es ja, ich habe den Jungen so schlimm verprügelt, dass er operiert werden musste. Was glaubst du, was sie davon hält?«

»Das solltest du herausfinden. Ja, du hast den Jungen wirklich schlimm zugerichtet, und wir wissen beide, dass das nicht deine Sternstunde war.«

Ich brummte zustimmend.

»Aber das ist nicht die ganze Geschichte, und ich denke, wenn du wirklich Interesse an ihr hast, sollte sie diese erfahren. Denn wenn sie dich danach immer noch meidet, ist sie es ohnehin nicht wert, dass du dich weiter mit ihr beschäftigst. Meinst du nicht?«

Ich seufzte. »Vielleicht. Aber wenn sie mir gar nicht erst die Chance dazu gibt? Oder mir nicht glaubt?« Ich wusste nicht, ob ich diese Enttäuschung noch einmal erleben wollte.

Logan machte eine gleichgültige Geste. »Dann kannst du sie abhaken. Ganz einfach.«

Ich war mir nicht so sicher, ob das mit dem Abhaken wirklich so einfach sein würde. Grübelnd ließ ich meinen Blick durch das Café schweifen, und natürlich blieb er an Andy hängen. Sie sah etwas besser aus als bei unserer letzten Begegnung, dennoch war sie immer noch blass. Diese neue, fremde Sorge regte sich in meinem Innern, und ich fragte mich, wann das angefangen hatte? Seit wann sorgte ich mich um eine Person, die ich eigentlich kaum kannte?

In diesem Moment drehte Andy sich um. Unsere Blicke trafen sich, zogen sich gegenseitig an, bis ich nichts anderes mehr wahrnahm. Es kostete mich all meine Willenskraft, mich von ihr abzuwenden.

Eins war mir jetzt klar: Ich wollte Andy die Wahrheit sagen. Ich hatte es schon heute Morgen tun wollen, als mir bewusst geworden war, dass die Gerüchte sie längst erreicht hatten. Nur traute ich mich nicht. Weil ich Angst davor hatte, dass sie, wie alle anderen, meinen Worten keinen Glauben schenkte.

22
Andy

Als ich meine Schicht im Café beendete, war ich gleichermaßen wütend wie verwirrt und hatte die Schnauze voll davon, dass meine Gedanken sich im Kreis drehten. Ich war nach Bar Harbor gekommen, um neu anzufangen und etwas zu tun, was mich vielleicht zum ersten Mal in meinem Leben wirklich glücklich machte. Nicht, damit ich gleich das nächste Problem am Hals hatte. Zumal ich meine eigenen noch nicht los war.

Es war egal, ob an den Gerüchten über Hunter und seine Familie etwas dran war. Mein Gefühl sagte mir, dass eine Bekanntschaft mit ihm nur Schwierigkeiten bedeutete, und die brauchte ich wirklich nicht.

Also ging ich Hunter aus dem Weg. Ich hielt mich von dem alten Industriegelände fern, ebenso dem Buchladen und der Bibliothek, was mir besonders schwerfiel. Doch im Laufe der nächsten Tage merkte ich bald, dass ich ihn zwar sehr gut meiden konnte – denn er schien dasselbe mit mir zu tun –, meine Gedanken brachte ich allerdings nicht so leicht zum Verstummen.

Im Hörsaal wanderte mein Blick immer wieder zu ihm, obwohl ich extra so weit entfernt wie möglich saß. Ich entwarf Szenen, Charaktere und Welten zu neuen Geschichten, las Bücher über verschiedene literarische Epochen, lernte von Vicky, wie ich die Form eines Blattes in den Milchschaum zeichnen konnte, und ließ mich von Dustin in die Welt der Videospiele einführen. Doch immer wieder drängelte Hunter sich dabei in meinen Kopf und ließ mich für einen Moment alles andere vergessen. Meine neu geschriebenen Helden hatten seine Gesichtszüge, ich verschüttete Kaffee, weil ich an unsere Begegnung auf dem Campingplatz dachte, und verlor bei vielen Runden *Mario Kart* gegen Dustin, weil mir die Situation in der Bibliothek nicht aus dem Kopf ging.

Hunter war ständig in meinen Gedanken.

Wie konnte er sich in der kurzen Zeit so sehr in meine Welt schleichen? Wie konnte er diese neuen Gefühle in mir hervorrufen, für die ich keine Worte hatte?

Ich hatte noch immer keine Antwort auf diese Fragen gefunden, als ich am Freitag im Seminar *Einführung in Epochen und Genre* meinen Collegeblock füllte und so krampfhaft versuchte, nicht in Hunters Richtung zu schauen, dass mir schon bald der Nacken wehtat.

Dummerweise war Dustin in diesem Seminar nicht dabei. Ich hätte ihn gerne an meiner Seite gehabt, damit er mich mit seinen Fantheorien zu *Game of Thrones* oder den kleinen Memes, die er immer auf seinen Block kritzelte, ablenken konnte.

»Für die nächste Aufgabe haben Sie zwei Wochen Zeit. Erfahrungsgemäß eignet sich das Kreativwochenende im Acadia Nationalpark hervorragend, um sie zu bearbeiten – und zwar mit einem Partner«, kündigte Mr Chan gerade an, und ich unterdrückte ein Aufstöhnen. Wenn es etwas gab, das ich bereits in der Grundschule gehasst hatte, dann waren es Partner- und Gruppenarbeiten. Ich fand es furchtbar anstrengend, mich auf den Arbeitsrhythmus und die Ideen von anderen einzulassen. Ich arbeitete lieber allein und war dabei auch deutlich erfolgreicher. Idealerweise ließen die anderen mich einfach machen und kassierten im Anschluss die gute Note ein, die ich für uns erarbeitet hatte. So waren wir alle zufrieden.

Bisher hatte ich mit niemandem in diesem Kurs großartig Kontakt gehabt, weshalb ich jetzt überlegte, mit wem ich zusammenarbeiten sollte. Hunters Name wanderte durch meine Gedanken. Aber nein. Das war keine gute Idee. Weil er mich auch so schon genug durcheinanderbrachte. Weil er immer noch diese aufge-

149

schürften Fingerknöchel hatte, die mich so an Link erinnerten. Weil wir seit unserer Begegnung im Café kein Wort mehr miteinander gewechselt hatten, und ich nicht einmal wusste, was ich zu ihm sagen wollte. Weil ich ihm doch aus dem Weg gehen wollte.

Trotzdem ging mir die Vorstellung, Hunter als Partner für diese Aufgabe zu haben und mehrere Stunden mit ihm zu verbringen, nicht mehr aus dem Kopf.

»Die Partner wurden ausgelost«, erklärte Mr Chan und zog eine Liste hervor.

Unruhig rutschte ich auf meinem Stuhl herum, während er mit seinen ringbesetzten Fingern die Namen entlangfuhr. Er las einen nach dem anderen vor. Je weiter er die Liste abarbeitete, desto unruhiger wurde ich. Bisher hatte er weder meinen noch Hunters Namen aufgerufen. Mit jedem weiteren Namen pochte mein Puls heftiger.

»Dann bleiben noch Adriana Haraza und William Bray.«

Ich stieß erleichtert die Luft aus. Bis mir einfiel, woher ich den Namen *Bray* kannte. Mir schwante, dass Hunter wohl nur ein Spitzname war. Um mich herum setzte leises Geflüster ein.

William Bray war Hunter.

Ich bildete ein Team mit Hunter.

Mein Herz schlug schneller. Gegen meinen Willen sah ich mich zu ihm um. Mein Blick traf auf seinen, und ich hörte nur noch meinen Herzschlag. Hunters Lippen öffneten sich leicht, doch er sagte kein Wort. Seine Augen waren leicht geweitet. Er wirkte ebenso überrumpelt wie ich. Ich schluckte. Dieses Aus-dem-Weg-gehen mussten wir wohl noch üben.

Plötzlich bemerkte ich die Stille um uns und wandte mich von Hunter ab. Mr Chan erklärte uns bereits die Aufgabe. Ich senkte den Blick, zupfte für den Rest der Stunde winzige Papierfetzen von meinem Block und vermied es, noch einmal in Hunters Richtung zu sehen.

Als das Seminar endete, konnte ich es kaum erwarten, den Raum zu verlassen. Er kam mir mit einem Mal viel zu klein vor, die Luft viel zu stickig. Ich musste dringend durchatmen. Ich hatte kaum meine Sachen zusammengepackt, als Mr Chan nach mir rief.

»Miss Haraza, hätten Sie noch einen Moment für mich?«

Irritiert sah ich auf, überlegte hastig, ob ich eine Hausaufgabe vergessen hatte, allerdings fiel mir nichts ein. Dann dachte ich an den Zeitungsartikel, und mir brach der Schweiß aus. Was wenn …

Mit zittrigen Knien ging ich auf das Pult zu. Der Raum um mich herum leerte sich, von Hunter war keine Spur mehr zu entdecken.

»Gibt es ein Problem?«, fragte ich.

»Sie haben sicher schon von William Bray gehört?«

Mein Gedankenkarussell kam so je zum Stillstand, dass mir schwindelig wurde. Mit dieser Wendung hatte ich nicht gerechnet.

»Sie wissen vielleicht, durch welches Verhalten er sich in den letzten Monaten bekannt gemacht hat. Im mehr als negativen Sinn, möchte ich sagen.« Mr Chan schob sich die Brille höher auf die Nase. Der Blick, mit dem er mich musterte, wirkte ehrlich besorgt. Aus irgendeinem Grund nervte mich das.

»Ich wünschte, es gäbe eine andere Möglichkeit, aber ich muss ihm auch einen Partner zuteilen. Ich möchte aber, dass Sie zu mir kommen, falls Sie sich unwohl mit ihm fühlen oder es irgendwelche Probleme -«

»Das wird es nicht.« Die Worte rutschten aus mir heraus, ehe ich weiter darüber nachdenken konnte.

Mr Chan blinzelte verwirrt. »Nun, es ehrt Sie, dass Sie diese Zusammenarbeit versuchen möchten. Dennoch -«

»Ich werde bestens mit Mr Bray auskommen, vielen Dank.«

Damit wandte ich mich um und ließ den perplexen Mr Chan allein zurück.

Wieso zum Teufel glaubten alle, mir erzählen zu müssen, was für ein furchtbarer Mensch Hunter war? Ich hatte es so satt, vor ihm gewarnt zu werden. Ich empfand es als schlechten Scherz, dass mich jeder in meinem Umfeld vor Hunter zu schützen versuchte, während ich mich jahrelang ganz allein gegen Link zur Wehr gesetzt hatte.

Gleichzeitig war ich es leid, mir weiter all die Gerüchte anzuhören. Als ich das Gebäude verließ, hatte ich eine Entscheidung getroffen. Es gab nur einen Weg, dem entgegenzuwirken. Ich musste die Wahrheit herausfinden.

Unruhig trommelte ich mit den Fingern auf meinem geschlossenen Laptop. Ich trank einen Schluck meines Kräutertees und stellte die Tasse auf dem Tisch ab. Dann atmete ich tief durch, lehnte mich in die Polster meiner kleinen Sitzbank und schaltete den Laptop ein. Es war Zeit, den Entschluss, den ich vorhin gefasst hatte, in die Tat umzusetzen.

Obwohl ich nicht sicher war, ob es eine gute Idee war. Möglicherweise erfuhr ich etwas, das mir nicht gefiel. Blöderweise wusste ich nicht genau, was ich zu finden hoffte, sodass ich mich auf eine mögliche Enttäuschung nicht einmal vorbereiten konnte. Ich wusste nur, es reichte mir nicht, dass alle mir etwas über Hunter erzählten, was sie zu wissen glaubten. Ich wollte in Erfahrung bringen, was wirklich dahintersteckte.

Allerdings ohne Hunter direkt danach zu fragen. Ich hatte keinen Schimmer, wie er darauf reagieren würde. Insbesondere, da er scheinbar dachte, dass ich den Gerüchten ohnehin Glauben schenkte.

Ein nervöses Zittern durchlief mich, als ich Hunters richtigen Namen in die Suchleiste eingab. Er förderte dutzende Ergebnisse zu Tage. Websites ploppten auf wie heiße Maiskörner.

Zu allererst fand ich seine Social Media Profile, die Hunter seit Monaten aber kaum zu nutzen schien. Während ich mir die Kommentare unter seinen letzten unverfänglichen Beiträgen durchlas, verstand ich, warum.

Dich sollte man einsperren.

Wird Zeit, dass dich mal jemand ebenso zusammenschlägt wie du den armen Jungen.

Du treibst deine eigene Schwester in den Tod – wie kannst du

mit dir leben?
Ich hoffe, du stirbst!
Fall tot um!
Geh und verrecke!

Mir wurde schlecht bei all dem Hass und der Abscheu.

Ich schloss die Seite und scrollte mich durch die verschiedenen Online-Artikel, die in den letzten Monaten über die Familie Bray erschienen waren.

Beim Lesen begriff ich schnell, was das eigentliche Problem bei dieser Sache war. Bar Harbor war eine Blase, und die Menschen darin konnten nicht über deren schillernde Wände hinausschauen. Sie liebten Klatsch und Skandale. Und sie hatten keine Hemmungen, diese in alle Winde zu streuen. Jedes Magazin erzählte eine andere Geschichte. Eines behauptete, Maia wäre von zu Hause weggelaufen, weil sie es dort nicht mehr ausgehalten hatte. Es wurde spekuliert, dass sie niemandem etwas gesagt hatte, um sich an ihren Eltern zu rächen – auch wenn niemand genau zu wissen schien, weswegen. Eine andere Version lautete, dass sie mit ihrer großen Liebe durchgebrannt sei. Ein Artikel verkündete ihre Entführung. Einer verbreitete die Nachricht, dass Hunter Maia verprügelt hatte, bis sie nur noch fliehen konnte. Im nächsten hieß es, er hätte sie umgebracht und ihre Leiche verschwinden lassen. Als ob.

Nirgends fand ich irgendeinen Hinweis darauf, dass eine Version stimmen konnte. Es gab weder Postings oder Fotos, die die Berichte bestätigten, noch Hinweise auf Polizeiarbeit und Ermittlungen gegen Hunter. Die Polizei hatte kurzzeitig nach Maia gesucht, die Suche dann aber eingestellt, weil es keine nennenswerte Spur gab. Außerdem hatte Mrs Bray ausdrücklich darum gebeten.

Stirnrunzelnd betrachtete ich diesen Satz. Das war tatsächlich merkwürdig. Wie konnte ihre eigene Mutter die Polizei bitten, die Suche aufzugeben? Wieso war sie nicht für jede Unterstützung dankbar gewesen? Andererseits war eine ergebnislose Suche vielleicht schwerer zu ertragen gewesen, als auf die Suche zu verzichten?

Ein paar Aussagen blieben in jedem Artikel gleich: Maia war

verschwunden, Hunter hatte einen Jungen schwer verletzt und anschließend einige – auffallend wenige – Sozialstunden leisten müssen und die Familie schwieg zu sämtlichen Vorfällen. Offensichtlich war das alles, was sich wirklich belegen ließ. Der Rest waren Interpretationen und Spekulationen.

Es war der helle Wahnsinn, welch gefährliches Halbwissen die Medien hier verbreiteten. Kein Wunder, dass mich jeder vor Hunter warnen wollte.

Eins konnte ich allerdings nicht leugnen. Hunter verhielt sich seltsam. Ich fand zahlreiche Posts von Schülern und AU-Kommilitonen, die Hunter heimlich fotografiert hatten. Zumeist auf Partys. Auf manchen Bildern war er in Gespräche mit düster aussehenden Typen vertieft. Auf einem hatte er ein deutlich jüngeres Mädchen in die Ecke eines Raums gedrängt. Ein anderes zeigte ihn, wie er mit einem bulligen Typen rangelnd auf dem Boden lag. Es schien, als hätten die beiden eine heftige Auseinandersetzung.

Die Fotos wirkten echt, doch ob sie es wirklich waren, konnte ich nicht mit Sicherheit sagen. Für einen Moment überlegte ich, Dustin die Bilder zu schicken und ihn nach seiner Meinung zu fragen. Dann schloss ich mein Mailprogramm wieder, weil ich ohnehin nur weitere Warnungen zu hören bekommen würde.

Als ich meinen Laptop zuklappte, war es draußen dunkel geworden und der zunehmende Wind wehte immer wieder kleine Zweige und Staub gegen die Fenster meines Wohnwagens. Das leise Prasseln und das Rauschen des Windes waren eine ganze Zeit die einzigen Geräusche um mich herum. Minutenlang starrte ich hinaus in die Dunkelheit, mit dem Gefühl, kein Stück weitergekommen zu sein. Doch je mehr ich darüber nachdachte, desto deutlicher wurde mir, dass das nicht stimmte.

Es war gut möglich, dass nichts von all dem, was man mir über Hunter erzählt hatte, der Wahrheit entsprach. Ich wusste aus eigener Erfahrung, wie Tatsachen verdreht werden konnten. Der Einzige, der mir die echte Geschichte erzählen konnte, war Hunter.

23
Hunter

Mein Schlafrhythmus war vollkommen im Arsch.

Den Kaffee, den ich mir gegen fünf Uhr morgens aus dem Automaten der Bibliothek zog, brauchte ich nicht, um das zu erkennen.

Der Nachtwächter drehte seine Runde und blieb einen Moment stehen, um mich zu mustern, bevor er mit einem Schnauben weiterging. Vermutlich ging es ihm ziemlich gegen den Strich, dass ich momentan jede Nacht hier verbrachte. Es erfüllte mich, ehrlich gesagt, mit Schadenfreude, denn solange ich keins der Bücher zerstörte oder auf den Tischen tanzte, durfte er mich nicht rauswerfen, egal wie ungern er mich sah. Dennoch setzte ich alles daran, ihm bloß keinen Vorwand zu liefern, und trank meinen Kaffee extra direkt im Pausenraum.

Nach dem Essen mit meinen Eltern war mir klar geworden, dass meine Mom nicht daran glaubte, dass ich es wirklich schaffen konnte, einen ähnlichen Weg wie sie einzuschlagen. Sie hatte mir in letzter Zeit immer wieder deutlich gemacht, wie enttäuscht sie von mir war, und mit Sicherheit rechnete sie auch diesmal mit einer Enttäuschung. Aus irgendeinem Grund hatte das meinen Ehrgeiz geweckt. Ich wollte ihr, vor allem aber mir selbst, beweisen, dass sie Unrecht hatte, und lernte jetzt auch für meine Kurse im Bereich der Rechts- und Sozialwissenschaften. Allerdings wusste ich nicht, wie ich beide Bereiche meines Studiums auf Dauer miteinander vereinen sollte. Schon jetzt, gerade zwei Wochen nach Beginn, war die Arbeit ohne regelmäßige Nachtschichten kaum zu schaffen. Dennoch war ich entschlossen, es zu versuchen. Vielleicht gelang es mir dann auch mit den Gerüchten aufzuräumen, dass ich den Platz an der AU nur meinem Namen verdankte. In Wirklichkeit war es nämlich so, dass ich mit meinen Noten und in einem persönlichen Gespräch von mir überzeugt hatte.

Schnell leerte ich den Becher und ging zurück zu meinem Platz. Ich spürte, wie das Koffein mir langsam neue Energie gab. Trotzdem würde ich mich nach den Vorlesungen noch einmal hinlegen müssen, wenn ich Logan am Abend auf die Party bei den *Sharks* begleiten wollte.

Als ich meinen Stuhl erreichte, lag zwei Plätze weiter plötzlich eine Tasche auf dem Tisch, direkt neben einem Stapel alter Bücher.

Verwundert sah ich mich um. »Hallo?«

Es rumste, der Tisch wackelte und ein unterdrückter Fluch ertönte. Einen Moment später tauchte Andys bunter Haarschopf auf.

»Verdammt, musst du dich so anschleichen?« Sie rieb sich den Kopf.

Nur mit Mühe konnte ich ein Lachen unterdrücken. »Was tust du denn da unten?«

»Nach Gold suchen …« Andy verdrehte die Augen. »Mein Bibliotheksausweis ist mir runtergefallen, und bei diesem Schummerlicht sieht man einfach nichts.«

Ich grinste. »Eigentlich ist das doch ganz gemütlich.«

Andy hielt inne und erwiderte nachdenklich meinen Blick. Ich fragte mich, ob sie an dasselbe dachte. An unser letztes Gespräch an diesem Ort. Oder an die wenigen Worte, die wir im Café gewechselt hatten. Daran, wie wir uns beide offensichtlich aus dem Weg gegangen waren. Wie konnte es sein, dass sie jetzt nur hier auftauchen musste und ich mich sofort besser fühlte?

Ich räusperte mich und deutete auf die kleine Leselampe, die an jedem Tisch angebracht war. »Nächstes Mal könnte die helfen.«

Während Andy sich setzte und ihre Bücher und Notizen ausbreitete, dachte ich an Logans Rat. Sollte ich Andy einfach alles erzählen und abwarten, ob sie mir glaubte? Aber wie begann man ein solches Gespräch?

Hey, übrigens, ich habe wirklich einen Jungen halb totgeprü-
gelt, aber nur, weil er meine Schwester in einen Selbstmordversuch
getrieben hat. Ach ja, und ich habe sie nicht umgebracht oder so,
meine Mom hat sie aus dem Haus gejagt, weil sie lesbisch ist, und
jetzt hängt sie vermutlich mit irgendwelchen Junkies ab. Aber sonst
sind wir Brays vollkommen normal.

Ganz toll, Hunter.

»Es tut mir leid.«

Andys Worte rissen mich unvermittelt aus den Gedanken.

»Ähm, was?«

»Letztes Mal … Ich hab überreagiert. Es ging nicht um die
Gerüchte, okay?«

»Du …« Ich brauchte einen Moment, um das zu verarbeiten.
»Du glaubst sie nicht?«

Andy schüttelte langsam den Kopf. »Ich gebe nichts auf
Klatsch und Tratsch. Tatsachen werden viel zu oft verdreht, und
ich denke, ich sollte mir lieber selbst ein Bild machen.«

Erleichterung durchfuhr mich. Andy lächelte sanft und wandte sich dann ihren Büchern zu. Ich wollte noch etwas sagen, mich
irgendwie bedanken, doch ich konnte sie nur stumm anstarren.
Mir fehlten die Worte. Andys dagegen wärmten meine Seele.

Seit Monaten war mir niemand so unvoreingenommen gegen-
übergetreten. Noch nie hatte ich erlebt, dass jemand, der mich
nicht von früher kannte, einfach alles mit einem Schulterzucken
abtat, was man sich über mich erzählte. Sicher war das ein gutes
Zeichen. Ich sollte ihr die ganze Geschichte anvertrauen, aber in
diesem Moment konnte ich es nicht. Es war ein ernstes Thema. Be-
deutend. Was, wenn ich mich irrte und sie es nicht gut aufnahm?

Eine Weile arbeiteten wir schweigend, jedoch nicht, ohne hin
und wieder einen Blick oder ein Lächeln auszutauschen.

»Wie lösen wir unsere Aufgabe?«, fragte Andy nach einiger
Zeit. Eine Hand hatte sie in einer Tüte bunter Weingummidrops
vergraben. Hoffentlich sah der Nachtwächter das nicht.

»Ähm …« Verdammt, was war los mit mir? Es war, als hätte

Andys Auftauchen sämtliche Worte aus meinem Hirn gefegt. Krampfhaft versuchte ich mich daran zu erinnern, was unsere Aufgabe war. Wenn ich mich richtig erinnerte, ging es darum, Romane zu finden, in denen mehrere Epochen oder Genre miteinander verschwammen, und zu analysieren, wie das funktionierte und welche Vorteile es bot.

»Ich denke, wir sollten uns das Lesen aufteilen«, überlegte Andy laut, während sie ihr Weingummi auf dem Tisch nach Farben sortierte. »Wenn jeder von uns zwei Romane liest und wir unsere Ergebnisse zusammentragen, sind wir sicher schneller, als wenn wir uns jedes Buch gemeinsam vornehmen.«

»Klingt gut«, erwiderte ich, auch wenn ich nicht die geringste Ahnung hatte, wie ich neben allem anderen zwei Bücher lesen sollte.

»Dann müssen wir uns nur noch überlegen, wann wir uns für den Rest treffen.« Andys Stimme klang zögernd, und sie mied meinen Blick. Machte sie der Gedanke, sich mit mir zu treffen, etwa nervös? Jetzt gerade waren wir doch auch allein, mit nur einem leeren Tisch zwischen uns.

»Vielleicht am Wochenende im Acadia Nationalpark?«

»Ja, das wäre eine Möglichkeit«, meinte sie, und mein Herz tat einen kleinen Sprung.

Eigentlich hatte ich mit diesem Wochenende nur etwas Abstand von zu Hause und all den Geschehnissen gewinnen wollen. Mein Plan war gewesen, mich in der freien Zeit abzukapseln, die uns neben einigen wenigen Pflichtveranstaltungen reichlich zur Verfügung stehen würde. Ich wollte wandern gehen und mir irgendwo ein ruhiges Plätzchen suchen, um an meinem Thriller zu schreiben. Doch die Aussicht, meine Zeit mit Andy zu verbringen, soweit sie es zuließ, und sie näher kennenzulernen, war viel verlockender.

»Super antwortete ich. »Da sollten wir mehr als genug Zeit zusammen haben.«

»Okay.«

24
Andy

Okay. Das kleine Wörtchen war mir einfach so entschlüpft, während sich in meinem Kopf die Worte Zeit *zusammen* in Endlosschleife wiederholten.

Ein Kribbeln durchlief mich. Hunter blickte mich eindringlich an, und das nervöse Gefühl setzte sich fort und nistete sich in meinem Bauch ein. Wie konnte es sein, dass er mich so sehr durcheinanderbrachte?

Vielleicht weil ich seit Jahren alle Kontakte auf ein Minimum beschränkt und sich deshalb niemand für mich interessiert hatte. Möglicherweise hatte ich dadurch einige wichtige soziale Erlebnisse und Interaktionen verpasst, die mir in diesem Moment sicher hilfreich gewesen wären.

»Wollen wir schon mal die Bücher auswählen?«, fragte ich etwas atemlos und sprang auf, bevor Hunter Gelegenheit zum Antworten hatte. Ich hatte das dringende Bedürfnis, mich zu bewegen und seinen Blicken für einen Moment zu entkommen. Was auch immer es war, das Hunter mit mir anstellte – ich war mir nicht sicher, ob es mir gefiel.

Wir gingen zwischen den Regalen im Erdgeschoss entlang, und ich war mir seiner Nähe nur allzu bewusst. Ich spürte jeden Atemzug, den er tat, bemerkte den dezenten aber herben Geruch, der von ihm ausging und mich einhüllte wie eine Umarmung. Mein ganzer Körper stand unter Anspannung, und ich kämpfte mit dem irrationalen Wunsch, einfach davonzulaufen und dem Drang, den Abstand zwischen uns zu verkleinern.

Als wir die Abteilung mit den gemischten Romanen im ersten Stock erreichten, war ich verwirrter denn je. Noch nie hatte ich mich so gefühlt. So unsicher und gleichzeitig seltsam euphorisch. Noch nie hatte ich einen Menschen getroffen, der solch eine Wirkung auf mich hatte. Noch nie war ich jemanden ohne Bedenken so nahegekommen wie Hunter, als wir dicht beieinander zwischen den Regalen standen.

Während er nach den ersten Büchern griff und mit Blick auf die Klappentexte die Handlung zusammenfasste, hatte ich etwas Zeit, mich zu sammeln. Krampfhaft versuchte ich, mich auf seine Worte zu konzentrieren und nicht darauf, wie die mittlerweile aufgehende Sonne auf sein Gesicht fiel oder sich eine dunkle Haarsträhne aus seiner unordentlichen Frisur löste und in die Stirn rutschte.

Als Hunter mir den Inhalt eines Science-Fiction-Romans mit Einschlägen eines Krimis erläuterte, hatte ich meine Sinne wieder einigermaßen beisammen.

»Das würde Dustin gefallen.«

Hunter runzelte die Stirn und blickte von dem dunklen Einband auf. »Dustin? Ist das dieser Nerd, der immer bei dir ist?«

Mir entging sein spöttischer Tonfall nicht.

»Er ist kein Nerd«, erwiderte ich abwehrend. »Er ist nur …« Ich krauste die Nase, als ich an die Poster und Comics in Dustins Zimmer dachte.

Hunter beobachtete mich belustigt, während er das Buch zurückstellte.

Ich seufzte geschlagen. »Gut, okay, er ist ein Nerd. Aber das ist nichts Schlechtes. Nerdig ist das neue Cool.«

Hunters Augen funkelten. Nach wenigen Sekunden jedoch legte sich seine Stirn in Falten. »Warte, warte«, sagte er dann und hob beide Hände. »Bist du mit ihm zusammen?«

»Was?« Ich prustete. »Gott, nein, er ist -« Gerade noch rechtzeitig biss ich mir auf die Lippe. Mir gegenüber hatte Dustin zwar offen zugegeben, schwul zu sein, aber es stand mir sicher nicht zu, es Hunter zu sagen, der scheinbar keine Ahnung hatte. »Nicht mein Typ«, beendete ich meinen Satz deshalb ungeschickt.

»Gut.« Hunter stützte sich mit einer Hand am Regal ab und beugte sich leicht vor. Er war mir so nah, dass ich seinen Atem auf meiner Haut spüren konnte. Mein Herzschlag beschleunigte sich erneut.

Gut? Das Wort wirbelte durch meinen Kopf. Neugierig. Aufgeregt. Verheißungsvoll.

»Und wer ist dein Typ?«, fragte Hunter leise. Er hatte die Stimme gesenkt. Seine blauen Augen wanderten über mein Gesicht und hinterließen dort eine glühende Spur. Mein Mund war mit einem Mal trocken. Hunters Blick blieb an meinen Lippen hängen. Ich versuchte, mich zu erinnern, wie man sprach.

»Ich weiß nicht.« Meine Stimme war kaum mehr als ein Wispern. Mit der Zunge benetzte ich meine Lippen.

In Hunters Augen loderte es. Sein Kopf senkte sich leicht. Meine Schulter streifte seinen Arm, mit dem er sich noch am Regal abstützte, als ich ihm kaum merklich entgegenkam.

»In meiner Hose habe ich was für dich.«

Irritiert hielt ich inne. Ich wollte es nicht, wirklich nicht, doch meine Augen rissen sich von Hunters Gesicht los und wanderten von ganz allein zu seinem Schritt.

Er bemerkte es und trat zurück. »Nein, verdammt, ich meine, in meiner Tasche.« Fahrig fuhr er sich mit der Hand durchs Haar. »In meiner Hosentasche habe ich etwas.« Er griff in seine Gesäßtasche und hielt mir ein paar gefaltete Seiten Papier entgegen.

Hitze schoss in meine Wangen. Verlegen wich ich seinem Blick aus und nahm ihm das Papier ab, wobei meine Finger leicht bebten. Hoffentlich bemerkte er es nicht. Wie kam ich nur auf die Idee, dass er mitten in der Bibliothek seine Hosen runterließ? Und Herrgott noch mal, wieso dachte ich überhaupt an so etwas?

»Das andere kannst du natürlich auch haben.« Hunter wackelte mit den Augenbrauen, und ich lachte. Meine Wangen brannten noch immer.

»Was ist das?« Ich faltete die Seiten auseinander, die mit einer ziemlich wüsten Handschrift gefüllt waren.

»Ich musste andauernd an die Romanidee denken, von der du mir letztens erzählt hast«, erklärte Hunter zu meiner Überraschung. »Diese Welt, die du da schaffst, ist einzigartig und wundervoll. Wie gemacht für spannende, emotionale Geschichten.«

Ich schluckte, während ich immer noch versuchte, das Gekrakel zu entziffern. »Aber?«

Hunter blinzelte verdutzt. »Kein Aber. Die Welt hat mich nicht mehr losgelassen, deshalb habe ich selbst eine Szene geschrieben, die darin spielt.«

Meine Aufmerksamkeit löste sich von dem Papier. Sprachlos erwiderte ich Hunters Blick. »Du hast etwas geschrieben, dass in meiner Welt spielt?« Erneut wanderten meine Augen über die unordentliche Handschrift. So sehr ich mich auch anstrengte, ich konnte kaum ein Wort lesen.

»Ja.« Hunter räusperte sich. Unsicherheit blitzte in seinen Augen auf. »War das falsch? Ich weiß, es sind deine Ideen, aber mir ging das alles nicht mehr aus dem Kopf. Die Drachen, die Magie, der Palast am See, -«

Weiter kam er nicht, denn ich warf mich in seine Arme. Überwältigt von einem Sturm aus Gefühlen, den dieser Moment in mir entfesselte, schlang ich ihm die Arme um den Hals und drückte mein Gesicht an seine Schulter.

Für eine Sekunde versteifte Hunter sich, dann hob er langsam die Arme und legte sie um meine Taille. Erleichtert sank ich gegen ihn, dankbar, dass er diese Geste ohne Fragen erwiderte. Ich wusste nicht, wie ich ihm erklären sollte, was in mir vorging. Noch nie hatte irgendjemand meinen geschriebenen Worten Aufmerksamkeit geschenkt. Meine Lehrer hatten mich lediglich bestraft, wenn ich im Unterricht Geschichten schrieb, anstatt aufzupassen. Ich hätte zu viel Fantasie, sagten sie. Meine Mom hatte gesehen, wie ich Notizbuch um Notizbuch mit meiner Handschrift füllte, jedoch nie wissen wollen, was genau ich schrieb. Lediglich Brian wusste von meiner Leidenschaft. Doch auch er fragte weder nach noch ermunterte er mich. Und Link …

Hunter war der erste Mensch, der sich nicht nur meine Ideen anhörte, sondern sich wirklich dafür interessierte. So sehr, dass er mit ein paar beschriebenen Seiten selbst in diese von mir erdachte Welt abgetaucht war.

Tränen brannten in meinen Augen. Ich hatte mir immer gesagt, dass es egal wäre, wenn es niemanden kümmerte, was ich tat. Dass Schreiben eine einsame Kunst war, und ich vielleicht nie etwas damit erreichen würde. Jetzt war da Hunter.

Und meine Welt war in seinem Kopf.

Ich löste mich langsam aus seiner Umarmung. »Danke«, brachte ich mühsam hervor.

Falls mein Verhalten ihn verwirrte, zeigte er es nicht. Stattdessen gluckste er. »Du hast es doch noch gar nicht gelesen. Es könnte totaler Unsinn sein.«

Ich lachte erstickt und blinzelte gegen die Tränen an. »Ich glaube, das werde ich nie erfahren. Deine Schrift ist furchtbar.«

Hunter griff sich mit gespielter Empörung an die Brust. »Bitte was? Das sind die kunstvollsten Buchstaben, die je jemand kreiert hat.«

»Nun ja, Kunst ist eine subjektive Sache, nicht wahr?«

Er legte den Kopf schief. »Komm mit.«

Und einfach so nahm Hunter Bray meine Hand.

Mein erster Reflex war, sie ihm zu entziehen. Ich konnte ihn gerade noch unterdrücken und schlang stattdessen meine Finger um Hunters kräftige Hand. Mein Herz machte einen Satz, während er mich eine weitere Treppe hinauf, an den Regalen vorbei zu einer kleinen Ecke am Geländer führte, von dem aus man in die tieferen Etagen blicken konnte. Hier standen mehrere knautschige Sessel, die sich um runde Tische reihten, und ein paar bunte Sitzsäcke. Auf einen davon ließ Hunter sich fallen.

»Ich werde es dir vorlesen«, verkündete er und streckte die Hand nach den Seiten aus.

Ich reichte sie ihm und ließ mich unsicher auf den tiefroten Sitzsack neben seinem sinken. Ich kam mir ziemlich bescheuert vor, während ich versuchte, meine Beine so nah am Boden in eine halbwegs normale Position zu bringen, und mein Hintern immer tiefer einsank. Hunter saß gelassen und so elegant da, dass sein Sitzsack wie ein Thron wirkte.

Erste warme Sonnenstrahlen glitten durch die tiefen Fenster und tauchten alles in wohliges Licht. Bald begann der normale Collegealltag und die Bibliothek füllte sich mit wissbegierigen Studentinnen und Studenten, jetzt jedoch war Hunters tiefe Stimme das Einzige, was die Luft erfüllte. Meine Schultern sackten Wort für Wort hinab, und ich entspannte mich zusehends. Hunter las die geschriebene Szene vor und wirkte dabei so selbstsicher wie immer. Ich beneidete ihn. Mir brach schon der Schweiß aus, wenn ich nur daran dachte, jemandem einen Fetzen meiner Geschichte zu zeigen. Nur bei ihm war das anders gewesen.

Je länger ich seinen Worten lauschte, desto mehr wurde mir bewusst, dass er sich meine Ideen nicht nur angehört hatte. Er hatte sie verinnerlicht und ernsthaft darüber nachgedacht. Er brachte so viele Details in diese eine Szene, die meine Welt lebendig werden ließen. Jede Eigenheit und Besonderheit, mit der ich die Fantasywelt gestaltet hatte, floss hinein. Es verschlug mir den Atem.

Als Hunters Stimme verstummte, brauchte ich einen Moment, um mich zu sammeln. Ich spürte, wie er mich ansah, und suchte nach den richtigen Worten. »Das war unglaublich.« Meine Augen fanden seine, und ich schluckte. »Danke.«

Hunter lächelte. »Gefällt es dir wirklich?«

Ich nickte langsam. In meinem Kopf begann die Szene noch mal von vorne. »Ja, nur«, ich strich mir eine Haarsträhne hinter das Ohr, »wer ist Aiden? Der kommt bei mir nicht vor.«

Hunter lehnte sich vor und reichte mir die Seiten. »Deine Geschichte ist super, aber ich denke, es gibt etwas, dass sie noch verbessern würde. Und das ist Aiden.«

Irritiert runzelte ich die Stirn. »Und wer soll das sein?«

»Na, der Sidekick.« Er grinste. »Der treue Freund der Heldin. Jede Geschichte braucht so eine Figur.«

Nachdenklich blätterte ich durch die Szene. Aiden war wirklich eine interessante Figur. Mutig, klug, aber zurückhaltend. Allerdings hatte ich meine Heldin bewusst als Einzelkämpferin in die Geschichte geworfen. Eine starke Frau, die allein gegen Drachen kämpfte und sich aus dunklen Verliesen befreite.

»Ich weiß nicht«, sagte ich nicht überzeugt. »Das Besondere an Nia ist, dass sie allein klarkommt. Sie ist stark und unerschrocken und alles, was man nicht von ihr erwarten würde. Sie braucht niemanden, der sie rettet.«

»Aber sie ist einsam.« Hunter sah mich an und in mich hinein. »Sie lässt niemanden an sich heran, und irgendwann wird sie genau daran zerbrechen.«

Ich wand mich innerlich. Ich hatte das Gefühl, dass wir nicht mehr über Nia sprachen.

»Jeder braucht einen Sidekick«, fuhr Hunter fort. »Allein wird Nia nicht überleben.«

25
Andy

»Das war eine absolut furchtbare Idee!« Unzufrieden drehte ich mich vor Vickys Spiegel hin und her. »Es ist überhaupt nicht mein Stil!«

»Nimm es mir nicht übel, aber was genau ist dein Stil?«

Wütend starrte ich auf Dustins Spiegelbild. Dummerweise hatte ich mich von ihm und Vicky dazu breitschlagen lassen, auf eine Party zu gehen.

Ursprünglich hatte ich es toll gefunden, dass die zwei sich so gut verstanden. Als er mich letztens nach meiner Schicht im Café abholen wollte, waren die beiden sofort ins Gespräch gekommen, und irgendwie wurde aus meiner kleinen Menge an Bekanntschaften eine Art Clique. Hätte ich gewusst, dass Dustin Vicky auf seine Seite zieht, damit sie mich zu der Party überredet, hätte er niemals einen Fuß über die Schwelle des *Café Mary* gesetzt. Andererseits hatte ich es so satt, all diese normalen Dinge zu verpassen. Ich wollte endlich richtig leben. Also, warum nicht mit einer Party anfangen? Mit einem Kleid?

»Hast du was gefun- … Wow!« Vicky blieb wie vom Donner gerührt in der Zimmertür stehen, als sie mich sah. »Das ist der Wahnsinn!«

Wir hatten uns bei ihr getroffen, um gemeinsam zur Party zu gehen. Ich war in Shorts und schlichtem Top aufgetaucht, und sie hatte mich kurzerhand vor ihren Kleiderschrank gezerrt, damit ich mir etwas daraus aussuchen konnte. In einem Anflug von Wagemut hatte ich ein Kleid aus roter Spitze hervorgezogen. Der Saum reichte mir bis zu den Knien und flatterte beim Gehen leicht hin und her. Die Ärmel endeten an den Ellenbogen, was gut war, um meine Narben zu verdecken. Alles in allem wirkte das Kleid recht züchtig, ohne tiefen Ausschnitt. Zumindest vorne. Am Rücken allerdings …

Unsicher drehte ich mich vor dem Spiegel um und betrachtete das große V aus nackter Haut, das an meinen Schultern begann und nur wenige Millimeter über dem Rand meines Slips endete. »Hast du noch eine Jacke oder so?«

»Untersteh dich!« Dustin stand von Vickys Bett auf und nahm meine Hand. Er dirigierte mich in eine langsame Drehung, um mich von allen Seiten anzusehen. »Du bist unglaublich schön. Das solltest du zeigen. Wer weiß, vielleicht triffst du heute deinen Mister Right.«

Ich verdrehte die Augen, meine sich rötenden Wangen verrieten mich jedoch.

»Ooooh, gibt es da etwa schon jemanden?« Vicky grinste und stieß mich sanft mit dem Ellenbogen an.

»So ein Unsinn.«

Meine Gedanken wanderten zu Hunter. Seit unserer Lesestunde in der Bibliothek war ich ihm nicht mehr begegnet. Ob er auch auf der Party sein würde? Sie fand schließlich im Verbindungshaus der *Sharks* statt, dem Baseballteam des Colleges, dem sein Kumpel Logan angehörte.

Ich strich über die rote Spitze. Bei der Vorstellung, wie Hunter den tiefen Rückenausschnitt bemerkte, prickelte meine Haut. Vielleicht würden auch seine Hände den Weg zu diesem Ausschnitt finden. Hitze schoss mir durch die Adern, und ich atmete tief durch.

»So lange bin ich doch noch gar nicht in Bar Harbor. Wann hätte ich bitte jemanden kennenlernen sollen?« Ich trank einen Schluck von der Wasserflasche, die Vicky auf dem kleinen Couchtisch bereitgestellt hatte, in der Hoffnung, dass das kühle Getränk die Hitze in meinem Inneren löschen würde.

Vicky zog eine Augenbraue hoch. »Hunter Bray hast du kennengelernt.«

Dustins Kopf schnellte herum, und ich verschluckte mich heftig an meinem Wasser. Hustend stellte ich die Flasche ab und rang nach Luft.

»Da kann man wohl kaum von Kennenlernen sprechen«, würgte ich mühsam hervor. Meine Kehle brannte, und ich hustete erneut. »Wir haben nur ein paar Kurse zusammen.«

»Wie du meinst.« Vicky zuckte die Schultern. Sie zog ihr T-Shirt über den Kopf, und ich wandte mich ab. Seit sie wusste, dass Dustin schwul war, schien sie jegliche Hemmungen verloren zu haben.

»Wir müssen zusammen eine Aufgabe für einen Kurs erledigen, dabei kann ich ihm wohl kaum aus dem Weg gehen«, rechtfertigte ich mich noch einmal, um Vicky und Dustin den Wind aus den Segeln zu nehmen.

»Schon gut. Ich bin sicher, du kannst auf dich aufpassen«, erwiderte Vicky.

Ich drehte mich zurück zu ihr. Über einem schwarzen Top, das ihr Stoma verbarg, trug sie einen fast durchsichtigen Bolero, und schlüpfte im Moment in einen schwarzen Faltenrock. Sie betrachtete sich im Spiegel und bestäubte ihre dunkle Haut mit etwas glitzerndem Puder. Sie sah fantastisch aus.

Lächelnd schnappte sie sich ihr kleines, schwarzes Täschchen. »Also, wollen wir?«

Ich fühlte mich wie elektrisiert und ertappte mich dabei, wie ich lächelte, während ich zwischen Dustin und Vicky über den Campus ging. Vicky war ebenfalls nervös, wie sie mir gestanden hatte. Da sie keine Studentin an der AU war, kannte sie vermutlich kaum jemanden auf der Party.

»Danke noch mal für die Einladung, Dustin«, sagte sie jetzt. »Ich war schon lange nicht mehr feiern.«

»Kein Ding.«

Seit wir über Hunter gesprochen hatten, zeigte er sich ungewohnt schweigsam. Ich spürte seinen Blick auf mir ruhen. Es war nicht schwer zu erahnen, worüber er nachdachte. Zu meiner Erleichterung schnitt er das Thema aber nicht wieder an.

Die Verbindungs- und Mannschaftshäuser der AU umgaben den südlichen Campus wie einen Ring. Das Haus der *Sharks* war nicht schwer zu finden. Es war zwar ebenso wie die anderen ein großes, altmodisches Gebäude aus dunklem Backstein, mit Efeu, der die Mauern emporkletterte. Doch es war das einzige Gebäude, aus dem laute Popmusik drang und auf dessen Veranda ein Dutzend junger Leute mit bunten Pappbechern saß.

Vicky schwang sogleich die Hüfte. »Die Musik klingt schon mal gut.«

Wir gingen an ein paar Typen vorbei, die vor dem Haus standen. Ein langgezogener Pfiff folgte uns, als wir die Veranda überquerten. Für einen Moment fühlte ich mich unbehaglich in dem Kleid, beinahe nackt. Bis wir das Haus betraten und all die Eindrücke mich ablenkten. Uns empfingen das laute Wummern der Bässe und der Geruch von Alkohol, Popcorn und gerauchtem Gras. Die Musik brachte mein Inneres zum Vibrieren, die verschiedenen Gerüche benebelten meine Gedanken. Ein dünner Schweißfilm legte sich auf meine Haut, während wir uns einen Weg zwischen den vielen Menschen hindurchbahnten. Das Licht war ausgeschaltet, doch irgendjemand hatte leuchtende Diskokugeln in regelmäßigen Abständen an die Decke gehängt, die den Raum in bunte wirbelnde Farben tauchten.

»Lasst uns erst mal was trinken«, rief Dustin über die Stimmen von Kygo und Taylor Swift hinweg. Er streckte mir seine Hand hin.

Ich ergriff sie und ließ mich zusammen mit Vicky von ihm durch die Menge führen. Hin und wieder stießen mich Ellenbogen in die Seite, oder ich spürte den Stoff fremder Kleidung an meinem Rücken. »Ganz schön voll hier«, rief ich Vicky zu. Meine Stimme kam kaum gegen die Geräuschkulisse an.

»Wahnsinn, oder?« Vicky strahlte.

Es fiel mir schwer, ihre Begeisterung zu teilen. In Menschenmassen fühlte ich mich immer etwas unwohl. Zumindest achtete bei so vielen Leute sicher niemand auf mich. Ich straffte die Schultern, holte tief Luft und erwiderte Vickys Lächeln, wobei ich mich ein wenig leichter fühlte.

Wir erreichten einen langen Klapptisch, auf dem diverse Glasflaschen, unzählige Pappbecher und Schüsseln voll Chips und Popcorn standen.

»Was willst du trinken?« Dustin wedelte mit einem Becher vor meiner Nase herum.

Unsicher betrachtete ich die Flaschen. »Keine Ahnung. Überrasch mich.«

Er grinste. »Das wird dir noch leidtun, Schätzchen.« Er öffnete verschiedene Flaschen und gab von allem ein bisschen in einen Becher. Als er ihn mir reichte, zuckte ich zurück.

»Wow, das riecht -«

»Nach einem totalen Absturz«, beendete Vicky meinen Satz. Naserümpfend schnupperte sie an dem Becher.

Dustin verdrehte die Augen. »Traut ihr mir etwa nicht?«

»Nein«, erwiderten Vicky und ich aus einem Mund und lachten.

»Trink das lieber nicht, wenn du dich morgen noch an irgendetwas erinnern willst.« Vicky nahm mir den Becher aus der Hand und goss die Hälfte des Inhalts in ihren eigenen. Dann füllte sie beide mit Limo auf.

Vorsichtig nippte ich an meinem neuen Drink. Die Limo überdeckte den Alkoholgeschmack ein wenig, trotzdem brannte der erste Schluck heftig in meinem Hals. Ich musste husten, und Vicky lachte erneut.

»Bist wohl nicht so trinkfest, was?«

Ich probierte einen weiteren Schluck und unterdrückte den Hustenreiz. »Nicht wirklich«, gab ich zu. »Zu Hause war ich nie auf vielen Partys.«

Vicky musterte mich über den Rand ihres Bechers hinweg. »Strenge Eltern?«

Ich lächelte schwach. »Kann man so sagen.«

»Kenn ich.« Vicky nickte. »Deshalb hab ich mich in den

letzten Jahren mindestens einmal in der Woche heimlich aus dem Haus geschlichen. Irgendwann hat meine Mom mich durchschaut, und es gab einen Riesenkrach. Aber seitdem erlaubt sie es mir. Allerdings nur, solange ich nicht betrunken auftauche.« Sie beäugte kurz ihren Drink, zuckte dann mit den Schultern und nahm einen großen Schluck.

Dustin leerte seinen Becher in einem Zug. »Wollt ihr tanzen?« Ohne unsere Antwort abzuwarten, bewegte er sich in die Mitte des Raums, in der sämtliche Möbel beiseitegeschoben worden waren, um eine Tanzfläche zu schaffen.

Vicky folgte ihm, hielt dann aber inne, als sie bemerkte, dass ich mich nicht anschloss.

»Ich komme bald nach«, sagte ich und hielt meinen noch halb vollen Becher in die Höhe.

»Wehe, wenn nicht«, erwiderte sie scherzhaft und ließ sich von Dustin in die Menge ziehen.

Ich atmete tief durch. Partys sollten Spaß machen, und alle anderen schienen sich bestens zu vergnügen. In mir jedoch stieg die Beklemmung auf. Ich erlebte den Moment, als wäre ich gar nicht hier. Als stünde ich außerhalb einer unsichtbaren Grenze und würde alles um mich herum nur beobachten. Das Kleid fühlte sich falsch an, mein Rücken zu nackt. Unruhe und Nervosität brodelten unterschwellig in meinem Inneren.

Vielleicht musste ich erst noch auf den Geschmack einer Party kommen. Es war schließlich meine erste. Sicher musste ich mich nur daran gewöhnen, bevor ich Spaß haben konnte.

Ich trank einen Schluck und betrachtete die Leute, die ausgelassen lachten und tanzten. Es sah so einfach aus.

Zu meiner Linken stand ein DJ-Pult vor einem Bücherregal, und eine junge Frau mit Dreadlocks und tätowierten Armen mischte konzentriert verschiedene Tracks. Eine Weile lauschte ich den Übergängen und der Balance der wechselnden Musik und spürte, wie meine Nervosität nachließ. Mein Blick glitt weiter durch den Raum bis zu der gläsernen Tür, die vermutlich auf die

Terrasse führte. Glitzerte da etwa das Wasser eines Pools?

Ich reckte mich, um besser sehen zu können, und entdeckte Logan, der zusammen mit ein paar Typen in Sharks-Trikots neben der Terrassentür stand. Ich kannte die anderen Jungs nicht, sehr wohl aber denjenigen der wenige Meter entfernt davon in ein Gespräch mit einer Rothaarigen vertieft war.

Hunter.

Alles in mir erstarrte. Mein Herz stolperte, nur um dann umso schneller weiterzuschlagen.

Er hatte sich vorgebeugt, seine Lippen waren wenige Zentimeter vom Ohr der Rothaarigen entfernt. Dieser Anblick versetzte mir einen unerwarteten Stich.

Die Rothaarige schüttelte den Kopf und wandte sich zum Gehen. Hunter fuhr sich durchs Haar, er wirkte frustriert. Scheinbar war er abgeblitzt.

Bittere Schadenfreude stieg in mir auf. Doch schon eine Sekunde später versiegte sie, denn Hunter ging direkt zu dem nächsten hübschen Mädchen in knappen Shorts und Tanktop und begann ein Gespräch mit ihr.

Ernsthaft?

Anscheinend hatten einige der Gerüchte um Hunter durchaus einen wahren Kern.

Missmutig leerte ich meinen Becher. Den Alkohol schmeckte ich kaum noch. Eine wohlige Wärme breitete sich in meinem Magen aus und floss direkt in meine Glieder. Einer meiner Lieblingssongs ertönte, und ich fällte eine Entscheidung.

Entschlossenen Schrittes bahnte ich mir einen Weg durch die tanzende und grölende Menge, bis ich Vicky und Dustin fand, die sich bestens gelaunt zur Musik bewegten. Dustin sang lautstark mit, doch traf weder die Melodie noch den richtigen Text. Vicky lachte, dann vollführte sie eine Drehung und entdeckte mich.

»Da bist du ja endlich.« Sie griff nach meiner Hand und zog mich zu sich.

Ich ließ mich fallen. Genug mit dem Verstecken und Verber-

gen. Genug damit, immer nur am Rand zu stehen und zuzu-
schauen. Ich war hier. Ich war frei, und so wollte ich mich auch
endlich fühlen. Wollte der Welt zeigen, wer ich war. Das echte
Ich, nicht das, welches ich Jahr für Jahr hinter einem Haufen
Lügen und Geheimnissen aufgebaut hatte.

Vielleicht lag es an der ungewohnten Wirkung des Alkohols,
vielleicht auch an der Nähe zu Dustin und Vicky, die pure Freude
ausstrahlten. Mit einem Mal fühlte ich mich leichter und be-
schwingter als je zuvor. Die Musik floss mir in die Adern, und
mein Körper bewegte sich von ganz allein im passenden Takt.
Dustin nahm mich an den Händen, wirbelte mich herum und
führte die absurdesten Moves aus. Ich bewunderte ihn für seine
Leichtigkeit.

Mit der Zeit vergaß ich alles andere um uns herum und
schwebte mit meinen neuen Freunden in einer Blase aus Musik. Irgendwann gönnten wir uns eine kleine Pause, und Dustin
mischte uns einen neuen Cocktail, den Vicky und ich abermals
aufteilten und mit Limo mischten. Dennoch spürte ich langsam,
wie der Alkohol mir die Sinne vernebelte.

Mein Blick ging immer wieder auf Wanderschaft, jedoch fand
ich Hunter nicht. Vermutlich hatte er eine neue Eroberung mit zu
sich nach Hause genommen und war längst anderweitig beschäftigt.

Ich trank einen Schluck, bevor ich mir Vicky schnappte und
sie wieder in Richtung Tanzfläche zog. Mittlerweile hatte das
Haus sich weiter gefüllt, wir konnten kaum einen Schritt tun,
ohne jemanden anzurempeln. Ich stolperte kichernd an den
Menschen vorbei und konnte nicht sagen, ob es am Alkohol, dem
Übermut oder den ungewohnt hohen Schuhen lag, die Vicky
mir aufgeschwatzt hatte – vielleicht war es eine Kombination aus
allem – doch auf halbem Weg knickte ich mit dem Fuß um. Ich
war drauf und dran zu stürzen, als sich eine Hand um meinen
Arm legte und mich festhielt.

Ein Typ mit einem Schlangentattoo am Hals und neongrünen
Plugs in den Ohren grinste mich an. »Pass auf, Süße.«

Das entschuldigende Lächeln gefror mir im Gesicht. Drei Worte reichten aus, und die Welt drehte sich. Meine Gedanken katapultierten mich unbarmherzig in die Vergangenheit.

Das Grölen verhieß nichts Gutes. Ich wusste es, sobald ich vor der Haustür stand. Dunkelheit umgab mich, nur durchbrochen von warmem, künstlichem Licht, das durch die Fenster unseres Wohnzimmers waberte. Ich hatte so lange wie möglich mit der Rückkehr nach Hause gewartet. Doch irgendwann schloss die Bibliothek, ebenso wie das Studio, in dem ich verschiedene Kampfsportarten trainierte. Mittlerweile war es weit nach Mitternacht, die Müdigkeit steckte mir in den Knochen und am nächsten Morgen wartete eine Biologieklausur auf mich, für die ich zumindest einigermaßen ausgeruht sein sollte, wenn ich mir nicht kurz vor dem Abschluss den Notendurchschnitt versauen wollte. In wenigen Stunden würde mein Wecker klingeln, und trotzdem stand ich unsicher mit dem Schlüssel in der Hand in der Nacht und traute mich nicht, ins Haus zu gehen. Link hatte ein paar seiner Kollegen zum Footballschauen eingeladen. Damals, als er das erste Mal einen Freund vom Polizeirevier mit zu uns brachte, hatte es Hoffnung in mir geweckt. Ich dachte, wenn ein anderer Polizist sah, was Link uns antat, würde das Konsequenzen für ihn haben. Jedoch stellte sich das schnell als Trugschluss raus. Viel mehr stachelten sie sich gegenseitig an.

Ich straffte die Schultern und steckte den Schlüssel ins Schloss. Wenn ich die Nacht nicht hier draußen verbringen wollte, wo mich die Wölfe und Bären des nahen Waldes finden konnten, musste ich jetzt durch diese Tür gehen. Für einen Moment blieb ich in der Diele stehen. Die Luft stank nach Bier und Zigarren.

»Dreh dich noch mal!« Johlende Anfeuerungsrufe hallten mir aus dem Wohnzimmer entgegen.

Irritiert schlüpfte ich aus meinen ausgelatschten Sneakers und warf meine Jacke über den Haken neben der Tür. Mein Schlüsselbund behielt ich in der Hand, zwischen den Fingern eingeklemmt. Ich hatte einmal gelesen, dass man einen Schlüssel so im Notfall als Waffe nutzen konnte. Und bevor ich das Wohnzimmer betrat, wusste ich schon, dass ich diese Waffe gut gebrauchen konnte.

Ich wünschte mir, ich wäre einfach im Garten geblieben. Hätte mich zum Schlafen auf die Wiese gelegt. Von einem Rudel Wölfe angefallen zu werden, erschien mir deutlich angenehmer als das, was ich jetzt sah.

Link und zwei weitere Männer saßen auf der Couch. Allesamt mit prallen Muskeln, in Jeans und engen Shirts. Einer von ihnen hatte eine Zigarre zwischen die Lippen geklemmt, die breit grinsten. Ein anderer saß auf dem Sessel zu meiner rechten und hatte sich zurückgelehnt, breitbeinig und mit einem Bier in der Hand.

Ich entdeckte leere Flaschen, überall auf dem Boden. Zigarrenreste auf dem Tisch, rund um den Aschenbecher verstreut. Der Fernseher war ausgeschaltet. Die Show, die die Männer sichtlich genossen, lief direkt vor ihnen ab.

»Mach die Bluse auf!«

Links Ruf ließ Übelkeit in mir aufwallen. Ekel und Scham erfüllten mich, als ich seinem Blick folgte. Meine Mom stand auf dem Wohnzimmertisch. Ihre Schuhe lagen auf dem Teppich verteilt, als hätte sie jemand achtlos hingeworfen. Sie zitterte sichtlich, während sie sich langsam bewegte. Erst jetzt hörte ich die Musik, die aus irgendeinem Smartphone kam. Tränen liefen ihr über das Gesicht. Sie trug einen Rock. Seit Jahren hatte ich sie nicht mehr in einem Rock gesehen. Ihren Beinen waren übersät mit roten und blauen Flecken. Wut wallte in mir auf und verdrängte alles andere. Bebend bewegten sich Moms Finger auf die Knöpfe ihrer Bluse zu.

»Das reicht!« Ich ließ meine Tasche und die Schlüssel fallen und war in zwei Schritten bei ihr. Ich griff nach ihren Händen und zog sie mit all meiner Kraft von dem Tisch. Sie hatte keine Wahl, als mir zu folgen, wenn sie nicht fallen wollte.

»Was soll das?«

»Ey, Link, die Kleine verdirbt uns den ganzen Spaß.«

Bei den Rufen der Männer stellten sich mir die Nackenhaare auf. Wir mussten hier weg, und zwar schnell. Aus dem Augenwin-

kel sah ich, wie Link sich vom Sofa erhob, während ich meine Mom zur Tür lenkte. Da packte mich jemand am Arm. Erschrocken fuhr ich herum und blickte in das Gesicht von Drake. Ich kannte ihn, Link hatte ihn schon öfter mitgebracht. Er trug einen dunklen Vollbart und hatte Oberarme, die so dick waren wie meine Oberschenkel, und genug Kraft in der Hand, dass mir sofort der Arm wehtat. Ich zweifelte nicht daran, dass er mir ohne Anstrengung den Knochen brechen konnte.

Seine Stimme klang drohend. »Pass auf, was du tust, Süße.«

Die Musik klang dumpf und tonlos in meinen Ohren, während ich gegen die Erinnerung ankämpfte. Der Typ mit dem Halstattoo sah mich immer noch an, jetzt jedoch fragend. Meinen Arm hatte er losgelassen.

Ich versuchte, die Angst, die in mir aufwallte, zurückzudrängen, und wandte mich von ihm ab. Ich begann wieder zu tanzen, doch ich war nicht wirklich da. Meine Gedanken hatten sich von meinem Körper losgelöst und wirbelten in der Vergangenheit umher. Ich spürte den Tritt, der mich zu Fall brachte. Hörte meine Mutter, die mir sagte, dass es schon okay sei. Es mache ihr nichts aus. Ich spürte den Schlag ins Gesicht. Den Tritt in den Magen. Die Zigarre auf meinem Oberarm. Ich roch das verbrannte Fleisch.

Meine Mom stieg wieder auf den Tisch.

Sie tanzte.

Meine Lunge fiel in sich zusammen wie ein Kartenhaus. Meine Luftröhre schrumpfte. Sie wurde schmaler und schmaler, dünner als ein Strohhalm. Ich bekam keine Luft mehr. Konnte kaum atmen. Schwarze Punkte wirbelten vor meinen Augen. Die Musik verklang zu einem Rauschen. Übelkeit wirbelte in meinem Magen.

»Bin gleich wieder da«, brachte ich mühsam hervor und ließ Vicky und Dustin zurück. Taumelnd bewegte ich mich in die Richtung, in der ich vorhin die Terrassentür gesehen hatte. Ich rempelte Leute an, wankte von links nach rechts. Vielleicht wurde ich auch gestoßen. Ich wusste es nicht. Mein Herz raste immer schneller. Ein saurer Geschmack lag mir im Mund. Dann spürte ich kaltes Glas unter meinen Fingern und sah Wasser glitzern.

Mit letzter Kraft gelang es mir, die Tür zur Seite zu schieben und nach draußen zu treten. Kühle Luft strich über meine Haut. Schweiß lief mir den nackten Rücken hinunter. Ich schaffte nur noch ein paar Schritte, bevor die Gewalt der Erinnerungen mich vollkommen in die Knie zwang.

26
Hunter

Spaß. Hab einfach Spaß.

Logans Worte schwirrten mir im Kopf herum. Aber manche Dinge ließen sich nicht so leicht abstellen. Wie die Fragen, die mir mittlerweile in Fleisch und Blut übergegangen waren. Ich stellte sie immer wieder, seit Maia verschwunden war.

Auf der Party heute Abend gab es nur wenige, die Maia persönlich gekannt haben könnte. Ich entdeckte die Schwester ihrer ehemaligen Klassenkameradin. Natürlich hatte weder sie noch irgendwer, den sie kannte, Maia irgendwo gesehen. Und wo Maia an jenem Abend gewesen war, wusste sie auch nicht.

Es war ein aussichtsloses und unnötiges Unterfangen, all diesen Leuten diese Fragen zu stellen. Ich wusste es. Wenn ich ehrlich war, hatte ich es von Anfang an gewusst. Sobald irgendjemand etwas von Maia hörte, würden wir es erfahren.

Spaß. Ich betrachtete die sorglosen, von Alkohol geröteten Gesichter, sah den ein oder anderen Joint zwischen den Händen entlangwandern und beschloss, mir einen Ruck zu geben. Ich schnappte mir etwas zu trinken und gesellte mich zu Logan, der mit ein paar Jungs aus seinem Team quatschte. Sie beäugten mich kurz, und ich wappnete mich für einen doofen Spruch oder eine mögliche Anfeindung. Nichts davon geschah, und schon bald war ich in ein Gespräch über die ersten Baseballspiele der Saison vertieft. Logan behielt recht, nur wenige Leute schienen mich zu erkennen, und anscheinend hatte niemand Lust, sich mit mir anzulegen und sich so den Abend zu verderben. Langsam fiel die anfängliche Anspannung von mir ab, da stieß Logan mich an und hielt mir einen Joint hin.

»Solltet ihr Sportler nicht auf so was verzichten?«

Einer der *Sharks* schnaubte. »Sei nicht so. Wir dürfen uns auch mal entspannen.«

Ich verdrehte die Augen und hob den Joint an die Lippen. Dann dachte ich an Maia. Hat es bei ihr auch so angefangen? Mit etwas Gras?

Ich ließ die Hand sinken und gab den Joint weiter. Logan sagte nichts, doch an seinem Blick erkannte ich, dass er meine Gedanken erahnte.

Jane, die DJane, drehte die Musik weiter auf, und die Stimmung wurde immer ausgelassener. Ich entspannte mich mehr und mehr und ließ ich mich sogar zu einer Runde Bierpong in der Küche überreden. Ich scheiterte kläglich, was sich kurze Zeit später bemerkbar machte, als der Alkohol mein Blut zum Brodeln brachte und mir ein Dauergrinsen bescherte, das sich einfach nicht mehr auflösen wollte.

»Hab doch gesagt, dass dir das guttut«, rief Logan über die Musik hinweg. Er war einer der wenigen, die noch vollständig nüchtern waren.

Ich dagegen spielte sogar mit dem Gedanken, mich auf die Tanzfläche zu wagen. Noch etwas unentschlossen betrachtete ich die aufgedrehte Menge in der Mitte des Raums. Dort entdeckte ich Andy. Doch sie tanzte nicht, sie taumelte zur Terrassentür. War sie betrunken?

Ihr Gesicht war furchtbar bleich. Sie riss die Tür auf und stolperte nach draußen. Niemand der Umstehenden schenkte ihr Beachtung.

»Bin gleich zurück«, sagte ich zu Logan und eilte Andy nach.

Als ich auf die Terrasse trat, strich mir kühle Luft über die Haut. Ich brauchte eine Weile, um Andy in der Dunkelheit zu entdecken. Sie kniete auf der Wiese, die an den Poolbereich anschloss. Es dauerte noch einen Moment länger, bis ich begriff, dass sie sich übergab. Wie viel hatte sie getrunken? Wahrscheinlich war sie Alkohol nicht gewöhnt, sie wirkte auf mich nicht wie jemand, der viel trank.

Ich ging zurück ins Haus und holte eine Flasche Wasser. Als ich damit wieder zu Andy kam, würgte sie erneut. Ich griff nach ihren Haaren, um sie ihr aus dem Gesicht zu halten. Sie schien es gar nicht zu bemerken.

Das Licht, das von den kleinen Lampen im Pool ausging, reichte aus, dass ich die Tränen erkennen konnte, die über ihr Gesicht strömten.

Irgendwann ließ das Würgen nach. Ich reichte ihr die Wasserflasche. Erst jetzt nahm sie mich wahr. Ihre Augen weiteten sich, während sie stumm nach dem Wasser griff und sich den Mund ausspülte. Danach wollte sie mir die Flasche zurückgeben, aber ich schüttelte den Kopf.

»Du solltest etwas trinken. Dann wird es besser.«

Für einen kurzen Moment sah sie mich stumm an, und ich fragte mich, was sie wohl dachte. Schließlich setzte sie die Flasche an die Lippen und trank in langsamen Zügen.

Ich wartete, bis sie fertig war. »Nicht erschrecken«, sagte ich dann leise, legte ihr einen Arm unter die Knie, den anderen um die Schultern und hob sie hoch.

Sie keuchte überrascht, und ich drückte sie sanft noch enger an mich.

»Ich hab dich. Ich lass dich nicht fallen.«

»Hunter.« Vielleicht wollte sie protestieren. Aber sie wisperte nur meinen Namen. Nur meinen Namen. Und es ging mir durch Mark und Bein.

Vorsichtig ließ ich sie auf eine der Liegen am Poolrand sinken. Sie fiel erschöpft in sich zusammen.

Ich setzte mich neben der Liege ins Gras und gab ihr einen Moment Zeit. »Geht es dir besser?«

Sie trank noch einen Schluck. »Vom Gefühl abgrundtiefer Scham und dem Brennen in der Kehle mal abgesehen, ja.« Sie lächelte schwach.

Ich musterte ihr tränenüberströmtes Gesicht, das so blass

war wie der Mond. Die kleinen Wellen des Poolwassers malten verzerrte Schatten auf ihre Haut. Sie starrte wie betäubt in das leuchtende Wasser, und in mir wuchs der Verdacht, dass es hier um mehr ging als ein paar Drinks zu viel. Allerdings hatte ich mittlerweile verstanden, dass Andy nicht gerne von sich erzählte und deshalb drängte ich sie nicht dazu. Stattdessen sagte ich: »Ja, der Alkohol brennt mies, rein genauso wie raus.«

Andy verzog angewidert das Gesicht. »Ich werde Dustin umbringen.«

Ich zog die Brauen hoch. »Dustin?«

Sie rieb sich die Stirn. »Er hat mir und Vicky irgendwelche komischen Drinks gemischt. Na ja, eigentlich hat er nur verschiedene Flaschen genommen und alles in einen Becher gekippt.«

»Wie nett von ihm«, erwiderte ich sarkastisch. »Ich hoffe, er hat auch von seinem Absturz-Gemisch getrunken.«

Andy lächelte leicht. »Vicky hat es so ähnlich genannt.« Dann schüttelte sie stirnrunzelnd den Kopf. »Aber ich habe kaum was getrunken. Wenn ich gewusst hätte …« Ihre Stimme verklang und ging im dumpfen Echo der Musik unter.

Ihr Blick schweifte in die Ferne. Sie versank vollkommen in ihren Gedanken. Ich konnte nicht anders, als sie in diesem Augenblick genauer anzusehen. Das rote Kleid aus Spitze, das sich eng an ihren Körper schmiegte. Ihre schlanken Füße, die in schwarzen Schuhen mit so hohen Hacken steckten, dass es mich wunderte, dass sie überhaupt darauf stehen konnte.

Sie war wunderschön. Trotz des verlaufenen Eyeliners und der Blässe in ihrem Gesicht. Ein Teil von mir fragte sich, ob sie sich für mich so zurechtgemacht hatte.

Ich wollte nicht, dass die Nacht so für sie endete. Ich wollte, dass sie einen schönen Abschluss bekam.

»Würdest du mit mir tanzen?« Rau und zögernd drang meine Stimme durch die Nacht.

Andy blinzelte. Ihre Augen wanderten zu mir, und ich wagte nicht zu atmen, während ich auf ihre Antwort wartete.

»Ich will da wirklich nicht mehr rein.«

Ihre Worte trafen mich wie Messerstiche. Mühsam rang ich mir ein Lächeln ab. »Ach so. Na dann.« Ich wollte aufstehen, als sie nach meiner Hand griff.

»Hunter.«

Überrascht sah ich hinab. Auf ihre zarten Finger, die sanft auf meiner Haut lagen. Unsere Blicke fanden sich, und Andy wirkte nicht minder erstaunt über ihr Handeln. Ich verschränkte meine Finger mit ihren. Ich wollte nicht, dass sie wieder losließ.

Der Song im Haus endete abrupt. Als hätte Jane ihre Aufgabe vergessen. Für einen Moment hörte man nur das leise Plätschern des Pools und das Singen der Zikaden. Ich versank in Andys Augen. Dann sprang die Musik wieder an.

Andy schluckte nervös. »Ich würde wirklich gerne mit dir tanzen. Aber ich kann da nicht mehr reingehen. Okay?«

Erleichterung floss mir in die Glieder. Ich lächelte breit. »Okay. Dann weiß ich etwas Besseres.«

27
Andy

Erschöpft ließ ich mich von Hunter durch die Dunkelheit führen. Er hielt meine Hand fest, während wir um das Haus herumgingen und anschließend den leeren Campus überquerten. Hunter verriet mir nicht, wohin er mich brachte. Es spielte auch keine Rolle. Jeder Ort war mir lieber als die Party.

An Hunters Seite fühlte ich mich geborgen. Gemeinsam gingen wir durch die laue Nacht. Mein Atem beruhigte sich, und die Übelkeit verklang. Wir näherten uns dem Hafen, und meine Lunge lechzte nach der salzigen Luft.

Statt den Weg die Promenade hinab einzuschlagen, leitete Hunter mich zu dem hölzernen Steg, an dem viele kleine Segelboote, Fischkutter und größere Jachten angeleint waren. »Ich liebe den Ozean«, sagt er. Ein sanftes Lächeln lag auf seinen Lippen, nur erhellt vom Mondschein. »Wenn es mir nicht gut geht, laufe ich entweder bis zum Umfallen, oder ich komme hierher.«

»Das mache ich auch. Laufen, meine ich«, erwiderte ich und schluckte. »Zeitweise jeden Tag.«

Hunter fragte nicht nach dem Warum. Stattdessen umklammerte er meine Hand fester. Sein Daumen zog sanfte Kreise auf meinem Handrücken.

Wir hatten beinahe das Ende des Stegs erreicht. Im gleichmäßigen Takt schwappten die Wellen unter uns gegen die hölzernen Pfähle. Eine einsame Möwe ließ ihr Kreischen hören, und nicht weit entfernt erhoben sich die hohen Berge des Nationalparks. Zu unserer Linken waren die letzten Häuser den ersten Ausläufern des Waldes gewichen. Rechts tanzte der Ozean zum Rhythmus des Windes.

»Da wären wir.« Hunter blieb vor einer Segeljacht stehen und lächelte.

Ich blinzelte. »Warte. Das ist deine?«

Hunter nickte. Er kratzte sich am Nacken und wirkte mit einem Mal verlegen.

Ich kannte mich nicht mit Booten aus, aber mein Instinkt sagte mir, dass dieses ein kleines Vermögen gekostet hatte. Vermutlich mehr, als ich je besessen hatte.

Hunter schien meine Gedanken zu erraten. »Ich fand die extravaganten Geschenke meiner Eltern immer furchtbar. Ich könnte mir genauso gut *Rich Kid* auf die Stirn tätowieren lassen.« Er zuckte mit den Schultern. »Aber diese Jacht … Sie bedeutet ein Stück Freiheit, ein Stück Einsamkeit. Nur für mich. Jedes Mal, wenn mir alles zu viel wird, segle ich einfach los. Erst wenn ich allein auf dem Wasser bin, komme ich zur Ruhe.«

Ich schwieg, während ich mir vorzustellen versuchte, wie das war. Ganz allein auf dem Ozean, weit und breit nichts als Wasser und Frieden. Lächelnd blickte ich ihn an. »Das verstehe ich.«

Hunter wirkte erleichtert, und ich fragte mich, wie oft er wegen seines Wohlstands schon gegen Neid und Missgunst hatte kämpfen müssen.

Ich ließ meinen Blick über die Jacht gleiten. Meine Augen blieben an dem schwarzen, verschlungenen Schriftzug am Bug hängen. »Sie heißt Maia?« Ich zögerte. »Wie -«

»Meine Schwester, ja.« Er räusperte sich. »Komm. Ich zeig dir alles.«

Er ließ mich los, um die Absperrung zu öffnen, die Jacht und Steg für Unbefugte voneinander trennte. Anschließend griff er sofort wieder nach meiner Hand.

Ich schlüpfte aus den hohen Schuhen und betrat die leicht schwankenden Stufen, die auf die Jacht führten. Hunter blieb dicht hinter mir, seine Wärme hüllte mich ein und gab mir Sicherheit.

»Warte kurz«, bat er, kaum, dass ich einen Fuß an Deck gesetzt hatte. Er verschwand in der Dunkelheit.

Eine Minute später erklang ein leises Klicken, und warmes Licht erhellte die Jacht. Unzählige Glühbirnen wickelten sich an der Reling entlang.

»So ist es besser«, meinte er und trat wieder an meine Seite. »Nicht, dass du mir noch ins Wasser fällst.«

Ich musste grinsen. »Das würde dir doch gefallen. Du könntest mich retten.«

Hunters Lächeln erwärmte meine Seele. Mein Herzschlag beschleunigte sich. Ich ging ein paar Schritte über Deck und genoss das Gefühl, als meine schmerzenden Füße das kühle Kirschholz berührten. Die Schuhe ließ ich liegen.

Hunter gluckste. »Ich hab mich schon gefragt, wie du auf diesen Folterinstrumenten laufen kannst.«

Ich verdrehte schmunzelnd die Augen. »Vicky hat sie mir aufgedrängt. Genauso wie das Kleid.« Ich strich über die rote Spitze, in der ich mich mittlerweile eigentlich ganz wohl fühlte.

Als ich aufsah, ruhten Hunters Augen auf mir. Langsam und lodernd wanderte sein Blick an meinem Körper hinab. Ich spürte ihn wie die Berührung von Fingerspitzen. Er glitt über meine Arme, meine Hüfte, meine nackten Beine. Jeder Millimeter meines Körpers ging in Flammen auf.

Mir stockte der Atem, und ich wandte mich ab. Mit weichen Knien trat ich an die Reling. Ich meinte, Hunter unterdrückt aufstöhnen zu hören und erinnerte mich an den tiefen Ausschnitt des Kleides. Ich spürte, wie seine Augen über meinen nackten Rücken wanderten. Mein Herz pochte laut gegen meine Rippen.

»Es ist wahnsinnig schön hier«, sagte ich leise und hielt meine Augen auf den Ozean gerichtet. In der Ferne schäumten Wellen im Mondlicht.

Hinter mir hörte ich Hunters zögernde Schritte. Er lehnte sich neben mich an die Reling. Unsere Arme berührten sich, und ich bekam eine Gänsehaut.

»Möchtest du noch mehr sehen?«

Ich nickte stumm.

Hunter ergriff meine Hand und führte mich unter Deck. Wir sprachen nicht. Etwas war dabei, sich zwischen uns zu verändern. Ich spürte es, und ich vermutete, Hunter nahm es ebenfalls wahr.

Wir stiegen eine kleine Treppe hinab und traten durch eine schmale Tür. Als Hunter im Innern der Jacht das Licht einschaltete, verschlug es mir kurz den Atem. Ohne den Ozean, der hinter den runden Fenstern wartete, hätten wir genauso gut in einem luxuriösen Ein-Zimmer-Appartement stehen können. Zu meiner Rechten war eine kleine Küchenzeile aus hellem Holz eingebaut. Auf der linken Seite standen eine gemütliche Couch und ein knautschiger Sessel, in einem Regal daneben ein paar Bücher und CDs. Weiter hinten führte eine kleine Tür vermutlich zur Toilette, und ganz am gegenüberliegenden Ende thronte ein Bett – ein großes Bett mit einem Haufen sandfarbener Kissen.

Ich schluckte unsicher und traute mich nicht, Hunter anzusehen. Hatte er mich deshalb hierhergeführt? Oder war ich einfach nur bescheuert, weil ich direkt daran dachte und meinen Blick nicht mehr von dem Bett abwenden konnte?

»Möchtest du etwas trinken?« Hunter ging zu der Küchenzeile und öffnete eine der unteren Türen, hinter der ein kleiner Kühlschrank zum Vorschein kam. »Ich habe Cola, Wasser, Orangensaft oder …« Er grinste schelmisch. »… Tequila.«

Ich verzog das Gesicht. »Bloß nicht. Wasser reicht.«

Glucksend holte er eine Flasche Wasser und aus dem oberen Schrank zwei Gläser hervor. Er stellte alles auf dem Tisch ab und ließ sich auf die Couch fallen. »Du trinkst wahrscheinlich nicht so oft Alkohol, oder?«

In mir flatterte es nervös, als ich mich neben ihn sinken ließ. »Das war eigentlich das erste Mal«, gab ich zu.

Hunter verschluckte sich an seinem Wasser. »Okay, das wird der Nerd büßen! Der kann dich nicht beim ersten Mal so abfüllen, das geht gar nicht!«

Ich schmunzelte gerührt. »So schlimm war es gar nicht. Und eigentlich war auch nicht der Alkohol schuld daran, dass mir schlecht geworden ist. Zumindest nicht nur.« Nervös strich ich mir die Haare hinters Ohr.

Hunter wartete darauf, dass ich weitersprach, aber drängte mich nicht. Ich klammerte mich an mein Wasser und versuchte, zu entscheiden, wie viel ich ihm erzählen wollte. Es erschien mir nur fair, ihm einen Teil von mir anzuvertrauen, nach dem ich schon so viel von ihm gehört hatte. Außerdem fühlte ich mich sicher in seiner Nähe. Die Vorstellung, meine Erlebnisse mit jemandem zu teilen, kam mir in seiner Gegenwart nicht mehr ganz so abwegig vor.

Ich atmete tief durch. »Ich hab mich an etwas erinnert«, erklärte ich langsam. »Die Party hat irgendetwas in mir ausgelöst. Mit einem Mal war ich nicht mehr dort, sondern zu Hause und …« Ich stockte. »Es fühlte sich alles so real an. Als würde ich es wirklich erneut erleben. Ich bekam keine Luft mehr, mir wurde schwarz vor Augen, ich konnte mich kaum bewegen.« Meine Stimme versagte. Ich zitterte und schloss die Augen. Nachdem ich einmal tief durchgeatmet hatte, öffnete ich sie wieder und sah in Hunters besorgtes Gesicht. »Ich weiß nicht, was das war. So was hab ich noch nie erlebt. Ich konnte mich erst beruhigen, als du da warst.«

Bei dem Geständnis glühten meine Wangen. Hunters Mundwinkel zuckten kurz, aber dieses Mal lächelte er nicht. Er griff nach meiner Hand, vorsichtiger diesmal. Als wollte er mir die Chance geben, meine wegzuziehen. Das tat ich nicht. Ich genoss das Gefühl seiner warmen Haut auf meiner und verschränkte meine Finger mit seinen.

»Du hattest eine Panikattacke«, schlussfolgerte er. Die Sicherheit in seinen Worten überraschte mich. »Es ist schwer, dieses Gefühl beim ersten Mal einzuordnen.« Sein Blick wanderte in die Ferne. »Diese Ohnmacht, diese Angst. Das Gefühl neben sich zu stehen und nicht mehr zurückzufinden.«

Ich schluckte. Seine Worte trafen genau ins Schwarze.

»Woher weißt du das?«, fragte ich leise.

Hunter seufzte. Er wirkte erschöpft und rieb sich über die Augen. »Meine Schwester«, sagte er gedankenversunken. »Maia. Sie hatte einige Schwierigkeiten, lange vor ihrem Verschwinden. Die Panikattacken fingen schon sehr früh an, nachdem sie an Krebs erkrankt war.«

Erschrocken starrte ich ihn an.

Hunter fuhr sich über die Stirn, die von tiefen Falten durchzogen war. »Sie hat den Krebs besiegt. Heldenhaft. Aber die Zeit im Krankenhaus, die vielen Untersuchungen und Schmerzen – das alles hat Spuren hinterlassen. Sie war fünf, sie erinnert sich kaum daran, aber manchmal kommt in ihr diese Panik hoch, ganz unvermittelt.« Er schwieg einige Sekunden, nur sein schwerer Atem verriet, wie aufgewühlt er war. »Es wurde noch schlimmer, nachdem sie in der Schule Probleme bekam. Ein Junge hat sie immer wieder schikaniert. Sicher spielten noch einige andere Dinge eine Rolle, aber mit ihm fing es an. Sie veränderte sich. Es war, als würde sie sich langsam auflösen. Die Panikattacken kamen häufiger, und sie traute sich kaum noch, rauszugehen. Der Junge hat sie regelrecht zerstört.« Hunter verstummte. Sein Kiefer mahlte, und sein Körper verkrampfte sich deutlich.

»War er es, den du verprügelt hast?«, fragte ich leise, obwohl ich mir eigentlich vorgenommen hatte, zu warten, bis Hunter von sich aus davon erzählte.

Er erwiderte meinen fragenden Blick und nickte langsam. »Vermutlich war es falsch«, gab er zu, dann schüttelte er jedoch den Kopf. »Dennoch würde ich es wieder tun. Er hat Maia so weit getrieben, dass -« Er biss sich auf die Lippe und beendete den Satz nicht. Stattdessen sagte er: »Es war falsch, doch das Leid, was ich ihm zugefügt habe, ist nicht annähernd so schlimm wie das, was er Maia angetan hat.« Schmerz verdunkelte seine Augen. Dann nahm er einen tiefen Atemzug und sah mich an. »Willst du mir erzählen, woran du dich erinnert hast?«

Ich öffnete den Mund, doch kein Laut kam heraus. Ein Kloß bildete sich in meiner Kehle. Ein Teil von mir wollte schreien, wollte einfach alles herausschreien. Aber ich wusste nicht, ob ich je wieder aufhören konnte, wenn ich einmal begann.

»Ich kann nicht«, wisperte ich. »Es tut mir leid, ich kann nicht.«

Ich fürchtete, ihn damit von mir zu stoßen. Nachdem er mir von Maia erzählt hatte, erwartete er sicher, dass auch ich ihm etwas offenbarte. Doch er blickte mich bloß an. Dann, ganz langsam, hob er unsere verschränkten Hände. Seine Lippen näherten sich meinem Handgelenk, federleicht küssten sie meine erhitzte Haut.

Ich hielt die Luft an. Meine Haut prickelte an der Stelle, wo sein Mund sie berührte. Das Gefühl breitete sich in meinem ganzen Körper aus, und ich wünschte, ich könnte es festhalten. Die Sekunden einfrieren. Diese Berührung, die so zärtlich war, für immer spüren.

Sein Blick hielt mich gefangen, auch noch, als er unsere Hände wieder senkte. »Schon gut«, sagte er. »Deshalb sind wir ja auch nicht hier.« Er zog sein Handy hervor und tippte kurz darauf herum. Wenig später erklang langsame Musik aus unsichtbaren Boxen und erfüllte den Raum.

Hunter stand auf, und mein Herz setzte einen Schlag aus. »Tanz mit mir, Andy.« Er sprach meinen Namen mit einem sanften Lächeln aus. Noch nie hatte er aus einem Mund so schön geklungen.

Ich erhob mich, und wir standen so dicht beieinander, dass ich seine Wimpern zählen konnte. Helle Tupfer blickten mich aus seinen Augen an.

»Eine Sache noch …« Vor Aufregung stolperte meine Zunge über die Worte, denn Hunters rechte Hand lag plötzlich an meinem Rücken und wanderte daran hinab. Seine Fingerspitzen hinterließen eine heiße Spur auf meiner Haut, bis sie an meiner Hüfte zum Stillstand kamen.

»Was?«, murmelte er mit schwerer Stimme. Er betrachtete mich unter halb gesengten Wimpern und zog mich langsam in die Mitte des Raums.

Ich hatte Schwierigkeiten, meine Stimme wiederzufinden. »Ich kann eigentlich nicht tanzen.«

Sein Mundwinkel zuckte. Er zog mich näher an sich, bis ich meinte, sein Herz an meinem schlagen zu spüren. Er senkte den Kopf und strich mir zärtlich das Haar aus dem Gesicht. Seine Lippen verharrten dicht über meinem Ohr. Warmer Atem strich über meinen Nacken. Ein Zittern durchlief mich.

»Lass mich dich führen.«

28

Hunter

Andy strahlte. Nicht wie die Sonne, nicht, weil sie lächelte oder so wunderschön war in diesem Kleid, das wie eine zweite Haut an ihr klebte. Sie strahlte, weil sie einfach da war.

Ich sah sie und sah nichts anderes mehr. Ich spürte ihren nackten Rücken unter meiner einen Hand und ihren schnellen Puls unter meiner anderen und nahm nichts anderes mehr wahr.

Ihre braunen Augen leuchteten mir entgegen. Ich wollte darin ertrinken.

Mühsam gelang es mir, mich an die Schritte aus dem Tanzunterricht zu erinnern, den meine Eltern mir aufgezwungen hatten. Ich führte, und Andy ließ sich fallen. Zum ersten Mal, seit ich ihr begegnet war, hatte ich das Gefühl, dass sie sich vollständig entspannte. Farbe kehrte in ihr Gesicht zurück, ihr Blick war stark und sprudelte vor Lebenskraft.

Ich war verloren. Rettungslos und unwiederbringlich. Verliebt.

Mein Herz raste, und ich verpatzte den nächsten Schritt. Ich trat ihr auf die Zehen. Sie stolperte, und ihr Lachen erfüllte den Raum klangvoller als jede Musik.

Ich führte sie in eine Drehung und erhaschte dabei einen Blick auf ihren nackten Rücken. Am Ende der Drehung hielt ihr Gesicht direkt vor meinem. Ich schluckte, als ihre Hand sich wie selbstverständlich in meinen Nacken legte. Ein Kribbeln lief mir die Wirbelsäule hinab.

Ihre Finger spielten mit den Haarspitzen und trieben mich fast in den Wahnsinn. Sicher war es eine unbewusste Bewegung, denn Andy starrte mich ebenso überrumpelt an, wie ich mich fühlte. Sie hatte die Lippen leicht geöffnet. Ihre Augen wanderten an meinem Gesicht hinab.

Verdammt. Wir machten keinen Schritt. Wir tanzten nicht. Die Musik hörte ich nicht mehr. Da waren nur Andy und ihre Lippen, wenige Zentimeter von meinen entfernt.

Ich hob eine Hand und legte sie an ihre Wange. Mein Daumen fuhr die Konturen ihrer Unterlippe nach. Ihre Augen schlossen sich, und ich senkte den Kopf. Sie streckte sich mir entgegen. Ich wollte sie so sehr küssen, dass es schmerzte.

Doch ich konnte nicht.

Nicht so. Nicht heute.

Es ging ihr besser, aber ich wusste, dass sie noch immer aufgewühlt war. Ich wollte nicht, dass unser erster Kuss mit der Erinnerung an ihre erste Panikattacke verschwamm. Mit der Erinnerung an das, was diese Attacke ausgelöst hatte.

»Nicht.« Es forderte meine ganze Willenskraft, dieses Wort herauszubringen.

Andy erstarrte. Im nächsten Moment wollte sie sich mir entziehen.

Ich verstärkte meinen Griff um ihre Hüfte und ließ meine Stirn an ihre sinken. »Nicht heute«, wisperte ich. »Der erste Kuss … Unser erster Kuss sollte perfekt sein. Nichts sollte ihn überschatten.«

Mir stockte der Atem, während ich auf ihre Erwiderung wartete.

»Okay.«

Erleichtert atmete ich auf. Ich trat einen Schritt zurück und mir war, als würde Traurigkeit über ihr Gesicht huschen. Aber der Augenblick ging vorbei, und Andy lächelte. Ihre Wangen glühten. Meine Augen blieben an ihrem Lippenpiercing hängen. Beinahe hätte ich meinen guten Vorsatz mit all meiner Selbstbeherrschung über die Reling dieser verfluchten Jacht geworfen. Stattdessen nahm ich noch einen tiefen Atemzug und stellte die Musik etwas leiser.

Andy räusperte sich. »Ich sollte gehen. Ich bin müde, und es ist spät.« Sie wandte sich um und strich sich eine Haarsträhne aus dem Gesicht.

»Du könntest hierbleiben.« Die Worte entschlüpften mir von ganz allein.

Andy erstarrte in der Bewegung. Ihr Blick fiel auf das Bett. Ich konnte ihre Gedanken förmlich lesen. Kein Wunder, mein Ruf eilte mir voraus, und nicht alles war gelogen. Aber Andy konnte niemals nur ein One-Night-Stand sein.

»Ich meine, es ist fast vier Uhr morgens«, beeilte ich mich, zu erklären. »Um diese Zeit und in diesen Schuhen solltest du nicht den langen Weg nach Hause laufen.«

Sie zögerte.

»Ich werde wie ein Gentleman auf der Couch schlafen, versprochen«, fügte ich mit einem Schmunzeln hinzu, und ihr Widerstand bröckelte.

Stirnrunzelnd sah sie an sich hinab. »Hast du etwas zum Anziehen für mich? In dem Kleid kann ich bestimmt nicht schlafen.«

Zum Glück hatte ich immer eine kleine Auswahl an Klamotten in einer Schublade unter dem Bett, für den Fall, dass ich spontan beschloss, hierzubleiben. Ich zog eins meiner T-Shirts und eine Jogginghose hervor und zeigte Andy das kleine Bad, in dem sich eine Dusche dicht an die Toilette und das Waschbecken drängte.

Während Andy sich darin umzog, tigerte ich unruhig auf und ab. Die Vorstellung, dass sie in diesem Moment nackt in meinem Bad war und noch dazu die Nacht mit mir verbringen würde, brachte mich schier um den Verstand.

Eine blöde Idee, dachte ich. *Eine ganz blöde Idee.* Ich würde kein Auge zumachen.

Um mich irgendwie abzulenken, breitete ich Decken und Kissen auf der Couch aus und dimmte das Licht.

Als Andy aus dem Bad kam, verschlug es mir den Atem. Sie hatte sich gegen die Jogginghose entschieden, was mich bei ihrer schlanken Figur nicht wunderte. Wahrscheinlich war ihr die Hose direkt von den Hüften gerutscht. Stattdessen trug sie nur mein T-Shirt, das einige Zentimeter über ihren Knien endete. Ich schluckte schwer.

Sie zupfte verlegen am Ärmel des Shirts, der ihr bis zum Ellenbogen reichte. »Also ist es wirklich okay, wenn ich das Bett nehme? Ich könnte auch auf der Couch schlafen.«

»Unsinn.« Ich winkte ab. »Das Bett gehört dir.«

Sie lächelte zaghaft. »Na dann. Gute Nacht.«

»Gute Nacht.«

Sobald sie im Bett lag, schaltete ich das Licht aus. Ich hörte, wie sie sich zudeckte. Dann trat Stille ein.

Dennoch war ich mir ihrer Nähe überdeutlich bewusst. Angespannt lauschte ich auf ihre Atemzüge und traute mich kaum, mich zu bewegen. Was war nur los mit mir? Seit wann brachte mich eine Frau so aus dem Konzept?

Ich hatte mich gerade damit abgefunden, dass ich in dieser Nacht keinen Schlaf mehr finden würde, als ich ihre Stimme hörte.

»Hunter?«

Sofort setzte ich mich auf. »Ja?«

Einen Moment hörte ich nur das nahe Plätschern der Wellen. Andys nächste Worte drangen zögernd zu mir vor. »Willst du … Du könntest zu mir kommen.«

Atemlos starrte ich in die Dunkelheit.

»Ich denke, das Bett ist groß genug für uns beide. Wir könnten beide hier schlafen.«

Meinte sie das ernst? Unschlüssig saß ich auf dem Rand der Couch. Neben ihr zu liegen, machte das Schlafen sicher noch unmöglicher, als nur im gleichen Raum mit ihr zu sein. Dennoch stand ich auf und ging auf das Bett zu.

Im Dunkeln konnte ich nur Andys Silhouette erkennen, sie war ganz an den rechten Rand des Bettes gerutscht. Langsam ließ ich mich auf die andere Seite sinken. Jede Faser in mir sehnte sich danach, Andy zu berühren. Was mein Körper mir deutlich signalisierte. Ich hielt so weit wie möglich Abstand von ihr. Sonst hätte sie mehr als deutlich spüren können, wie sehr ich sie wollte. Ich atmete tief durch, bevor ich die Decke über mich zog.

»Hunter?«

Ich räusperte mich. »Ja?«

»Danke.«

Danach war sie still. Nach einigen Minuten hörte ich an ihren tiefen Atemzügen, dass sie eingeschlafen war. Ich jedoch lag wach, bis die Sonne aufging, und versuchte, mich zu erinnern, warum ich mich je von ihr hatte fernhalten wollen.

Am nächsten Tag war sie weg.

Tatsächlich war ich irgendwann eingeschlafen. Als ich gegen Mittag aufwachte, war das Bett neben mir leer. Das T-Shirt, das ich ihr geliehen hatte, lag sauber gefaltet auf dem Kopfkissen.

Es sollte mir nichts ausmachen, dass sie gegangen war. Wahrscheinlich hatte sie heute noch etwas vor, wollte vielleicht auch nur in Ruhe duschen. Dennoch wurmte es mich. Ich vergrub das Gesicht im Kissen und wünschte mich zur letzten Nacht zurück.

Nach einigem Zögern, bei dem ich mehrfach frustriert in mein Kissen geknurrt hatte, weil ich mir meinen inneren Aufruhr selbst nicht erklären konnte, rief ich Logan an.

»Ey, Mann, du lebst ja noch«, begrüßte er mich. »Wieso bist du einfach abgehauen?«

Ich rollte mich aus dem Bett und versuchte, mein vom Schlaf wirres Haar zu glätten. »Ich hatte da was zu erledigen«, erwiderte ich knapp, während ich in meine Hose schlüpfte. »Kann ich dich was fragen?«

»Na klar, alles.«

Ich zog mir mein T-Shirt über, nahm die wenigen Stufen im Laufschritt und trat nach draußen an Deck. Ein kühler Wind wehte vom Wasser herüber, und die Sonne verbarg sich hinter dicken Wolken. »Ist es seltsam, wenn eine Frau morgens einfach abhaut, nachdem man die Nacht lang neben ihr geschlafen hat?«

Logan lachte. »Lass mich raten: War es die Rothaarige? Die sah echt scharf aus. Aber meiner Meinung nach, ist es nach einem One-Night-Stand viel unangenehmer, wenn die Frau morgens noch neben dir liegt, als wenn sie schon abgehauen ist.«

Ich verdrehte die Augen. »Ich hab nicht mit ihr geschlafen, Logan.«

»Eben hast du doch noch gesagt -«

»Ich habe *neben* ihr geschlafen«, wiederholte ich ungeduldig und sah auf den Ozean hinaus, der grau und aufgewühlt vor mir lag. »In einem Bett. Aber ohne Sex.«

»Oh.« Logan schwieg einen Moment. Dann atmete er aus. »Also, das ist neu.«

Ich wusste, was er als nächstes fragen würde, und Logan enttäuschte mich nicht. »Wer war es?«

»Andy.« Ich bemühte mich um einen nüchternen Tonfall, als wäre es keine große Sache. Meine Lippen wurden zum Verräter und verzogen sich zu einem Lächeln, das Logan zum Glück nicht sehen konnte.

Er ließ einen lang gezogenen Pfiff hören. »Glückwunsch.«

Ich stöhnte frustriert, wiederholte noch einmal, dass nichts passiert war, und erzählte dann den Rest der vergangenen Nacht. Nur Andys Panikattacke ließ ich aus. Sicher wollte sie nicht, dass jemand davon erfuhr.

Während ich sprach, sah ich die Ereignisse klar vor mir, spürte Andys Rücken unter meinen Händen, erinnerte mich an den Schwung ihrer Lippen und ihre geröteten Wangen. Mein Herzschlag beschleunigte sich unversehens.

Als ich fertig war, dauerte es einen Moment, bis Logan etwas sagte.

»Wieso hast du sie nicht geküsst?«

Ich ließ mich auf eine der Bänke an der Reling fallen und betrachtete das rege Treiben auf der Promenade in der Ferne. »Es war nicht der richtige Zeitpunkt«, erwiderte ich und kam mir vor wie ein Idiot. Wie der Held aus einer romantischen Komödie, der immer wieder den Absprung verpasste. »Es ging ihr nicht gut, und ich wollte nicht, dass sie dachte, ich würde es nur aus Mitleid tun. Oder um sie abzulenken.«

»Du magst sie wirklich sehr.« Es war keine Frage.

Dennoch antwortete ich. »Ja. Sie ist etwas Besonderes.«

»Das muss sie wohl sein«, murmelte Logan. Dann kam er zu meiner eigentlichen Frage zurück. »Ich denke nicht, dass du dir Sorgen machen musst. Es war nicht geplant, dass sie die Nacht bei dir verbringt. Vielleicht ist sie heute noch verabredet oder muss arbeiten und wollte dich einfach nicht wecken.«

Obwohl ich dasselbe gedacht hatte, beruhigten Logans Worte mich. Als ich ihm gerade antworten wollte, klopfte ein anderer Anrufer an. Ich warf einen Blick auf das Display meines Smartphones und stöhnte genervt auf. »Du, ich muss Schluss machen, meine Mom ruft an. Wir sehen uns später.«

Ich beendete das Gespräch und atmete einmal tief durch. Erst als ich über den grünen Button wischte, kam mir der Gedanke, dass der Privatdetektiv möglicherweise etwas herausgefunden hatte. »Mom.« Eine leise Hoffnung hatte sich in meine Stimme geschlichen. »Gibt's was Neues?«

»Das kann man wohl sagen.« Ihre Stimme drang kalt durch die Leitung. »Erklär mir, was du dir bei diesem Skandal gedacht hast?«

29
Andy

Ich war immer allein zurechtgekommen. Das war etwas, das ich früh gelernt hatte.

Link zog bei uns ein, als ich vier Jahre alt war.

Als er meine Mom das erste Mal schlug, war ich zehn. Sicher hat er es auch vorher schon getan, nur nicht in meiner oder Brians Gegenwart. Ich war zu jung, um mich über die blauen Flecken zu wundern, die meine Mom zu verstecken versuchte. Ich schlief zu tief, um ihr Weinen zu hören. Mir fielen einige Dinge auf, die ich erst Jahre später verstand. Warum meine Mom nicht mehr arbeitete. Wieso sie anfing, Link um Geld zu bitten, wenn sie einkaufen ging. Warum sie ihre Schwester nicht mehr einlud. Weshalb Brian und ich die Schule wechselten, nachdem ich meiner Lehrerin erzählte, dass Link meine Mom verprügelt hatte.

Ich war elf, als Link meinen Hund Daisy erschlug und mir drohte, dass mir dasselbe passieren würde, wenn ich nicht den Mund hielt.

Als ich zwölf war, stellte ich mich das erste Mal vor meine Mom und nahm ihre Prügel auf mich. Es war der schlimmste Schmerz, den ich bis dahin erlebt hatte. Gleichzeitig war es der lehrreichste Moment meines Lebens. Denn ich begriff, dass ich Link etwas entgegenzusetzen hatte. Ich sah, wie wütend er wurde, weil er nicht meine Mom verletzt hatte, sondern mich. Ich verstand, dass ich ihm einen Teil seiner Macht genommen hatte. Und mir wurde klar, dass Angst seine stärkste Waffe war. Angst vor ihm, Angst vor den Schlägen und dem Schmerz.

Später an diesem Abend, als ich meine Zimmertür verriegelte und mein geschundener Körper auf meinem Bett zur Ruhe kam, fasste ich einen Entschluss. Ich würde mich immer wieder gegen Link wehren, bis ich keine Angst mehr davor hatte. Eines Tages sollte er für alles büßen, was er uns antat.

Im Laufe der nächsten Jahre musste ich mir eingestehen, dass diese Vorsätze nicht allzu leicht einzuhalten waren. Ich hatte Angst vor Link. Nicht vor den Tritten und Schlägen. Ich hatte gelernt, den Schmerz zu verkraften. Aber ich wusste mittlerweile, dass Link zu noch schlimmeren Dingen fähig war.

Ich wusste, dass wir unser Schweigen brechen mussten, damit er bestraft werden konnte. Doch ich spürte noch immer die Klinge an meiner Kehle, sah meinen Hund sterben und so schwieg ich weiter. Um meine Mom zu schützen. Und Brian.

All die Jahre hatte ich diese Last allein getragen. Ich hatte keine Freundschaften zugelassen, war auf keine Dates gegangen, hatte nie mehr als nötig von mir erzählt und gelogen, sobald die Fragen zu persönlich wurden.

Wieso also stand ich jetzt vor Vickys Haustür und hatte das dringende Bedürfnis mit jemandem zu reden? Über Hunter. Über alles, was letzte Nacht geschehen war. Über diese neue Art von Angst und Unsicherheit, die mich heute Morgen überfallen hatte, sodass ich mich heimlich davongeschlichen hatte. Über dieses seltsame Flattern in meiner Magengrube. Wieso ertrug ich Jahre des Schreckens schweigend und allein und knickte ein, sobald Hunter mir näherkam?

Total überfordert mit mir selbst, klingelte ich. Ich wusste, dass Vicky sonntags frei hatte, und ihre Mom den Tag im Café verbrachte. Dennoch hatte ich ihr kurz eine Nachricht geschickt, um mein Kommen anzukündigen. Vickys Antwort war innerhalb von Sekunden eingetroffen.

Du wurdest also nicht entführt. Gut zu wissen. Bring Kaffee mit.

Erst da war mir bewusst geworden, dass ich Vicky und Dustin überhaupt nicht Bescheid gesagt hatte, als ich die Party verließ.

Vicky öffnete die Tür und blinzelte mich träge an. Ihr Haar

war auf einer Seite platt gelegen, und sie hatte verschmierte Spuren von Mascara unter den Augen. Hoffnungsvoll beäugte sie den *Starbucks*-Becher in meiner Hand. »Karamell und Mandelmilch?«

Ich grinste und hielt eine braune Tüte hoch. »Und Schokocroissants.«

Vicky entriss mir den Becher und nahm einen tiefen Schluck. Sie seufzte. »Entschuldigung akzeptiert. Komm rein.«

Ich folgte ihr in die Küche, in der eine ganze Footballmannschaft Platz gehabt hätte. Vicky ließ mich allein, um kurz zu duschen, und ich machte es mir mit meinem Latte macchiato auf der langen, gepolsterten Eckbank bequem.

Während ich den Geschmack des Zimtsirups genoss, blickte ich nach draußen in den Garten. Ich bemerkte die ersten bunten Tupfen in den Baumkronen, vereinzelte trockene Blätter, die der Wind in Wirbeln emporhob und die dicken Wolken, die mit Regen drohten. Der Herbst begann. Früher markierte er den Anfang, der für mich schlimmsten Zeit im Jahr. Wenn es draußen kalt und nass war, verbrachte ich mehr Zeit zu Hause. Die Feiertage nahten, obwohl bei uns schon lange nicht mehr gefeiert wurde. Zum ersten Mal erfüllte mich der Gedanke daran nicht mit Trauer und Wehmut. Dieses Jahr, sagte ich mir, könnte alles anders sein. Vielleicht würde es sogar schön sein, hier in Bar Harbor.

»Also …« Vicky kam in die Küche und ließ sich mir gegenüber auf den Stuhl fallen. Sie hatte sich ein lockeres Sweatshirt und Leggins angezogen. In ihren Haaren glitzerten Wassertropfen. »Bevor du mir erzählst, warum du einfach abgehauen bist, müssen wir uns überlegen, wie wir uns an Dustin rächen. Keine Ahnung, was alles in seinem Teufelsgemisch war, aber ich hab definitiv den schlimmsten Kater meines Lebens.« Sie musterte mich skeptisch. »Aber dir scheint es ja gut zu gehen.«

Ich verzog das Gesicht. »Nur, weil ich den Alkohol schon gestern Abend wieder von mir gegeben hab.«

»Uäh.« Vicky nippte an ihrem Kaffee und befreite die Schokocroissants aus der Tüte. »Bist du deshalb gegangen?«

Ich zog meinen Cardigan enger um meinen Oberkörper und schüttelte den Kopf. »Nein. Ehrlich gesagt, war ich bei Hunter.«

Vicky hielt inne und starrte mich ungläubig an.

Und so erzählte ich ihr alles. Nicht nur von der letzten Nacht, sondern davon, wie ich ihn das erste Mal getroffen hatte. Von unseren Begegnungen in der Bibliothek und davon, wie ich ihn gegoogelt hatte. Wie ich mir mittlerweile ziemlich sicher war, dass alles, was man über ihn sagte, falsch war. Ich erzählte ihr, dass es mir letzte Nacht schlecht gegangen war, und stolperte kurz über meine Worte. Dann berichtete ich ihr von der Jacht und davon, wie ich mich am Morgen weggeschlichen hatte. Als ich fertig war, war unser Kaffee leer, aber mein Croissant lag noch unangetastet vor mir.

Vicky blähte nachdenklich die Wangen auf und atmete geräuschvoll aus. »Das muss ich erst mal verdauen.«

Ich strich mir das Haar zurück und sagte eindringlich: »Er ist kein schlechter Mensch, Vicky. Glaub mir, damit kenn ich mich aus.«

»Oh, das meine ich nicht. Ich sagte ja schon, man erzählt sich viel, aber wahrscheinlich ist das meiste Mist.«

Erstaunt sah ich sie an. »Ich dachte, du bist dir nicht sicher, was genau geschehen ist.«

Vicky winkte ab. »Aber deshalb halte ich ihn nicht für einen schlechten Menschen. Ich wollte nur, dass du vorsichtig bist. Hunter hat Probleme, und ich weiß nicht genau, welche. Aber wenn du sagst, du vertraust ihm, dann reicht mir das.«

Erleichtert biss ich von meinem Croissant ab. Ein riesen Stein fiel mir vom Herzen.

»Was ich dagegen nicht fassen kann«, fuhr Vicky fort, »ist, wie du eine ganze Nacht mit ihm verbringen konntest – wie du in seinem Bett liegen konntest – ohne über ihn herzufallen! Ich meine, er ist Hunter Bray. Klar, er hat dieses düstere Image, aber insgeheim stehen alle auf ihn.«

»Vicky!« Ich ließ mein Croissant fallen.

Unschuldig hob sie die Schultern. »Was denn? Du willst mir nicht ernsthaft erzählen, dass du nicht daran gedacht hast.«

Röte stieg mir in die Wangen. Ich dachte an das Bett, an unseren Beinahe-Kuss und daran, wie Hunter ihn verhindert hatte.

»Wer sagt, dass Hunter überhaupt so was im Sinn hat? Vielleicht wollte er nur nett sein.«

»Ich dachte, er wollte dich küssen?«

»Er hat es aber ja nicht getan«, erinnerte ich sie und spürte einen feinen Stich in meiner Brust. »Er sagte, es wäre der falsche Moment, aber vielleicht war das nur eine Ausrede. Vielleicht wollte er einfach nicht.« Frustriert biss ich in das Croissant. Die dicke Schokoladenfüllung konnte mich nicht trösten.

»Das lässt sich doch herausfinden«, meinte Vicky entschlossen. »Du brauchst nur eine weitere Gelegenheit.«

Bei dem Gedanken daran vollführte mein Magen eine unangenehme Drehung. Ich hatte zwar nicht viel Erfahrung in diesem Bereich, genau genommen gar keine, wenn man von einer spontanen Knutscherei in einer sonst einsamen und einzigen Clubnacht absah. Aber ich war mir dennoch sicher, dass ich nicht einfach so auf Hunter zugehen und ihn küssen konnte. Vor allem nicht, wenn ich nicht wusste, ob er das auch wollte.

»Wie hast du eigentlich Logan kennengelernt?«, fragte ich über mein nervöses Herzklopfen hinweg. Es war höchste Zeit das Thema zu wechseln. »Wie lange seid ihr schon befreundet?«

Vicky drehte ihren leeren Kaffeebecher in den Händen und sah nachdenklich aus dem Fenster. »Wir haben uns in einer Selbsthilfegruppe kennengelernt«, eröffnete sie mir dann vollkommen unerwartet.

Ich verschluckte mich an der letzten, viel zu zimtigen Kaffeepfütze. »Wie jetzt? Etwa wie in dem John-Green-Roman?«

Vicky verdrehte die Augen. »Herrje, nein!« Sie lachte. »Glaub mir, Logan und ich sind nicht gemacht für eine solch dramatische Liebesgeschichte.«

»Gott sei Dank«, erwiderte ich und dachte an das traurige Ende des Buchs. Ich zögerte, die nächste Frage zu stellen.

»Es war eine Gruppe für Jugendliche, die einen oder beide

Elternteile verloren haben«, beantwortete Vicky meinen unausgesprochenen Gedanken.

»Oh.« Betroffen schluckte ich.

»Es ist nicht so schlimm, wie es sich anhört.« Vicky seufzte. »Ich hab meinen Vater nie kennengelernt. Er ist abgehauen, bevor meine Mom von mir wusste. Sie hat ihm zwar irgendwann von mir erzählt, trotzdem gab es immer nur sie und mich. Aber vor ein paar Jahren war ich, obwohl dieser Mann anscheinend kein Interesse an mir hatte, neugierig. Ich wollte wissen, wer er ist. Wer mein Vater ist. Ich suchte nach ihm und fand tatsächlich ein paar Infos.«

Die Erkenntnis, dass Vicky und ich zumindest in einem Punkt dasselbe Schicksal teilten, traf mich vollkommen unvorbereitet und löste ein seltsames Gefühl in mir aus. Es war ähnlich wie das, was ich beim Lesen von Hunters geschriebener Szene empfunden hatte. Plötzlich war da jemand, der nachvollziehen konnte, wie ich mich fühlte. Meilenweit von meinem Zuhause entfernt, gab es Menschen, die mich verstehen konnten. Zumindest einen kleinen Teil von mir.

»Letztendlich habe ich herausgefunden, dass er gestorben ist. Erst wenige Monate, bevor ich mit der Suche begonnen hatte. Das hat mich ziemlich aus der Bahn geworfen. Ich kann selbst nicht sagen, warum, schließlich kannte ich ihn nicht. Trotzdem ging es mir eine Zeit lang nicht gut, und meine Mom hat mich gezwungen, zu dieser Gruppe zu gehen. Und dort hab ich Logan kennengelernt.«

»Und wen hat er verloren?«, fragte ich vorsichtig.

Traurigkeit legte sich über Vickys Blick. »Seine Eltern. Beide.«

»Verdammt.«

Für einen Moment schwiegen wir. Ich versuchte, mir den Schmerz vorzustellen, den Logan durchlitten haben musste. Wie fühlte es sich an, ein behütetes Zuhause zu haben, Eltern, die einen lieben, und all das plötzlich zu verlieren? Wie hielt man so was aus?

»Wir haben die Gruppe gehasst«, fuhr Vicky fort und schüttelte den traurigen Blick ab. »Aber leider hatten wir keine andere Wahl, und das hat uns irgendwie zusammengeführt. Wir haben uns ein paarmal außerhalb der Gruppe getroffen und hatten einfach Spaß. Ohne den ganzen Trauerkram, der uns in der Selbsthilfegruppe aufgezwungen wurde. Wir waren sogar zusammen auf einer Party, und na ja … sagen wir, wir haben einen Pakt geschlossen.«

»Einen Pakt?« Neugierig lehnte ich mich vor.

Vicky nickte. »Wann immer einer von uns in Schwierigkeiten steckt, von denen besser niemand etwas erfahren soll, können wir den jeweils anderen anrufen. Derjenige kommt dann zur Hilfe, egal was passiert ist und ohne Fragen zu stellen.«

»Was habt ihr angestellt, dass so etwas nötig war?« Ich konnte mir ein Grinsen nicht verkneifen.

Vickys Blick ging in die Ferne und ihre Wangen röteten sich, als sie sich zurückerinnerte. Sie räusperte sich. »Kann ich dir nicht sagen. Ist ein Teil des Pakts.«

Amüsiert verdrehte ich die Augen. »Du weißt, dass die Dinge, die ich mir jetzt vorstelle, vermutlich peinlicher sind als das, was wirklich passiert ist?«

Vicky schnaubte. »Das bezweifle ich.«

Meine Augenbrauen wanderten in die Höhe.

»Auf jeden Fall«, fuhr Vicky eilig fort, »hat uns das zusammengeschweißt. Wir sind nicht beste Freunde, verbringen auch nicht ständig Zeit miteinander oder verraten uns sämtliche Geheimnisse. Das brauchen wir nicht, um zu wissen, dass wir füreinander da sind. Wir können uns immer aufeinander verlassen, wenn Probleme auftauchen.«

»Das ist doch das Wichtigste.« Ich konnte nicht verhindern, dass Neid in meiner Stimme mitschwang.

Vicky und ich fanden danach unseren Weg zu ganz anderen Themen. Ich erfuhr, dass ihre Mutter davon träumte, in der Etage über dem Café ein eigenes Restaurant zu eröffnen, und Vicky sich im letzten Jahr um einen Platz an der AU beworben hatte. Man hatte sie nicht angenommen, doch ein anderes College kam für sie nicht in Frage, da ihre Mom ihre Unterstützung braucht.

»Ich wollte Journalistin werden«, erklärte sie, und leiser Wehmut schlich sich in ihre Stimme. »Um die Welt reisen und darüber berichten. Die Arbeit im Café macht mir Spaß. Wenn meine Mom tatsächlich ein Restaurant eröffnet, werde ich absolut begeistert sein und mich in der Küche austoben ohne Ende. Aber das ist eigentlich nicht das, was ich mir als Ziel gesetzt habe, weißt du?«

Ich genoss den Tag mit Vicky. Es tat so gut, mich mit ihr über Hunter und all die vielen anderen Dinge auszutauschen. Als sie vorschlug, gemeinsam etwas zu kochen, willigte ich gerne ein. Vicky konnte nicht nur hervorragend backen, sondern noch besser kochen. Sie läutete spontan einen mexikanischen Nachmittag ein und holte zwei Tüten Nachos aus dem Schrank, die sie überbacken wollte. Während ich Gemüse schnitt, rührte sie einen Chili-Dip an und scrollte nebenbei durch verschiedene Social-Media-Apps.

»Fuck!« Sie ließ den Löffel in den Dip fallen, rote Spritzer verteilten sich an der Wand und auf dem Herd.

»Was ist?« Erschrocken blickte ich sie an. Ihr Gesichtsausdruck gefiel mir nicht.

Sie kaute auf ihrer Unterlippe und hatte besorgt die Brauen zusammengezogen. »Willst du es kurz und schmerzlos oder mit Zuckerguss?«

Irritiert hob ich die Schultern und sah auf Vickys Handy in der Glitzerhülle, das sie an ihre Brust drückte. Eine böse Vorahnung stieg in mir auf.

»Zeig schon.« Mein Puls raste plötzlich, und mir brach der Schweiß aus. Ich streckte die Hand nach dem Handy aus.

Sie reichte es mir und zeigte mir die Facebook-Seite, die sie geöffnet hatte: *Bar Harbors Daily Life*. Eine Seite, auf der jeder die

Möglichkeit hatte, Aktuelles aus dem Ort zu posten, Veranstaltungen zu teilen, Dinge zu verkaufen oder neue Kontakte zu knüpfen. Bei meinen Recherchen zu Hunter war ich bereits darauf gestoßen. Die meisten Beiträge waren uninteressant, aber das heute vorherrschende Thema ließ mir das Blut in den Adern gefrieren.

In den letzten Stunden hatten verschiedene Leute zahlreiche Bilder gepostet. Sie zeigten Hunter. Und mich. Das erste Bild, das ich sah, war in der letzten Nacht entstanden. Ich lag blass auf der Sonnenliege, und Hunter saß neben mir. Auf einem weiteren Foto hielt er mich in den Armen, nachdem ich mich übergeben hatte.

Noch unangenehmer, als die Tatsache, dass jemand uns einfach fotografiert und die Bilder veröffentlicht hatte, waren jedoch die Kommentare darunter.

Scheint so, als hätte Bray ein neues Opfer.

Weiß sie nicht Bescheid?

Jemand muss sie warnen.

Das allein hätte gereicht, um mich in Panik zu versetzen. Es war aber längst nicht alles. In den Kommentaren erschienen weitere Bilder. Hunter und ich auf dem Campus. Er hielt mich am Arm, und ich sah überrascht zu ihm auf. Ich erinnerte mich gut an den Moment. Ich war gestolpert, kurz nachdem ich herausgefunden hatte, dass wir denselben Kurs besuchten. Das nächste Foto zeigte uns, wie wir zusammen die Bibliothek verließen. Es gab mehrere Bilder unserer ersten Begegnungen, aus verschiedenen Blickwinkeln aufgenommen.

Vielleicht gefällt es ihr ja.

Kennt sie jemand?

Bad Girl und Bad Boy?

Angewidert reichte ich Vicky das Handy zurück.

»Tut mir so leid.«

Ich wandte mich dem Gemüse zu. »Schon gut. Du kannst ja nichts dafür.«

Vicky sagte nichts. Ich spürte ihren Blick auf mir, während ich den Griff des Messers fester packte und das Gemüse in viele kleine Stücke zerhackte.

Wie wenig Anstand mussten Menschen besitzen, um jemanden heimlich zu fotografieren und diese Bilder ins Netz zu stellen? Ich verabscheute jeden, der nicht kapierte, dass Social Media kein Freifahrtschein war. Ich verstand dieses Handeln nicht. Diese Leute sonnten sich in der vermeintlichen Anonymität und urteilten über Situationen, von denen sie nie ein Teil gewesen sind. Sie dachten, dass sie sich ungefragt zu allem äußern durften, ohne die Konsequenzen zu bedenken.

In mir brodelten Wut und Enttäuschung. Doch all die Tiraden, die ich in Gedanken losließ, konnten mich nicht von meiner eigentlichen Sorge ablenken. Eigentlich war es mir total egal, was all diese Fremden über mich dachten. Sollten sie sich ruhig das Maul zerreißen und für den neuesten Klatsch sorgen. Das eigentliche Problem, welches mir einen Knoten im Magen verursachte und mir das Atmen erschwerte, war ein ganz anderes.

Jedes dieser Fotos zeigte mein Gesicht. Das Internet vergaß nie etwas, und jeder konnte die Bilder finden. Es war nur eine Frage der Zeit, bis Link darauf stieß.

30
Hunter

Ich rannte über die Dächer, als hinge mein Leben davon ab. Der Abgrund flog unter mir vorbei, und ich landete mit einem harten Aufprall auf dem tiefer liegenden Gebäude. Ein scharfer Schmerz schoss mir die Wirbelsäule hinauf.

Ich sollte für heute aufgeben. Anders als viele dachten, waren Parcoursläufer nicht leichtsinnig. Im Vordergrund standen kontrollierte, trainierte Bewegungen. Damit man sich keine Verletzungen zuzog, musste jede Regung, jede Muskelanspannung perfekt sitzen. An Tagen wie heute neigte ich dazu, all das zu ignorieren. Deshalb brach ich das Training ab, bevor ich es nicht mehr konnte.

Ich kletterte am Regenrohr nach unten, ließ das Industriegelände hinter mir und rannte in den Wald, bis mich das schmerzhafte Stechen in meinen Seiten in die Knie zwang.

Ich hätte Andy warnen sollen. Zwei Tage waren seit der Party vergangen, und ich hatte das Gefühl, dass wir uns rückwärts bewegten. Andy sah mich nicht an. Sie reagierte nicht auf meine Nachrichten und setzte sich im Hörsaal so weit weg von mir wie möglich. Ich musste nicht nach dem Grund fragen, denn ich hatte jeden beschissenen Kommentar unter den Fotos gelesen. An ihrer Stelle würde ich mich auch von mir fernhalten.

Es war nur eine Frage der Zeit gewesen. Ich hatte gewusst, wie gerne sich die Leute in Bar Harbor auf jeden möglichen Skandal stürzten. Schon früher waren Fotos von mir veröffentlicht worden, die mein vermeintlich schlechtes Image untermauerten.

Ich ließ mich nach hinten fallen und saß schwer atmend auf dem Waldboden. Trockene Nadeln stachen mir in den Oberschenkel. Ich legte den Kopf auf meine verschränkten Arme und versuchte, zu Atem zu kommen.

Natürlich hatte auch meine Mutter die Bilder gesehen. Wahrscheinlich hatte sie irgendeinen geheimen Alarm aktiviert, der sie sofort informierte, wenn ich etwas tat, was ihr Schwierigkeiten machen konnte. Sie hatte mir einen ihrer Standardvorträge über Image und Selbstbeherrschung gehalten. Es hatte nichts genutzt, ihr zu erklären, dass ich Andy nur geholfen hatte, weil es ihr nicht gut gegangen war. Dass sie die gleichen Kurse besuchte wie ich. Mehr nicht.

Traurigerweise verstand ich die Bedenken meiner Mom. Denn die Kommentare unter den Bildern erzählten eine andere Geschichte. Alle waren sich einig, dass ich Andy abgefüllt und halb bewusstlos mit zu mir genommen hatte. Doch sollte meine eigene Mutter es nicht besser wissen?

Stattdessen setzte sie den Privatdetektiv, der Maia finden sollte, jetzt auch noch auf Andy an. »Ein kleiner Sicherheitscheck«, hatte Mom erklärt. »Wenn sie sich als anständig erweist, kannst du sie gerne treffen. Aber so, wie es sich gehört. Nicht auf irgendwelchen Partys!«

Ich stand auf und klopfte mir den Dreck von der Hose. Mittlerweile war später Abend. Ich hatte die letzten Nächte wieder mal kaum geschlafen und sehnte mich nach ein paar ruhigen Stunden.

Es krachte, und ich sah erschrocken zum Himmel. Dicke, regenschwere Wolken hatten sich angeschlichen, während ich meinen Gedanken nachgehangen war. Ein Blitz zuckte über den Himmel, und kurz darauf prasselten die ersten Regentropfen auf mich herab. Ich lief los und beschloss, die Abkürzung über den Campingplatz zu nehmen. Ich bog nach rechts auf einen kleinen Trampelpfad ab, der schon nach kurzer Zeit auf das hintere Ende des Platzes mündete. Es war schon eine Weile her, seit ich zuletzt hier langgegangen war, denn ich wusste, dass die Platzbesitzerin es nicht gerne sah, wenn Jogger oder Wanderer ihren Campingplatz als Abkürzung nutzten. Aber sicherlich hatte sie aufgrund des

Wetterumschwungs Verständnis für mich.

Eine Gänsehaut breitete sich auf meinen Armen aus, als die kalten Tropfen auf meiner Haut zerplatzten. Meine Schritte wurden langsamer, obwohl der Regen mittlerweile so stark zugenommen hatte, dass meine Schuhe mit schmatzendem Geräusch im Schlamm landeten.

Es dauerte nicht lange, bis der erste Wohnwagen vor mir auftauchte. Das letzte Mal, als ich hier vorbeigekommen war, hatte er wie ein Haufen Metallschrott ausgesehen. Scheinbar hatte jemand sich ihm angenommen und ihn gesäubert, denn jetzt glänzte er, die Fenster waren sauber, der Rasen davor frisch gemäht und der Stellplatz mit mehreren Stöcken und Schnur abgesteckt, als plante jemand, einen Zaun zu errichten.

Zwischen zwei Bäumen war eine rote Wäscheleine gespannt, an der noch wenige Kleidungsstücke hingen und sich mit Wasser vollsogen. Ich zögerte einen Moment, dann lief ich über die Wiese, sprang über den improvisierten Zaun und riss die Wäsche von der Leine. Aus dem Wohnwagen drang kein Licht, aber vielleicht fand ich einen etwas geschützteren Ort für die Wäsche, bevor sie vollkommen ruiniert war.

»Was tust du da?«

Ich schloss die Augen. Weil es einfach nicht sein konnte, dass ausgerechnet Andy mich erwischte, wie ich ihre Wäsche – verdammt, sogar ihre Unterwäsche – in meinen Armen sammelte. Aber ich wusste, dass sie es war, noch bevor ich mich umwandte. Ihre warme, melodische Stimme war unverwechselbar.

Irritiert starrte sie mich an. Sie trug nur ein schwarzes Top und Shorts, viel zu wenig für diesen kühlen Abend.

»Tut mir leid, ich hab nur gesehen, dass die Wäsche nass wird«, erklärte ich eilig. Ich trat näher an Andy heran und kam mir mit einem Mal ziemlich bescheuert vor. Verlegen streckte ich ihr die Wäsche entgegen und bemerkte dabei zwei Dinge. Zum einen, dass ausgerechnet ein schwarzer Spitzenslip ganz oben auf dem Stapel lag. Ordentlich auseinandergefaltet, als hätte ich ihn ab-

sichtlich nach ganz oben gelegt. Zum anderen, dass Andy keinen
BH trug. Ihre Brustwarzen drückten sich angesichts der nassen
Kälte durch den dünnen Stoff. Es war nur eine Sekunde. Eine
Sekunde, in der ich nicht wegsehen konnte. Aber ich war mir
ziemlich sicher, dass Andy meinen Blick bemerkte.

Mit einer schnellen Bewegung nahm sie mir ihre Sachen aus
den Händen und presste sie an ihre Brust.

Um mich abzulenken, ließ ich meine Augen über den Wohnwagen wandern. »Du wohnst also immer noch auf dem Campingplatz?«

Andy runzelte die Stirn. Ihre Augen huschten umher, als würde
sie über etwas nachdenken, bevor sie sagte: »Nicht mehr lange.
Ich hab ein WG-Zimmer gefunden. Muss nur noch zusagen.«

»Das freut mich für dich.« Ich lächelte. Es fühlte sich falsch an.
Die ganze Situation kam mir total verkrampft vor.

»Hast du die Fotos gesehen?« Ihre Stimme klang dünn. Unsicher.

Ich war den virtuellen Shitstorm gewöhnt, aber mir war klar,
dass es Andy damit sicher anders ging. »Vergiss die Fotos. In ein
paar Tagen haben sie ein anderes Thema gefunden, über das sie
sich das Maul zerreißen können.«

Andy wirkte nicht überzeugt. Sie schnaubte ungläubig, dann
wandte sie sich zum Gehen. »Also … du solltest nach Hause, bevor du dich erkältest.«

Da entdeckte ich die Narbe. Meine Hand griff nach ihrem
Arm, bevor ich mich eines Besseren besinnen konnte. Es war ein
Reflex, eine Art Beschützerinstinkt angesichts des dicken, geröteten Gewebes. Es wirkte, als hätte sie einst eine Wunde gehabt, die
nicht anständig hatte heilen können.

Ein Blitz zuckte über den Himmel und erhellte Andys er-
schrockenen Blick. Aber alles, was ich sah, waren die Spuren alter
Verletzungen. Viele feine weiße Linien und Kreise, die sich über
Andys Oberarm zogen wie ein missglücktes Tattoo.

Sie verkrampfte, und ich wusste, ich hatte einen Fehler gemacht. Hastig ließ ich ihren Arm los und löste meinen Blick von

der Narbe.

Sie drückte ihre Kleidung fester an sich. Regen tropfte von ihren bunten Haaren. »Wir sehen uns.«

Mit diesen Worten ließ sie mich stehen. Ich starrte ihr noch eine ganze Weile nach, lange, nachdem sie im Wohnwagen verschwunden war. Erst, als es über mir erneut krachte und Blitze über den Himmel zuckten, kam ich zur Besinnung.

Das Bild von Andys Narben und ihrem erschrockenen Gesichtsausdruck verfolgte mich bis nach Hause.

31

Andy

Unerwartete Vorfreude packte mich, als ich meine neue Reise-tasche auf den Rücksitz warf. »Und es ist echt okay, dass du das Auto für das Wochenende behältst?«

Dustin nickte. »Sicher. Shawn ist bei seinen Eltern, er hat den Zug genommen.«

Ich schnallte mich an und lächelte. »Das ist echt nett von ihm.«

Dustin ließ den Motor an und fuhr los. Ich war froh, dass er auch am Kreativwochenende teilnahm und ich jemanden bei mir hatte, den ich kannte. Natürlich war da noch Hunter, allerdings wusste ich im Moment nicht, wie ich ihm gegenübertreten sollte. Die letzten Tage war ich ihm aus dem Weg gegangen, so schwer es mir auch gefallen war. Ich konnte nicht riskieren, auf weiteren Fotos zu landen, die anschließend online zu sehen waren. Das war sicher auch in seinem Sinne.

Ich hielt mich von ihm fern, und es schmerzte. Woher sollte er wissen, dass es nichts mit ihm zu tun hatte, wenn ich ihm den wahren Grund nicht verraten konnte?

Nachdem ich am Sonntagmorgen heimlich gegangen war, dachte er vermutlich sowieso schon, dass mir die Momente zwischen uns nichts bedeutet hätten. Die Wahrheit war, dass ich schlicht und ergreifend überfordert gewesen war. Wie verhielt man sich, nachdem man bei einem Mann übernachtet hatte? Wenn man mit ihm im Bett geschlafen hatte, ohne dass etwas passiert war, ob-wohl die Spannung geradezu greifbar gewesen war?

Mit all diesen Gedanken im Kopf war ich aufgewacht und hat-te vor mich hin gestarrt, bis ich das Foto bemerkte. Das Foto von einem jungen, dunkelhaarigen Mädchen, das unter einer kraftvollen Eiche saß, einen großen Lebensbaumanhänger um ihren Hals trug und in die Kamera grinste. Ich musste nicht fragen, ich wusste auch so, dass es Maia war.

Dann war da noch die unerwartete Begegnung mit Hunter auf dem Campingplatz gewesen, die mich nicht mehr ruhig schlafen ließ. Die Lüge über das WG-Zimmer hatte er mir abgenommen, jedoch wusste ich nicht, wie lange ich ihm etwas vormachen konnte. Außerdem hatte er die Narben gesehen. Früher oder später würde er mich danach fragen. Keine Ahnung, wie ich sie erklären sollte.

Unbewusst glitt meine Hand den rechten Oberarm hinauf, bis ich den Knoten spürte. Die Wunde hatte Monate zum Heilen gebraucht. Link hatte sich einen Spaß daraus gemacht, sie immer wieder als Zielscheibe für seine Schläge zu nutzen. Ursprünglich war es nur eine kleine, furchtbar schmerzhafte Brandwunde gewesen, von einer Zigarre, die er an mir ausgedrückt hatte. Mit jedem seiner Schläge riss die Wunde in den folgenden Wochen wieder auf, wurde größer und größer, bis ich ernsthaft Angst bekam, dass sie niemals verheilen würde. Letztendlich wurde Link das Spiel langweilig, und die Wunde schloss sich. Jedoch nicht, ohne ein deutlich sichtbares Andenken zu hinterlassen.

Ratlos ließ ich den Kopf gegen die Lehne sinken. Dustin lenkte den Wagen schweigend durch die Stadt. Er schaltete das Radio ein und wechselte mit einer Taste am Lenkrad ziellos die Sender.

Ich wusste, was ihn beschäftigte. Bestimmt hatte er die Fotos gesehen. Den Blicken nach zu urteilen, die mir in den letzten Tagen begegnet waren, hatte jeder in Bar Harbor sie gesehen. Da Hunter ebenfalls an dem Wochenende im Acadia Nationalpark teilnahm, war es nur eine Frage von Stunden, bis Dustin das Thema ansprechen würde. Ich war mir jedoch ziemlich sicher, dass er seine vorgefertigte Meinung über Hunter nicht so schnell ablegen konnte. Aus diesem Grund hatte ich mich ihm noch nicht anvertraut.

Bei dem Gedanken daran, Hunter das ganze Wochenende in meiner unmittelbaren Nähe zu haben, kribbelte die Nervosität in mir. Ich hatte bis heute erfolgreich verdrängt, dass wir noch unsere Seminararbeit abschließen mussten. An gemeinsamer Zeit mit Hunter würde kein Weg vorbeiführen, und nach den Ereignissen der letzten Tage wusste ich absolut nicht, wie ich damit umgehen sollte. Ich wusste nur, dass ich unseren Tanz genossen hatte. Die Nähe zu ihm. Aber jetzt …

Dustin hielt an einer Ampel, kurz vor dem Ende der Hauptstraße. Ich ließ den Blick schweifen und versuchte, mich zu entspannen. Ich genoss den Gedanken, mich drei Tage lang hauptsächlich dem Schreiben zu widmen. Mich abzulenken und meine Zeit in der Welt meines Fantasyromans zu verbringen. Außerdem hatte ich mir den Nationalpark online angesehen und war überwältigt von der rohen Natur, die uns dort erwartete.

»Der sucht wohl jemanden.«

»Mh?« Ich fuhr aus meinen Gedanken hoch.

Dustin deutete auf die andere Straßenseite. Dort stand ein Mann und sprach Passanten an. Er hielt etwas in der Hand, vermutlich ein Foto. Seine Arme waren tätowiert, die Hälfte seines Gesichts verschwand unter einem Vollbart.

Mir wurde eiskalt. Mein Herz setzte für einen Schlag aus, und mein Körper wurde taub.

Die Ampel sprang auf Grün. Der Wagen setzte sich in Bewegung. Ich ließ den Mann nicht aus den Augen, vielleicht irrte ich mich ja. Er wandte sich um, und ich duckte mich, bis wir ihn hinter uns ließen. Nein, es gab keinen Zweifel.

Pass auf, was du tust, Süße.

Der Mann war Links Kollege. Drake.

Die weitere Fahrt zog zunächst wie dichter Nebel an mir vorbei. Ich nahm nichts wahr außer das Hämmern meines eigenen Herzens und den Strom aus Gedanken und Erinnerungen, die sich nicht zurückdrängen ließen. Falls Dustin etwas sagte oder fragte, bemerkte ich es nicht.

Irgendwann, als wir die Stadt längst hinter uns gelassen hatten, lichtete sich das Durcheinander in meinem Kopf. Mit der Stadt verschwand auch Drake und mit ihm die unmittelbare Gefahr. Es war nicht schwer, zu erraten, was er in Bar Harbor tat oder wessen Foto er herumzeigte. Die Frage war nur, ob es ein altes Foto war oder ob er oder Link die Fotos von mir und Hunter online gefunden hatten. Bei dem Gedanken wurde mir so schlecht, dass ich Dustin beinahe gebeten hätte, rechts ranzufahren. Stattdessen zwang ich mich, tief durchzuatmen, und versuchte, mich zu beruhigen.

Ich zog mein Handy aus der Tasche meines neuen Regenmantels, den ich neben ein paar anderen Sachen gestern mit Vicky gekauft hatte, um für den Herbst gewappnet zu sein. Die Einkäufe hatten ein Loch in meine Ersparnisse gerissen, dennoch fühlte ich mich jetzt deutlich wohler im Angesicht der sinkenden Temperaturen.

Ich entsperrte das Display und überlegte, ob ich Brian eine Nachricht schicken sollte. Ich hatte schon eine ganze Weile nichts mehr von ihm gehört, doch wertete das als gutes Zeichen. Bei drohenden Schwierigkeiten hätte er mich sicher gewarnt. Ich schloss daraus auch, dass es Mom einigermaßen gut ging und sie keine neuen Verletzungen durch Link davongetragen hatte. Sogar Link war die letzte Zeit still gewesen und hatte mir keine neuen E-Mails geschickt.

Ich seufzte lautlos und schloss meinen Chat mit Brian. Ich würde ihm nicht schreiben. Ich wollte ihn nicht unnötig in Panik versetzen, außerdem konnte ich mir nie vollständig sicher sein, dass Link die Nachrichten nicht abfing.

Dustin steuerte den Wagen auf eine schmalere Landstraße. In der Ferne konnte ich bereits die kleinen Hügel und die dichter bewachsenen Berge sehen, die zum Nationalpark gehörten. Ein bunter Flickenteppich, der sich vom wolkenverhangenen Himmel abhob. Für einige Sekunden erlaubte ich mir, die näher kommenden Berge und die uns umgebenden Maisfelder zu betrachten, bis ich mir eingestand, dass ich damit nur das Unausweichliche hinauszögerte. Ich musste mir die Fotos auf Facebook noch mal ansehen, denn ich konnte mich nicht genau erinnern, wie gut ich darauf zu sehen war. Zwar hatte ich das Gefühl, dass mich jeder erkennen konnte, aber das lag vermutlich an meiner auffälligen Haarfarbe. Drake und Link wussten jedoch nicht, dass ich mir die Haare gefärbt hatte. Mit etwas Glück kannten sie die Fotos nicht oder maßen ihnen keine Bedeutung zu, weil sie nach dunklem, langen Haar Ausschau hielten.

Ich scrollte mich durch die Posts und ignorierte dabei die gehässigen Kommentare. Tatsächlich war mein Gesicht auf den meisten Bildern nicht zu erkennen. Entweder war die Aufnahme zu dunkel, oder meine Züge waren aufgrund der Entfernung verschwommen. Oft verdeckte mich Hunters Körper, oder ich sah einfach nicht in Richtung Kamera. Ich sah immer nur zu Hunter.

Mein Puls beschleunigte sich etwas, und ich versuchte, nicht darüber nachzudenken, was es bedeutete, dass ich so blind für alles andere wirkte.

»Du hast es also gesehen.«

Es war das erste Mal, seit wir Bar Harbor hinter uns gelassen hatten, dass Dustin mich ansprach.

»Ja«, erwiderte ich leise und steckte mein Handy in die Tasche.

Dustin hatte seine Aufmerksamkeit zurück auf die Straße gerichtet und seine Lippen aufeinandergepresst. Er seufzte, doch sprach nicht weiter.

»Jetzt sag schon«, forderte ich ihn auf.

Er warf mir einen kurzen Blick zu. »Was?«

Ich verdrehte die Augen. »Es ist mehr als offensichtlich, dass du etwas zu dieser Sache zu sagen hast. Also spuck's schon aus, bevor du noch dran erstickst und ich das Zelt allein aufbauen muss.«

Er blieb weiterhin still, und ich zählte die Sekunden. Drei … zwei …

»Ich versteh nur nicht, was du an ihm findest«, platzte es aus ihm heraus. »Hast du nicht gehört, welche Scheiße er gebaut hat? Er ist gewalttätig, ein Lügner und vermutlich auch ein Junkie, wenn man bedenkt, auf was für Partys er sich herumtreibt. Und

was machst du? Lässt Vicky und mich sitzen, damit er dich ab-
schleppen kann. Ich hätte nicht gedacht, dass du so leicht -«
»Vorsicht«, unterbrach ich ihn scharf.

Dustin schluckte und beendete den Satz nicht. Das musste er
auch nicht, denn ich wusste, was er dachte. Es schmerzte mich
mehr, als ich erwartet hatte.

Die nächsten Minuten schwiegen wir. Dustin schien zu
spüren, dass er zu weit gegangen war. Er musterte mich. Hin
und wieder holte er Luft, als wollte er etwas loswerden, blieb
aber stumm. Ich versuchte, meine Wut abzuschütteln, bevor ich
etwas sagte. Ich wollte mich nicht mit ihm streiten. Er war der
Erste, den ich hier kennengelernt hatte. Der erste Freund, den ich
gefunden hatte. Ohne ihn säße ich wahrscheinlich immer noch
an meinem Laptop bei dem vergeblichen Versuch, mir gefälschte
Papiere zu besorgen. Ich wollte die Situation klären, damit wir
zusammen das Wochenende genießen konnten. Aber ich wusste
nicht, wie.

Kurze Zeit später tauchten wir in den Wald ein. Hohe, dunkle
Kiefern säumten die Straße, so weit das Auge reichte. Schummeri-
ges Licht hüllte uns ein.

Schon nach wenigen Sekunden jedoch gaben die Kiefern uns
frei, und wir erreichten einen großen Parkplatz aus festgetretener
Erde, umgeben von bunt betupften Laubbäumen. Ein Schild
verkündete in großen, hölzernen Lettern *Willkommen im Acadia
Nationalpark*.

Ich zog die Wegbeschreibung zum Treffpunkt aus der Tasche,
die wir vor ein paar Tagen erhalten hatten. Wir sollten zunächst
ein kleines Stück durch den Wald laufen, bis zu einem großen
Platz, an dem man uns unseren Zeltplatz zuweisen würde.

Dustin schaltete den Motor ab. »Wieso traust du ihm?«, wollte
er wissen, als ich meinen Sicherheitsgurt löste.

»Wieso du nicht? Wegen der Gerüchte?« Ich sank wieder in
meinen Sitz. »Hätte nicht gedacht, dass ausgerechnet du Vorurteile hast.«

Das saß. Ich konnte es an seinem Blick sehen. Dustin schluckte und schüttelte den Kopf. »Das sind keine Vorurteile. Es ist nur -«

»Was?« Frustriert warf ich die Arme in die Luft. »Ich hab es echt so satt, dass alle nur das sehen, was sie sehen wollen. Das, worüber man sich am besten das Maul zerreißen kann. Hauptsache ein Skandal. Aber niemand macht sich die Mühe zu fragen, was wirklich passiert ist.«

Dustin Augen weiteten sich. Meine Stimme war immer lauter geworden. Mit einem Mal brannten mir Tränen in den Augen. Hier ging es nicht mehr nur um Hunter, begriff ich. All die Jahre hatte ich mit ertragen müssen, wie meine Mitmenschen wegsahen. Wie sie hinter meinem Rücken über mich redeten. Wegen der langen Ärmel, die ich selbst an den heißesten Sommertagen trug. Weil ich nicht mit auf Klassenfahrt kam, mir die Schulbücher scheinbar nicht leisten konnte, und wegen der Schwierigkeiten, in die ich geriet. Niemand, nicht einer, hatte sich die Mühe gemacht, hinter die Fassade zu blicken. Niemand hatte sehen wollen, was wirklich mit mir geschah.

Ich stieg aus dem Wagen und ging zur Ladefläche. Mit einer groben Bewegung zog ich die Reisetasche samt draufgebundener Isomatte und den Schlafsack runter. Alles hatte ich mir von Vicky geliehen. Die Sachen landete dumpf im Staub. Kurz darauf folgte das Zelt, das ich mir eigentlich mit Dustin teilen wollte, da ich kein eigenes besaß. Jetzt erschien mir das nicht mehr so verlockend.

»Es tut mir leid, okay?« Dustin kam um den Wagen herum und lud seine Tasche aus.

Ich schulterte meinen Rucksack und erwiderte kühl seinen entschuldigenden Blick.

Er schob sich die Brille ein Stück die Nase hoch und rieb sich den Nacken. »Es ist nur so, dass ich bei Hunter ein wirklich ungutes Gefühl habe. Ich will dich nicht bevormunden oder so, ich mache mir nur Sorgen.«

»Brauchst du nicht.« Ich griff meine Tasche und wandte mich dem schmalen Trampelpfad zu, der tiefer in den Park führte.

»Ich kann sehr gut allein auf mich aufpassen. Davon abgesehen, auch wenn es dich nichts angeht, zwischen Hunter und mir läuft nichts. Wir sind uns ein paarmal zufällig begegnet und müssen zusammen eine Seminararbeit schreiben. Das ist alles.«

Die Halbwahrheit in diesen Sätzen verursachte ein unruhiges Kribbeln in meinen Gliedern.

Dustin folgte mir, das Zelt auf einer Schulter balancierend, die Tasche in der anderen Hand. »Und was war das auf der Party?«

»Mir ging es an dem Abend nicht gut, weil mir ein gewisser Jemand so einen bescheuerten Drink gemischt hat. Hunter hat es gemerkt und mir geholfen.« Ich warf Dustin einen langen Blick zu.

Er verzog das Gesicht. »Also wenn du glaubst, dass ich ihn jetzt für einen Heiligen halte, muss ich dich enttäuschen. Eine gute Tat reicht da nicht aus.«

Wir stiegen über den Stamm einer Eiche, der quer über den Weg gestürzt war.

»Ich will nur, dass du deine Vorurteile ablegst und aufhörst, so ein Riesending daraus zu machen, dass ich Hunter nicht meide, so wie alle anderen.«

Dustin öffnete den Mund zu einer Erwiderung.

Ich schnitt ihm das Wort ab. »Und wenn du noch einmal behauptest, dass ich leicht zu haben bin, wird man deinen zerfetzten Körper in einer der Schluchten hier finden.«

Dustin blinzelte mich sprachlos an. »Wow«, sagte er dann belustigt. »Ehrlich gesagt, weiß ich gerade nicht, ob ich mich vor dir fürchten soll oder dich jetzt noch mehr mag.«

Zufrieden verzogen meine Lippen sich zu einem Lächeln.

Den restlichen Weg legten wir schweigend zurück, aber die unangenehme Spannung zwischen uns hatte sich verzogen. Vorerst. Ich hatte das Gefühl, dass Dustin noch nicht alles ausgesprochen hatte, was ihn in Bezug auf Hunter beschäftigte.

Nach einiger Zeit erreichten wir einen großen Platz, auf dem sich schon unzählige AUler tummelten. Der Ort war natürlich gehalten, es waren nur die nötigsten Eingriffe vorgenommen

worden, um die Voraussetzungen für einen friedlichen Camping-
urlaub in den Wäldern des Acadia Nationalparks zu ermöglichen.
Eine Umrandung aus verschieden großen Steinen umgab den
Platz. Sicherlich hatte man einst viele Bäume gefällt, um ihn
zu errichten, doch nur an wenigen Stellen waren noch die alten
Baumstümpfe zu sehen. Bänke und Tische aus Holz standen
überall verteilt, eine große Karte des Geländes war direkt neben
einem Blockhäuschen mit der Aufschrift *Anmeldung und Information* aufgestellt.

Dustin deutete auf das kleine, mit Ranken bewachsene Häuschen. »Ich glaube, da müssen wir hin.«

Mittlerweile kehrte meine Aufregung zurück. Das Wochenende würde ganz wunderbar werden, das spürte ich einfach. Vor
allem, weil ich nie auf Klassenfahrt gewesen war und dieser Kurz-
trip dem recht nahekam.

Der ältere Herr an der Anmeldung wies Dustin und mir einen
Platz im westlichen Bereich der Campingarea zu und reichte
uns auf Nachfrage eine Karte des Geländes sowie eine weitere
des gesamten Acadia Parks. Mithilfe der Karte und den Kenn-
zeichnungen an Bäumen und Felsen fanden wir schnell unseren
Platz inmitten einer Ansammlung Eichen, deren Rinde einen tief
braunroten Farbton aufwies. Nicht weit von hier schien es einen
Bach zu geben, ich konnte das Wasser plätschern hören. Die Sonne durchbrach die Wolkendecke und malte kleine Tupfer auf den
von Laub bedeckten Boden.

»Herrlich.« Ein Lächeln schlich sich auf meine Lippen.

Dustin ließ seine Taschen fallen und verteilte wenig später die
Bestandteile des Zeltes auf der Erde. »Also, ehrlich gesagt, bin ich
kein Campingfan. Wo kann ich denn überhaupt meinen Laptop
laden?«

Ich lachte. »Das Wichtigste ist, dass du das Zelt aufbauen
kannst, sonst haben wir beide ein Problem.«

»Irgendwo muss eine Anleitung sein ...« Er steckte seinen ganzen Arm in die Tasche, wühlte darin herum, doch die Anleitung

blieb verschollen.

Dennoch schafften Dustin und ich es, das Zelt aufzubauen. Ein kleines, rotes Iglu, das bequem Platz für uns zwei bot. Wir verstauten unsere Sachen darin und rollten Isomatten und Schlafsäcke aus.

In der Zwischenzeit hatten einige andere Studierende ihre Zelte in der Nähe aufgeschlagen. Am liebsten hätte ich unseres noch ein Stück weiter zwischen die Bäume gezogen. Ich durfte das Risiko nicht eingehen, dass eine ganze Gruppe möglicherweise vollkommen fremder Menschen Zeuge meiner wiederkehrenden Alpträume wurde. Ich war zwar auch nicht scharf darauf, dass Dustin davon etwas mitbekam, aber damit konnte ich notfalls umgehen. Ich vertraute ihm.

Jedes Mal, wenn ich Schritte auf dem Trampelpfad vernahm, der an unserem Zelt vorbeiführte, blickte ich auf. Nach einiger Zeit wurde mir bewusst, dass ich darauf wartete, Hunter zu sehen. Es gab genug Gründe, wegen derer ich damit aufhören sollte. Aber meine Gefühle führten scheinbar ein Eigenleben, und Hunter ging mir einfach nicht aus dem Kopf. Auch wenn ich es zu leugnen versuchte, sehnte ich mich danach, Zeit mit ihm zu verbringen. Ich wollte in seiner Nähe sein. Sein verschmitztes Lächeln sehen. Ihm zeigen, dass ich nicht wie die anderen war, die sich von all den Gerüchten und Vorurteilen abschrecken ließen. Gleichzeitig wollte ich herausfinden, wie viel Wahrheit hinter ihnen steckte und ob ich ihm irgendwie helfen konnte.

Verwirrt ließ ich mich auf die kühle Erde vor dem Zelt sinken. Diese Gefühle waren neu für mich, und das behagte mir nicht. Mich nach jemandem zu sehnen, die Nähe von jemandem zu vermissen, seine Stimme hören zu wollen. So war ich nicht. War ich nie gewesen. Ich war die Einzelkämpferin, die allein stark war und jedem aus dem Weg ging. Mit einem Mal kam ich mir furchtbar schwach vor. Wie hatte Hunter das geschafft?

»Ich treffe mich jetzt mit ein paar anderen, um ein paar Skizzen anzufertigen«, riss Dustin mich aus meinen Gedanken.

»Magst du mitkommen?«

Ich schüttelte den Kopf und lächelte dankbar. »Nein, schon gut. Ich möchte mir ein bisschen das Gelände ansehen.«

»Dann bis später. Sehen wir uns beim Eröffnungsessen heute Abend?« Dustin warf sich seinen Rucksack über die Schulter und ging.

»Sicher. Bis dann.«

Nachdenklich sah ich ihm nach. Unser Streit war zwar fürs Erste abgeklungen, dennoch spürte ich, dass uns die gewohnte Leichtigkeit fehlte.

Für einen Moment überlegte ich, ob ich Vicky anrufen und um Rat bitten sollte. Allerdings arbeitete sie gerade. So starrte ich nur einige Sekunden ratlos auf unseren Chatverlauf und bekam sofort wieder Herzrasen, als ich ihre letzte Nachricht las.

Du und Hunter allein im Wald? Wie romantisch! Tu alles, was ich auch tun würde ;)

Hastig steckte ich das Handy zurück in meine Tasche und versuchte, nicht darüber nachzudenken, was Vicky alles mit Hunter tun würde. Sicher hatte sie deutlich mehr Erfahrung in diesen Dingen. Deshalb hatte ich ihr nicht erklärt, dass ich überhaupt keine Ahnung hatte, was genau man alles in einem einsamen Wald tun könnte.

Die Nachmittagssonne brach weiter durch das dichte Laubdach und wärmte mein Gesicht. Ich brauchte dringend Bewegung, um das nervöse Kribbeln in meinen Gliedern loszuwerden, weshalb ich beschloss, das Gelände zu erkunden. Wir waren an einem wunderschönen Ort, und ich sollte verdammt sein, wenn ich die Zeit damit verbrachte, nur über Hunter nachzudenken, statt die Eindrücke des Waldes und die frische Luft zu genießen.

Ich befreite mich aus meinem Regenmantel, der mir mittlerweile viel zu warm geworden war, und zog mir stattdessen eine dünnere Stoffjacke über das gesteifte Top. Dann schnürte ich mir meine neuen Sneakers, deren Neonfarben vermutlich durch den ganzen Wald leuchteten, und räumte alles außer einer Wasserflasche, einer Packung Schokokekse und meinem Notizbuch aus meinem Rucksack, bevor ich ihn über meine Schulter warf und losging. Vorher sicherte ich den Reißverschluss des Zelteingangs mit dem kleinen Vorhängeschloss, so wie Dustin es mir gezeigt hatte. Sicher nicht der beste Schutz für unsere Sachen, aber besser als nichts.

Es dauerte ein paar Minuten, dann hatte ich eine kleine Route gefunden, die mich an den Rand einer Klippe führen würde. Von dort aus hatte ich hoffentlich eine gute Sicht auf den Ozean und die umliegenden Berge und Wälder.

Zuerst folgte ich dem Trampelpfad, über den wir hergekommen waren, und ließ dabei meine Mitstudierenden hinter mir. Die meisten von ihnen waren in kleinen Grüppchen unterwegs, lachten und quatschten. Eine Gruppe picknickte auf einer Wiese, eine andere war bereits in ihre Notizbücher vertieft. Zwei Mädchen hatten ihre Staffeleien zwischen den Bäumen aufgestellt und malten an Bildern in dunklen Farben mit verzerrten Formen.

Ein bunt zusammengewürfelter Topf verschiedener Menschen hatte sich an diesem Wochenende versammelt, und das war fantastisch. So viele unterschiedliche Persönlichkeiten, so viele Leben.

Manchmal machte ich mir einen Spaß daraus, mir Geschichten zu fremden Menschen auszudenken, die ich sah. Ein Ablenkungsmanöver, das ich als Kind entwickelt hatte, wenn meine Gedanken und Ängste zu groß wurden. Manchmal half es mir auch dabei, mich nicht so einsam zu fühlen, wenn ich in der Schule allein in der Cafeteria saß oder hinter meinem Rücken getuschelt wurde. Heute dachte ich mir keine Geschichten aus. Je weiter ich durch den Wald ging, desto entspannter und zufriedener wurde ich und genoss das Alleinsein. Ich ließ das Camp hinter mir, über mir eine Decke aus orangefarbenen und roten Farbklecksen, die verschwommen vorbeizogen. Die trockenen, zu Boden gefallenen Nadeln und Blätter dämpften jeden meiner Schritte. Der Weg führte mich an dem Bach entlang, den ich schon aus der Ferne gehört hatte. Sein gleichmäßiges Plätschern begleitete mich eine ganze Zeit lang, bevor ich um eine Biegung kam und der Wald sich lichtete. Die Sonne strahlte mit voller Kraft auf mich herab. Ich öffnete meine Jacke ein Stück weit. Die Ärmel rutschten hinab und gaben meine Schultern frei. Für einen Moment blieb ich stehen und genoss, wie die Wärme über meine Haut glitt. Ich atmete die reine, nach Laub duftende Luft tief ein. Die Natur hatte schon immer einen besonderen Effekt auf mich. Ruhe und Frieden erfüllten mich, die Welt und alle Ängste und negativen Gedanken wirkten mit einem Mal sehr fern.

Ich hatte die Klippe fast erreicht. Wenn ich mich konzentrierte, konnte ich schon das Rauschen der Wellen über das melodische Vogelgezwitscher hinweg hören.

Nach einigen Minuten ließ ich die letzten Bäume hinter mir und fand mich mitten auf einer von Löwenzahn übersäten Lichtung wieder, an deren Ende sich der Horizont ins Unendliche erstreckte. Weit unter mir brachen die Wellen tosend an der Felswand. Ich ließ meine Tasche fallen und trat näher an die Klippe. Vor mir funkelte der strahlend blaue Ozean im Sonnenlicht. Rechts und links breitete der Nationalpark seine Arme aus und fasste die See in eine nicht enden wollende Umarmung. Es war ein wunderschöner Anblick. Meine Fußspitzen verharrten kurz vor dem Abgrund. Ich stand einfach nur da, ließ den aufkommenden Wind meine Haare zerzausen und inhalierte die Meeresluft ein.

Das Geräusch eines Reißverschlusses ließ mich umfahren. Erst da entdeckte ich das Zelt, das jemand links von mir zwischen den ersten Bäumen aufgebaut hatte. Unsicher wich ich einen Schritt zurück. Ich hatte nicht gewusst, dass hier oben auch gecampt wurde. Eigentlich hatte ich erwartet, allein zu sein. Enttäuscht wollte ich den Rückzug antreten, bis ich sah, wer aus dem Zelt krabbelte. Mein Herz machte einen Sprung.

»Hunter.«

Sein Name entschlüpfte mir vollkommen unbewusst. Eine Sekunde zu spät biss ich mir auf die Zunge und hoffte, dass er mich nicht gehört hatte.

Natürlich hoffte ich vergebens.

So sah ich mich ihm gegenüber, früher als erwartet und doch nicht früh genug.

»Andy.« Er lächelte. »Hast du dich verlaufen, oder hast du nach mir gesucht?«

Mehr brauchte es nicht, damit ich mir eingestand, dass ich es nicht mehr konnte. Abstand wahren. Vielleicht wäre es besser, aber ich wollte nur auf ihn zugehen. Ihn berühren. Die nächsten Stunden seiner Stimme lauschen. Sein Lachen hören.

»Ich hab nur einen Spaziergang gemacht«, erwiderte ich über die Unruhe in meinem Herzen hinweg. »Ich wollte den Park überblicken. Den Ozean sehen.«

Hunter betrachte mich nachdenklich, seine Augen glitten über meine nackten Schultern und sein Lächeln schwand. Sicher dachte er an meine Narben. Ich widerstand dem Drang, die Jacke zuzumachen.

»Also wegen neulich …« Er kam näher und fuhr sich nachdenklich durchs Haar. Seine Muskeln spannten unter dem dunklen Shirt. »Es war reiner Zufall, dass ich auf dem Campingplatz gelandet bin. Ich habe eine Abkürzung genommen wegen des Regens. Als ich die Wäsche gesehen habe, wollte ich sie nur vor der Nässe schützen. Ich wusste nicht, dass es deine war. Ich wollte sicher nicht in deinen Sachen wühlen oder so. Auch wenn es sehr schöne Sachen waren.« Er zwinkerte vielsagend, und ich wurde rot.

Sofort sah ich es vor mir, wie Hunter im Regen mir gegenüber gestanden hatte, mit einem meiner schöneren Slips in den Händen. Mit dem Slip, den ich heute Morgen aus irgendeinem Grund angezogen hatte und den ich jetzt überdeutlich auf meiner Haut spürte.

»Schon gut«, erwiderte ich atemlos. »Das war nett von dir.«

Hunter wirkte erleichtert. Dann fragte er: »Du wohnst also

immer noch dort?«

Zögernd wich ich seinem Blick aus. Mittlerweile hätte ich mir echt selbst eine verpassen können wegen der Lügen, die ich erzählt hatte. »Ja, schon. Es gefällt mir dort.« Auf Hunters skeptischen Blick hin fügte ich hinzu: »Okay, ehrlich gesagt, ist es nicht so einfach.«

»Ich könnte dir helfen«, bot er sofort an. »Ein Bekannter von meiner Mom ist Immobilienmakler, sicher kann er das Richtige für dich finden.«

Ich ließ Hunter in dem Glauben, dass ich von der Wohnungssuche redete. Ich überlegte, wie ich sein Angebot höflich ausschlagen konnte, aber das war gar nicht nötig, denn er sprach schon weiter.

»Du gehst also spazieren? Darf ich dich begleiten?«

Ich schluckte. Fragte mich, ob das wirklich eine gute Idee war. Spürte das fremde Sehnen in mir, das laut Ja schrie und das ich in letzter Zeit so häufig wahrnahm. Ich holte tief Luft. »Gerne, ich würde mich freuen.«

32
Hunter

Andy rang mit sich. Ich konnte es deutlich sehen. Dennoch sagte sie Ja, und das war alles, was in diesem Moment zählte. Sie zeigte mir die Route, die sie sich ausgesucht hatte, auf ihrer Karte, und ich stellte fest, dass es viel mehr eine Wanderung als ein Spaziergang war.

»Willst du heute noch an etwas arbeiten?«, fragte ich, nachdem wir aufgebrochen waren. »Denn so wie ich das sehe, schaffen wir es nach dieser Strecke vielleicht nicht einmal pünktlich zur Silent Disco heute Abend.«

Andy verzog das Gesicht. »Das macht nichts. Im Moment bin ich nicht besonders scharf auf eine Party.«

Ich konnte es ihr nachfühlen. All die Menschen, die wahrscheinlich schon mit gezückten Smartphones darauf warteten, das nächste Foto von uns zu schießen. Das Getuschel.

Die Vorstellung, mich gemütlich in mein Zelt zu verkriechen, für das ich mir absichtlich den abgelegensten Platz hatte geben lassen, gefiel mir deutlich besser. Trotzdem sagte ich: »Na ja, die letzte Party endete eigentlich ganz schön, nicht wahr?«

Andy sah mich lange an, ihre Wangen röteten sich leicht. Ob sie wusste, wie deutlich ihr ihre Gefühle ins Gesicht geschrieben standen?

Eine Weile schwieg sie, und ich zählte das dumpfe Echo unserer Schritte. Als sie nach einigen Minuten immer noch nichts sagte, beschloss ich, ihr eine Frage zu stellen, die mich die letzten Tage umgetrieben hatte.

»Wieso bist du am Sonntagmorgen einfach gegangen?«

Sie packte den Griff ihrer Tasche fester. Ein ungutes Gefühl machte sich in mir breit, und ich fragte mich, ob sie gerade nach netten Worten suchte, um mir zu sagen, dass sie kein Interesse an mir hatte. Dass ich mir die Spannung und das Knistern zwischen uns nur eingebildet hatte.

»Ich war irgendwie überfordert, denke ich.« Sie spielte mit dem silbernen Ring an ihrer Unterlippe und sah unsicher zu mir auf.

»Überfordert?«

»Ja, ich weiß auch nicht. Ich hatte keine Ahnung, was ich tun soll. Irgendwie war es mir unangenehm. Die Sache auf der Party, und dann … Ich hab noch nie mit einem Mann in einem Bett gelegen. Oder getanzt. Oder sonst was.«

Damit hatte ich nicht gerechnet. Ich war so überrascht, dass ich nach ihrer Hand griff und sie zwang, stehen zu bleiben. Ihre Augen weiteten sich kurz erschrocken, bevor sie schluckte und mich musterte. Diese Reaktion hatte ich schon öfter bemerkt. Wie sie zusammenzuckte oder erschrak und sich innerhalb von Sekunden wieder unter Kontrolle hatte. Ich konnte mir nur keinen Reim darauf machen. Vielleicht war sie einfach schüchtern. Zu dem, was sie gerade erzählt hatte, würde es passen.

Es dauerte einen Moment, bis ich die richtigen Worte fand. Ich bemerkte kaum, wie ich nah an sie herantrat. »Vor mir braucht dir niemals etwas unangenehm sein.« Langsam hob ich meine freie Hand und spielte mit einer ihrer pinken Strähnen.

Andy erwiderte meinen Blick. Wie auf der Jacht glühten ihre Augen.

»Ich finde, du bist wunderschön.« Meine Stimme war nur ein Flüstern. Meine Hand glitt über ihre Wange. »Und klug. Und witzig. Davon abgesehen bist du wahnsinnig talentiert, und ich genieße es, mich mit dir zu unterhalten.«

Ich war ihr noch nähergekommen. Unsere Nasenspitzen berührten sich fast. Nur noch ein Wimpernschlag, und meine Lippen würden auf ihre treffen. Ich wollte es. So sehr. Jetzt.

»Hunter.« Andys Stimme klang gequält. Ich erstarrte. Plötzlich fühlte ich ihre Fingerspitzen auf meiner Brust. Vorsichtig verstärkte sie ihren Druck. »Bitte.«

Ich trat einen Schritt zurück und gab ihr Freiraum, wobei sich ein dumpfer Schmerz von der Stelle, an der sie mich gerade noch berührt hatte, bis in mein Herz ausbreitete. Weil es das Gegenteil von dem war, was ich wollte. Eigentlich hatte ich gedacht, dass es Andy genauso ging.

Ihre Augen huschten hektisch umher, ihre Finger nestelten am Reißverschluss ihrer braunen Stoffjacke. Mir ging auf, woran sie gerade dachte. Diese verdammten Fotos.

»Hier ist niemand«, sagte ich sanft. »Wir sind allein, niemand sieht uns.«

Andy verzog entschuldigend den Mund. »Es ist nicht … Es hat nichts mit dir zu tun. Aber diese Fotos …«

»Ich versteh das«, erwiderte ich, konnte die Enttäuschung jedoch nicht ganz aus meiner Stimme verbergen. »Heimlich fotografiert zu werden, ist schon unangenehm, aber dass diese Bilder dann auch noch ins Internet gestellt werden, ist absolut widerlich. Ich habe mir gedacht, dass du mir deshalb aus dem Weg gegangen bist. Ich werde schon so lange von diesen Geiern fotografiert und online beleidigt, dass ich mich daran gewöhnt habe. Diese Menschen kennen uns nicht, es ist egal, was sie über uns denken. Aber wenn du dich damit nicht wohlfühlst, kann ich das verstehen.«

Andy schnaubte. »Nichts könnte mir egaler sein als die Meinung dieser Idioten, glaub mir.«

Irritiert runzelte ich die Stirn. »Aber?«

Sie seufzte. Sie klang frustriert und verzweifelt. »Es gibt einfach Menschen, die diese Fotos nicht sehen dürfen. Menschen aus meiner Vergangenheit. Ich könnte Schwierigkeiten bekommen.«

»Was meinst du damit?«, hakte ich besorgt nach. »Was für Schwierigkeiten?«

Andy schüttelte den Kopf. Ihre Augen glänzten verdächtig. Leise antwortete sie: »Ich kann es dir nicht sagen.«

Es war frustrierend. Jedes Mal, wenn ich dachte, ich würde Andy ein Stück weit verstehen, sagte oder tat sie etwas, das diese Erkenntnis zunichtemachte. Andy war ein Buch mit sieben Siegeln.

»Du bist ganz schön schwer zu durchschauen, weißt du das?«
Ich bemühte mich um einen scherzhaften Ton, was mir aber nicht
ganz gelang.

Sie blickte mich an, und die Traurigkeit in ihren Augen verschlug mir den Atem. »Vielleicht. Aber vielleicht siehst du einfach
nicht richtig hin.«

Andys Worte blieben mir ein Rätsel. Sie ging nicht weiter
darauf ein, und ich beschloss, sie nicht zu drängen. Es gelang mir,
unser Gespräch in eine unverfänglichere Richtung zu lenken, und
nach ein paar Kilometern schien Andy sich deutlich wohler zu
fühlen. Sie fragte mich nach meiner Mom, und ich erzählte ihr
ein wenig von ihrer Arbeit. Die Probleme, die sie und ich seit langer Zeit hatten, ließ ich dabei außen vor. Andy erzählte mir von
neuen Ideen zu ihrem Roman, und nach einiger Zeit sprachen wir
über unsere Lieblingsbücher. Fantasy war eindeutig das Genre,
in dem sie sich am wohlsten fühlte. Trotzdem konnte sie mir aus
jedem Bereich ein Lieblingsbuch nennen, während mir überwiegend Krimis und Thriller einfielen.

Ich behielt recht, und wir erreichten den großen Platz, als das
Essen unter dem Motto *Kreative lernen sich kennen* bereits in vol-
lem Gange war. Jemand hatte Plastiktische am Rand aufgestellt,
auf denen sich verschiedene Gerichte und Knabbereien türmten.
In der Mitte prasselte ein kräftiges Lagerfeuer und vertrieb die ersten Ausläufer der abendlichen Dunkelheit. Einige Leute rösteten
Marshmallows und Würstchen am Feuer. Um die in den Wäldern
lebenden Tiere vor Lärm zu schützen, lief keine Musik. Wer welche hören, dazu tanzen und feiern wollte, musste später zur Silent
Disco gehen und sich ein paar Kopfhörer schnappen.

Ich wollte Andy gerade fragen, ob sie mich dorthin begleiten
wollte, als sie den Arm hob, um jemandem zu winken. Ich folgte
ihrem Blick und erkannte Dustin, der mit zwei anderen Jungs am
Feuer saß. »Sehen wir uns später?«, fragte ich daher. Vielleicht war
es besser, ihr etwas Freiraum zu geben.

Andy nickte. »Bis später.«

Bei ihrem Lächeln machte mein Herz einen Satz.

Ich blickte ihr nach, während sie auf die anderen zuging. Dustin sagte etwas, als sie ihn erreichte, und sie lachte. Wenn ich nicht gewusst hätte, dass er kein Interesse an ihr hatte, wäre ich ziemlich eifersüchtig gewesen.

Ach verdammt, ich war eifersüchtig. Eifersüchtig darauf, wie unbeschwert Dustin und Andy miteinander umgingen, während sie und ich ständig gegen unsichtbare Mauern stießen.

»Hey, Mann, alles klar?«

Ich drehte mich um und brauchte einen Moment, um mein Gegenüber zu erkennen. Es war einer von Logans Teamkameraden, den ich auf der *Sharks*-Party kennengelernt hatte. »Collin, hey. Wie geht's?«

Collin grinste. »Gut! Ist ganz cool hier, oder? Wohin bist du denn am Samstag auf einmal verschwunden? Du hast die beste Runde Bierpong verpasst. Und Logan ist die Treppe auf einem Schwimmreifen runtergerutscht.«

Ich ließ mich von Collin in ein Gespräch verwickeln, während ich mir Salat, Steaks und Muffins auf einen Teller lud. Es überraschte mich, dass Collin mich an einen Tisch in der Nähe des Feuers begleitete, bis mir bewusst wurde, dass er vielleicht niemanden kannte. Ich entdeckte keinen der *Sharks*, und soweit ich wusste, war der Sportleranteil in den kreativen Kursen eher gering.

Wir unterhielten uns über dieses und jenes, allerdings war ich nicht ganz bei der Sache. Es war unklug gewesen, an diesen Tisch zu kommen. Denn von hier aus hatte ich Andy, die auf einem gefällten Baumstamm saß, perfekt im Blick. Meine Augen wanderten immer wieder zu ihr, und zum ersten Mal seit langem schmerzte es mich wirklich, dass all diese Vorurteile, Gerüchte und Geschichten über mich und meine Familie in Umlauf waren. Ohne all das würde ich jetzt aufstehen und zu ihr hinübergehen. Mich neben sie setzen. Einen Arm um sie legen. Niemand würde uns fotografieren. Andy müsste sich keine Sorgen machen. Es wäre so einfach. Doch das Leben war unfair. Und niemals leicht.

33
Andy

Ich spürte die neugierigen Blicke von Dustin und den beiden Jungs, mit denen er zusammensaß, während ich zu ihnen an den Tisch trat. Unruhig wartete ich darauf, dass sie mich auf Hunter ansprachen, aber das geschah nicht. Stattdessen stellten Dustins Begleiter sich kurz als Beck und Dylan vor und nahmen dann ihr ursprüngliches Gespräch wieder auf. Aus diesem konnte ich heraushören, dass beide einen ähnlichen Werdegang anstrebten wie Dustin.

Beck, der sicherlich auch in einem der Collegeteams aktiv war, wie mir seine definierten Muskeln verrieten, sprach viel von Filmen, und als ich mich traute, ihn danach zu fragen, verriet er mir, dass er gerne Regisseur werden würde. Dylan dagegen schien sich eher als Softwareentwickler zu sehen. Er sprach mit Händen und Füßen, kippte dabei fast vom Baumstamm und schenkte mir ein breites Grinsen, weil mir ein Lachen entfuhr.

»Und was machst du so?«, fragte Beck und lächelte mich freundlich an. Er hatte einen sehr offenen, freundlichen Blick, unter dem ich mich sofort wohlfühlte.

»Ich schreibe«, erwiderte ich. Auf die fragenden Blicke von ihm und Dylan fügte ich hinzu: »Ich hoffe, dass ich eines Tages nicht nur Autorin bin, sondern auch als Lektorin in einem großen Verlag arbeiten kann. Hauptsache, ich bin von Büchern umgeben.«

Ich kannte den Gesichtsausdruck, den ich bei Beck und Dylan sah. Es war Unverständnis. Nicht, weil sie meine Pläne seltsam fanden. Sondern weil sie nicht die gleiche Leidenschaft empfanden, und sich nicht vorstellen konnten, wie die Arbeit in der Buchbranche, insbesondere als Autorin, ablief. Ich hatte diesen Blick schon oft gesehen. Für einige Zeit hatte ich deshalb kaum über meine Pläne und Träume gesprochen. Es gab ohnehin niemanden, mit dem ich darüber hätte reden können. Niemanden, der sich dafür interessierte. Ich dachte, an der AU wäre es vielleicht anders, da es so viele Kurse in diesem Bereich gab. Scheinbar reichte aber auch hier das Verständnis nur bis zu denjenigen, die ebenfalls in diesen Kursen saßen.

Zu meiner Erleichterung wandte sich das Gespräch wieder anderen Themen zu und wurde schließlich unterbrochen, als eine ältere Dame in die Mitte des Platzes trat und ein Mikrophon an ihren Mund hob.

»Herzlich Willkommen zum siebzehnten Kreativwochenende der AU!«

Ihre Stimme klang fest und rauchig durch die Abenddämmerung. Vereinzelt war Johlen und Applaus zu hören. Nach einem Moment erkannte ich das Gesicht der Dame wieder, ich hatte sie bisher nur auf der Website der AU gesehen. Es war Mrs Brinkman, die Leiterin der Fakultät für Kunst und Kultur.

Sie hielt eine motivierende Rede über die Entstehung und den Grundgedanken des Kreativwochenendes, nämlich das gegenseitige Kennenlernen und das Ausprobieren und Umsetzen verschiedener Ideen. Ihrer enthusiastischen Worte folgten ein paar Grundregeln, die es einzuhalten galt, und meine Gedanken schweiften ab. Ziellos wanderte mein Blick umher, über das mittlerweile geplünderte Buffet, von dem ich besonders die gefüllten Champignons genossen hatte, über die knisternden und tanzenden Flammen des Lagerfeuers. Am Rand davon entdeckte ich das Gesicht, das mein Herz zum Stolpern brachte.

Hunters Augen ruhten auf mir. Die Flammen spiegelten sich in seinen dunklen Augen, und ihr Schein verfing sich in seinen Haaren. Die verzerrten Schatten verliehen ihm einen wilden Gesichtsausdruck. Mrs Brinkmans Worte rückten in den Hintergrund. Hunters Blick hielt mich gefangen. Ich konnte nicht anders, als ihn zu erwidern.

Ohne Frage hatte ich den Nachmittag mit ihm genossen. Nachdem wir die eher schwierigen Themen einigermaßen gelungen umschifft hatten, hatten wir Spaß gehabt und völlig ungezwungen miteinander geplaudert. Ich war mir ziemlich sicher, dass es die normalste Unterhaltung war, die wir bisher geführt hatten. Dennoch hatte ich das Gefühl, dass ein unsichtbares Kraftfeld uns auf Abstand hielt. Ein Feld aus all den unausgesprochenen Fragen und Geheimnissen, die wir scheinbar beide mit uns herumtrugen. Ein Feld, in dem neugierige Augen darauf warteten, dass wir etwas Unerhörtes taten. Ein Feld, in dem die dunkelsten und schmerzhaftesten meiner Erinnerungen flirrten. In dem Maia als körperlose Gestalt darauf wartete, dass man ihre Geschichte erzählte.

Es gab so viele Dinge, die um uns kreisten und alles verkomplizieren konnten, was sich zwischen mir und Hunter entwickelte.

Doch was sollte das überhaupt sein? Wir suchten einander wie zwei Teile eines Ganzen, begegneten uns immer wieder, kamen uns näher und dennoch nie nah genug. Weil ich nicht über diese letzte Mauer steigen konnte. Aus Angst, dass wir auf eine Katastrophe zusteuerten. Es war ein Gefühl, das tief in mir verankert war und das ich einfach nicht loslassen konnte.

Ein Kloß bildete sich in meinem Hals. Ich wollte es so sehr. Loslassen. Einmal in meinem Leben einfach etwas geschehen lassen, ohne weiter darüber nachzudenken. Ohne mich vor Konsequenzen zu fürchten.

Nur am Rande nahm ich wahr, dass Mrs Brinkman ihre kleine Ansprache beendet hatte. Erst als Dustin mich sanft anstieß, fuhr ich aus meinen Gedanken hoch.

»Mh?«

»Kommst du mit?« Er folgte meinem Blick und entdeckte Hunter. Sein Gesicht verfinsterte sich für einen kurzen Moment.

»Wohin?«

Dustin deutete auf einen schmalen Weg, der an der Anmeldung vorbeiführte. Die meisten, die eben noch um das Feuer gesessen hatten, steuerten darauf zu.

»Zur Party in der großen Hütte. Es soll leckere Drinks geben.« Er zwinkerte vielsagend. »Die sind wahrscheinlich nicht so gut wie meine Kreationen, aber machen bestimmt trotzdem Spaß.«

»Ich glaube, darauf verzichte ich besser«, erwiderte ich augenrollend. Ich wollte Dustin nur ungern erklären, dass ich Angst vor einer weiteren Panikattacke hatte. Mit einer Hand fuhr ich mir durchs Haar. Mittlerweile fiel es mir schon fast wieder über die Schulter. »Ich glaube, ich komme später nach. Ich hab Vicky versprochen, sie anzurufen«, sagte ich ausweichend.

Er zuckte die Achseln. »Okay, dann sehen wir uns später. Grüß Vicky von mir.«

Damit verschwand er und folgte der Menge. Der Platz leerte sich innerhalb von Minuten.

Ich trank den letzten Schluck meiner SevenUp und beschloss, noch ein bisschen spazieren zu gehen. Dass ich mich im Dunkeln verlief, war eher unwahrscheinlich, denn die Hauptwege zu den verschiedenen Zelten wurden von künstlichen Fackeln erhellt. Ich stand auf und wollte gehen, da hörte ich eine Stimme.

»Lässt du mich allein?«

Als ich mich umwandte, sah ich Hunter noch an derselben Stelle sitzen wie zuvor. Ich dachte, er wäre gegangen. Auf die Party wie alle anderen.

Bevor mir eine Erwiderung einfiel, erhob er sich und kam auf mich zu. Ein schneller Blick über den Platz zeigte mir, dass wir allein waren.

»Willst du nicht auf die Party?«, fragte er und blieb nur eine Armlänge entfernt von mir stehen.

Ich hätte ihn berühren können, wenn ich gewollt hätte. Hätte meine Hand auf seine feste Brust legen können.

Ich schluckte schwer. »Du weißt doch, Partys sind nicht mein Ding.«

Hunter trat noch einen Schritt näher. »Auch nicht, wenn ich dich begleite? Wir könnten noch einmal zusammen tanzen.«

Mein Puls holperte hektisch durch meinen Körper. Die Erinnerungen an unseren letzten gemeinsamen Tanz stiegen in mir auf. An seine Hand auf meinem nackten Rücken, meine Finger in seinem Haar. An den einen Moment, an dem mich nur Millimeter von meinem ersten richtigen Kuss getrennt hatten.

Ich sehnte ihn herbei.

Mein Mund wurde trocken bei diesem Eingeständnis. Meine Finger zitterten.

Auf der Jacht waren wir allein gewesen. Es hatte nur uns gegeben. Hier jedoch warteten überall Hände an den Smartphones und Finger an den Auslösern, um das nächste Foto von uns zu schießen.

Hunter schien meine Gedanken zu erraten. Er lächelte, beugte sich unendlich langsam vor, bis ich die Nähe seiner Lippen an meinem Ohr spürte. »Scheiß auf die anderen. Denk nur an dich. Was willst du?«

Die Frage ließ mein Herz vibrieren.

»Sei mutig und nimm es dir.«

Es war unmöglich, dass Hunter ahnte, wie tief diese Worte bei mir einschlugen. Wie sie mich an das erinnerten, was jedem meiner Schritte bis nach Bar Harbor Kraft gegeben hatte.

Hunter ging langsam rückwärts. Ein erwartungsvolles Lächeln lag auf seinen Lippen. Dann wandte er sich um.

Mein Herz raste. In mir fochten zwei Teile meiner selbst einen Kampf aus. Der vernünftige, vorsichtige Teil, der mich seit meiner Kindheit begleitete und vor Schlägen und Schmerzen zu schützen versuchte. Und der andere Teil, den ich sowohl lieben als auch hassen gelernt hatte. Es war der Teil, der mich immer wieder dazu brachte, mich vor Mom zu stellen. Ihre Schläge zu kassieren. Link die Stirn zu bieten. Aber es war auch der Teil, der mich dazu brachte, mich an der AU zu bewerben. Mich mitten in der Nacht aus dem Haus zu stehlen und davonzulaufen. Dieser Teil hatte die Führung übernommen, als ich Hunter auf die Jacht gefolgt war. Dieser Teil war leidenschaftlich. Er wollte das Leben mit all seinen Facetten kosten.

Im Schein des Feuers tat ich einen tiefen Atemzug. Dieser Teil gewann.

Mut durchflutete mich, ebenso ein Verlangen, das ich mir noch nicht ganz eingestehen konnte. Dann tat ich den ersten Schritt und folgte Hunter in die Nacht.

34
Hunter

Es musste ihre Entscheidung sein. Das war mir klar geworden, nachdem wir von unserer Wanderung zurückgekehrt waren.

Ebenso wie sie hasste ich die Fotos, und vor allem hasste ich die Kommentare, die über mich und neuerdings auch über Andy gepostet wurden. Aber ich konnte damit leben, und ganz sicher ließ ich mich von diesen Idioten nicht von dem abbringen, was ich tun wollte.

Bei Andy war das anders. Etwas hielt sie zurück. Etwas, das scheinbar über das hinausging, was ich wusste. Sie fürchtete, durch die Fotos Schwierigkeiten zu bekommen. Was auch immer das bedeuten sollte, welche Art sie auch meinte, sie selbst musste entscheiden, ob sie das Risiko eingehen wollte.

Was allerdings nicht hieß, dass ich sie nicht motivieren konnte. Ich wollte mit ihr zu dieser Disco gehen. Ihr zeigen, dass Partys Spaß machen konnten, und vor allem wollte ich verhindern, dass sie sich aus Angst vor einer weiteren Panikattacke in Zukunft vor jeder Art von Party fürchtete und so etwas verpasste.

Obwohl ich sah, wie Andy auf mich reagierte, wie ihre Wangen rot wurden und ihr Atem sich beschleunigte, zweifelte ich daran, dass sie mir folgen würde. Ich ballte die Hände zu Fäusten, um meine nervöse Energie umzuleiten und mich davon abzuhalten, mich umzudrehen. Vor mir tauchte bereits die Discohütte auf. Sie war so groß wie eine Turnhalle, aus massivem Holz gebaut, das sich ganz natürlich in den Wald einfügte. Man hörte nur schwaches Stimmengewirr, kaum lauter als das Geräusch meiner Schuhe auf der Erde. Wenige Meter vor der Hütte blieb ich stehen und wartete.

Mir wäre fast die mühsame Selbstbeherrschung entglitten, als ich Andys Schritte hinter mir vernahm. Aber vielleicht war sie es gar nicht. Vielleicht gab es noch andere Nachzügler. Ich musste es wissen und war bereits kurz davor, mich umzudrehen, da hörte ich ihre Stimme.

»Hunter.«

Ich schickte einen stillen Ausruf des Triumphs in den Himmel und wandte mich um. Andy stand direkt hinter mir. Unsicher blickte sie zwischen mir und der Hütte hin und her. Sie knetete ihre Hände. Im schwachen Licht der künstlichen Fackeln sah ich, wie die Angst in ihren Augen Gestalt annahm.

»Ich weiß nicht, ob das so eine gute Idee ist.«

Ich nahm ihre Hand, die sich mittlerweile so vertraut anfühlte, als würde ich sie schon seit Jahren halten. »Ich bin bei dir. Dir wird nichts passieren. Und wenn du gehen willst, gehen wir.«

Ich beobachtete, wie sie mit sich rang. Nachdachte. Sie kaute auf ihrer Unterlippe und nestelte am Reißverschluss ihrer Jacke. Schließlich nickte sie. »Okay.« Sie drückte meine Hand, und ich öffnete die Tür.

Die Hütte zu betreten, fühlte sich an wie der Übergang in eine andere Welt. Bunte Lichter hüllten uns ein und flackerten über die Wände. Der Boden klebte schon jetzt von verschütteten Drinks, und vor mir wogte eine Menschenmenge im Takt von Musik, die für uns noch stumm war.

Zu meiner Rechten zog sich eine von violetten Lichtern erhellte Bar die ganze Wand entlang. Die Barkeeper hatten bereits alle Hände voll zu tun. Mir war nicht danach, zu trinken. Jemand reichte uns je ein paar Kopfhörer, wie sie alle anderen Anwesenden bereits trugen. Er erklärte uns mit wenigen Worten, wie wir sie einschalten und die Lautstärke regulieren konnten.

Andy schlang ihre Finger fester um meine. Aber ihre Bewegungen waren sicher und ohne Zögern. Ich steuerte sie durch die Menge, bis wir uns in der Mitte der Tanzfläche, direkt unter einer riesigen Discokugel befanden, die silberne Punkte auf unseren

Körpern tanzen ließ. Es war ziemlich seltsam, die Menge tanzen zu sehen, ohne die Musik dazu wahrzunehmen.

Ich sah zu dem DJ-Pult, das auf einem kleinen Podest aufgebaut war, und staunte nicht schlecht, als ich Jane von der Party bei den *Sharks* wiedererkannte.

»Und jetzt?«, fragte Andy atemlos.

»Jetzt«, erwiderte ich, wobei ich ihr das Haar hinter die Ohren strich, »haben wir einfach Spaß.«

Vorsichtig setzte ich ihr die Kopfhörer auf und schaltete sie ein. Sie zuckte kurz zusammen, als die Musik erklang. Dann funkelte Begeisterung in ihren Augen. Zufrieden setzte ich das andere Paar Kopfhörer auf meine eigenen Ohren.

Die Musik war schnell und laut, voller Beats und geschickt gemixter Melodien. Es war keine Musik, zu der man langsam und eng umschlungen tanzte. Das war gut. Ich wollte, dass Andy sich wohlfühlte. Auch wenn ich nicht zögern würde, unseren intensiven Tanz von der Jacht zu wiederholen, spürte ich, dass es in diesem Moment nicht das Richtige gewesen wäre. Deshalb bewegte ich mich ungezwungen und mit einem leisen Lachen, ohne Andys Hand loszulassen. Durch die Verbindung unserer Hände zog ich sie in meinen Tanz hinein, und nach kurzer Zeit bewegte sie sich immer mehr von sich aus zur Musik, bis wir beide irgendwann ausgelassen tanzten. Ich ließ ihre Hand los, und trotzdem waren wir uns nah. Unsere Augen hielten einander fest, während die Musik uns steuerte.

Aufgrund der flackernden Lichter, die die Dunkelheit nur in Fetzen durchbrachen, würde es niemandem gelingen, ein ansatzweise klares Bild von uns zu machen. Wahrscheinlich waren wir nicht mal zu erkennen. Ein Gedanke, den vielleicht auch Andy hatte, denn ihre Bewegungen wurden immer ausgelassener. Und als ich schon komplett erhitzt war und dringend eine Pause gebraucht hätte, lächelte sie plötzlich. Ein echtes, freies Lächeln, das ihre Augen erreichte.

Ich konnte mich nicht daran sattsehen.

Andy erwiderte meinen Blick mit einer Intensität, die meine Knie weich werden ließ. Ihre Wangen glühten, ihre Augen sprühten Feuer. Dann, vollkommen überraschend, zog sie den Reißverschluss ihrer Jacke auf und ließ diese von ihren Schultern gleiten. Seit ich ihre Narben entdeckt hatte, wusste ich, weshalb sie sich nie in kurzen Ärmeln zeigte. Umso mehr verblüffte es mich, dass sie die Jacke jetzt vollständig auszog und um ihre schlanke Hüfte knotete.

Vielleicht gab die Dunkelheit ihr Sicherheit. Oder sie vergaß in diesem Moment die Welt um uns herum. So wie ich.

Meine Augen wanderten über ihren Körper. Über ein paar kürzere Haarsträhnen, die an ihrem erhitzten Gesicht klebten. Über den schlanken Hals. Die Schultern, die sie stolz zurückgenommen trug. Ob ihr das bewusst war? Ob sie wusste, wie stark und selbstbewusst sie zwischen all diesen Menschen stand, als könnte ihr kein Schrecken etwas anhaben?

Mein Blick glitt über ihre Brüste, die sich unter ihrer beschleunigten Atmung bewegten. Fest drückten sie sich an das gestreifte Top. Verdammt, trug sie etwa wieder keinen BH? Besaß sie so etwas überhaupt?

Das Top war unter der geknoteten Jacke leicht hochgerutscht und offenbarte einen hellen Streifen Haut, der am Bund ihrer Jeans endete. Mein Herz schlug mir bis zur Kehle, als meine Gedanken plötzlich in eine neue Richtung wanderten. Ich und Andy. Allein. In meinem Zelt.

Ich schluckte schwer, und das Geräusch drang durch die Bässe in meinem Ohr hindurch. Wie ferngesteuert trat ich näher auf sie zu. Meine Hände landeten an ihrer Hüfte, bevor ich diese Idee hinterfragen konnte.

Andy griff nach meinen Unterarmen. Sie hielt sich an mir fest, während ich mich erneut bewegte. Wir trafen den Rhythmus der schnellen Musik nicht einmal annähernd. Unser Tanz war zu langsam, zu unkonzentriert. Wir tanzten nur noch, um nicht aufzufallen.

Andy blickte zu mir auf. Ich wusste, sie fühlte es auch. Das Herzklopfen. Die Sehnsucht. Das Verlangen?

Langsam ließ ich meine Hände an ihren Armen hinaufwandern. Andy keuchte, als ich sanft über ihre Narben strich.

Ich lehnte mich nah zu ihr und schob ihre Kopfhörer etwas zur Seite, damit sie mich über die Musik hinweg verstehen konnte. Stellte die Lautstärke an meinen eigenen ganz niedrig, damit mir keins ihrer möglichen Worte entging. »Als du gesagt hast, du hättest noch nie mit einem Mann im Bett gelegen oder getanzt oder *sonst was* …« Die letzten Worte ließ ich einen Moment in der Luft hängen. Meine Hände erreichten ihre Schultern. »… meintest du damit so etwas?« Meine Daumen strichen langsam über ihr Schlüsselbein. »Oder …« Sie glitten weiter hinunter, bis zum Ausschnitt ihres Tops. »… eher so was?«

Andys Haut glühte unter meiner Berührung. Ihre Brust hob und senkte sich hektisch. Ihr Blick ruhte auf meinem Gesicht, die Pupillen geweitet.

Meine Finger wanderten weiter an ihrer Seite hinab, bis ich den schmalen Streifen freier Haut spürte, den ich zuvor entdeckt hatte. Langsam schob ich meine Hände auf Andys Rücken und zog mit den Daumen kleine Kreise auf ihrer Haut. »Oder eher so was?«

Wir waren uns so nah, dass ich das Seufzen spürte, das ihr entwich.

Ich drehte mein Gesicht, legte meine Stirn an ihre. Meine Hände lagen noch immer auf ihrer weichen Haut. Ich sollte aufhören. Bevor ich die Kontrolle verlor. Wenn ich sie jetzt überforderte, würde ich das ewig bereuen.

Meine Lippen glitten sanft über ihre Wangen, bis zu ihrem Ohr. »Was willst du, Andy?« Meine Stimme klang rau.

Es kostete mich all meine Selbstbeherrschung, mich von ihr zu lösen. Das Gefühl ihrer Haut unter meinen Händen verschwand. Nur ein drängendes Ziehen in meinem Unterleib erinnerte noch daran. An das, wonach ich mich mehr sehnte, als mir bisher bewusst gewesen war.

35
Andy

Meine Haut stand in Flammen. Jede einzelne von Hunters Berührungen hatte sich eingebrannt.

Ich hatte den Tanz genossen. Die Panik war ausgeblieben. Niemand beachtete uns. Ich fühlte mich in Hunters Nähe sicher. Die Musik nahm mich ein, und jede Bewegung geschah von ganz allein.

Ich wusste nicht, warum ich auf einmal meine Jacke auszogen hatte. Es war zu heiß, der Stoff war zu viel. Kurz hatte ich gezögert. Nur eine Sekunde. Doch die Dunkelheit verbarg so einiges, sie konnte auch meine Narben verstecken. Außer vor Hunter. Weil er von ihnen wusste und dennoch nicht wegsah. In mir war der Drang erwacht, mich ihm zu zeigen. So wie ich war. Ich wollte, dass er mich wirklich wahrnahm.

Dieser Drang war so überwältigend, dass mir die Luft wegblieb. Im nächsten Moment spürte ich seine Hände, und eine ganz andere Hitze erfasste mich. Sie kam von innen, zog in meinen Bauch und kribbelte in meinem Unterleib.

Ich wollte mehr. Mehr Herzrasen. Mehr von dem Gefühl seiner Fingerspitzen auf meiner Haut. Mehr Hunter. Einfach mehr.

Hunter löste sich von mir, bevor ich diese Gedanken aussprechen und auf seine Frage antworten konnte. Bevor ich wusste, ob ich mich das überhaupt traute.

Ich versuchte, normal zu atmen. Meinen Herzschlag zu beruhigen. Was Hunter mit mir anstellte, war mir vollkommen fremd. Es verunsicherte mich. Trotzdem sehnte ich mich danach, kaum, dass seine Hände verschwunden waren.

Wir starrten uns nur an. Wir tanzten nicht. Ich hörte die

Musik nicht einmal mehr. Nach einigen atemlosen Sekunden nahmen wir die Kopfhörer ab, und Hunter sagte: »Ich könnte jetzt etwas zu trinken gebrauchen.«

Ein wenig erleichtert folgte ich ihm zur Bar. So hatte ich die Gelegenheit, meine Gedanken zu ordnen und mich zu sammeln.

»Danke«, erwiderte ich, als Hunter mir ein Wasser reichte.

Ich war kurz davor gewesen, mir etwas Alkoholisches zu bestellen. Einerseits erschien mir das nicht besonders klug. Meine Vernunft bröckelte gerade ohnehin in beängstigendem Tempo. Andererseits fragte ich mich, was ich tun würde, wenn der Alkohol mir Mut gab.

Mein Blick glitt über Hunters Muskeln. Seine Brust, seine Arme. Kurz zu seiner Hüfte. Wie mutig konnte ich sein? Wie viel Neues wollte ich erleben?

In dieser Nacht sollte ich keine Antwort auf diese Frage finden. Mein Handy vibrierte, und als ich es aus der Hosentasche zog, raste mein Herz aus einem ganz anderen Grund. Brian.

Die Angst überfiel mich wie ein wildes Tier. Mitternacht war längst vorbei. Wenn Brian um diese Zeit anrief, war etwas passiert. Etwas Schlimmes.

»Ich muss da rangehen«, erklärte ich Hunter.

Er runzelte die Stirn, nickte aber.

Schon bahnte ich mir einen Weg durch die Menge, bis die Tür mich hinaus in die kühle Nacht entließ. Mein Daumen zitterte, als ich über das Display wischte und den Anruf entgegennahm. »Was ist passiert?« Atemlos hallte meine Stimme durch den schlafenden Wald.

»Andy. Es ist vorbei.« Brian klang so erschöpft, dass es mir die Tränen in die Augen trieb.

Vorbei?

»Was … was soll das heißen? Was meinst du mit ›vorbei‹?« Meine Stimme rutschte mit jedem Wort weiter in die Hysterie. Tausend schlimme Szenarien, wie ich sie aus meinen Albträumen kannte, schossen mir durch den Kopf. Ich presste mir eine Hand auf die Lippen.

»Mom«, erwiderte Brian. Jede Faser meines Körpers verkrampfte sich bei diesem Wort. »Sie hat Link verlassen. Wir haben ihn angezeigt, und diesmal haben sie uns geglaubt. Es ist vorbei.«

Sekunden verstrichen, bis seine Worte zu mir durchdrangen. Unzählige Fragen wirbelten durch meinen Kopf. Ich verstand nicht. Die Bedeutung von Brians Worten fand keinen Platz in meinen Gedanken.

»Aber wie?«, war alles, was ich herausbrachte. Ein Zittern erfasste meinen Körper. Ich sank auf einen Baumstumpf.

»Es war schlimm …« Brian war seltsam heiser, als hätte er tagelang nicht geschlafen. Oder zu viel geschrien.

Ein leises Rauschen lag über seiner Stimme, und ich fürchtete, die Verbindung würde abbrechen.

»Er hat sie geschlagen. Wieder und wieder. Es war so schlimm wie … Ich glaube, so schlimm war es noch nie. Scheiße, ich dachte wirklich, er bringt sie um.«

Mein Puls hämmerte laut in meinen Ohren. Das Zittern wich einer kalten Taubheit. Mein ganzer Körper war erstarrt. *Ich war nicht bei ihr*, dachte ich, und der Schmerz grub sich tief in meine Brust. *Ich war nicht für sie da.*

»Ich hab ihn niedergeschlagen.«

»Was?« Meine Stimme war kaum mehr als ein dünnes Flüstern.

»Er hat einfach nicht aufgehört, und ich musste irgendwas tun, sonst wäre es nie vorbei gewesen.« Brian sprach immer schneller, als müsste er all das sofort loswerden. Seine Stimme überschlug sich. Worte flossen unkontrolliert ineinander. »Ich hatte keine Wahl. Er kam gerade vom Baseballplatz, der Schläger lag auf dem Tisch, und ich hab ihn gegriffen und zugeschlagen.« Brian keuchte. Es klang verzweifelt.

Mein Beschützerinstinkt meldete sich. Das war Brian. Mein kleiner Bruder. Mein Bruder, der endlich seinen Mut gefunden und unsere Mom beschützt hatte. Tränen rannen mir über die Wangen.

»Brian, alles ist gut.« Es kostete mich all meine Kraft, die Worte ruhig aus meinem Mund zu bekommen. »Du hast alles richtig gemacht. Es war Notwehr. Wer weiß, was sonst passiert wäre.«

Ich wusste es. Brian ebenso. Aber so was sagte man doch, um sich zu beruhigen. Oder?

»Er hatte seine Handschellen dabei, und ich hab ihn an die Heizung gekettet. Dann hab ich die Cops gerufen. Und einen Krankenwagen.«

Ich hörte Brian aufmerksam zu, das Chaos in meinem Inneren hatte sich gelichtet. Es war eine seltsame Ruhe, die mich befiel. Diese Art von Stille und gedanklicher Klarheit, die einen zwang, in einer Krise nicht durchzudrehen. Wenn man bedacht handelte, gleichzeitig jedoch jeden Moment zusammenzubrechen drohte.

»Sie haben euch geglaubt?« Ich wollte es so sehr für wahr halten. Aber es gelang mir nicht. Zweimal hatten wir versucht, Link anzuzeigen. Niemand hatte uns geglaubt. Und wenn doch, so schwiegen sie. Aus Angst, selbst zu Links Opfern zu gehören.

Nach einem von Links ersten Angriffen hatte ich von meinem Zimmer aus die Polizei gerufen. Eine Polizistin – ich weiß nicht einmal mehr ihren Namen – nahm ihn fest. Zwei Wochen später war sie verschwunden. Gekündigt. Und Link war wieder frei.

»Sie haben Moms Verletzungen gesehen. Und meine. Außerdem konnten sie ihn hören, als ich mit der Polizei telefoniert habe. Wie er uns angeschrien und gedroht hat. Das war wohl Beweis genug. Ich habe ihnen auch erklärt, dass nichts von Links Anschuldigungen wahr ist. Dass du unschuldig bist. Ich glaube …« Ein Schluchzen drang aus seiner Kehle, so verzweifelt und schmerzerfüllt, dass es mich innerlich zerriss. »Ich glaube, sie haben es die ganze Zeit gewusst. Aber sie haben nichts getan. Wieso haben sie nichts getan?« Brian weinte.

Zum ersten Mal seit Jahren hörte ich, wie mein kleiner Bruder losließ und weinte. Es brach mir das Herz. Salzige Tränen liefen unaufhörlich über meine Wangen und blieben an meinen Lippen hängen.

Langsam, ganz langsam sickerte es zu mir durch. Sie hatten ihnen geglaubt. Endlich hatte jemand anderes erkannt, wer Link war. Was er uns antat. Vielleicht sollte es mich freuen, doch es gelang mir nicht. Alles, was ich spürte, waren Erschöpfung und Schmerz.

Irgendwann ließ Brians Schluchzen nach. Ich traute mich kaum danach zu fragen, dennoch musste ich es wissen. »Was ist mit Mom? Seid ihr schlimm verletzt?«

Auf einmal spürte ich die Kälte. Mit klammen Fingern zog ich mir meine Jacke an.

Brian atmete zittrig durch. »Mir geht's gut. Nur ein paar Prellungen und Schürfwunden. Nichts, was du nicht auch ertragen hast.« Ein paar Sekunden war es still in der Leitung. Ich fragte mich, woran er dachte. »Mom hat … ein gebrochenes Jochbein. Eine Nierenprellung. Sie ist im Krankenhaus. Nur zur Sicherheit.«

Ich schloss die Augen. Diese Verletzungen würden immerhin heilen. Sie waren nichts, im Vergleich zu dem, was Moms Psyche von all den Jahren des Missbrauchs und der Gewalt davongetragen hatte.

»Und du? Bist du zu Hause?«

»Ich bin bei Tante Meg.«

Ich starrte in die Dunkelheit. Die Fackeln waren erloschen. Das einzige schwache Licht kam von meinem Handydisplay.

»Tante Meg?«, wiederholte ich verwirrt. »Du meinst Moms Schwester?«

»Ja.« Brians Stimme gewann an Kraft zurück. »Mom hat sie angerufen. Ich denke, die beiden haben sich nur gestritten, weil Mom Link nicht verlassen konnte. Das habe ich zumindest aus dem Gespräch herausgehört. Aber jetzt, wo Link in Untersuchungshaft ist, ist sie sofort hergekommen. Sie hat uns angeboten, bei ihr zu wohnen. Und Mom hat Ja gesagt. Ich bin in Tennessee.

Mom wird morgen hierher verlegt. Wusstest du, dass Meg einen Sohn hat? Wir haben einen Cousin. Und er war auch Polizist, hat den Job aber an den Nagel gehängt, weil er ihn nicht ertragen konnte. Er ist ein guter Mensch, denke ich. Scheiß Ironie, oder?«

Die Erleichterung und die Freude, die ich bei diesen Worten empfinden sollte, verblassten unter meiner Wut. Sie hatte es gewusst. Tante Meg, Moms Schwester, hatte gewusst, was los war, und nichts getan. Ich hätte schreien können.

»Ich muss auflegen, Brian.« In mir brodelte es. Ich konnte nicht mehr. Ich ertrug dieses Gespräch nicht mehr. »Danke, dass du mich angerufen hast. Und danke, dass du Mom beschützt hast. Sie soll mich anrufen, wenn es ihr besser geht, okay?«

Bei den letzten Worten brach meine Stimme. Ich beendete das Gespräch, bevor Brian noch etwas sagen konnte.

Dann rannte ich los.

Es spielte keine Rolle, dass die Nacht den Wald fest im Griff hatte. Alles versank in Dunkelheit. Es war mir gleichgültig, dass ich gegen Bäume stieß, weil ich nur Schemen sehen konnte. Ein Zweig verfing sich in meiner Jeans, und ich hörte Stoff reißen. Schürfte mir die Haut an der Rinde des nächsten Baums auf. Aber ich rannte weiter, immer weiter, bis ich keine Luft mehr bekam. Ein fürchterliches Stechen in meinen Seiten zwang mich letztendlich in die Knie. Alles drehte sich. Keuchend rang ich nach Atem. In diesem Moment wurde mir klar, dass ich nicht ewig weiterrennen konnte. Das, wovor ich davonlief, wartete in meinem Innern. Davor gab es kein Entkommen. Der Schmerz. Die Trauer. Angst und Wut. Solche Wut. Verzweiflung. Ein Sturm aufgestauter Gefühle, der sich in den letzten Jahren immer weiter zusammengebraut hatte. Ich hatte ihn zurückgedrängt, solange ich konnte. Jetzt brach er über mich herein, und ich konnte nichts tun. Schluchzer schüttelten meinen Körper. Gequälte Laute entfuhren mir. Ich presste mir eine Hand auf den Mund, während der Sturm weitertobte.

Wieder und wieder rief ich mir Brians Worte ins Gedächtnis.

Es ist vorbei. Es ist vorbei.

Vorbei.

Neue Schluchzer schüttelten meinen Körper. Konnte es wirklich jemals vorbei sein? Link war überall, in meinem Kopf, meinen Erinnerungen. Wegen seiner Taten war ich der Mensch, der ich heute war. Mein eigenes Handeln würde mich Tag für Tag an ihn erinnern.

Aber du bist in Sicherheit. Diese Worte stiegen als feines Wispern in meinen Gedanken auf. *Du bist sicher. Du bist frei.*

Link saß hinter Mauern und Metallstreben und verlor in dieser Sekunde seine Macht. Er würde niemandem mehr wehtun. Dank Brian. Meinem wundervollen Bruder. Ich war oft so wütend auf ihn gewesen. Hatte ihn für einen Feigling gehalten. Ich hatte mich geirrt. An nur einem Tag hatte er so viel Mut bewiesen und allem ein Ende gemacht. Hunderte Male hatte ich mich vor meine Mom gestellt. Aber er hatte sie gerettet.

Es dauerte lange, bis ich zur Ruhe kam. Auf dem Boden liegend, den Geruch feuchter Erde in der Nase. Ich wusste nicht, wie ich hergekommen war. Wann ich zu Boden gegangen war. Tannennadeln klebten an meiner tränennassen Wange, Feuchtigkeit drang in meine Kleider.

Langsam kam ich auf die Beine. Mein Kopf schmerzte, meine Augen fühlten sich geschwollen an. Eine erschöpfte Ruhe befiel mich. All meine Gedanken und Gefühle schienen unter einer dicken Schicht Watte zu verschwinden. Mein Zusammenbruch hatte ihnen die Intensität genommen.

Nur mühsam gelang es mir, den Weg zurückzufinden. Ich hatte nicht bemerkt, wie weit ich mich vom Camp entfernt hatte.

Irgendwann erreichte ich unser Zelt. Dustin war noch nicht da. Meine Lider wurden schwer, kaum lag ich auf meinem Schlafsack. Bevor ich einschlief, zog ich mein Handy heraus. Ich schuldete Brian noch eine Nachricht. Sie bestand nur aus wenigen Worten:

`Bar Harbor - AU. Ich liebe euch.`

Ich muss mich bei Hunter entschuldigen.

Das war der erste Gedanke, der mir durch den Kopf schoss, als ich im frühen Morgengrauen aufwachte. Ich hatte mich erst vor wenigen Stunden hingelegt, dennoch fühlte ich mich mit einem Mal hellwach.

Dustin lag neben mir und schlief friedlich, während ich mich langsam aus dem Schlafsack schälte, mir ein paar Sachen griff und aus dem Zelt kletterte. Leise schloss ich den Reißverschluss hinter mir.

Erste Vogelstimmen tanzten durch die Baumkronen. Tau glitzerte auf Sträuchern, Spinnweben und Zelten. Ein verwaschener Schleier lag noch über dem Wald und ließ die Farben blass wirken.

Niemand außer mir war wach, in allen Zelten um mich herum herrschte Stille. Ich stieg aus meinen Jeans, die jetzt einen großen Riss am linken Knie hatten, und tauschte sie gegen ein anderes Paar. Dann schlüpfte ich in den cremefarbenen Pulli, den Vicky für mich ausgesucht hatte. Er endete knapp über dem Bauchnabel und hatte einen breiten V-Ausschnitt, weshalb ich vorher einen BH anzog. Ich hasste die Dinger, meistens kam ich ohne aus. Aber nicht bei diesem offenherzigen Pullover.

Ich schlug denselben Weg ein wie gestern, in der Hoffnung, Hunters Zelt schnell wiederzufinden. Ob er sauer war? Ich hatte ihn ohne Erklärung einfach zurückgelassen. Wie am Morgen auf der Jacht. Hoffentlich verzieh er mir noch einmal.

Als ich den Bachlauf erreichte, wusch ich mir darin das Gesicht. Das Wasser war herrlich klar und kalt. Es weckte meine Lebensgeister. Mein verzerrtes Spiegelbild sah mir entgegen, und ich verzog das Gesicht. Meine Augen waren rot unterlaufen und leicht geschwollen. Da half es auch nichts, dass ich mir noch ein paarmal Wasser ins Gesicht spritzte.

Nervös fuhr ich mir durch das Haar. Das Pink und das Blau verblassten langsam. Die Farben wirkten mittlerweile nur wie ein sanfter Schimmer in meinem sonst blonden Haar. Mein Ansatz stach als schmaler, dunkler Streifen hervor. Ich sollte es nachfärben. Oder nicht?

Mein Herz schlug schneller. Link war keine Gefahr mehr. Ich musste mich nicht mehr verstecken. Ich könnte die Haare wieder wachsen lassen. Aber war ich überhaupt noch derselbe Mensch wie vor ein paar Wochen?

Je näher ich der Klippe kam, desto nervöser wurde ich. Ich erinnerte mich an jede einzelne von Hunters Berührungen auf der Tanzfläche. Ebenso an das brennende Gefühl, das sie in mir hinterlassen hatten.

Langsam ging ich auf die Lichtung. Die Sonne war schon zur Hälfte aus dem Ozean aufgetaucht und setzte die Wellen in Flammen. Ich blieb stehen und kam mir plötzlich ziemlich dumm vor. Woher sollte ich wissen, wann Hunter aufstand? Wollte ich so lange warten? Ich konnte ja kaum einfach so in sein Zelt krabbeln. Oder?

Dann kam mir eine Idee. Ich zog mein Handy aus der Tasche und wählte seine Nummer. Ein unterdrücktes Klingeln klang aus dem Zelt, gefolgt von einem genervten Stöhnen. Für einige Sekunden blieb Hunter still, während das Handy weiterklingelte. Ich war kurz davor, aufzulegen, als er den Anruf entgegennahm.

»Little Rainbow.« Seine Stimme klang müde und verschlafen. Aber der Klang des Spitznamens wirkte wie süßer Honig für meine Seele.

»Tut mir leid, dass ich so plötzlich abgehauen bin«, sagte ich. »Siehst du dir mit mir den Sonnenaufgang an?«

Es raschelte im Hintergrund. Das Zelt wackelte leicht. »Wo bist du?«

Ein Grinsen zuckte über meine Lippen. »Find es heraus.«

Dann legte ich auf. Langsam trat ich näher an den Abgrund und blickte über den Ozean. Der Himmel loderte unter der aufgehenden Sonne. Ich konnte hören, wie Hunter sich im Zelt bewegte. In meinem Kopf formte sich ein Gedanke. Er wurde zu einem Wunsch. Zu einem Plan.

Ich wusste nicht, ob ich ihn in die Tat umsetzen konnte. Ob ich mutig genug war.

Vor ein paar Jahren hatte ich einen Film gesehen, in dem ein Vater seinen Kindern berichtete, wie er ihrer Mutter zum ersten Mal begegnet war. Wie er sich davor gefürchtet hatte, sie anzusprechen, weil sie ihn abweisen könnte. *Zwanzig Sekunden,* sagte er. *Manchmal muss man nur zwanzig Sekunden mutig sein, und etwas Wundervolles geschieht. Zwanzig Sekunden jede Angst besiegen, und das Leben verändert sich.*

Das Geräusch eines Reißverschlusses erklang. Hunter kletterte aus dem Zelt. Ich wusste es, ohne mich umzusehen. Ich konnte spüren, wie er innehielt. Vielleicht kurz nachdachte und sich fragte, was das sollte.

Zwanzig Sekunden.

Ich wusste nicht, ob ich es tun konnte. Mein Herz hämmerte wild in meiner Brust. Schritte näherten sich im taufeuchten Gras.

Fünfzehn Sekunden.

»Andy.«

Ich wandte mich um und lächelte. Hunter stand direkt hinter mir. Sein Haar stand wirr in alle Richtungen ab. Das T-Shirt hing schief über den Bund seiner abgewetzten Jeans.

»Alles in Ordnung?«

Zehn Sekunden.

Er musterte mein Gesicht, das die Spuren letzter Nacht zeigte.

»Ja.« Ich ging einen Schritt auf ihn zu. Seine Augen weiteten sich. Meine Hände zitterten in erwartungsvoller Nervosität. Ich ließ sie an seinen Armen bis in seinen Nacken gleiten.

Noch fünf.

Hunter verstand. Sein Mund öffnete sich, er sah auf mich hinab. Seine Wimpern senkten sich, als sein Blick auf meine Lippen fiel.

Ich überbrückte den letzten Zentimeter zwischen uns.

Null.

36
Hunter

Ich hatte schon einige Mädchen geküsst. Mit einigen Frauen hatte ich noch mehr getan. Aber noch nie hatte mich ein Kuss so überrumpelt wie dieser.

Ich wusste nicht, womit ich gerechnet hatte, als Andys Anruf mich aus dem Schlaf riss. Mit allem. Mit nichts. Ganz sicher aber nicht damit, dass sie mich küsste. Einfach so. Ich hatte es erst geahnt, als sie ihre Hände in meinen Nacken gelegt hatte.

Mein Herzschlag beschleunigte sich innerhalb eines Sekundenbruchteils. Andy sah zu mir auf, schmiegte sich an mich. Ihre weichen Lippen trafen sanft und zögernd auf meine.

Ich erwiderte den Kuss zunächst mit Vorsicht. Falls sie es sich anders überlegte. Doch das tat sie nicht.

Meine Hände glitten an ihrem Rücken hinab, bis ich einen Streifen Haut spürte. Der Kuss wurde fordernder. Andy vergrub ihre Hände in meinen Haaren und drängte sich näher an mich. Ihr Piercing drückte sich gegen meine Unterlippe. Einem spontanen Impuls folgend fuhr ich mit meiner Zunge darüber. Ein leises Keuchen drang aus ihrem Mund und schickte einen Schauer durch meine Glieder. Ich sog den Ring zwischen meine Lippen. Andys Finger krallten sich in meine Schultern, und ich stöhnte leise. Meine Hände wanderten weiter und landeten in ihren Gesäßtaschen. Ich zog Andy so dicht an mich, dass kein Hauch mehr zwischen uns passte. Unser gemeinsamer Herzschlag hämmerte an meiner Brust.

»Hunter.« Ihre Stimme strich sanft über meine Lippen. Mit leichtem Druck legte sie mir eine Hand auf die Brust.

Ein letztes Mal küsste ich ihre Unterlippe, ließ meine Zunge darüber gleiten und spürte Metall. Dann löste ich mich von ihr.

Andys Wangen waren gerötet. Ihre Haare zerzaust. Sie atmete schnell, als ich einen Schritt zurücktrat, nur soweit, dass meine Hände noch an ihrer Hüfte ruhten.

Ihre Haut strahlte golden in der aufgehenden Sonne. Sie lächelte. Behutsam fuhr mein Daumen die Kontur ihrer Wangen nach, unter ihren leicht geröteten Augen entlang. Ich wollte sie fragen, was passiert war. Aber Andy begann, zu sprechen, und ich beschloss, mir die Frage für später aufzuheben.

»Du hast mich gefragt, was ich will«, sagte Andy. Sie strich sich das Haar hinters Ohr. Unsicherheit blitzte in ihren Augen. »Ehrlich gesagt, weiß ich nicht genau, was ich will. Aber ich denke, das hier ist ein guter Anfang.« Abwartend sah sie mich an.

»Denke ich auch«, erwiderte ich, und mein Magen schlug einen Salto. »Alles andere finden wir gemeinsam heraus, okay?«

»Okay.« Andy lehnte sich an meine Schulter und schlang die Arme um mich.

Schweigend standen wir da, während die Sonne höher stieg und sich wie flüssiges Karamell über den Wald ergoss.

Ich spielte mit Andys Haaren, ließ meine Hände über ihren Rücken gleiten, und hin und wieder hauchte ich ihr einen sanften Kuss auf die Lippen.

Etwas hatte sich geändert. Andy hatte sich verändert. Irgendetwas musste in der letzten Nacht geschehen sein.

Erneut strich ich über ihre Wange. »Was ist passiert?«

Andy versteifte sich augenblicklich. Aber sie löste sich nicht von mir. Langsam schüttelte sie den Kopf und wich meinem Blick aus. »Das ist eine sehr lange Geschichte. Nicht die richtige für diesen Moment. Wenn ich irgendwann an ihn zurückdenke, will ich mich nicht an diese Sache erinnern.«

»Okay.« Ich nickte. Tatsächlich verstand ich es. Etwas Ähnliches war mir durch den Kopf gegangen, als wir uns auf der Jacht näherkamen.

Andy nahm meine Hand und verschränkte ihre Finger mit

meinen. Ihr Blick fiel auf meine Uhr. Sie seufzte. »Mein erster Workshop beginnt bald«, murmelte sie. »Ich sollte noch etwas frühstücken.«

»Ja, ich auch«, erwiderte ich, obwohl Essen das Letzte war, woran ich im Moment dachte.

»Na, dann los.« Andy wandte sich zum Gehen.

Doch ich hielt sie zurück. »Wie machen wir weiter?«, fragte ich leise. »Du hast gesagt, du könntest Schwierigkeiten bekommen.«

»Das hat sich erledigt.« Ein ernster Unterton hatte sich in ihre Stimme geschlichen. »Die Fotos sind mir egal. Aber vielleicht halten wir trotzdem etwas Abstand in der Öffentlichkeit? Nur fürs Erste?«

Ich hob ihre Hand an meine Lippen und hauchte einen Kuss auf ihre Knöchel. »Kein Problem.«

Andy lächelte dankbar. Sie wirkte so gelöst, wie ich sie noch nie erlebt hatte. Wann immer wir uns begegnet waren, hatte es diese Mauer gegeben, eine letzte Distanz, die unüberwindbar schien. Aber an diesem Morgen, im Sonnenaufgang, begann die Mauer, zu bröckeln.

Wir trennten uns, kurz bevor wir den großen Platz erreichten. Mit einem Kuss zwischen den Bäumen, der das Verlangen in mir nur noch höher kochen ließ. Aber ich zwang mich, es ruhig anzugehen.

Ich ließ sie vorgehen und betrat den Platz erst, als sie bereits bei Dustin und den anderen beiden Typen vom Vorabend an einem der runden Tische saß. Jemand hatte ein wunderbares Frühstücksbüffet aufgebaut. Abgesehen von der Übernachtung in Zelten, hatte das Wochenende nicht viel mit Camping zu tun.

Mit einem Mal sehnte ich mich nach unberührter Natur, der Ferne zu anderen Menschen und Einsamkeit.

Mein Blick wanderte von dem Müsli, das ich mir geholt hatte, zu Andy. Vielleicht war es auch eher Zweisamkeit, die ich mir wünschte.

Andy wirkte nicht besonders glücklich. Sie und Dustin waren in eine heftige Diskussion vertieft. Als er mir einen Blick zuwarf, ahnte ich, worum es ging.

Zwar hatte Andy erklärt, dass zwischen den beiden nichts lief, und das glaubte ich ihr, allerdings wurde ich den Verdacht nicht los, dass Dustin das möglicherweise anders sah. Er klebte an ihr wie eine Klette, wann immer ich sie auf dem Campus entdeckte. Vielleicht sorgte er sich auch um sie wegen der Gerüchte über mich. Spielte er vor Andy den großen Beschützer, um sie zu beeindrucken?

Falls ja, schien es nicht besonders gut zu funktionieren. Andy reagierte nicht weiter auf seine Worte, sondern konzentrierte sich auf ihr Frühstück. Schadenfroh grinste ich in mein Müsli.

Nach dem Essen folgte ich den Hinweisschildern zum Workshop *Nichts für schwache Nerven*, in dem es hauptsächlich um das Erzeugen von Nervenkitzel in Romanen ging. Der Workshop fand auf einem Grillplatz statt, wo es genug Picknicktische gab, damit jeder bequem sitzen und sich Notizen machen konnte. Tatsächlich kamen mir während der nächsten Stunden einige tolle Ideen für den Thriller, an dem ich arbeitete, und ich lernte Techniken und Stilmittel, die ich am liebsten sofort anwenden wollte.

Mein Wunsch war es, ein Buch zu schreiben, das bei den Lesenden Herzrasen und Schweißausbrüche auslöste. Eine Geschichte, die sie in den Schlaf verfolgte wie ein Horrorfilm. Am Ende des Workshops hatte ich das Gefühl, diesem Ziel ein Stück näher gekommen zu sein.

Als die Gruppe sich auflöste, zog ich mein Handy heraus und schrieb Andy eine Nachricht.

Hey, Little Rainbow. Wann hast du Schluss?

Lust auf einen kleinen Ausflug?

Lächelnd schickte ich die Nachricht ab. Ihre Antwort kam in Sekundenschnelle.

Treffen in 30 Minuten am großen Platz?

Ich antwortete mit einem Daumen-hoch-Emoji und machte mich auf den Weg. Etwas sagte mir, dass dieses Wochenende das beste seit langem werden würde.

37
Andy

Hunter war noch nicht zu sehen, deshalb ließ ich mich auf einen der kleinen Felsen am Rand sinken. Das Gespräch mit Dustin schlich sich erneut in meinen Kopf. Ich hatte mich am Morgen kaum gesetzt, als seine forsche Stimme an mein Ohr gedrungen war.

»Warst du bei ihm?«

Verwirrt hatte ich mich ihm zugewandt. »Was?«

»Ob du bei Hunter warst?« Seine Worte klangen vorwurfsvoll. »Nachdem, was ihr letzte Nacht auf der Tanzfläche getrieben habt, wundert es mich, dass du überhaupt in unserem Zelt geschlafen hast.«

Im ersten Moment fehlten mir die Worte. Ich konnte ihn nur anstarren, bis ich schließlich meine Stimme wiederfand. »Das ist jetzt nicht dein Ernst?« Mein Blick huschte zu Dylan und Beck, die uns gegenübersaßen. Beide waren plötzlich sehr interessiert an ihrem Frühstück.

Dustin zeigte sich keiner Schuld bewusst. »Scheint dir doch egal zu sein, was andere denken. Sicher bin ich nicht der Einzige, der dich vor Hunter gewarnt hat. Aber ist ja unwichtig.« Achselzuckend wandte er sich seinem Bagel zu.

Mir blieb meiner im Hals stecken.

»Du hast recht, es ist unwichtig«, platzte es aus mir heraus. »All der Scheiß, den man über Hunter erzählt, ist mir absolut egal, weil ich nämlich keine Vorurteile habe. Ich mache mir lieber selbst ein Bild von den Menschen. Davon abgesehen geht es dich absolut nichts an, was ich wo mit wem mache! Selbst wenn ich mich nackt auf diesem Tisch wälzen würde, ginge es dich absolut nichts an!«

Beck prustete los. Dylan verpasste ihm einen Stoß in die Rippen, woraufhin er sein Lachen erfolglos als Husten kaschierte.

»Ich wüsste echt gerne, was dein verdammtes Problem ist?«, fauchte ich.

Mittlerweile hatten sich einige Leute, die an den anderen Tischen saßen, zu uns umgedreht. Auch das war mir egal. Sollten sie es ruhig alle hören. Alle, die eine schlechte Meinung von Hunter hatten, ohne ihn zu kennen.

»Du kannst nicht wirklich so leichtgläubig sein, dass jedes Gerücht oder Vorurteil deine Meinung dermaßen beeinflusst?«, fuhr ich fort.

Dustin schwieg. Beck und Dylan sahen neugierig zwischen uns hin und her.

Ich wollte gerade aufstehen und gehen, als Dustin fragte: »Wusstest du, dass er schwul ist?«

Irritiert erwiderte ich seinen Blick. »Hunter?«

»Quatsch, der doch nicht.« Er warf einen Blick in Hunters Richtung, der uns ebenfalls beobachtete. Dustins Miene verdüsterte sich noch mehr. »Der Junge. Den er verprügelt hat.«

Langsam sank ich zurück auf meinen Platz. Jetzt war mir zumindest klar, warum Dustin die Sache so persönlich nahm. Wie es seine Wut auf Hunter genährt hatte, zu denken, dass dies der Grund dafür war, dass er auf den Jungen losgegangen war.

Ich seufzte. »Damit hatte das überhaupt nichts zu tun.«

Dustin wirkte nicht überzeugt. »Woher willst du das wissen?«

Beck und Dylan hörten immer noch zu, deshalb antwortete ich ausweichend: »Weil wir darüber gesprochen haben. Ich weiß, wieso er es getan hat. Und das war definitiv nicht der Grund.«

»Und was war dann der Grund?«, wollte Dustin wissen, wobei er nicht mehr ganz so angriffslustig klang.

Ich war aufgestanden. »Wenn es dich wirklich interessiert, solltest du ihn selbst fragen. Es ist seine Geschichte. Nicht meine.«

»Wovon träumst du?«

Erschrocken fuhr ich aus meinen Gedanken.

Hunter lächelte auf mich herab. Er hatte einen großen Rucksack geschultert, bei dessen Anblick ich mich unwillkürlich fragte, was für eine Art von Ausflug er geplant hatte.

»Wollen wir los?« Er reichte mir eine Hand, die ich, ohne zu zögern, ergriff.

Ich ließ mich von ihm auf die Füße ziehen, und für paar Atemzüge standen wir dicht beieinander. Die Erinnerung an unseren Kuss stieg in mir auf. Mein Blick wanderte zu seinen Lippen.

Er schien meine Gedanken zu erraten, denn mit einem kurzen Blick über den Platz sagte er: »Später«, und zwinkerte mir zu.

Ich konnte immer noch nicht fassen, dass ich Hunter geküsst hatte. Für einen Sekundenbruchteil hatte ich befürchtet, dass ich mich lächerlich machen würde, weil er mir meine fehlende Erfahrung anmerken würde. Jedoch hatte sich der Gedanke verflüchtigt, kaum waren unsere Lippen aufeinandergetroffen. Der Kuss hatte ein Feuer in meinem Innern entfacht, das ich noch nie zuvor gefühlt hatte. Innerhalb von Sekunden wurde ich süchtig danach.

»Wohin gehen wir?«, fragte ich und schob die Erinnerung beiseite. Mein Gefühl sagte mir, dass wir heute sicher noch weitere dieser Erinnerungen erschaffen würden. Bei dem Gedanken floss fiebrige Hitze durch meinen Körper.

»Das ist mein Geheimnis.« Hunter hielt sich verschwörerisch einen Finger vor die Lippen.

Ich verzog den Mund. »Ich mag keine Geheimnisse.« Das war die Wahrheit. Trotzdem hatte ich mehr als genug davon.

»Wieso nicht?«, fragte Hunter ernst und führte mich in der Nähe des Parkplatzes zwischen den Bäumen nach links. Weg von der Küste, tiefer in die Wälder hinein.

»Geheimnisse«, begann ich langsam, während ich nach den richtigen Worten suchte, »verhindern, dass man sich den Menschen so zeigt, wie man ist. Man ist nie man selbst, wenn man vor seinem Gegenüber ein Geheimnis hat. Es entfernt einen von den anderen. Wenn man nicht vorsichtig ist, wird einem das eigene Gesicht fremd.«

Hunter blickte mich nachdenklich an. »Heißt das, du bist immer du selbst? Bist ehrlich und verstellst dich nicht?«

»Ich versuche es«, antwortete ich ausweichend. »Nur weiß ich manchmal selbst nicht, wer genau ich bin.«

Schweigend setzten wir unseren Weg fort. Es war ein einträchtiges und friedliches Schweigen, lediglich durchbrochen vom Wispern der Bäume und Zwitschern der Vögel.

Wir kletterten einen steilen Hang hinauf, und Hunter ging hinter mir. Die ganze Zeit fürchtete ich, ich könnte stolpern und ihn umreißen. Das wäre nicht nur furchtbar peinlich gewesen, sondern hätte auch böse ausgehen können.

»Endlich«, stöhnte ich, als wir das obere Ende erreichten und wieder einen festen Weg unter den Füßen hatten.

»Schade eigentlich«, meinte Hunter und richtete sich neben mir auf. »Die Aussicht war wirklich fantastisch.«

»Welche -« Ich brach ab, als mir klar wurde, dass er die ganze Zeit auf meinen Hintern gestarrt hatte. »Haha.«

Hunter lachte. »Hat dir etwa noch nie jemand gesagt, dass du einen echt bezaubernden Po hast?«

Ich wand mich. »Nicht in diesen Worten, und … nein.« Meine Wangen wurden rot. Wenn ich mit etwas nicht umgehen konnte, dann waren es Komplimente. Besonders Komplimente dieser Art. Was erwiderte man auf so was? Musste ich überhaupt etwas dazu sagen?

Zum Glück nahm Hunter mir die Entscheidung ab. Er blickte sich um und deutete nach rechts. »Ich glaube, wir müssen dort lang.«

»Du glaubst?« Hastig ging ich ihm hinterher.

Seine Beine waren ein ganzes Stück länger als meine, und er hatte einen ziemlich schnellen Schritt drauf. Der Weg ging stetig bergauf, und wir atmeten schwer.

»Na ja, ich war schon länger nicht mehr hier. Bei allem, was in letzter Zeit los war.«

»Heißt das, du kommst sonst öfters her?«

Hunter lächelte ein entspanntes Lächeln. »Ja. Der Acadia Nationalpark ist einer meiner Lieblingsorte. Er hat viele schöne Plätze. Mein Dad war mit uns früher oft hier zum Campen.« Seine Stimme nahm einen wehmütigen Klang an. »Irgendwann hatte Maia genug davon. Sie wollte die Wochenenden lieber bei ihren Freunden verbringen als mit uns im Wald. Und kurz darauf hörten wir einfach auf, gemeinsam zu zelten. Als hätten wir es nur für Maia getan.«

Ich sah, wie er schluckte. Maia. Das Mädchen, nach dem er sein Boot benannt und für das er einen Jungen verprügelt hatte.

»Wie ist sie so?«, fragte ich zögernd.

Hunters Schritte verlangsamten sich. »Sie ist …« Er brach ab und rieb sich den Nacken. Dann begann er von Neuem: »Sie tanzt gerne. Und ständig. Ständig hat sie Kopfhörer in den Ohren und bewegt ihre Lippen zur Musik. Sie singt aber nie wirklich, weil sie glaubt, dass ihre Stimme furchtbar klingt. Sie liebt Zitronen und hat Angst vor Nadeln.« Er hielt inne und schluckte. Seine Brauen hatten sich zusammengezogen. »Früher war sie immer fröhlich. Sie hat immer gelacht. Auch über sich selbst. Über ihre eigene Tollpatschigkeit. Aber nach allem, was ich jetzt weiß, was geschehen ist, bevor sie verschwand, da frage ich mich, ob das echt war. Oder ob ihr Lachen nur eine Maske war. Verstehst du?«

Stumm nickte ich. Mein Herz hatte sich zusammengezogen, denn der Schmerz in seiner Stimme war förmlich greifbar.

»Danke«, sagte er leise. »Dass du gefragt hast, wie sie ist.« Mit glasigen Augen sah er mich an. »Und nicht, wie sie war.«

Er wirkte tief in Gedanken versunken, während wir weitergingen. Ich ließ ihm einen Moment Zeit und betrachtete die hohen und teilweise sehr wuchtigen Bäume um uns herum. Die Spitzen ihrer Blätter liefen rot und gelb an. Efeu hatte sich einige Stämme zu eigen gemacht. Andere waren mit Moos bewachsen. Der Wind säuselte in den Kronen und schickte uns klare Luft nach unten.

»Es ist wirklich schön hier.«

»Das ist es«, bestätigte Hunter und klang wieder so entspannt wie bei unserem Aufbruch. »Außerdem sind wir fast da.«

Der Weg verlor seine Steigung, und ich atmete gelöst durch. »Und wo ist ›da‹?«

Hunter grinste nur. Er führte mich um eine Biegung, und urplötzlich gaben die Bäume uns frei. Wir standen mitten auf einer bunten Wiese. Unzählige Kornblumen in Gelb, Blau und Purpur streckten ihre Köpfe über das Gras hinaus. Eine Böe wogte wie eine Welle durch die Halme. Ein seltsames Rauschen lag in der Luft.

»Noch eine Klippe?«, fragte ich neugierig und betrachtete das große Stück Himmel, das sich am Ende der Wiese erstreckte.

»Nicht ganz«, meinte Hunter zwinkernd. »Komm.« Er hielt mir seine Hand entgegen.

Ich nahm sie und ließ mich von ihm weiterführen.

Die Wiese endete so unerwartet, wie sie aufgetaucht war. In einem Moment standen meine Füße in saftigem Gras. Im nächsten schon blickte ich hinab in ein großes tiefes Loch. Türkisfarbenes Wasser funkelte mir entgegen. Es ergoss sich in schmalen Fällen aus der Erde und landete schäumend in einer kleinen Bucht. Stetige Wellen verzerrten die glitzernde Wasseroberfläche. Blumen in allen Farben kletterten von der Wiese an den steinernen Wänden hinab, die das Wasser einschlossen. An einer Seite war die Felswand zerklüftet und ließ den Ozean in die Bucht fließen. Hinter dem Loch endete die Wiese an einer steil abfallenden Klippe.

»Gefällt es dir?«

»Ja«, hauchte ich, verzaubert von dem Anblick. »Es ist wirklich schön.«

Ich sah zu Hunter – und mein Blick traf direkt auf seine glatte, deutlich definierte Brust. Mein Mund klappte auf. Gleichsam überrumpelt wie fasziniert wanderten meine Augen über seinen nackten Oberkörper.

»Ähm …« Angestrengt versuchte ich, mich daran zu erinnern, wie man Worte formte. »Was tust du da?«

Hunter ließ sein T-Shirt ins Gras fallen, wo schon sein Rucksack lag, und grinste schelmisch. »Kannst du schwimmen?«

Mit offenem Mund guckte ich ihn an. Mein Blick huschte von seinen Händen, die nach dem Knopf seiner Jeans griffen, zu dem Wasser unter uns. »Du willst da runterspringen? Das sind sicher zehn Meter.« Ich konnte nicht verhindern, dass meine Stimme leicht nach oben rutschte.

Mein Mund wurde trocken, als ich mich wieder Hunter zuwandte. Er hatte seine Hose ausgezogen. Der einzige Fetzen Stoff an seinem Körper waren eng sitzende Boxershorts. So eng, dass ich die Konturen darunter ausmachen konnte, ob ich nun wollte oder nicht.

Himmel, ich musste aufhören, zu starren!

»Hast du etwa Angst?« Das amüsierte Funkeln in seinen Augen verriet mir, dass er meinen viel zu langen Blick bemerkt hatte.

»Ich denke nur, dass wir vielleicht nicht aus dieser Höhe in ein unbekanntes Gewässer springen sollten«, erwiderte ich bemüht ruhig. »Wir wissen nicht einmal, wie tief es ist.«

»Tief genug«, erwiderte Hunter. »Ich bin schon einige Male reingesprungen.«

»Wirklich?« Ich sah noch einmal hinab in das Loch. Natürlich konnte ich schwimmen. Aber so tief war ich bisher nie ins Wasser gesprungen. Es war verrückt. Aufregend. Ein nervöses Kribbeln erfasste mich, und ich grinste. »Okay.«

»Tatsächlich?« Hunter wirkte überrascht.

Ich zuckte die Achseln, als wäre es kein großes Ding. Allerdings führte mein Inneres eine Mischung aus einem Freudentanz und einem Ohnmachtsanfall aus. Nicht so sehr wegen der Höhe. Sondern weil mir in diesem Moment bewusst wurde, dass ich unmöglich mit meiner Kleidung springen konnte. Unsicher zupfte ich am Saum meines Pullovers.

»Soll ich mich umdrehen?«, fragte Hunter, und es klang, als meinte er es wirklich ernst.

»Das ist es nicht«, erwiderte ich.

Hunter hatte zwar die Narben an meinem Arm gesehen. Allerdings gab es noch mehr. Unzählige.

Er blickte mich abwartend an. Ich atmete tief durch und zog mir den Pullover über den Kopf.

Hunter hatte mich geküsst. Er hatte mich berührt und war mir nähergekommen als je jemand anders zuvor. Link war Geschichte, und vielleicht konnte ich so einen ersten Schritt tun, um ihm die Macht zu nehmen, die er immer noch über mich hatte. Die Erinnerungen und die Narben, mit denen er sich auf meinem Körper verewigt hatte.

Mein Herz schlug mir bis zum Hals, als mein Pullover ins Gras fiel. Hunters Augen weiteten sich. Jedoch nicht auf dieselbe Art wie meine kurz zuvor. Er war nicht fasziniert oder überrascht. Er war erschrocken. Sein Blick tastete die Landkarte aus Narben ab. Auf meinen Rippen, direkt unter meinem BH. Knapp über meinem Bauchnabel. An meiner rechten Seite in der sanften Kurve der Taille.

»Wie -«

»Nicht.«

Hunter verstummte.

»Bitte«, sagte ich leise. »Ich möchte einfach nur springen. Okay?«

Ein stummes, aber zögerndes Nicken war die Antwort.

Langsam schlüpfte ich aus meinen Jeans. Weitere Narben kamen zum Vorschein, aber Hunter schwieg. Sein Blick wanderte über meinen Körper, über den Slip mit dem weißen Spitzenrand und dem passenden BH. Der Schreck verschwand aus seinen Augen, und ich erkannte etwas anderes darin. Begierde. Meine Wangen glühten vor Verlegenheit. Mein Blut schien zu kochen. Weil es mir gefiel.

»Bereit?«, fragte ich heiser. In mir tobten so viele Gefühle,

fremde wie vertraute, dass ich beim besten Willen nicht sagen
konnte, was genau in mir vorging. Ich wusste nur, dass ich das
hier wollte. Den Sprung. Dass Hunter mich sah. *So* sah.

Er nickte, und das Grinsen kehrte auf seine Lippen zurück.
»Auf jeden Fall.«

Ich trat einen Schritt auf den Abgrund zu, aber Hunter hielt
mich auf.

»Vertraust du mir?«, fragte er. Seine Augen blitzten gefährlich.

Ich hatte mich noch nie so sicher gefühlt. »Ja.«

Hand in Hand rannten wir los.

38
Hunter

Der Sprung katapultierte uns nach vorne, und die Welt rauschte an uns vorbei. Die Blumen an den steinernen Wänden verschwammen zu bunten Punkten. Kühle Luft zog an uns vorbei. Das Wasser kam immer näher, und Andys Schrei klang in meinen Ohren. Sie hatte keine Angst. Es war ein Schrei der Begeisterung.

Wir durchstießen die Wasseroberfläche, und kalte Wellen schlugen über uns zusammen. Andys Hand rutschte aus meiner. Sekunden später paddelte ich an die Oberfläche zurück.

»Das war der Wahnsinn!« Andys begeisterte Stimme drang an mein Ohr.

Ich entdeckte sie nur wenige Meter hinter mir. Kleine türkisfarbene Wellen brachen sich an ihren Rippen. Der BH klebte nass an ihren Brüsten. Verdammt, ob sie wusste, wie heiß sie war?

»Können wir das noch mal machen?«

Ich gluckste. »So oft du willst. Aber erst zeige ich dir meinen Lieblingsplatz.«

»Okay.« Andy grinste. Sie wirkte so losgelöst.

Fast hätte ich die Narben vergessen, die sich über ihren Körper verteilten – aber nur fast. Seit ich wusste, dass sie da waren, konnte ich den Gedanken daran nicht mehr loswerden. Sie erschienen mir wie das Zeugnis eines schlimmen Unfalls. Oder einer Misshandlung.

Ich zwang mich, nicht auf die Narben zu sehen. Je näher wir dem Ufer kamen, stellte sich das als immer einfacher heraus. Das Wasser wurde flacher, und ich hatte einen ausgezeichneten

Blick auf Andys Po. Der weiße Slip klebte an ihrer Haut und betonte ihre festen Rundungen. Mir wurde heiß.

»Es ist so schön hier.« Andy drehte sich langsam im Kreis und nahm den Ort in sich auf.

Von oben hatte man keine ausreichende Sicht, um zu erkennen, was den See umgab. Es waren mehr als einfach nur Felswände. Sie fielen an einer Seite schräg nach außen ab, sodass sich ein schmales, sandbedecktes Ufer gebildet hatte. Der Grund, über den wir jetzt auf das Ufer zugingen, bestand ebenfalls aus feinstem Sand.

»Ein kleiner Strand. Den konnte man von der Wiese aus nicht erkennen«, bemerkte Andy, als sie das Ufer erreichte. Von hier aus konnte man den zerklüfteten Riss sehen, hinter dem der Ozean im Licht der Nachmittagssonne schimmerte.

»Ja«, bestätigte ich. »Manchmal sind die Dinge anders, als man zuerst erkennen kann.«

Sie erwiderte meinen Blick, und für einen Moment standen wir uns wortlos gegenüber. Dann kam sie auf mich zu, immer näher, bis ich jeden Wassertropfen, der in ihrem Haar hing, zählen konnte. Ihre Hände lagen plötzlich auf meinem Bauch, ihre Daumen zeichneten die Konturen meiner Muskeln nach. Eine Gänsehaut wanderte von meinem Nacken bis über meine Arme.

»Stimmt«, murmelte sie und strich mit ihren Fingern hinauf über meine Brust. »Manchmal sind sie ganz anders.«

Ich schloss die Augen und spürte ihre Hände im Nacken. Kurz darauf lagen ihre Lippen auf meinen.

In gewisser Weise überraschte mich dieser Kuss ebenso wie der erste. Ich hatte Andy nicht so eingeschätzt. Dass sie auf diese Art die Initiative ergriff und sich einfach nahm, wonach ihr war.

Sie sog an meiner Unterlippe, und all meine Gedanken schalteten sich ab. Wir hatten viel zu wenig an, als dass dieser Kuss unschuldig sein konnte.

Meine Arme schlangen sich um ihren Rücken, meine Fingerspitzen lagen am Bund ihres Slips. Ich fuhr daran entlang und zog sie noch enger an mich. Ihr nasser, beinahe nackter Körper drückte sich an mich, und kleine Blitze zuckten durch meinen Körper. Ein kühler Wind strich an uns vorbei, aber mir war, als stünde meine Haut in Flammen.

Mit der Zunge stieß ich sanft vor und bat um Einlass. Andy gewährte ihn, ohne zu zögern. Ihre Hände gruben sich in mein Haar, brachten meinen Kopf noch näher zu sich. Meine Hände dagegen umschlossen ihren Po. Ich presste sie an mich. Sie keuchte leise, als sie mein Verlangen an ihrem Körper spürte, das ich nicht mehr verbergen konnte. Sie lehnte sich leicht zurück, ihre Hände glitten von meinem Nacken über meine Brustwarzen. Ich glaubte nicht, dass ihr bewusst war, was sie mit mir anstellte. Wie nah ich daran war, sämtliche Kontrolle zu verlieren. Schwer atmend löste ich mich von ihr.

Sie öffnete die Augen. Mit dem glasigen Blick und den geröteten Wangen war sie einfach wunderschön. »Alles okay?«

Ich räusperte mich angestrengt. »Ja. Nur … Ich denke, wir sollten es etwas langsamer angehen lassen. Du meintest ja, du hättest noch nicht so viel … Erfahrung.«

Andy schmunzelte. »Stimmt. Aber ich habe oft genug von dieser Erfahrung geträumt, und ehrlich gesagt, denke ich, dass ich bisher sehr viel verpasst habe.« Ihr Blick verfinsterte sich etwas.

Ich fragte mich, woran sie dachte. Bevor ich diese Frage aussprechen konnte, wanderten ihre Hände erneut über meine Brust, und ich vergaß, wie man Worte formte.

»Du musst mich nicht in Watte packen. Ich kann dir sagen, wenn etwas nicht in Ordnung ist. Okay?«

Ich nickte. »Okay. Deal.«

Sie hauchte mir noch einen Kuss auf die Lippen, dann wandte sie sich ab. Langsam ging sie am Wasser entlang. Sie legte den Kopf in den Nacken und sah in den Himmel hinauf, der sich wie eine Decke an das Loch über uns schmiegte. Der Ozean rauschte hinter den felsigen Wänden, und hin und wieder schwappte eine besonders kräftige Welle durch den zerklüfteten Spalt.

»Wir könnten ein bisschen hierbleiben, wenn du magst«, schlug ich vor. »Ich hab Handtücher und ein paar Dinge für ein kleines Picknick dabei.«

Andy grinste und deutete auf den Himmel. »Und die liegen da oben.«

»Ja«, erwiderte ich und zwinkerte. »Aber ich kenne eine Abkürzung.«

39
Andy

Hunter stieg ins Wasser und verschwand kurz darauf in dem Riss im Stein.

Ehrlich gesagt, war ich froh darum, denn so hatte ich einen Moment Zeit, um meine Gedanken zu ordnen. Ganz so ruhig und selbstsicher, wie ich mich vor ihm gegeben hatte, fühlte ich mich nicht.

Körperliche Nähe war mir größtenteils fremd. Der Junge, den ich damals geküsst hatte, hatte mich nicht wirklich interessiert. Ich wusste nicht einmal mehr, wie er hieß. Ich hatte nur erfahren wollen, wie es sich anfühlte, geküsst zu werden. Natürlich war es eine Katastrophe gewesen. Ein kalter, emotionsloser Kuss, überdeckt vom Geschmack von Alkohol und Zigaretten. Als ich nach Hause gegangen war, waren meine Tränen unaufhörlich auf den Asphalt getropft. Ich hatte meinen ersten Kuss sinnlos verschenkt.

Alles, was ich bisher mit Hunter erlebt hatte, war anders. Intensiver. Bedeutungsvoller. Es benebelte meine Sinne und elektrisierte mich. Sogar jetzt spürte ich noch die kribbelnde Wärme in meinem Unterleib.

Es stimmte, was ich zu Hunter gesagt hatte. Ich hatte das Gefühl, viel verpasst zu haben. Und seit unserem Kuss auf der Klippe, wollte ich all diese Erfahrungen unbedingt nachholen. Ich wollte ihm nahe sein. Seinen Körper erkunden. Erleben, dass er mich berührte.

Mein Herz schlug bei diesem Gedanken schneller. Ich wusste nicht, wie weit ich zu gehen bereit war, aber ich wollte es herausfinden.

Hunter blieb eine Weile verschwunden. Ich überlegte gerade,

ob ich ihm nachgehen sollte, als er zwischen den Felswänden auftauchte. Seinen Rucksack hielt er mit einer Hand über den Kopf, während er mit der anderen mühsam durchs Wasser schwamm. Er näherte sich dem Ufer und warf den Rucksack in den Sand, wo dieser mit einem dumpfen Schlag aufkam.

Ich umfasste den Griff und zog daran. Der Rucksack war wahnsinnig schwer.

»*Den* hast du die ganze Zeit getragen?«, fragte ich ungläubig und dachte vor allem an den steilen Hang, den wir hinaufgestiegen waren. »Bist du irre?«

Hunter tippte sich auf die Brustmuskeln. »Glaubst du etwa, die sind nur dazu da, damit du sie anschmachten kannst?«

»Ich … das … das hab ich gar nicht«, stotterte ich unbeholfen. »Was kann ich dafür, wenn du dich einfach so ausziehst?«

Hunter grinste bloß. Dann wühlte er in seinem Rucksack und warf mir ein Handtuch und meine Kleidung zu.

»Hier. Nicht, dass du dich erkältest.«

»Danke.« Ich trocknete mich eilig ab, denn vom Ozean wehte tatsächlich ein kühler Wind, und die Wärme der Sonne erreichte uns nicht.

Allerdings wurde mir schnell klar, dass mir das Abtrocknen nur wenig nutzte. Meine Unterwäsche war viel zu nass, um damit in die andere Kleidung steigen zu können.

Ich drehte Hunter den Rücken zu, schlang das Handtuch um mich und schlüpfte eilig aus Slip und BH, bevor ich meine Jeans und den Pullover wieder anzog. Es fühlte sich etwas seltsam an, dennoch war es die bessere Alternative.

Als ich mich umwandte und mein Haar mit den Fingern kämmte, war Hunter ebenfalls vollständig angezogen und breitete gerade eine Decke im Sand aus. Ich setzte mich darauf und beobachtete, wie er verschiedene Dinge aus seinem Rucksack zog.

»Ich habe noch eine weitere Decke dabei, falls es kälter wird«, erklärte er, während er Snacks, Wasser und eine Flasche Kräuterlikör auf der Decke ausbreitete.

»Gibt es was zu feiern?«, fragte ich lachend und griff nach dem Likör.

Hunter zuckte die Achseln. »Ich wusste nicht, worauf du Lust hast, und das war der einzige Alkohol, den ich auftreiben konnte.«

Nachdenklich drehte ich die Flasche in den Händen.

»Das Zeug ist nicht so schlimm wie das Gemisch von Dustin, versprochen.«

Ich lächelte schwach. »Daran habe ich gar nicht gedacht.«

»Woran dann?« Hunter beugte sich wieder über seinen Rucksack und holte ein paar Teelichter hervor, die uns beim Hereinbrechen des Abends Licht spenden würden. Er zündete sie nacheinander an und verteilte sie im Sand. Dann setzte er sich mir gegenüber auf die Decke und steckte sich eine Traube in den Mund.

»Ich dachte, es würde mehr Spaß machen«, erwiderte ich langsam. »Die Partys, meine ich. Früher hatte ich nie groß Gelegenheit auf eine zu gehen oder in Clubs oder sonst wohin. Ich bin immer zu Hause geblieben. Bei meiner Mom und Brian, meinem Bruder. Oder ich war lange in der Bibliothek und habe gelernt.«

»Das ist doch sehr vorbildlich.«

Ich verdrehte die Augen, grinste aber. »Ja, bestimmt. Auf jeden Fall hörte ich die Leute in der Schule oft von der letzten *geilen* Party reden. Sie erzählten sich Storys über all den Mist, den sie betrunken angestellt hatten, und lachten mit denen, die wegen einer Alkoholvergiftung in der Notaufnahme gelandet sind. Und auch wenn ich nie wirklich verstanden hab, was genau daran lustig sein soll, klang es so, als hätten sie auf diesen Partys eine fantastische Zeit gehabt. Ich war immer ein wenig neidisch auf diese Leute, die scheinbar keine größeren Probleme hatten als die schwere Entscheidung, welchen älteren Bruder sie anheuern konnten, damit er ihnen den Alkohol besorgte.« Ich legte die Flasche auf der Decke ab und mied Hunters Blick. Mit einem Mal kam mir das Gesagte total unwichtig vor. Über diesen Kleinkram sollte ich mir wirklich keine Gedanken machen. Dennoch war es etwas, das mich früher oft beschäftigt hatte.

Hunter nahm die Flasche und knibbelte die Folie am Verschluss ab. »Lass dir von jemandem, der auf mehr Partys war als jeder andere in dieser Stadt, Folgendes sagen: Solche Partys, wie deine Klassenkameraden sie erlebt haben, sind weder witzig noch machen sie wirklich Spaß.«

»Das sagst du nur, damit ich mich besser fühle.«

Hunter schüttelte den Kopf. »Sie erzählen diese Geschichten und lachen, um ihre Scham zu verstecken. Über den Mist, den sie gebaut haben, und die Nächte, die sie kotzend über dem Klo verbracht haben. Außerdem die Unsicherheit. Die meisten von ihnen haben das Gefühl, sie müssten auf diese Partys gehen, um dazuzugehören. Anders zu sein, macht ihnen Angst.« Er öffnete die Flasche mit einem Plopp, griff nach den Gläsern und füllte etwas Likör hinein.

»Ist doch verständlich, oder?« Ich nahm ihm das Glas ab und schnupperte vorsichtig an dem Inhalt.

»Anders zu sein, ist nie schlecht«, widersprach Hunter und lächelte. »Nachts hängen Milliarden von Sternen am Himmel, und alle Menschen sagen, wie schön ihr Anblick sei. Milliarden gleich aussehender Sterne. Nur selten hat man das Glück, mal eine Sternschnuppe zu sehen. Aber wenn es so ist – wo schauen wir dann hin?«

Ich schmunzelte dankbar. »Auf die Sternschnuppe.«

»Genau.« Hunter zwinkerte. »Zwischen all den Sternen solltest du immer versuchen, eine Sternschnuppe zu sein.« Er schaute mich an, offenherzig und voller Wärme. »Für mich bist du das schon.«

Meine Wangen brannten, und mein Puls raste.

Hunter griff nach einem der Gläser und brach den Blickkontakt ab, was mir eine Sekunde zum Durchatmen gab.

»Woher hast du denn diese weisen Worte?«, fragte ich scherzhaft, aber Hunter lachte nicht.

Stattdessen griff er meine Hand. Sein Daumen malte unsichtbare Zeichen auf meinem Handrücken. »Es ist nur die Wahrheit.«

Er trank einen Schluck. Dann schlich sich wieder das typische, schiefe Grinsen auf sein Gesicht. »Weißt du, ein paar dieser Partyerfahrungen könnte man durchaus nachholen.« Er schwenkte die Likörflasche.

Skeptisch zog ich die Augenbrauen hoch. »Also ich hab eigentlich keine Lust, wegen einer Alkoholvergiftung in der Notaufnahme zu landen.«

»Keine Sorge, so etwas schwebt mir sicher nicht vor. Wie soll ich unsere gemeinsame Zeit genießen, wenn du die Hälfte davon bewusstlos bist?«

»Und woran hast du dann gedacht?«

Hunter grinste. »Na ja, zu jeder wirklich guten Party gehören Trinkspiele. Lass uns etwas spielen.«

»Spielen?«

Angesichts des Argwohns in meiner Stimme grinste Hunter noch breiter. »Traust du dich nicht?«

»Natürlich.« Ich schnaubte. »Was für ein Spiel?«

»Nun, da gibt es verschiedene Möglichkeiten. *Ich hab noch nie, Wahrheit oder Pflicht* …«

»*Ich hab noch nie?* Wie funktioniert das?«

»Du sagst etwas, zum Beispiel *Ich hab noch nie einen Unfall gebaut.* Und wenn ich das schon getan habe, muss ich trinken. In einer größeren Gruppe macht es natürlich mehr Spaß, aber es ist eine spannende Art, sich kennenzulernen oder zu testen, wie gut man sich schon kennt.«

Stirnrunzelnd hörte ich mir seine Beschreibung an. »Aber ich könnte doch einfach lügen und nichts trinken, obwohl ich es getan habe?«

»Sicher«, meinte Hunter schulterzuckend. »Aber das wäre ziemlich unfair.«

Ich wollte gerade einwerfen, dass Fairness vermutlich zweitrangig war, wenn man ein Geheimnis zu hüten hatte, bis mir klar wurde, dass ich es vielleicht zu sehr gewohnt war, nicht über alles, was ich erlebt hatte, sprechen zu können. Für eine Gruppe

Freunde, die sich seit Jahren kannte, war dieses Spiel wahrscheinlich lustig und brachte ein paar interessante Geschichten an die Oberfläche.

»Okay«, sagte ich und stellte mein volles Glas zu meinen Füßen ab. »Du fängst an.«

Hunter schien ehrlich überrascht über meine Antwort. Im selben Moment wurde mir klar, dass ihm vermutlich ziemlich viele Dinge einfielen, die ich noch nie getan hatte. So würde dieses Spiel für mich zumindest nicht mit einem Kater enden.

»Fangen wir mit etwas Leichtem an: Ich hab noch nie eine Straftat begangen.«

Verdammt. Meine Finger schlossen sich fester um das kühle Glas, während Hunter von seinem trank.

»Du wählst etwas, das du selbst schon getan hast?«

»Ich hatte Durst«, meinte er grinsend. »Davon abgesehen kennst du meine Straftat schon. Wie sieht es mit deiner aus?«

Ich verzog das Gesicht, bevor ich langsam das Glas hob. Der Likör brannte im Hals, schmeckte aber nicht allzu schlecht. Er erinnerte mich an die Kräuterbonbons, die ich immer lutschte, wenn ich Halsschmerzen bekam. Als ich das Glas wieder abstellte, musterte Hunter mich mit großen Augen.

»Ich bin noch nicht einundzwanzig, also ist allein das hier …« Ich schwenkte das Glas. »… eine Straftat.«

Er schüttelte belustigt den Kopf. »Das zählt nicht. Das tut doch jeder.«

Ich seufzte. Dann zählte ich meine vergangenen Sünden an meinen Fingern ab. »Diebstahl, Einbruch und Widerstand gegen die Polizei… in gewisser Weise.« Ganz zu schweigen von den gefälschten Daten, mit denen ich mich an der AU eingeschrieben hatte. Doch das ließ ich außen vor, denn Hunter guckte mich jetzt schon an, als wäre mir ein dritter Kopf gewachsen.

»Du machst Witze.«

Ich lachte. Es klang falsch in meinen Ohren, aber Hunter sackte erleichtert zurück.

»Das mit dem Einbruch stimmt«, erklärte ich. »Ich wollte in die Bibliothek unserer Schule, die leider wegen Renovierungsarbeiten geschlossen war. Hat mich eines späten abends allerdings nicht sonderlich interessiert.«

Jetzt war es Hunter, der schallend lachte. »Ich glaub, ich kenne niemanden sonst, der in eine Bibliothek einbrechen würde. Wenn das alles ist, was du getan hast, bist du ja fast eine Heilige.«

Ich schluckte gegen den Kloß in meinem Hals an und bemühte mich, das Lachen zu erwidern. *Wenn du wüsstest*, dachte ich betrübt, *dann würdest du nicht mehr lachen.*

Hunters Lippen zuckten noch einmal. »Du bist dran.«

Es dauerte nicht lange, bis mir etwas einfiel, das ich von Hunter wissen wollte. Ich hatte nicht die Absicht, dieses Spiel mit belanglosen Fragen zu füllen. »Ich hab noch nie verschwiegen, was ich studiere.«

Hunter blickte mich irritiert an. Sein Glas blieb ungerührt.

»Du bist in das Gebäude für Politik und Wirtschaft gegangen, als wir zusammen über den Campus gegangen sind«, erinnerte ich ihn.

»Ah.« Er nickte langsam. »Stimmt. Aber ich habe nie behauptet, ich hätte nur Literaturkurse gewählt.«

»Aber du -« Ich verstummte, als mir klar wurde, dass er recht hatte. Ich war davon ausgegangen, dass er ähnliche Kurse belegt hatte wie ich, weil wir uns in einigen davon begegnet waren. Aber er hatte es nie so gesagt.

»Na gut«, murrte ich. »Aber was genau machst du an der AU? Literatur und Politik oder Wirtschaft? Wie genau passt das zusammen?«

Hunter seufzte und fuhr sich durchs Haar. »Ich hab da so einen Deal mit meiner Mom«, erklärte er. »Sie wünscht sich, dass ich in ihre Fußstapfen trete. Ich soll Unternehmer werden oder Politiker oder irgendetwas anderes, was in ihren Augen Eindruck schindet.« Der Tonfall seiner Stimme machte mehr als deutlich, wie wenig er davon hielt.

»Und du willst das nicht?«

»Ich weiß nicht.« Er schnappte sich eine kleine Tomate von unserem Picknick. Doch statt sie zu essen, warf er sie von einer Hand in die andere. »Ich dachte immer, das ist nichts für mich. Aber ich glaube, ich habe mich nur dagegen gewehrt, weil sie es möchte. Nicht, weil ich kein Interesse daran habe.« Er sah in den sich verdunkelnden Himmel und atmete tief durch. »Ich habe keine Ahnung, was ich mit meiner Zukunft anfangen möchte. Deshalb habe ich beschlossen, verschiedene Kurse auszuprobieren. Meine Mom hat die Bedingung gestellt, dass ich einige besuche, die sie für mich zusammenstellt, damit ich zumindest auf irgendetwas zurückgreifen kann, falls alle anderen meiner Interessen ins Leere führen.«

»Also besuchst du die Kurse, die deine Mom sich für dich wünscht, und nebenbei versuchst du herauszufinden, was du eigentlich willst?«

»Ja.«

»Klingt ziemlich anstrengend«, fand ich und dachte an all die Stunden, die ich wöchentlich allein mit den Kursen verbrachte, die wir beide zusammen besuchten.

Hunter gab einen zustimmenden Laut von sich. »Aber so kann ich mich wenigstens ausprobieren. Die Kurse in Literaturwissenschaften und kreativem Schreiben zu wählen, erschien mir nur logisch. Ich lese gerne, denke mir selbst Geschichten aus und habe einfach eine Leidenschaft für Bücher. Aber ehrlich gesagt, weiß ich nicht, ob ich darauf meine Zukunft aufbauen möchte. Bücher machen Spaß und helfen mir, abzuschalten. Alles andere muss ich erst noch herausfinden.«

»Welche Kurse willst du noch ausprobieren?«

Hunter dachte kurz nach. Ich nutzte die Zeit, um von einem der Sandwiches abzubeißen.

»Früher dachte ich mal, dass Medizin etwas für mich wäre«, erzählte er dann. »Als Maia an Krebs erkrankte, war ich erst zehn. Sie lag lange Zeit im Krankenhaus, und ich habe dort viel von der Arbeit der Ärzte mitbekommen. Irgendwie hat mich das fasziniert. Aber ich bin nicht sicher, ob ein Medizinstudium etwas für mich ist. Ich sehe ja bei Logan, wie anstrengend allein die Grundkurse in diesem Bereich sind.«

Ungläubig starrte ich ihn an. »Logan will Medizin studieren?«

Hunter nickte. »Wieso überrascht dich das so?«

Langsam schluckte ich das Sandwich hinunter. »Na ja, er läuft Parcours, spielt Baseball. Ich dachte, er schlägt eine sportliche Richtung ein?«

»Er hat ein Sportstipendium.« Hunter lächelte nachsichtig. »Aber nur, weil er sich sonst niemals das Studium leisten könnte. Er hat hart für das Stipendium gekämpft, denn eigentlich hasst er Baseball. Ironischerweise ist er aber sehr gut darin.«

»Das ist beeindruckend.«

»Findest du?«

»Er tut täglich etwas, das er hasst, und gibt dabei trotzdem sein Bestes, um sich seinen Traum zu verwirklichen«, wiederholte ich und fühlte tiefen Respekt in mir. »Natürlich ist das beeindruckend.«

Hunters Lächeln wirkte etwas traurig. »Schade, dass nicht alle so denken. Die meisten sehen in ihm nur den Sportler, die wenigsten scheinen zu glauben, dass er das Studium wirklich packt. «

Das konnte ich mir nur allzu gut vorstellen. Vorurteile waren eine mächtige Macht. Ich schämte mich ein wenig dafür, dass ich selbst auch nie darauf gekommen wäre, dass Logan einen ganz anderen Weg anstrebte als den offensichtlichen.

Hunter klatschte in die Hände und grinste wieder. »Jetzt aber genug davon. Ich bin dran, glaube ich.«

»Nur zu«, sagte ich, und mein Herzschlag beschleunigte sich etwas, während ich auf Hunters nächsten Spielzug wartete.

»Ich habe noch nie einen Strafzettel bekommen.«

»Wer's glaubt.« Ich schnaubte, und Hunter lachte.

»Glaub es ruhig. Ich halte mich stets an die Straßenverkehrsordnung.«

Wenig überzeugt erwiderte ich seinen Blick.

»Also gut«, räumte er ein. »Wahrscheinlich hatte ich bisher einfach Glück.«

Herausfordernd deutete er auf mein Glas und wartete darauf, dass ich trank. Als ich mich nicht rührte, verschränkte er die Arme. »Hattest du auch einfach nur Glück, oder hältst du dich wirklich an die Regeln?«

»Weder noch«, meinte ich achselzuckend. »Ich habe keinen Führerschein.«

»Oh.«

Amüsiert nahm ich Hunters überraschte Miene zur Kenntnis. »Ich bin eine Sternschnuppe, schon vergessen?« Ich zwinkerte ihm zu. Bevor er auf die Idee kam, mich nach dem Warum zu fragen, hatte ich die nächste Frage im Sinn. »Ich hab noch nie den wahren Grund für mein Verhalten verschwiegen, selbst, wenn es mich in Schwierigkeiten gebracht hat.«

Zugegeben, es war ein sehr offensichtlicher Versuch, mehr über die Gerüchte zu erfahren, die über Hunter in Umlauf waren. Aber auch wenn ich über all diese Geschichten hinwegsehen wollte, nagte ein Haufen Fragen an mir. Insbesondere die, warum Hunter es zuließ, dass jeder ihn verachtete.

Ich überlegte einen Moment, bevor ich mein Glas hob und einen großen Schluck nahm. Mittlerweile sammelte sich der Alkohol als warmes Prickeln in meinem Magen, und ich war mir sicher, dass ich erst noch etwas Essen sollte, bevor ich das nächste Mal trank.

Hunters Augenbrauen hoben sich erstaunt, aber er fragte nicht weiter nach. Stattdessen leerte er sein Glas in einem Zug, ohne mich aus den Augen zu lassen. Sein Gesicht hatte einen ernsten und undurchsichtigen Ausdruck bekommen. »Was genau willst du wissen?« Seine Worte klangen rau. Sie waren leise und über das uns umgebende Plätschern des Wassers kaum zu hören.

Ich schluckte. Beklommen fragte ich mich, ob ich einen Fehler begangen hatte. Aber Hunter wirkte nicht wütend. Er hatte sich vorgelehnt und wartete auf meine Frage.

Ich atmete tief durch. »Wieso warst du auf all diesen Partys?«
Als er mich verwundert ansah, fügte ich hinzu: »Ich hab die Fotos
gesehen.«

»Ah.« Er nickte.

»Einige Partys wirkten ziemlich zwielichtig.«

»Oh, das waren sie.« Nachdenklich rieb Hunter sich den Nacken. Ich wartete gespannt.

»Ich war dort, um meine Schwester zu finden.«

»Maia? Dort?«

Hunter nickte erneut. »In der Zeit vor ihrem Verschwinden
hatte sie einige Probleme. Unter anderem mit Drogen.«

Erschrocken sog ich die Luft ein.

»Ja, es war wirklich übel. Ich dachte, vielleicht kann ich auf
den Partys herausfinden, wo sie sich versteckt. Vielleicht kann
mir dort irgendjemand sagen, ob sie zu einem von ihren früheren
Freunden aus der Szene gegangen ist oder vielleicht zu einem
Dealer.«

Das erklärte natürlich einiges. Wut stieg in mir auf, als mir bewusst wurde, gegen wie viele falsche Urteile Hunter angekämpft
haben musste, nur, weil er auf der Suche nach seiner Schwester
war. Aber dann machte mich seine Wortwahl plötzlich stutzig.

»Moment. Versteckt? Heißt das -«

»Ich bin dran, oder?«, unterbrach Hunter mich. Es klang nicht
unfreundlich.

Ich beschloss, mir die Frage für später aufzuheben. »Okay.«

Mein Gefühl sagte mir, dass sich das Spiel verändert hatte. Mit
der letzten Runde waren wir in ernste Bereiche unseres Lebens
vorgestoßen, und sicher würde nicht nur ich die Gelegenheit nutzen, ein paar Antworten zu bekommen. Hunters nächste Worte
bestätigten meinen Verdacht.

»Ich bin noch nie voller Panik aus einem Buchladen gestürmt.«

Volltreffer. Ohne es zu ahnen, stieß Hunter direkt in schwierige Gewässer vor.

Ich hob das Glas und trank.

»Was ist da passiert?«, fragte er.

»Du veränderst die Spielregeln, wenn du nach Dingen fragst, von denen du längst weißt, dass ich sie getan habe«, protestierte ich schwach. Schließlich hatte ich es eben selbst getan, weshalb mich Hunters ausbleibende Reaktion nicht verwunderte.

Wie sollte ich ihm von dem Artikel berichten, ohne ihm gleich die ganze Geschichte zu erzählen? Alles in mir schaltete automatisch auf Abwehr. Ich wollte mein Glas abstellen, ins Wasser springen und davonschwimmen. Ich wollte Hunter sagen, dass das Spiel eine ganz beschissene Idee gewesen war. Wollte ihm einfach den Rücken kehren und ihn unwissend zurücklassen.

Ich konnte nicht. Nicht nach den Küssen. Nicht, nachdem sich die Nähe zwischen uns immer weiter vertiefte. Nicht, nachdem er so ehrlich zu mir gewesen war.

»Ich hab einen Zeitungsartikel entdeckt«, erklärte ich langsam. »Einen ziemlich furchtbaren. Das ist alles.«

Die Likörflasche schwebte vor meinem Gesicht. »Das reicht nicht«, erklärte Hunter sanft und deutete auf mein mittlerweile leeres Glas.

Ich zögerte. Dann griff ich nach der Flasche, füllte mein Glas und nahm einen tiefen Schluck, um mich zu wappnen. Ich trank zu schnell, der Alkohol brannte in meinem Hals und ich hustete. Ein seltsam leichtes Gefühl erfasste meine Glieder.

»Der Artikel hat Lügen über mich und meine Familie verbreitet«, sagte ich, als das Brennen nachließ.

Hunter sah mich noch verwirrter an als zuvor. »Was für Lügen?«

»Ich kann nicht -«, verzweifelt brach ich ab. »Ich weiß nicht, wie ich es dir erzählen soll. Es ist eine lange Geschichte. Es ist zu viel.«

Sein Gesichtsausdruck sorgte dafür, dass mein Herz geradezu schmerzhaft in meiner Brust schlug. Er war zu wissend. Zu verständnisvoll.

»Hat es mit deinen Narben zu tun?«

Ich schloss die Augen. Weil sie plötzlich brannten. Weil ich

Hunters Blick nicht mehr ertrug. Weil ich mir wünschte, ihm alles zu erzählen und es doch nicht konnte. Weil ich Angst hatte, dass er dann anders über mich dachte. Weil ein kleiner Teil von mir Scham empfand, obwohl ich eigentlich wusste, dass das Unsinn war. Weil ich so unendlich viel Mut aufbringen musste, um das nächste Wort auszusprechen.

»Ja.« Ich flüsterte nur. Aber Hunter hörte es. Da war ich mir sicher.

Als ich die Augen öffnete, deutete er auf die Flasche.

»Du bist dran«, erklärte er, so behutsam, dass mir erneut die Tränen in die Augen traten.

Ich holte tief Luft, bis meine Brust sich nicht mehr ganz so eng anfühlte und beschloss, einen Versuch zu unternehmen, die anfängliche Unbeschwertheit des Abends zurückzugewinnen. »Ich hab noch nie einen erotischen Liebesroman gelesen.«

Natürlich war dieser Satz aus meinem Mund Unsinn, weshalb ich gleich noch einen Schluck trank. Zu meiner Überraschung tat Hunter es mir gleich. Ich lachte, auch wenn es in meinen Ohren angespannt klang.

»Was?«, fragte er gespielt gleichgültig, doch rieb sich dabei verlegen den Nacken.

»Welchen hast du gelesen?«

Hunter blickte mich gequält an. »Ist das wirklich so wichtig?«

»O ja. Das ist essentiell. Ich muss doch wissen, ob unser Buchgeschmack kompatibel ist.« Ich grinste.

Er wand sich sichtlich. »Also gut. Es war ... *Shades of Grey*.«

Mein schallendes Lachen hallte von den steinernen Wänden wieder. Vielleicht lag es am Alkohol, aber ich konnte nicht aufhören, zu lachen, bis mir der Bauch wehtat und ich Hunters Blick bemerkte. Viel zu intensiv lag er auf mir und ließ mich erstarren. Eine andere Art von Wärme, die mit dem Alkohol nichts zu tun hatte, breitete sich in mir aus.

»Du bist wunderschön, wenn du lachst«, sagte Hunter ganz unvermittelt.

Ich tat das Kompliment mit einem Augenverdrehen ab, obwohl mein Puls mittlerweile nur noch überfordert stolperte. »Hör auf, abzulenken. Wieso, um Himmels Willen, hast du ausgerechnet dieses Buch gelesen?«

»Ich dachte, es könnte ganz nützlich sein, okay?« Seine Wangen liefen knallrot an, und ich bemühte mich, nicht wieder in Gelächter auszubrechen. »Ich hatte damals meine erste Freundin und irgendwie das Gefühl, dass wir bald mehr machen müssten, als Händchen halten und uns zu küssen. Nur hatte ich wahnsinnig Angst, alles falsch zu machen, und ich dachte, wenn ich so ein Buch lese, gibt mir das etwas … Inspiration für das erste Mal.«

Mit offenem Mund starrte ich ihn an.

Er raufte sich die Haare. »Ich glaube, ich muss dir nicht erklären, dass Teeniemädchen nicht darauf stehen, wenn sie beim ersten Mal ans Bett gefesselt werden.«

»O mein Gott. Das hast du nicht getan?« Ich presste mir die Hand auf den Mund und versuchte mühsam, mein Lachen und meinen gleichzeitig schockierten Gesichtsausdruck zu verbergen.

Zerknirscht nickte Hunter. »Doch. Na ja, zumindest habe ich es versucht. Bis sie mir einen ziemlich heftigen Tritt verpasst hat.«

Jetzt prustete ich doch wieder los. Ich war so mit Lachen beschäftigt, dass ich zu spät merkte, wie Hunter näherkam und mich umriss. Mit einem erschrockenen Aufschrei landete ich auf dem Rücken. Hunters Gesicht schwebte über mir. Seine Augen funkelten, und mein Lachen erstarb. Fluchtreflexe meldeten sich zu Wort, doch ich unterdrückte sie mit all meiner Kraft. Es war Hunter. Er war nicht gefährlich.

Er beugte sich zu mir herab. Ich spürte seine Knie in meiner Seite. Seine Hände an meiner Hüfte.

»Was ist daran so witzig, Little Rainbow?«, fragte er dicht an meinem Ohr. Seine raue Stimme glitt über meinen Hals.

Mein Atem beschleunigte sich, als seine Lippen die Haut dicht unter meinem Ohr berührten.

»Wie ist es ausgegangen?«, fragte ich schwer atmend. Es gelang mir kaum noch, mich zu konzentrieren.

Er schmunzelte. »Ich hab ihr die Situation erklärt, und danach hatten wir unser erstes Mal, wie es sein sollte. Etwas peinlich und natürlich vollkommen ohne Schläge und Fesselspiele.«

Diesmal blieb mir das Lachen auf halbem Weg in der Kehle stecken.

»Ist es wirklich peinlich?« Die Frage entschlüpfte mir, bevor ich mir auf die Zunge beißen konnte.

Hunter betrachtete mich nachdenklich. Seine Hände wanderten an meinen Armen entlang, und plötzlich riss er sie hoch und fixierte sie mit einem sanften, aber bestimmten Griff über meinem Kopf. »Ich denke, das kommt ganz darauf an«, murmelte er und hauchte mir einen Kuss auf die Lippen. »Wenn man sich vollkommen vertraut, ist es wunderschön, egal wie wenig Erfahrung man hat. Wenn man sich vertraut, ist einem nichts peinlich.«

Erneut senkten seine Lippen sich auf meine, fester diesmal. Ein leises Seufzen entfuhr mir, und unwillkürlich reckte ich mich ihm entgegen. Hunter gab meine Hände frei und zog mich enger an sich. Im nächsten Moment stöhnte er frustriert und löste sich von mir. Er setzte sich auf und nahm mich sanft mit sich.

Mein Atem ging noch viel zu schnell, als er sagte: »Ich bin wirklich ungern derjenige, der diese besondere Stimmung zerstört.« Seine Finger wanderten gedankenverloren über meine Beine. »Aber bevor wir unser kleines Spiel beenden, muss ich noch etwas wissen. Etwas, das mir einfach nicht aus dem Kopf geht. Aber ich weiß nicht, wie ich danach fragen soll.«

Mein Mund wurde trocken. Ich ahnte, worauf dieses Gespräch hinauslief. Schon seit ich die Frage zu dem Zeitungsartikel beantwortet hatte, hatte ich damit gerechnet, diesen Punkt zu erreichen. Und ich sah Hunters fragendem Blick an, dass er es wusste. Er wartete nur auf mein Einverständnis.

Ich schloss die Augen und sammelte mich. Mein Herzschlag zitterte. Etwas sagte mir, dass die Zeit da war. Der richtige Moment und die richtige Person, um darüber zu sprechen. Dass ich

Hunter vertrauen konnte. Entschlossen öffnete ich die Augen.

»Frag.« Meine Stimme klang brüchig. Ich fürchtete, jede Sekunde den Mut zu verlieren.

»Woher kommen deine Narben?«

Obwohl ich mit der Frage gerechnet hatte, wurde mir kalt. Unsicher blickte ich zwischen ihm und dem dunkler werdenden Wasser hin und her.

Hunter bemerkte meinen Blick. Er verschränkte seine Hand mit meiner. »Du kannst mir wirklich vertrauen, Andy.«

Ich schluckte nervös. »Ich weiß. Es ist nur nicht so einfach.«

Hunter wartete. Ich griff mir mein Glas und nahm ein paar kräftige Schlucke, um die Kälte in meinem Innern zu vertreiben. Der Alkohol schickte glühende Leichtigkeit durch meinen Körper. Mittlerweile fühlte ich mich etwas benebelt, weshalb ich den restlichen Likör in den Sand sickern ließ. Es war genug für heute.

Lange erwiderte ich Hunters Blick. Ich wusste, es wäre okay, wenn ich es nicht erzählte. Er würde mich nicht drängen. Aber er würde mich wieder fragen. Es würde eine Distanz erschaffen. Wie nur Geheimnisse es taten. Was zwischen uns war, würde kaputtgehen, bevor es überhaupt richtig begonnen hatte. Vielleicht hatte ich noch nicht den Mut oder die Kraft, um ihm alles zu erzählen. Aber vielleicht einen Teil davon.

Ich fasste einen Entschluss. Langsam griff ich nach dem Saum meines Pullovers.

»Was -« Hunter verstummte, als der Stoff in den Sand fiel.

Ich hatte keinen BH mehr an, war halb nackt und von Narben übersät. Aber ich fühlte mich sicher. Vielleicht durch die Dunkelheit. Oder, weil Hunter mir noch nie einen Anlass gegeben hatte, mich zu fürchten. Gleichzeitig war ich auf eine seltsame Art verletzlich. Nicht äußerlich. Es war nicht die Art von Verletzlichkeit, die ich gewohnt war.

Hunters Blick wanderte über meinen nackten Oberkörper. Über meine Brüste, meinen Bauch und die Narben. Ich nahm seine Hand. Mit Bedacht führte ich sie an meinen Oberarm. Seine

Finger strichen zögernd über die wulstige Haut. Es hieß, Narben-gewebe wäre taub. Bei Hunters Berührung jedoch, fuhr mir ein heißes Gefühl durch den Arm. Wie ein Stromstoß.

»Das war eine Zigarre.« Ich flüsterte fast. Es gelang mir nicht, die Worte lauter auszusprechen. Sofort stieg die Erinnerung an den Schmerz in mir auf, als meine Haut verbrannte. »Wieder und wieder. Es konnte lange nicht richtig heilen.«

Entsetzen sah mir aus Hunters Augen entgegen. Jetzt schon. Dabei fing ich doch gerade erst an.

Ich ließ mich zurücksinken, bis ich auf der Decke lag. Hunter zog ich mit mir, und er beugte sich über mich. Er sagte nichts, als ich seine Hand über meinen Arm führte, zu meinen Rippen direkt unter meine Brust. Dort wartete eine längliche, feinere Narbe. Sicher konnte Hunter mein Herz klopfen spüren, als ich die Narbe mit seinen Fingern nachmalte.

»Das war eine Scherbe. Von einem Spiegel. Ich bin hineinge-fallen, und die Scherben haben mich geschnitten. Dieser Schnitt war am tiefsten, deshalb ist die Narbe geblieben.«

Ich schluckte und führte Hunters Hand weiter. Meinen Bauch hinab, wo sich eine Gänsehaut bildete, über meinen Bauchnabel, bis zum oberen Rand meines Beckenknochens. Seine Hand lag auf der Narbe dort. Sie war seltsam geformt, wie ein Haken und erhaben, jedoch nicht so schlimm wie die an meinem Oberarm.

»Das war ein Ast.« Ich atmete zittrig ein. »Nachdem meine Hündin Daisy getötet wurde, war ich so verstört, dass ich einfach losgelaufen bin, durch den Wald hinter unserem Haus. Ich war blind vor Trauer und Wut. Ich fiel und blieb dabei an einem Ast hängen.«

Tränen brannten in meinen Augen. Jedes Mal, wenn ich die Narbe sah, dachte ich an Daisy. Über die Art, wie ihr Leben ende-te. Sie hatte es nicht verdient, so zu sterben. Es war ihr Pech, dass sie mich getroffen hatte.

Langsam führte ich Hunters Hand hinab zu der letzten auffäl-ligen Narbe. Meine Jeans verbarg sie, aber sicher erinnerte Hunter sich an sie.

»Ein Messer.« Mehr brachte ich nicht hervor. Link wollte mir beweisen, wozu er fähig ist. Es war das erste Mal, dass er mich direkt und geplant verletzte. Nicht, weil ich mich vor meine Mom warf. Nicht, weil er wütend war.

Ich ließ Hunters Hand los. Tränen brannten in meinen Augen. Schmerz schwelte in meiner Brust, von der Last der Erinnerung, der Trauer und Wut, die ich schon so lange mit mir herumtrug. Ein Zittern erfasste mich.

In Hunters Augen standen Schock und Wut. »Wer?«, brachte er mühsam heraus.

Ich öffnete den Mund. Und schloss ihn wieder. Ich konnte nicht. Es war nur ein Wort, aber ich konnte es nicht sagen.

Jahrelang war es mir eingetrichtert worden. *Sag nichts, oder du wirst es bereuen. Es wird wehtun. Es wird deine Seele zerstören.* Diese Botschaft steckte in jeder von Links Drohungen.

Schmerzerfüllt schlug ich die Hände vors Gesicht. Ich konnte Hunters Blick nicht ertragen. Genauso wenig den Schmerz in meinem Innern, der plötzlich aufglomm. Panik erfasste mich. Mein Körper zitterte immer stärker.

Starke Arme fingen mich ein. Ich zuckte zusammen, gefangen in den Erinnerungen. Dann erkannte ich, dass es Hunter war, der mich hielt, und tiefe Entspannung erfasste mich.

Er drückte mich an seine warme Brust und hob mich auf seinen Schoß. »Schon gut«, wisperte er an mein Ohr. »Du musst es mir nicht sagen.« Sanft löste er meine Hände von meinem Gesicht. »Versteck dich nicht. Ich bin für dich da, okay?«

Ich schaute in seine sorgenvollen Augen. Tränen rannen mir über die Wangen, als ich nickte. Ich schmiegte mich an ihn und vergrub mein Gesicht an seiner Schulter. Er schwieg und hielt mich. Es dauerte, doch mit der Zeit verblassten die Erinnerungen, die meine Erzählungen an die Oberfläche geholt hatte, und der Schmerz verlor an Kraft.

»Die Narben werden es mich nie ganz vergessen lassen«, sagte ich irgendwann. »Man wird sie immer sehen, und so hat er immer irgendwie gewonnen.«

Hunter verkrampfte bei diesen Worten. Ich wusste, dass er genug Informationen hatte, um sich alles zusammenzureimen, und trotzdem konnte ich es nicht aussprechen.

»Du siehst es vielleicht anders«, sagte Hunter leise. »Aber diese Narben machen dich wunderschön. Sie zeigen nur, wie stark du bist. Was du überstanden hast. Du musst dich nicht für sie schämen.«

Seine Worte sorgten dafür, dass mir erneut die Tränen kamen.

Er umfasste mein Gesicht und wischte sie mit den Daumen weg. »Ich glaube, für heute haben wir genug gespielt«, sagte er.

Eine Mischung aus Lachen und Schluchzen entfuhr mir.

Hunter schmunzelte und spielte mit meinen Haaren. »Sollen wir zurückgehen? Bist du müde?«

Ich schüttelte den Kopf. »Nein, ich bin nicht müde. Lass uns hierbleiben.«

Hunter räusperte sich. »Also dann, würde es dir etwas ausmachen, dir den Pullover wieder anzuziehen? Ich kann mich so wirklich nicht konzentrieren, und diese ganze nackte Haut stellt meine Selbstbeherrschung ziemlich auf die Probe.«

Erst jetzt fiel mir ein, dass ich halb nackt war. Auf Hunters Schoß, während sich mein Busen gegen seine Arme drückte. Vielleicht hätte es mir peinlich sein sollen, aber das war nicht der Fall. Hitze schoss durch meinen Körper. Ich sah zu Hunter auf, und was auch immer er in meinen Augen entdeckte, ließ sein Lächeln erstarren.

Seine Hände lagen noch immer an meinen Wangen. Mit dem Daumen fuhr er den Schwung meiner Unterlippe nach und kam gleichzeitig näher. In der nächsten Sekunde versanken wir in einem sanften Kuss. Ich spürte, dass Hunter es dabei belassen wollte. Seine Bewegungen waren zögernd und vorsichtig, seine Hände blieben an meinem Gesicht liegen. Aber ich brauchte jetzt keine Vorsicht, keine Zurückhaltung. Ich brauchte etwas anderes. Deshalb drängte ich mich an ihn, schlang meine Arme fest um seinen Körper. Mit der Zunge fuhr ich über seine Lippen.

»Andy … Ich glaube, wir sollten für heute aufhören. Du bist aufgewühlt.« Er wollte sich zurückziehen, aber ich rückte kein Stück von ihm ab.

»Mir geht es gut«, widersprach ich.

Skeptisch blickte er mich an. Ich konnte es ihm nicht übel nehmen.

»Okay«, gab ich zu. »Es geht mir nicht wirklich gut. Aber bitte lass uns diesen Tag nicht so beenden.« Meine Finger tanzten über seine starke Brust. »Lass uns noch eine schöne Erinnerung schaffen.«

Hunter zweifelte, ich erkannte es in seinen Augen. Es ehrte ihn, dass er sich solche Sorgen machte, und es widersprach in so vielen Dingen dem Image, das er unverdient bekommen hatte. In diesem Augenblick jedoch wünschte ich, er wäre der Kerl, von dem alle sprachen. Der Hunter, der nichts anbrennen ließ.

Einem Impuls folgend beugte ich mich vor und küsste seinen Hals. Ich saugte daran und spürte, wie Hunters Selbstbeherrschung bröckelte. Seine Finger gruben sich tiefer in meine Haut. Meine Lippen fanden zurück zu seinen, und der zunehmende Druck, mit dem er den Kuss erwiderte, zeigte mir, wie er den Widerstand aufgab. Hunter sog mein Piercing zwischen seine Lippen, und raubte mir den Atem. Gänsehaut lief mir die Wirbelsäule hinab.

Seine Hände glitten langsam von meinen Schultern. Ich schlang meine Beine enger um seine Hüfte, um ihm zu signalisieren, dass ich einverstanden war. Seine Finger malten die Konturen meiner Brüste nach. Mit beinahe schmerzhafter Sanftheit strich er über meine Brustwarzen. Hitze sammelte sich zwischen meinen Beinen. Ein leises Stöhnen entfuhr mir. Für einen Moment war es mir unangenehm. Noch nie hatte ich erlebt, dass ich so auf eine Berührung reagierte. Doch Hunter zog mich noch enger an sich, und die Bedenken verschwanden. Dann machte er eine schnelle Bewegung, und ich lag mit dem Rücken auf der Decke. Hunter sah auf mich hinab. Meine eigene Begierde spiegelte sich in seinen

Augen. Hinter ihm blitzten die ersten Sterne am Firmament.

Ich tastete nach dem Saum seines T-Shirts und zog es ihm über den Kopf. Beide atmeten wir schwer. Meine Hände glitten über seinen Oberkörper. Sein Herzschlag pochte gegen meine Fingerspitzen.

»Du sagst mir Bescheid, wenn ich etwas tue, wofür du nicht bereit bist, okay?«, vergewisserte er sich.

Es rührte mich, wie vorsichtig er war. Dankbar nickte ich. »Okay.«

Ich war noch nicht bereit bis zum Äußersten zu gehen. Aber soweit ich wusste, gab es viele andere Dinge, die wir tun konnten, mit denen wir uns vorwärts tasten konnten.

Hunter küsste mich lang und innig. Seine Lippen wanderten an meinem Hals hinab. Seine Daumen umkreisten meine Brustwarzen, und die Hitze in meinem Inneren loderte höher. Sein Bein lag zwischen meinen, und ich ertappte mich dabei, wie ich mich ihm entgegendrängte. Er spürte es und schob sein Knie höher, während er gleichzeitig seinen Mund auf meine Brust senkte. In diesem Moment fiel mir ein, dass ich keinen Slip mehr trug. Der raue Stoff der Jeans rieb über meine intimste Stelle. Wieder entfuhr mir ein Stöhnen, lauter diesmal, und es war mir egal. Was Hunter mit mir anstellte, trieb mich in ganz neue und aufregende Bereiche des Empfindens. Er saugte an meiner Brust, und ich bäumte mich ihm entgegen. Seine Hände wanderten an meinem Bauch hinab.

»Hunter.« Beinahe flehend glitt sein Name über meine Lippen. Ich strich über seinen Rücken, bis zum Bund seiner Jeans. Seine Berührungen hatten jede Unsicherheit verbannt, und ich schob die Hände unter den Stoff.

»Gott, Andy, du bringst mich um den Verstand.« Er drängte sich an mich.

Ich spürte seine Erektion an meinem Unterleib. Zischend atmete ich ein. »Sag mir, was ich tun kann«, bat ich. »Was soll ich für dich tun?«

»Heute geht es nur um dich«, antwortete er an meinen Lippen. »Lass dich einfach fallen.«

Seine Finger wanderten zum Knopf meiner Jeans. Stumm sah er mich an und wartete auf mein Einverständnis. Ich nickte, während mein Herz immer höherschlug.

Hunter öffnete den Knopf. Er zog sein Knie zurück, und ich wand mich frustriert. Er lachte rau. Dann schob er seine Hand tiefer, bis in meine Jeans. Langsam, immer weiter, während ich vor Ungeduld fast verging. Ich wusste nicht, was genau ich brauchte, bis seine Hand zwischen meinen Beinen lag.

Ich keuchte auf, meine Augen fielen zu. Hunter erstickte meine Laute mit einem nicht enden wollenden Kuss. In meinem Unterleib machte sich ein sehnsüchtiges Ziehen breit. Feuchtigkeit hatte sich zwischen meinen Beinen gebildet. Ich dachte, ich könnte es nicht mehr ertragen, sicher würde mein Herz gleich explodieren, als Hunters Daumen über dem empfindlichsten Punkt zu kreisen begann.

Ich klammerte mich an seine Schultern. Wie von selbst drängte ich mich seiner Hand entgegen. Hunters Bewegungen wurden schneller, und ich spürte, wie ich die Kontrolle zu verlieren drohte. Sein Name kam als Stöhnen über meine Lippen. In meinem Inneren staute sich immer mehr Druck an. Ich grub die Füße in den Sand.

»Hunter, ich …« Ich wusste nicht, was ich sagen wollte.

»Lass dich fallen«, wiederholte er. Seine Zunge glitt über meine Brustwarzen. »Lass los. Komm für mich.« Sein Daumen verstärkte den Druck, und etwas in mir explodierte.

Mein leiser Schrei wurde von Hunters Lippen verschluckt, und er hielt mich, während mein Körper in tausend Einzelteile zerfiel.

40
Hunter

Als Andy meinen Namen stöhnte, erstickte ich den Laut mit meinem Mund. Sie war so wunderschön, und die Art und Weise, wie sie mir vertraute, raubte mir den Atem.

Ich hauchte ihr einen Kuss auf die Lippen, während sie langsam zur Ruhe kam. In meinen Lenden zog es schmerzhaft, aber ich versuchte, es zu ignorieren. Ich hatte es ernst gemeint, als ich sagte, heute ging es nur um sie.

Mit einem Fuß holte ich meinen Rucksack heran, kramte die zweite Decke hervor und legte mich neben Andy. Ich breitete die Decke über uns aus, und Andy schmiegte sich an meine Brust und schlang die Arme um mich. Über uns funkelten die Sterne am nachtschwarzen Himmel. Die Teelichter brannten herab, und mit jedem, das erlosch, tauchten weitere Sterne am Firmament auf.

Langsam strich ich Andy über das Haar. »Sollen wir zurückgehen?«

»Nein«, murmelte sie müde. »Es ist zu schön hier.«

Wir lagen da, an meinem Lieblingsplatz im Sand, und bis auf das Murmeln des Windes und das Rauschen des Ozeans war nichts zu hören.

»Hunter?« Andys Stimme klang verwaschen, als würde sie gleich schlafen. Ich selbst war so müde wie schon lange nicht mehr.

»Dieser Junge, den du verprügelt hast. Wusstest du, dass er schwul war?«

»Was?« Irritiert wandte ich den Kopf.

Sie hatte die Augen geschlossen, ihr Gesicht war entspannt. »Dustin hat es erzählt. Ich glaube, deshalb hat er so Probleme mit dir.«

Es dauerte einen Moment, bis ich den Sinn hinter diesen Worten erfasste. »Du meinst, Dustin -«

»Sag ihm nicht, dass ich das gesagt habe«, murmelte sie. Ihre Stimme wurde immer leiser. »Sei nett zu ihm. Er ist der erste Freund, den ich gefunden habe.«

»Okay«, erwiderte ich und küsste sie auf die Stirn. »Ich wusste es nicht.«

Andy hörte mich nicht mehr. Sie schlief und ließ mich mit meinen Erinnerungen zurück.

Am nächsten Morgen hatte ich kurz Sorge, ich könnte zu weit gegangen sein. Zu viel gefragt haben, sie gedrängt haben, dass sie ihre Entscheidungen aus der Nacht bereute. Sie wirkte abwesend, als wir aufstanden und uns mit unserer Seminararbeit beschäftigten. Irgendwann fragte ich sie, ob alles in Ordnung sei, und sie sagte, sie hätte schlecht geschlafen. Bei allem, was sie mir über ihre Narben erzählt hatte, wunderte mich das nicht. Ich tat mein Bestes, um sie abzulenken, wodurch wir mit unserer Arbeit letztendlich kaum Fortschritte machten. Aber immerhin wirkte sie deutlich gelöster, als ich mich von ihr verabschiedete und zum nächsten Workshop ging.

Hinterher machte ich mich auf die Suche nach Dustin. Ihn ausfindig zu machen, dauerte länger als erwartet. Die Orte für die Seminare und Workshops waren über das gesamte Campingareal verteilt. Ich ging einen nach dem anderen ab und fand Dustin schließlich gegen Mittag bei einem Workshop für Szenenentwicklung. Gemeinsam mit zwei Typen brütete er über einem großen Skizzenblock.

Als ich im Morgengrauen aufgewacht war, hatte ich gewusst, dass ich mit ihm reden musste. Ich hatte das Bedürfnis, ihm unbedingt zu sagen, dass ich nichts von Ethans sexueller Orientierung gewusst hatte. Es war das erste Mal, dass ich wirklich wollte, dass jemand die Wahrheit erfuhr. Ich konnte mir nicht erklären, warum es mir diesmal so viel bedeutete. Vielleicht wollte ich nicht als intoleranter Schwulenschläger bekannt sein. Vielleicht lag es auch einfach daran, dass Dustin für Andy so wichtig war. Sie hatte ihn als ihren ersten Freund bezeichnet.

Wie kam Andy darauf, dass Ethan schwul war? Das machte überhaupt keinen Sinn. Ihre Frage hatte mich zurückkatapultiert. Zu Maias Depressionen, ihrem Selbstmordversuch, ihrem Verschwinden und letztendlich immer wieder zu dem Jungen, den ich wegen ihr zusammengeschlagen hatte. Er hatte Maia fertiggemacht, weil sie ein Mädchen hinter der Schule geküsst hatte. Eine Mitschülerin, die ziemlich überrumpelt gewesen war und den Kuss nicht erwidert hatte. Als wäre das nicht schlimm genug, hatte Ethan alles beobachtet und Maia damit aufgezogen, sie beleidigt und vor allen bloßgestellt. Und Maia? Sie hatte einen bunten Mix aus Tabletten geschluckt und ihre Unterarme mit Rasierklingen bearbeitet. Bis überall Blut war.

Wieso sollte Ethan ihr so etwas antun, wenn er selbst homosexuell war?

Es war total unlogisch und ließ mir dennoch keine Ruhe.

Die Runde löste sich auf, Dustin stopfte den Skizzenblock in seinen dunklen Rucksack und entdeckte mich. Innerhalb einer Sekunde verfinsterte sich sein Gesichtsausdruck. Ich seufzte innerlich. Möglicherweise würde das schwieriger werden als erwartet. Dustin würdigte mich keines Blickes mehr und schlug mit einer Gruppe Studenten den Kiesweg in den Wald ein.

Ich schloss zu ihm auf. Die Blicke der anderen ignorierte ich. »Hey, Dustin.«

Ein Schnauben war die Antwort. »Was willst du, Bray?«

»Mit dir reden.«

Er beschleunigte seine Schritte. »Wüsste nicht, worüber ich mit dir sprechen sollte.«

»Über Andy.«

Jetzt sah er mich an. Abscheu spiegelte sich in seinem Blick. »Ganz sicher nicht.«

Ich griff nach seinem Arm. »Verdammt, jetzt bleib doch mal stehen! Es ist wichtig!«

Dustin entriss sich meinem Griff. Ich hob abwehrend die Hände, sicher war es nicht die beste Idee gewesen, ihn so aufzuhalten.

Einer der beiden Typen, mit denen Dustin eben noch zusammen über der Skizze gesessen hatte, blieb stehen. »Hey, Mann, alles okay?«

Dustin winkte ab. »Alles bestens, geh schon mal vor.«

Der Typ sah noch einmal zwischen uns hin und her, ging dann aber weiter. Die anderen zogen auch an uns vorbei, und eine Minute später standen wir allein am Fuß einer großen Eiche.

Dustin verschränkte die Arme. »Du hast eine Minute.«

Ich hatte ihn für einen unsicheren Nerd gehalten. In diesem Moment demonstrierte er jedoch mehr Selbstbewusstsein, als ich ihm zugetraut hätte.

Ich atmete tief durch. »Also erstens solltest du wissen, dass ich keine Ahnung hatte, dass Ethan schwul war.«

Ein ungläubiges Schnauben war die Antwort.

Ich konnte nicht anders, als die Augen zu verdrehen. »Wirklich nicht. Warum sollte ich einen Schwulen verprügeln? Eigentlich bin ich mir auch nicht sicher, ob er das wirklich war. Es macht keinen Sinn.«

»Wieso? Weil er nicht *schwul aussah*?«, höhnte Dustin. Die Verachtung in seiner Stimme war nicht zu überhören.

»Nein«, erwiderte ich mit Nachdruck. »Weil er meine Schwester gemobbt hat, nachdem er sie bei einem Kuss mit einem anderen Mädchen erwischt hat.«

Dustin schüttelte entschlossen den Kopf. »Das macht keinen Sinn.«

»Sag ich ja.«

»Woher weiß ich, dass das die Wahrheit ist?« Er reckte herausfordernd das Kinn. Doch er hatte die Stirn gerunzelt. Ich sah, wie es in ihm arbeitete. Wie er hinterfragte, was er über mich wusste. »Vielleicht denkst du dir das alles nur aus, um besser dazustehen.«

Ich verkniff mir den Kommentar, dass ich das nicht nötig hatte. Andy vertraute mir, wie die letzte Nacht bewiesen hatte. Sie glaubte mir, nur das zählte.

Ich ging ein paar Schritte zu einer dunklen Holzbank am Wegrand und ließ mich müde darauf sinken. »Es ist die Wahrheit. Ethan hat gesehen, wie Maia eine Mitschülerin geküsst hat, die sie dann abgewiesen hat. Er hat es jedem in der Schule erzählt. Alle haben sich wie die Geier auf die Geschichte gestürzt. Ein neuer Bray-Skandal, du verstehst?«

Dustin schluckte schuldbewusst. Gut so.

»Wieso höre ich davon zum ersten Mal?«, fragte er zweifelnd. »Nimm es mir nicht übel, aber Geschichten über dich und deine Familie breiten sich aus wie Unkraut.«

Ich lächelte gequält. »Das ist wohl wahr. Aber in diesem Fall war es anders. Diese Sache mit dem Kuss war für Maia nur ein Bruchteil der Probleme. Das Mobbing hat alles noch schlimmer gemacht. Kurz darauf hat sie versucht, sich umzubringen.«

Dustins Augen weiteten sich erschrocken.

»Du erinnerst dich vielleicht, an den Rettungseinsatz bei uns, über den berichtet wurde? Es hieß damals, mein Dad hätte einen allergischen Schock erlitten?«

Er nickte langsam.

»Das war gelogen. In Wirklichkeit ging es an dem Tag um Maia. Meine Eltern haben das Gerücht mit der Allergie gestreut, um sie zu schützen.«

»Das wusste ich nicht.« Die Verachtung war aus Dustins Stimme verschwunden. Doch die ehrliche Betroffenheit darin war für mich noch schwerer zu ertragen.

»Niemand weiß davon«, erwiderte ich schnell, bevor er weitersprechen konnte. »Wie gesagt, wir wollten Maia schützen. Ein paar Tage später ging ich wieder zur Schule und traf auf Ethan. Er lachte und hatte eindeutig viel Spaß mit seinen Freunden, während Maia im Krankenhaus lag, und wir nicht wussten, ob sie sich je erholen würde.« Ich schluckte gegen meine Wut an. Ich konnte mich gut an den Tag erinnern. An den Hass, der mich überfiel, als ich Ethan lachen sah. An die blinde Wut, mit der ich ihm meine

Faust in Magen und Gesicht rammte.

»In mir brannte eine Sicherung durch, und den Rest kennst du. Der Junge landete im Krankenhaus, und ich wurde zum Geächteten. Als er sich erholte, schlossen unsere Eltern, er und ich einen Deal. Ethan sollte dafür sorgen, dass niemand mehr über Maia sprach, über den Kuss und das Mobbing. Und er durfte keine Anklage gegen mich erheben. Im Gegenzug dazu würde ich niemandem erzählen, wieso ich auf ihn losgegangen war, um ihm nicht sein Image zu versauen, was seiner Familie ironischerweise genauso wichtig war wie meiner.«

»Kein guter Deal«, stellte Dustin nach einem Moment der Stille fest. »Du wirst von allen verachtet, und die Gerüchte um deine Familie sind noch schlimmer geworden.«

Ich lachte freudlos. »Ja. Aber ich kann damit besser umgehen, als Ethan es je könnte. Und ich tat es für Maia.«

Dustin sank neben mir auf die Bank. Sein Rucksack wirbelte trockene Blätter auf, als er ihn auf den Boden stellte. Er zögerte, und ich wusste, was er mich fragen wollte.

»Sie ist weggelaufen«, kam ich ihm mit der Antwort zuvor. »Zwar hat niemand mehr über den Vorfall gesprochen, aber es behandelte sie auch niemand mehr wie früher. Sie sagte mir mal, sie fühle sich wie ein Geist. Dazu kam ein Streit mit meinen Eltern. Es war ihr alles zu viel. Sie hat mir einen Zettel hinterlassen und war weg.« Ich nahm einen tiefen Atemzug und schüttelte die Erinnerung an das Grauen ab, das mich an diesem Morgen befallen hatte. Dann stellte ich die Frage, die mich die ganze heutige Nacht beschäftigt hatte. »Wieso sollte er Maia für etwas fertigmachen und quälen, was sie miteinander verbindet?«

»Vielleicht eine Art Überkompensation?«, überlegte Dustin laut. »Ethan hat mich mal um Rat gefragt. Es gab da wohl jemanden, auf den er stand. Deshalb weiß ich auch, dass er schwul ist. Oder es zumindest glaubte.«

Überrascht sah ich ihn an. »Du hast ihn also gekannt?«

»Nicht wirklich.« Dustin zuckte die Achseln. »Ich gehe sehr

offen mit meiner Homosexualität um. Er hatte mich mit einem Typen gesehen und mich kurz darauf angesprochen. Jedenfalls hab ich versucht, ihm zu helfen. Und nicht viel später hast du ihn verprügelt.«

»Ah.« So langsam verstand ich, weshalb Dustin das so wütend gemacht hatte. »Mieses Timing, was?«

Mein Scherz war lahm, und Dustin ging nicht darauf ein.

Er seufzte. »Hör zu, mir wird allmählich klar, warum du diesen Mist verzapft hast, aber dadurch wird er noch lange nicht richtig. Und es gibt noch einige andere Dinge, weswegen ich glaube, dass Andy einen Riesenfehler macht, wenn sie sich mit dir abgibt. Was ich nicht verstehe, ist, warum du mir all das erzählst?«

»Weil du für Andy wichtig bist«, erwiderte ich ehrlich. »Und sie ist mir wichtig. Du musst mich nicht mögen, aber ich weiß, dass es Andy belastet, wenn du sie meidest, weil sie mit mir Zeit verbringt. Also lass uns wenigstens versuchen, höflich miteinander umzugehen. Damit sie nicht das Gefühl hat, sich entscheiden zu müssen.«

Dustin schwieg.

Ich ebenso, denn mehr hatte ich nicht zu sagen. Ich konnte nur auf sein Entgegenkommen hoffen. Ich stand auf und wandte mich zum Gehen.

»Bray.«

Ich drehte mich um.

Dustin war ebenfalls aufgestanden und musterte mich aufmerksam. »Bitte sei gut zu ihr.« Die Überwindung, die ihn diese Worte kosteten, war deutlich spürbar. »Ich weiß nicht genau, was es ist, aber ich glaube, sie hat in der Vergangenheit einen ziemlichen Scheiß erlebt. Irgendetwas, gegen das sie immer noch kämpft.«

Andy hatte also auch ihm nichts erzählt. Ich bewunderte ihn für sein feines Gespür.

»Ich weiß. Ich würde ihr nie wehtun.«

Dustins blickte mich ernst an. »Versprich lieber nicht, was du nicht halten kannst.«

41

Andy

Das restliche Wochenende verging wie im Flug. Hunter und ich verbrachten ein paar Stunden am Morgen zusammen, wo wir uns auf unsere gemeinsame Seminararbeit zu konzentrieren versuchten. Nachdem wir anschließend unsere kleine Bucht verließen, gingen wir pflichtbewusst zu unseren Workshops. Wir sahen uns erst beim großen Abschlussgrillen am Nachmittag wieder, bei dem ich Hunter fragte, ob er mich zurück nach Bar Harbor fahren konnte. Ich hatte keine Kraft für eine weitere Diskussion mit Dustin und außerdem war gegen ein bisschen zusätzliche Zeit mit Hunter absolut nichts einzuwenden.

Ich stand allein auf dem großen Platz, meine gepackte Tasche zu meinen Füßen und wartete auf ihn. Etwas nervös fragte ich mich, wie es mit ihm werden würde, wenn wir den Acadia Nationalpark verließen. Es fühlte sich an, als wäre alles, was hier passiert war, in einer Art Blase geschehen, die uns Sicherheit und Freiheit gab. Und diese Blase konnte zerplatzen, sobald wir wieder in Bar Harbor waren.

Mir wurde immer noch heiß, wenn ich an die Nacht in der Bucht zurückdachte. Ich hatte Hunter so nah an mich herangelassen wie noch nie jemanden zuvor, sowohl im emotionalen als auch im körperlichen Sinn. Mein Herz schlug schneller bei der Erinnerung an die Dinge, die er mit seinen Fingern anstellen konnte.

»Hey, Andy.«

Ertappt fuhr ich aus meinen Gedanken hoch. Dustin hatte mich aus meinem Tagtraum gerissen.

»Hey.« Unsicher lächelte ich. Ein Teil von mir war noch wütend auf ihn, aber alles in allem wollte ich einfach nur, dass wir uns wieder verstanden.

»Fährst du bei mir mit?«

Damit hatte ich nicht gerechnet. War es ein Friedensangebot?

In diesem Moment tauchte Hunter auf dem Platz auf. »Hi. Können wir los?«

Ich wartete auf ein Augenverdrehen oder genervtes Schnauben von Dustin, doch nichts dergleichen geschah. Im Gegenteil. Die beiden nickten sich zu.

»Also ähm, eigentlich …« Ich war so überrumpelt von diesem Stimmungswandel, dass ich keinen vernünftigen Satz herausbrachte.

»Eigentlich hatte ich gehofft, Andy mitnehmen zu können«, erklärte Dustin und lächelte Hunter dabei tatsächlich an. »Wir hatten dieses Wochenende kaum Gelegenheit zu reden.«

Sie tauschten einen Blick, aus dem ich nicht schlau wurde.

»Sicher«, antwortete Hunter leichthin. »Gibst du uns noch eine Minute?«

»Klar.« Dustin griff nach meiner Reisetasche und ging in Richtung Parkplatz davon. »Bis gleich, Andy.«

Ratlos blickte ich ihm hinterher. Hunter gluckste.

»Hab ich irgendwas verpasst?«, fragte ich perplex. »Irgendeinen Sprung in ein Paralleluniversum zum Beispiel?«

Hunter lachte und kam näher. »Du liest zu viel Fantasyromane.«

»Haha. Jetzt mal ehrlich: Was ist da los?«

»Mmh. Nennen wir es einen Waffenstillstand.« Er sah sich kurz um, und weil niemand in der Nähe war, hauchte er mir einen Kuss auf die Lippen. »Okay?«

Meine Neugier war zwar längst nicht befriedigt, aber Hunter zog mich zu einem weiteren Kuss zu sich und lenkte mich ab.

»Ich hab mir da etwas überlegt«, murmelte er an meinen Lippen. Seine Hände glitten langsam an meinem Rücken hinab, und seine Zunge stieß gegen mein Piercing.

»Mh?«

Er küsste mich noch einmal und trat dann einen Schritt zurück. Ein warmes Lächeln erschien auf seinem Gesicht. Er verschränkte seine Finger mit meinen. »Würdest du mit mir ausgehen?«

Überrascht grinste ich. »Sind wir da nicht schon drüber hinaus?« Ich dachte an die Bucht und spürte, wie meine Wangen rot wurden.

Hunter strich mit einem Finger darüber und schmunzelte. »Möglicherweise.« Er beugte sich nah an mein Ohr. »Es gibt einige Dinge, die ich gerne mit dir anstellen würde. Aber bevor wir diese tun, möchte ich dich ausführen. So, wie man es eigentlich macht, wenn man sich kennenlernt.«

»Du meinst ein richtiges Date?« Meine Stimme rutschte vor Aufregung ein Stück höher. Noch nie hatte mich jemand um ein Date gebeten.

»Ein richtiges Date«, wiederholte er schmunzelnd. »Vielleicht am Freitag?«

Das Lächeln wollte nicht mehr aus meinem Gesicht weichen. »Ich bin dabei.«

Die Rückfahrt mit Dustin verlief entspannt und ereignislos. Wir plauderten wie früher, bevor seine Abneigung gegenüber Hunter unsere beginnende Freundschaft belastet hatte. Schließlich erfuhr ich, dass Hunter Dustin erzählt hatte, wie es wirklich zu der Schlägerei mit Ethan gekommen war. Mein Herz quoll über vor Rührung, denn ich ahnte, dass Hunter das für mich getan hatte. Um meine Freundschaft zu Dustin nicht zu gefährden.

Erst als wir uns Bar Harbor näherten und die ersten bunten Häuser der Stadt vor uns auftauchten, stieg Nervosität in mir auf. Ich ertappte mich, wie ich an jeder Ecke nach Drake Ausschau hielt. Zwar hatte Brian mir am Morgen kurz berichtet, dass Link nach wie vor in Haft saß, weil niemand die Kaution für ihn zahlte. Aber er und Drake waren befreundet, und vielleicht zog Link von der Zelle aus die Strippen? Vielleicht war er jetzt erst recht hinter mir her?

Bar Harbors alte Häuser zogen an uns vorbei, ohne dass Drake in den Straßen zu sehen war, und ich entspannte mich ein wenig. Wir waren drei Tage weg gewesen, sicher war er schon weitergezogen oder längst zurück in Chicago.

»Was hältst du davon, wenn wir den Abend nutzen, um mit deinem Zaun anzufangen?«, fragte Dustin, als wir auf den Campingplatz einbogen.

Ich winkte gerade Rosa zu, die bei ihren Hühnern beschäftigt war, hielt jetzt aber inne. Link konnte mich nicht mehr suchen. Das bedeutete, ich musste mich nicht mehr verstecken. Ich könnte tun, was ich Hunter die ganze Zeit erzählte. Mir ein Wohnheimzimmer oder eine kleine Wohnung suchen. Vielleicht auch ein WG-Zimmer.

Aber als Dustin das Auto vor dem alten Wohnwagen parkte, wusste ich, dass ich das nicht wollte. Ironischerweise bedeutete der Wohnwagen mehr Freiheit und Unabhängigkeit für mich als alles andere. Er war meine erste eigene Unterkunft, selbst finanziert und mein sicherer Ort, von dem nur die Leute wussten, denen ich davon erzählte. Er stand mitten in der Natur und bot alles, was ich brauchte. Ich war aus der Not heraus auf den Campingplatz gezogen, aber mittlerweile hatte ich mein kleines Zuhause ins Herz geschlossen. Solange Rosa nichts dagegen hatte, wollte ich hierbleiben.

Deshalb ging ich auf Dustins Angebot ein. Wir verschraubten die verschiedenen Zaunlatten miteinander und lackierten sie, bis die Dunkelheit hereinbrach und uns davon abhielt, weiterzuarbeiten. Wir waren zwar noch längst nicht fertig, aber zumindest war mein Platz von zwei Seiten eingezäunt.

»Danke«, sagte ich zu Dustin, als er in seinen Wagen stieg, und meinte damit so viel mehr als die Hilfe mit meinem Zaun.

Nachdem ich mir einen Tee aufgebrüht und gegen die aufkommende Abendkälte dicke Socken über meine Füße gezogen hatte, machte ich es mir auf meinem Bett gemütlich und wählte

Vickys Nummer.

»Naaa, wie war dein Wochenende mit Hunter?«, begrüßte sie mich, und ich musste grinsen.

»Das klingt, als wäre es bei dem Wochenende nur um ihn gegangen.«

»War es nicht so?«

Ich musste lachen, denn natürlich hatte Vicky recht. In der nächsten halben Stunde erzählte ich ihr von allem, was sich zwischen mir und Hunter ereignet hatte. Die intimen Details verschwieg ich allerdings, dazu gehörten auch die Inhalte unseres kleinen Fragespiels.

»Uuuh, ein echtes Date mit Hunter Bray?«, fragte Vicky aufgeregt, als ich zum Ende kam. »Bin gespannt, was dich erwartet.«

Irritiert runzelte ich die Stirn. »Was meinst du?«

»Na ja, manche sagen, er wäre ein Adrenalinjunkie. Vielleicht geht ihr Fallschirmspringen oder so.«

»Mich interessiert nicht, was manche sagen«, erwiderte ich überzeugt. »Sicher wird es ein ganz normales Date. Hunter kann auch romantisch sein.« Ich dachte an unseren Tanz auf der Jacht und kuschelte mich tiefer in die Kissen.

»Wenn du das sagst.« Vicky seufzte. »Ich bin schon irgendwie neidisch, mich hat ewig niemand mehr um ein Date gebeten.«

»Vielleicht ist einer von Dustins Freunden noch frei«, meinte ich schmunzelnd. »Ich hab sie am Wochenende kennengelernt, sie sind ganz nett. Wir könnten ein Doppel-Date daraus machen.«

»Damit wir danebensitzen, während du mit Hunter rummachst? Vergiss es.«

Ich zuckte die Achseln. »Dann nicht.«

Vicky stöhnte frustriert auf. »Ich werde einsam und allein sterben.«

Die nächsten Minuten verbrachten wir damit, mögliche Date-Kandidaten für Vicky zu analysieren. Wir redeten totalen Quatsch, aber es machte Spaß, und es fühlte sich einfach herrlich an, mit Vicky zu lachen.

Als ich mit dem Gedanken an meinen frühen ersten Kurs am nächsten Morgen das Gespräch beenden wollte, erinnerte Vicky mich ungewollt daran, dass mein Leben nicht so leicht und normal war, wie es in diesem Moment schien.

»Ach, was mir noch einfällt«, warf sie ein. »Im Café war jemand, der nach dir gesucht hat.«

»Was?« Ich fühlte mich, als hätte sie einen Eimer kaltes Wasser über mir ausgeleert. Alles in mir erstarrte. Meine Lippen waren taub. Ich hörte meine Stimme, spürte das Wort aber nicht aus meinem Mund gleiten.

»Ja, zumindest glaube ich, dass du das warst.« Vicky klang unsicher. »Er hatte ein Foto dabei. Das Mädchen darauf sah dir sehr ähnlich, nur jünger und mit braunen, langen Haaren. Hattest du mal so eine Frisur? Oder könntest du den Mann kennen? Es war so ein großer, bärtiger Typ, ziemlich unhöflich, wenn ich ehrlich bin.«

Ich schluckte. *Ruhig bleiben*, sagte ich mir. *Du wusstest doch, dass Drake in der Stadt war.*

»Was hast du ihm gesagt?«, wich ich ihren Fragen aus und hoffte, dass ich nur neugierig wirkte und nicht so angsterfüllt, wie ich mich fühlte.

»Dass ich das Mädchen auf dem Foto nicht kenne«, erwiderte sie. »Ich wusste ja nicht, ob du es bist. Außerdem war mir seine Art zu fragen irgendwie unheimlich.«

Alarmiert richtete ich mich auf. »Was meinst du?«

»Er ließ nicht locker. Vielleicht hat er gemerkt, dass ich mir nicht sicher war. Er hat sich etwas zu trinken bestellt, und ich hab ihn im Auge behalten, weil mir die Situation so komisch vorkam. Dann war ich kurz abgelenkt, und im nächsten Moment war er verschwunden. Etwas später bin ich ins Büro gegangen, weil das Telefon klingelte, und da kam er mir entgegen.«

Nein. Mein Puls raste. Das Blut rauschte in meinen Ohren. Mein Magen drehte sich. Ich sprang auf und tigerte durch den Wohnwagen.

»Er meinte, er hätte die Toilette gesucht. Aber irgendwas

war seltsam an dem Kerl. Könnte es denn jemand sein, den du kennst?«

Ich vertraute Vicky, und eines Tages würde ich ihr sicher alles erzählen. Aber nicht jetzt. Nicht so. Ich konnte kaum atmen. Allein die nächsten Worte verlangten mir alles ab. »Nein, bestimmt nicht. Wieso sollte er nach mir suchen?« Meine Stimme klang so fremd in meinen Ohren.

Aber Vicky schien nichts zu bemerken. »Dann ist gut. Hab mir schon ein bisschen Sorgen gemacht.«

»Brauchst du wirklich nicht.«

Sie gähnte und meinte scherzhaft: »Wer weiß, vielleicht hast du ja eine dunkle, geheimnisvolle Vergangenheit. So, jetzt muss ich aber ins Bett. Wir sehen uns morgen bei der Arbeit.«

Ich verabschiedete mich und vergrub das Gesicht in den Händen.

Link ist im Gefängnis.

Link ist im Gefängnis.

Link ist im Gefängnis.

Ich sagte es mir immer wieder, aber es half nichts. Mir war schlecht. Angst legte sich schwer auf meine Brust, und ich wollte schreien. Stattdessen zwang ich mich, nachzudenken.

Wenn Drake im Büro gewesen war, dann hatte er gemerkt, dass Vicky wegen des Fotos unsicher gewesen war. Er hatte vielleicht vermutet, dass sie log. Oder er hat den Kunden des Cafés mein Foto gezeigt und jemand hatte mich erkannt und ihm verraten, dass ich auch dort arbeitete. Sicher hatte er sich ins Büro geschlichen, in der Hoffnung, Infos über mich zu finden.

Oder war es doch nur ein dummer Zufall gewesen? Hatte er wirklich nur die Toilette gesucht?

Fieberhaft überlegte ich, welche Daten Vicky von mir hatte. Die Adresse des Campingplatzes oder vielmehr die von Rosas Haus, da niemand Post an einen Wohnwagen lieferte. Meinen falschen Namen. Mein Geburtsdatum. Meine neue Handynummer.

Wie groß war die Wahrscheinlichkeit, dass Drake in der kurzen Zeit all diese Infos gefunden hatte? Nicht sehr groß. Oder?

Es gab nur wenige Personen in Bar Harbor, denen ich nahestand, und Drake hatte es geschafft, eine davon zu finden.

Link war über Umwege in mein neues Leben eingedrungen. Aber er saß im Gefängnis. Drake war bestimmt im Café gewesen, *bevor* er von Links Verhaftung erfahren hatte. Drake konnte mir nur gefährlich werden, wenn Link wieder frei war. Er selbst hatte mir nie etwas angetan. Er hatte nur nicht verhindert, dass Link es tat. Andererseits war es gut möglich, dass Link Drake vom Gefängnis aus steuerte – und ich mich mit all meinen Versuchen, mich zu beruhigen, selbst belog.

Aber auf eins konnte ich mich verlassen: Brian würde mir Bescheid geben, sollte Link entlassen werden. Wenn es so weit war, konnte ich mir immer noch überlegen, was ich tun würde. Während Link hinter Gittern saß, war ich sicher. Bestimmt. Oder?

Ich kletterte zurück ins Bett, zog meine Decke fest um mich und rollte mich so klein wie möglich zusammen. Das gute Gefühl, dass die Versöhnung mit Dustin, Hunters Einladung und das Gespräch mit Vicky hinterlassen hatten, war wie weggeblasen. Die Dunkelheit in meinem Innern flammte neu auf und umklammerte mein Herz.

42

Hunter

Mein letztes richtiges Date lag schon länger zurück. Nach meiner Trennung von Claire hatte ich gerade wieder damit angefangen, mich mit Mädchen zu verabreden, da begannen Maias Probleme, und ich hatte keinen Kopf mehr dafür. Dann geschah die Sache mit Ethan, und Dates hatten sich aus offensichtlichen Gründen für mich erledigt. Niemand wollte sich mit mir treffen. Abgesehen von ein paar wagemutigen oder sehr betrunkenen Mädchen, mit denen ich mich nach der ein oder anderen Party vergnügte. Ich war nicht stolz drauf, aber manchmal hatte sich in solchen Nächten der Trotz in mir gemeldet. Und manchmal hatte ich mich auch einfach nach kurzen Momenten körperlicher Nähe gesehnt.

Aber diesmal ging es um mehr als das. Vielleicht war ich bei Andy deshalb so vorsichtig. Und ich war ehrlich nervös, wenn ich an das bevorstehende Date mit ihr dachte.

Ich grübelte immer noch darüber nach, wo ich mit ihr hingehen sollte, als ich am Freitagmorgen das Wohnheim verließ.

Die ganze Woche über hatten wir uns kaum gesehen. Ich schrieb die meiste Zeit an einer Hausarbeit für *Einführung in Betriebswirtschaft*, und Andy musste im Café zusätzliche Schichten übernehmen, weil eine Kollegin krank geworden war. Nur am Mittwochnachmittag hatten wir uns in der Bibliothek getroffen, um die Präsentation unserer Seminararbeit vorzubereiten. Wir hatten einiges aufzuholen, da wir uns im Nationalpark bekanntlich mit anderen Dingen beschäftigt hatten. Diesmal hatten sich unsere Gespräche ausschließlich um die Seminararbeit gedreht.

Abgesehen von ein paar Nachrichten, die wir uns gegenseitig schickten, hatten wir also keine Gelegenheit gehabt, richtig miteinander zu sprechen. Das steigerte meine Vorfreude auf heute Abend noch mehr.

Vielleicht sollte ich Logan nach einer Idee für das Date fragen. Ich zog mein Handy hervor und schrieb ihm.

Auch ihn hatte ich die letzten Tage kaum gesehen. Meist war er schon im Morgengrauen aufgestanden und zum Training verschwunden.

Ich hatte das ungute Gefühl, dass er seine Zeit nur noch beim Baseball oder mit Lernen verbrachte. Die müden Ringe unter seinen Augen sprachen Bände. Natürlich tat er sie mit einem Scherz ab, doch ich kannte ihn gut genug, um zu wissen, dass er erschöpft war. Ich sollte ihn überreden, das nächste Wochenende mit mir auf der Jacht zu verbringen. Fernab vom Alltag sollte es selbst einem Energiebündel wie Logan möglich sein, mal abzuschalten.

In diesem Moment kam mir die zündende Idee. Die Jacht!

Das Klingeln meines Handys riss mich aus den Gedanken, in denen ich den Abend mit Andy schon bildlich vor mir sah.

»Hi, Mom«, sagte ich, nachdem ich den Namen auf dem Display gelesen hatte. »Gibt's etwas Neues?«

»Das kann man wohl sagen«, antwortete sie, und ich hätte am liebsten direkt wieder aufgelegt.

Ich ließ mich vor dem Literaturgebäude auf eine Bank fallen. Sie war feucht, in der Nacht hatte es geregnet und noch immer hing ein kalter Dunst in der Luft. Möglicherweise hatten wir am Wochenende die letzten warmen Tage des Jahres erlebt.

»Ich habe gerade mit Mr Thompson telefoniert.«

Es dauerte einen Moment, bis ich den Namen eingeordnet hatte. »Dem Privatdetektiv? Hat er etwas rausgefunden?«

»Natürlich hat er das«, erwiderte meine Mutter, so nüchtern, als redete sie über das Wetter. »Weißt du eigentlich, in was für eine Geschichte deine neue Freundin verwickelt war?«

»Meine -« Mir blieb die Stimme weg. Meine Mutter hatte tatsächlich ihre Drohung wahrgemacht und den Detektiv in Andys Vergangenheit wühlen lassen.

»Soll das ein Scherz sein?«, fuhr ich sie an, als ich den ersten Schock überwunden hatte. Die wenigen Studenten, die sich bei diesem Wetter noch vor den Gebäuden aufhielten, wandten sich nach mir um. Ich bemühte mich, tief durchzuatmen und leiser zu sprechen. »Ich dachte, es gibt etwas Neues von Maia?«

»Nein.« Meine Mutter klang genervt. »Deine Schwester versteht es scheinbar sehr gut, abzutauchen und alle im Stich zu lassen. Sie wurde das letzte Mal gesehen, kurz nachdem sie in der Nacht das Haus verlassen hatte. Ein paar Kameras in Bahnhofsnähe haben sie eingefangen. Scheinbar ist sie in irgendeinen Zug gestiegen.«

Taubheit breitete sich in mir aus. Das feuchte Holz der Bank drückte sich kalt gegen meine verkrampfte Hand, mit der ich den Rand der Sitzfläche umklammerte. »Das heißt, sie ist weg? Sie ist gar nicht mehr in Bar Harbor?«

»Sieht so aus.« Papier raschelte im Hintergrund. »Mach dir keine Sorgen, Hunter. Sie wird zurückkommen, wenn sie Geld braucht.«

Ich schluckte schwer. Maia war weg. Seit Wochen. Monate sogar. In all den Nächten, die ich auf schlechten Partys verbracht, mit Dealern geredet und mir meinen Ruf Stück für Stück ruiniert hatte, nur für Maia, war sie gar nicht mehr in der Stadt gewesen. Alles umsonst.

»Wie auch immer. Ich hab heute noch viel zu tun, nächste Woche reise ich nach Washington. Es wäre schön, wenn du vorher noch einmal zum Essen vorbeikommst. Bis dahin solltest du den Kontakt zu dem Mädchen beenden.«

»Nein«, presste ich hervor. »Das lass ich mir von dir nicht vorschreiben.«

Sie reagierte nicht. Wieder hörte ich Papier rascheln. Wahrscheinlich arbeitete sie nebenbei an irgendeiner Rede oder analysierte Umfragewerte. Zum ersten Mal jedoch machte es mir nichts aus. In diesem Moment spürte ich eigentlich gar nichts.

»Adriana Torrez. Geboren in Chicago, achtzehn Jahre, bald neunzehn. Immerhin ist sie in deinem Alter. Allerdings mit einer ziemlich dunklen Vorgeschichte. Erst kürzlich wurde nach ihr gefahndet, weil -«

»Stopp.« Mein Kopf schaltete sich wieder ein. »Lass das. Ich will es nicht hören.«

»Hunter, du verstehst nicht, wie ernst -«

»Es ist mir egal!« Aufgebracht fuhr ich mir durchs Haar und stand auf. »Es ist mir egal, was dein Detektiv herausgefunden hat, und es geht dich absolut nichts an, mit wem ich mich treffe!«

Ich beendete das Gespräch. Nur wenige Sekunden später klingelte mein Handy erneut, doch ich ignorierte es.

Auf ihre eigene, verquere Art hatte meine Mom mit dieser Aktion sicher nur versucht, mir zu helfen oder mich zu schützen. Der rationale Teil in mir wusste das. Er wusste aber auch, dass sie mit jedem der vergangenen Jahre immer mehr Wert auf das Image unserer Familie gelegt hatte, und wie wir auf die Gesellschaft wirkten. Das beides hatte in den letzten Monaten schwer gelitten. Natürlich tat sie ihr Bestes, den Schaden zu beheben und weiterem entgegenzuwirken.

Vielleicht gab es wirklich schlimme Details in Andys Vergangenheit. Dinge, die uns in Schwierigkeiten bringen konnten. Aber ich wollte diese Dinge nicht durch einen Privatdetektiv und meine Mom erfahren, sondern von Andy selbst. Wenn sie mir genug vertraute, um es mir zu erzählen.

Unruhig lief ich vor der Bank auf und ab. Maia war weg. Wut stieg in mir auf. Eine Wut, die ich in den letzten Wochen so gut im Griff gehabt hatte. Ich hatte große Lust, irgendetwas zu zerstören. Vor allem aber konnte ich nicht ruhig in einem Kurs sitzen oder mich auf den Unterricht konzentrieren.

Ich ging zurück ins Wohnheim, zog meine Sportkleidung an und lief los. Die Wut trieb mich an, hämmerte meine Füße auf den Asphalt und drängte mich, immer schneller zu werden.

Ich würde alles für Maia tun. Alles. Ich hatte an ihrem Krankenbett gesessen, Tag und Nacht, als ich selbst noch ein Kind war. Hatte für sie gelogen, ihre Geheimnisse bewahrt und meine Zukunft aufs Spiel gesetzt. Und sie? Sie kehrte mir den Rücken zu, lief ohne Abschied davon und verließ die Stadt. Sie war in einen Zug gestiegen, konnte mittlerweile überall sein. Und in all der Zeit hatte sie nicht einmal von sich hören lassen.

Dass sie meine Mom einfach so zurückließ, konnte ich verstehen. Ebenso meinen Dad, der sich zwar immer bemüht aber am Ende kläglich versagt hatte. Aber mich? Wieso hatte sie mich nicht einmal angerufen, um mir zu sagen, wie es ihr ging? War ihr nicht klar, dass ich in den letzten Monaten fast verrückt geworden bin vor Sorge?

Mein emotionsgeladener Lauf hatte mich bis an den Rand des Campingplatzes getrieben. Sicher war Andy noch auf dem Campus, aber vielleicht konnte ich auf sie warten? Ihr Lächeln zu sehen, ihre Lippen zu kosten und ihren Körper zu spüren, konnte mich bestimmt für einige Zeit ablenken. Vielleicht hatte sie ja auch beschlossen, heute mal zu schwänzen. Kurz überlegte ich, ihr eine Nachricht zu schicken, aber dann fand ich die Vorstellung schöner, sie einfach zu überraschen.

Es gelang mir schnell, den Weg zu ihrem kleinen, verborgenen Stellplatz zu finden. Ich verlangsamte meine Schritte, obwohl meine Beine kribbelnd dagegen protestierten. Sie wollten weiterrennen, bis ich zu erschöpft war, um noch irgendein Gefühl wahrzunehmen.

Ob Andy mittlerweile schon eine feste Zusage für ein Zimmer oder eine Wohnung bekommen hatte? Vielleicht sollte ich mich doch noch einmal in den Wohnheimen umhören. Vermutlich gab es Studenten, die nachträglich noch an ein anderes College wechselten oder eine andere Wohnung fanden und nicht im Wohnheim leben wollten. Irgendwo musste doch ein freier Platz für Andy sein. Ich überlegte, wie ich das am besten in Erfahrung bringen konnte, als ich ihren Wohnwagen erreichte. Wie angewurzelt blieb ich stehen.

Jemand hatte einen hüfthohen, hellen Zaun um den Platz errichtet. Er war noch nicht ganz fertig, aber er war eindeutig neu und frisch gestrichen. In der Kastanie in der linken Ecke leuchtete eine Lichterkette mit unzähligen kleinen Birnen. Das Bild, das sich mir bot, sah nicht nach einem vorübergehenden Schlafplatz aus. Eher so, als wollte Andy es sich dauerhaft gemütlich machen.

Ich erinnerte mich an ihre kurzen, ausweichenden Antworten, wenn wir über ihre Wohnsituation gesprochen hatten. Aber ich war davon ausgegangen, dass es ihr unangenehm war. Nicht, dass sie gar nicht plante, sich etwas anderes zu suchen. Oder interpretierte ich zu viel in den Zaun hinein? Und die Lichterkette? Machte Andy es sich vielleicht einfach gerne schön, egal, wie lange sie an einem Ort blieb?

Ich ging durch das feuchte Gras um den Zaun herum und klopfte an die Wohnwagentür, aber es regte sich nichts. Andy war nicht da. Zögernd näherte ich mich einem der Fenster. Ich sah hindurch, wusste, ich sollte es nicht tun, doch konnte mich nicht davon abhalten.

Der Wohnwagen war nicht besonders groß, aber gemütlich eingerichtet. An einem Ende stand ein Bett mit unzähligen Kissen. Dutzende Teepackungen stapelten sich auf der kleinen Küchenzeile neben einer Packung Müsli. Eine Schale mit Äpfeln und eine Vase mit bunten Kornblumen standen auf dem schmalen Tisch. Nichts sah nach *vorübergehend* aus. Ich konnte weder einen Koffer noch gepackte Kisten entdecken. Wenn man ans College ging und plante, ins Wohnheim oder auch in eine WG zu ziehen, brachte man doch mehr mit als die paar Dinge, die in die engen Schränke dieses Wohnwagens passten, oder?

Gedankenverloren trat ich zurück. Die Worte meiner Mutter kamen mir in den Sinn. Hatte sie nicht etwas von einer Fahndung gesagt? Versteckte Andy sich hier?

Mir fielen ihre Narben ein. Plötzlich spürte ich sie deutlich unter meinen Fingerspitzen.

»Verdammt, Andy. Was ist mit dir passiert?«

Mein ratloses Murmeln blieb ungehört. Der Wind raschelte in den Baumkronen, und die Birnen der Lichterketten schlugen gegeneinander und klackerten leise.

Ich verließ den Campingplatz, bevor mich jemand bei Andys

Wohnwagen entdecken konnte. Wie ferngesteuert lief ich bis zu den verfallenen Fabriken und versuchte, hinter Andys Geschichte zu kommen. Über eine Stunde saß ich am Fuß eines alten Schornsteins und grübelte, um schlau aus dem zu werden, was ich mittlerweile über Andy wusste. Je mehr ich nachdachte, desto mehr erkannte ich, dass es zu wenig war. Sie hatte mir ihre Narben gezeigt, und ich hatte das als großen Vertrauensbeweis empfunden. Sie hatte mir erzählt, wie die Narben entstanden waren, aber nicht, wieso es überhaupt so weit gekommen war.

Unruhig drehte ich mein Handy zwischen den Fingern. Das Wort *Fahndung* hallte immer wieder durch meinen Kopf. Was, wenn Andys Probleme größer waren, als ich bisher angenommen hatte?

Mein Handy vibrierte. Eine Nachricht von Andy. Sofort fühlte ich mich ertappt, und mein Puls schoss in die Höhe, was natürlich totaler Unsinn war.

Bereit für die Präsentation?

»O Mist!« Erschrocken sprang ich hoch. Ich hatte komplett vergessen, dass wir heute unsere Seminararbeit vorstellen mussten.

Ein Blick auf die Uhr verriet mir, dass ich nur noch eine Stunde Zeit hatte, um zum Wohnheim zurückzukehren, mich umzuziehen und dann zur Bibliothek zu gehen, wo wir uns treffen wollten. Ich rannte los und beschloss, alle Fragen, die mir in der letzten Stunde durch den Kopf geistert waren, für unser Date heute Abend aufzuheben. Ich musste in Ruhe mit ihr darüber sprechen.

Kaum hatte ich den Campus erreicht, begann es, zu regnen. Ich beschleunigte meine Schritte noch mal, als mir plötzlich jemand entgegentrat.

»Bray. Wohin so schnell?«

Genervt verdrehte ich die Augen. Garret war der letzte Mensch, dem ich jetzt begegnen wollte.

»Bates.« Ich ging einen Schritt zur Seite, um an ihm vorbeizulaufen.

»Hab gehört, du hast ein neues Opfer gefunden. Ohne Maia ist dir wohl langweilig geworden, mh?«

»Was?« Ich blieb wie angewurzelt stehen. Mit geballten Fäusten wandte ich mich um. Heute war definitiv der falsche Tag für dumme Sprüche von einem Idioten wie Garrett.

Er grinste selbstgefällig. Es machte ihm eindeutig Spaß, mich wütend zu sehen.

Lass dich nicht provozieren, mahnte eine Stimme in meinem Innern. *Dreh dich um und geh weiter.*

»Es heißt, du hättest Maia geschlagen und sie sei aus Angst weggelaufen. Nach allem, was du meinem Bruder angetan hast, kann ich mir das gut vorstellen.«

»Halt‘s Maul, Garrett«, stieß ich hervor.

»Wie ist das mit deiner Neuen?«, fuhr er unbekümmert fort. »Schlägst du sie auch? Macht dich das an?«

Mein Hass auf ihn kochte höher und höher, brannte sich durch meine Nerven.

Er lachte dreckig. »Vielleicht steht sie sogar drauf?«

Meine Selbstbeherrschung hing nur noch am seidenen Faden. Garrett feixte. Mühsam schluckte ich meine Wut herunter. Ich drehte mich um, entschlossen zu gehen. Bevor die Situation eskalierte.

Aber ich hörte noch einmal seine Stimme.

»Das finde ich sicher auch ohne dich heraus.«

Er bluffte.

Doch mein Körper reagierte schneller als mein Verstand. Ich wirbelte herum, holte aus und meine Faust krachte in seine Nase.

Er stolperte rückwärts, fiel ins Gras und drückte sich fluchend die Hand vor das Gesicht. Blut quoll zwischen seinen Fingern hervor. »Scheiße verdammt!«

Schlagartig wurde mir bewusst, was für einen Mist ich gebaut hatte. »Garrett -«

Er war im Begriff, sich auf mich zu stürzen. Ich sah seine Faust auf mich zufliegen. Bis meine Sicht von ausgewaschen pinken Haarsträhnen verdeckt wurde.

43
Andy

Link hatte mehr Kraft. Aber seine Schläge waren ebenso impulsiv. Die Faust des Typen landete auf meinem Auge. Scharfer Schmerz schoss durch meine Wange, dröhnte durch meinen Kopf und riss mich von den Füßen. Ich schlug im Gras auf. Feuchtigkeit drang durch meine Jacke.

Reflexartig drehte ich mich auf den Bauch und kam sofort auf die Beine. Ich wankte leicht.

Der Typ blickte mich erschrocken an und wich einen Schritt zurück.

»Andy?«

Zwei kräftige Hände fassten mich an den Armen. Ich zuckte zusammen und fuhr herum. Mit all meiner Kraft stieß ich Hunter gegen die Brust.

Überrascht stolperte er rückwärts und verlor auf dem regennassen Boden das Gleichgewicht. »Was -«

»Was ist nur los mit dir?«, schrie ich.

Mein Auge pochte bei jeder Silbe. Innerhalb von Sekunden schien es anzuschwellen. Hunters Gesicht verschwamm.

Mit einem Mal sah ich meine Mom. Brian. Dann wieder Hunter. Ich war so müde. Verzweiflung bohrte sich in mein Herz.

»Hast du nichts Besseres zu tun, als um dich zu schlagen? Ich kann mich nicht auch noch vor dich stellen! Ich hab genug davon, die Schläge anderer einzustecken! Es reicht!« Ein Schluchzen entfuhr mir. Tränen liefen heiß über meine Wangen. Ich hatte keine Ahnung, wo sie herkamen. Ein Zittern hatte meinen Körper erfasst, das ich nicht kontrollieren konnte.

Hunter musterte mich ebenso nachdenklich wie schockiert.

Langsam erhob er sich.

Ich bekam keine Luft mehr. Alles in mir schrie nach Flucht. Bevor Hunter gradestand, hatte ich mich umgewandt und eilte davon.

»Andy!«

Ich betete, dass er mir nicht folgen würde. Ich konnte das nicht. Mit ihm reden, ihm gegenüberstehen, die Wut in seinen Augen sehen, mit der er zum ersten Schlag ausgeholt hatte.

Keine Ahnung, was der Auslöser dafür gewesen war. Ich hatte nur die letzten Worte des anderen gehört, und die ergaben für mich keinen Sinn. Aber es interessierte mich auch nicht. In diesem Moment war es egal, ich wollte nur weg.

Mein Herzschlag pulsierte um mein linkes Auge in einem schmerzhaften Stakkato. Die Tränen wollten nicht versiegen, und ich war fast blind, als ich das erstbeste Gebäude betrat. Prompt rannte ich in jemanden hinein. Der Zusammenstoß riss mich erneut von den Füßen, und ich landete hart auf dem kalten Steinboden. Diesmal sprang ich nicht sofort wieder auf. Urplötzlich fehlte mir die Kraft für jede weitere Bewegung.

»Andy? Was ist passiert?«

Eine Hand legte sich auf meine Schulter. Vorsichtig, als berührte sie ein wildes Tier.

Ich hob den Kopf und sah die gefletschten Zähne eines Hais.

»Scheiße, was ist mit deinem Auge?« Logan ging neben mir in die Knie und umfasste mein Kinn. Besorgt tasteten seine Augen mein Gesicht ab. Sein *Sharks*-Trikot war nassgeschwitzt. Vermutlich kam er gerade vom Training. Jetzt prangte ein kleiner Blutfleck mitten auf seiner Brust.

»Bist du mit einer Laterne zusammengestoßen?«

Es war ein lahmer, halbherzig ausgesprochener Scherz, trotzdem entfuhr mir ein schrilles Lachen.

Logan wirkte nur noch besorgter. »Ich bring dich ins Krankenzimmer. Komm.« Er griff mir unter die Schultern und half mir, aufzustehen.

»Ich komm schon klar«, murmelte ich. »Ich geh nach Hause und ruhe mich aus.« Ich wollte mich an ihm vorbeidrängen, doch er trat mir in den Weg.

»Andy, wer war das? Ich schwöre dir, ich mach ihn fertig.«

Kopfschüttelnd erwiderte ich seinen Blick. »Das kann ich nicht gebrauchen. Aber frag doch Hunter.«

»Was hat Hunter damit zu tun?«

Von der anderen Seite des Gangs näherte sich eine Gruppe Leute. Logan musste einen Schritt zur Seite machen, um sie durchzulassen. In dem Moment drängte ich an ihm vorbei. Ich rempelte ein anderes Mädchen an, das empört aufschrie, aber es kümmerte mich nicht.

Logan rief mir hinterher. Ich ignorierte es. Er würde noch früh genug herausfinden, was geschehen war. Sicher würde Hunter es ihm erzählen.

Ich verließ das Gebäude durch den hinteren Ausgang und zog mir die Kapuze meiner Jacke über. Dicke Tropfen zerplatzten auf den schmalen Wegen, die sich über den Campus schlängelten. Ich senkte den Kopf, damit niemand einen Blick auf mein anschwellendes Auge erhaschen konnte.

Wie in Trance lief ich den Weg zum Campingplatz zurück. In mir brodelte es, und es kostete mich all meine Kraft, dieses Brodeln unter Kontrolle zu halten. Ich versuchte, an nichts zu denken, nichts wahrzunehmen, mich innerlich abzuschotten, während all die Erinnerungen, die sich seit dem Schlag an die Oberfläche meines Bewusstseins kämpfen wollten, immer stärker und lauter wurden.

Sie durften nicht gewinnen, ich konnte auf keinen Fall zulassen, dass sie mich übermannten. Nicht, nachdem ich so weit gekommen war. Keine Alpträume mehr seit Tagen, Link in Haft, ein normales Leben. Diese Erinnerungen, verschüttet und verborgen unter all meinen Vorsätzen und Kämpfen, sollten bleiben, wo sie waren.

Meine Jacke hing schwer und nass auf meinen Schultern, als

ich den Wohnwagen erreichte. Ich zitterte. Vor Kälte, und weil ich den Sturm in meinem Innern kaum noch aufhalten konnte. Ich schälte mich aus den nassen Sachen, kroch in Unterwäsche ins Bett und setzte mir meine Kopfhörer auf. Dann suchte ich die rockigste Playlist aus, die ich finden konnte, und spielte sie in der höchsten Lautstärke ab, die meine Ohren aushielten. Ich zog mir die Decke über den Kopf und rollte mich zusammen. Der Bass riss an meinem Trommelfell, und der schreiende Gesang schmerzte in meinem Kopf. Aber beides zusammen übertönte meine Gedanken, und das war alles, was in diesem Moment zählte.

Es war Nacht, als ich die Kopfhörer abnahm. Der Akku meines Handys war leer, die Musik verstummt. Mein Inneres fühlte sich wund und empfindlich an, als könnte mich ein falsches Wort an den Abgrund treiben. Aber vorerst hatte sich der Sturm gelegt.

Langsam schälte ich mich aus meiner Decke und holte einen Jogginganzug aus der Schublade unter dem Bett. Bei jeder Bewegung pochte mein Auge. Ich zog mich an und betrat mein winziges Bad durch die Schiebetür. Hier gab es nichts außer einer Toilette und einem kleinen Spiegel, der darüber hing und in dem ich jetzt meine Verletzung musterte. Es war nicht mein erstes blaues Auge, jedoch das harmloseste. Mein Augenlid, der Übergang zur Nase und ein Teil des Wangenknochens waren violett und blau verfärbt. Der Bluterguss war heftig, aber immerhin war die Haut nicht aufgeplatzt und das Auge nicht zugeschwollen. Nur ein kleiner Kratzer spaltete meine Augenbraue. In ein bis zwei Wochen würde man kaum noch etwas sehen. In ein paar Tagen konnte ich das Veilchen vielleicht schon unter einer Schicht Make-up verbergen. Doch erst mal war es unmöglich, mit diesem Veilchen in meine Kurse zu gehen. Jeder würde mich danach fragen. Oder sie wussten schon Bescheid, denn der Vorfall hatte sich bestimmt herumgesprochen. Ich war mir nicht sicher, ob das die bessere Alternative war, wegen all dem, was man sich über Hunter erzählte.

Hunter. Welche Entschuldigung er sich wohl für unseren verpassten Vortrag ausgedacht hatte? Oder hatte er ihn ohne mich gehalten? Ich musste dringend eine Mail an Mr Chan schreiben, um die Situation zu klären.

Erschöpft sah ich aus dem Fenster. Draußen herrschte tiefste Dunkelheit, bestimmt war es längst nach Mitternacht. Gestern Abend hätte unser Date stattfinden sollen. Ich hatte Hunter versetzt, ohne es überhaupt zu merken. Weil ich mit mir selbst nicht klarkam.

Ich schaute in den Spiegel und verabscheute mein Gesicht. Wie hatte ich so unfassbar dumm sein können? Wie hatte ich glauben können, dass ich all das Geschehene hinter mir lassen kann, indem ich einfach woanders neu anfange?

Neu anfangen. Der größte Witz aller Zeiten. Ich war immer noch dieselbe mit denselben Schäden, dem gleichen Schmerz und den immer gleichen dunklen Erinnerungen. Die Vergangenheit würde mich immer wieder einholen. Sich in mein Leben schleichen, wenn ich nicht damit rechnete. Es gab kein Entkommen, egal, wie sehr ich es versuchte. Übermutig hatte ich mich in eine neue Version meiner selbst gestürzt, die nicht existierte. Hatte versucht, eine Andy zu sein, die nicht von Albträumen und Schuldgefühlen gequält wurde oder bei der kleinsten unerwarteten Berührung zusammenzuckte. Ich hatte frei und mutig und stark sein wollen. Wollte nie mehr zurückschauen. Und was hatte es mir gebracht?

Ein weiteres blaues Auge. Neuen Schmerz.

Ich steckte mein Handy ans Ladekabel und schaltete es ein. Draußen prasselte weiterhin der Regen vom Himmel und landete wie nicht enden wollende Trommelschläge auf dem Dach meines kleinen Zuhauses.

In den letzten Tagen hatte Dustin mir geholfen, den Zaun fertigzustellen, die alten Gartenmöbel zu streichen und damit eine gemütliche Sitzecke vor dem Wohnwagen zu erstellen. Wir hatten noch mehr Lichterketten angebracht und sogar neuen Teppich im Wohnwagen ausgelegt. Im flauschigen Rot schmiegte er sich an meine nackten Füße, als ich darüber lief und mich mit dem Handy in der Hand aufs Bett fallen ließ. Obwohl ich stundenlang unter der Decke gelegen hatte, fühlte ich mich so erschöpft wie nach tagelanger Schlaflosigkeit. Dieses Gefühl nahm zu, als ich die verpassten Anrufe und Nachrichten sah. Die meisten waren von Hunter.

Wo bist du?

Es tut mir so leid!

Bitte ruf mich an!

Ich warte bei der Jacht. Bitte komm zu unserem Date, und lass uns über das Geschehene sprechen.

Die Jacht. Tränen stiegen mir in die Augen, als ich verstand, dass Hunter sie als Ort für unser erstes Date ausgesucht hatte. Das hätte mir gefallen. Es hätte wunderschön sein können.

Unentschlossen schwebte mein Finger über Hunters Namen. Ein Tippen, und ich würde seine Nummer wählen.

Aber ich konnte es immer noch nicht. Ich wusste nicht, was ich sagen sollte. Was, wenn sich zwischen uns etwas verändert hatte? Es gelang mir nicht, seinen Gesichtsausruck von vorhin zu vergessen. Ein Ausdruck, der mir so schrecklich vertraut war, weil ich ihn von Link kannte. Unbändiger Hass. Was, wenn ich von nun an immer nur daran denken konnte, sobald ich Hunter sah?

Ich wusste nicht, was ich tun sollte. Immer in meinem Leben, selbst in den schlimmsten Augenblicken, konnte ich ohne Probleme eine Entscheidung treffen. Selbst, wenn es welche waren, die mir nicht gefielen.

Aber jetzt, mit Hunters Namen unter meinem Finger, war ich zum ersten Mal vollkommen ratlos. Was war nur los?

Ein Klopfen riss mich aus meinen Gedanken. Ich erstarrte. Hastig sperrte ich das Handydisplay, damit das Licht nicht durch die Fenster schien. Alle anderen Lampen hatte ich bereits ausgeschaltet.

Wer klopfte mitten in der Nacht an die Tür eines Wohnwagens? Ich versuchte, Geräusche von draußen wahrzunehmen, aber alles, was ich hörte, war das Rauschen meines zu schnellen Puls.

»Andy.«

Hunter. Mein Herz setzte einen Schlag aus.

»Bitte, mach die Tür auf.«

Es war fast zwei Uhr morgens, und Hunter Bray stand vor meiner Tür. Unwillkürlich ging ich darauf zu. Meine Hand presste sich gegen das Holz, das uns voneinander trennte.

»Bitte Andy, ich steh seit Stunden im Regen, mir ist total kalt.«

Mein Mund öffnete sich. Aber kein Wort kam zwischen meinen Lippen hervor.

»Little Rainbow.«

Der Klang des Spitznamens wärmte mich von innen. Über meine nächste Entscheidung dachte ich nicht nach. Ich ließ mich nur von meinem Herzrasen leiten.

Hunter wirkte überrascht, als die Tür aufschwang. Wortlos wich ich einen Schritt zurück und schaltete die Deckenlampe ein. Er sah wirklich so aus, als hätte er den ganzen Abend im Regen gestanden. Sein sonst wüstes Haar klebte klitschnass an seinem Kopf, seine Kleidung tropfte und seine Schuhe schmatzten, während er eintrat. Er schloss die Tür und sperrte das Rauschen des Windes aus, sodass uns nur noch das anhaltende Trommeln des Regens einhüllte.

Hunter wischte sich über die Augen und sah mich an. Erleichterung durchfuhr mich, weil es einfach nur er war. Seine warmen, braunen Augen. Kein Hass in ihnen. Kein Link.

Wir schwiegen, während ich ihm ein Handtuch reichte, und er sich beim Trocknen der Haare die triefenden Schuhe von den Füßen kickte. Dann zog er sich das Shirt aus und rubbelte über seinen Oberkörper.

Er blickte auf, seine Augen tasteten sich über meine Verletzung. Er streckte die Hand aus und legte sie mir an die Wange. Sanft strich er mit dem Daumen über den Bluterguss. »Was hast du dir nur gedacht?«

Ich schob seine Hand weg. »Was *ich* mir gedacht habe?« War das sein Ernst? Er prügelte sich *mal wieder* in der Öffentlichkeit, was seinem Ruf sicher nicht zugutekam und ihm nichts als Schwierigkeiten bringen konnte, und er fragte mich, was ich mir gedacht hatte?

Irritiert zuckte er zurück. »Warum stellst du dich einfach vor diesen Idioten?«

Ich schnaubte und wandte mich ab. »Welchen Idioten meinst du? Ich hab nämlich zwei gesehen.« Mit bebenden Händen durchwühlte ich meinen Kleiderschrank. Meine Finger schlossen sich um den groben Stoff einer Jogginghose, die ich Hunter entgegenschleuderte. Sie prallte von seiner Brust ab und landete zu seinen Füßen.

Er zog eine Augenbraue hoch. »Ich glaube kaum, dass mir deine Sachen passen, Little Rainbow.«

»Nenn mich nicht so«, fauchte ich. »Außerdem gehört sie meinem Bruder, also zieh sie verdammt noch mal an, bevor du dir den Tod holst in den nassen Jeans!« Meine Stimme wurde mit jedem Wort lauter. Wut brodelte in meinem Innern und vernebelte meine Gedanken. Wut auf Hunter, weil er den Tag unseres ersten Dates verdorben hatte. Weil er sich prügelte und es mir unmöglich machte, all meine sorgsam aufgebauten Mauern aufrechtzuerhalten. Aber vor allem war ich wütend auf mich selbst, weil ich nicht in der Lage war, normal mit einer Situation wie dieser umzugehen. Als wäre das nicht genug, schlummerte unter meiner Wut die Angst, dass ich ihm nicht länger ausweichen konnte. Dass wir über all das sprechen mussten, was es für mich so schwierig machte, Hunters Prügelei einfach wegzunicken.

»Du bist sauer«, stellte Hunter nüchtern fest.

»Natürlich bin ich das.« Ich sah ihn nicht an, während er sich aus der nassen Jeans schälte. Stattdessen tigerte ich vor meiner Küchenzeile auf und ab. Über uns krachte ein Donnerschlag, und in der nächsten Sekunde zuckte ein Blitz und hüllte uns in grelles Licht.

»Du hast mich versetzt.«

Irritiert wandte ich mich um. Brians Jogginghose saß etwas eng, aber immerhin war Hunter jetzt trocken und nur noch halbnackt. Eine bissige Erwiderung lag mir auf der Zunge, dann jedoch sah ich den verletzten Ausdruck in seinen Augen.

»Ich dachte, wir wären verabredet?«

Ich schluckte gegen die aufkeimenden Schuldgefühle an und zwang mich zur Ruhe. »Das waren wir. Aber dann musstest du ja irgendwelche Leute verprügeln.«

Hunter fuhr sich durch das feuchte Haar. Ein paar Tropfen fielen von seinen Haarspitzen zu Boden und hinterließen dunkle Flecken auf meinem Teppich.

»Irgendwelche Leute«, wiederholte er tonlos. »Das war nicht irgendjemand, Andy. Du hättest hören sollen, was er gesagt hat, er -«

»Es ist mir egal, was er gesagt hat, Hunter! Ich kann das nicht mehr.« Tränen schossen mir in die Augen. »Ich kann niemandem gebrauchen, der sich prügelt und denkt, Gewalt wäre eine akzeptable Lösung. Oder der das Gefühl hat, sich ständig rächen zu müssen. Ich will das nicht in meinem Leben, ich ertrage es nicht mehr.« Ein Schluchzen stieg in mir auf. Der Schmerz in meiner Brust grub sich tiefer und tiefer.

Ich hielt mich an der Arbeitsfläche hinter mir fest und drängte mich dagegen. Hunter stand so dicht vor mir, dass es ein Leichtes wäre, mich in seine Arme fallen zu lassen. Mich einfach von ihm halten zu lassen, bis sich all die Erinnerungen wieder in den tiefsten Ecken meiner Seele versteckten.

»Andy.« Hunter trat einen Schritt näher, und meine Hände klammerten sich fester an die Arbeitsfläche. »Was ist los? Wieso nimmt dich das so mit?« Mit einem Finger strich er erneut über den Bluterguss an meinem Auge.

Unaufhörlich liefen mir stumme Tränen über die Wangen.

Hunters Hand wanderte zu meinem Arm und verharrte über der Narbe dort. »Hat es damit zu tun?« Seine andere Hand fand die Stelle an meiner Hüfte, wo mich einst ein Ast durchbohrt hatte. »Was hast du nur erlebt?«

Seine gemurmelten Worte waren so voller Sorge, dass ich es kaum ertrug. Langsam legte er seine Stirn an meine, und ich ließ zu, dass er noch näherkam. Mein Widerstand bröckelte, und ein Zittern durchlief meine Körper.

»Wieso hast du dich vor mich gestellt?« Hunter strich über meine Wange. »Wieso hast du den Schlag für mich eingesteckt?«

Meine Mauern zerbarsten zu Staub.

»Weil ich das schon mein ganzes Leben lang tue!«, brach es aus mir hervor. Der Schmerz fiel über mich her wie ein wildes Tier. Eine Ewigkeit lauerte er schon darauf, mich anzugreifen, und jetzt war ich leichte Beute.

Hunter fing mich auf und hielt mich fest. Ich weinte und zitterte und brachte kein Wort mehr heraus. Draußen tobte das Unwetter ebenso unbarmherzig wie in meinem Innern.

Nach einiger Zeit schob Hunter seinen Arm unter meine Knie, hob mich hoch und drückte mich an sich. Im nächsten Moment landete ich weich auf meinem Bett. Verzweifelt grub ich das Gesicht in meine Kissen. Hunter hüllte uns in meine Decke ein und zog mich eng an sich, bis ich halb auf ihm lag und mein Kopf in seiner Halsbeuge ruhte. Er murmelte beruhigende Worte, deren Sinn ich nicht verstand. Dennoch milderte ihr Tonfall meinen Schmerz in kleinen, wiederkehrenden Wellen.

Eingehüllt in Hunters Wärme vergaß ich jedes Zeitgefühl. Ich hörte das kräftige Pochen seines Herzschlags und spürte jeden seiner ruhigen Atemzüge. Seine Hand strich sanft über mein Haar und meinen Rücken. Und irgendwann fand ich die Kraft, alles auszusprechen.

»Es war mein Stiefvater.« Meine Stimme war kaum mehr als ein heiseres Krächzen. »All die Narben und noch viele andere Verletzungen verdanke ich ihm.«

Hunter spannte sich unter mir an. Seine Hand verharrte auf meinem Rücken.

Ich traute mich nicht, ihm in die Augen zu schauen. Stattdessen sah ich aus dem Fenster und starrte die blasse Spiegelung meines Gesichts an. »Er kam zu uns, als ich noch klein war. Ungefähr vier. Er hat meine Mom geschlagen. Nicht von Anfang an, aber irgendwann fing es an. Und ich habe begonnen, mich vor sie zu stellen, um sie zu schützen.«

Die Worte glitten überraschend leicht über meine Lippen. Vielleicht, weil ich mich bei Hunter immer noch sicher fühlte. Meine Furcht, dass sich das durch den Vorfall am Morgen geändert hatte, war unbegründet gewesen. Vielleicht hatte ich aber auch einfach keine Kraft mehr, all die Worte in mir einzuschließen.

»Wieso hat sie ihn nicht verlassen?«, stellte Hunter die Frage, mit der ich schon gerechnet hatte. Niemand konnte sich vorstellen, bei jemandem zu bleiben, der einem regelmäßig seelische und körperliche Schmerzen zufügte. Erst wenn man selbst in diese Situation geriet, begriff man, wie dicht das Geflecht aus Abhängigkeit, Angst und Minderwertigkeitsgefühlen wurde, das einen langsam einhüllte. Wenn man es bemerkte, konnte man sich kaum noch befreien.

»Es war nicht immer so«, erwiderte ich, versuchte, die richtigen Worte zu finden. »Anfangs war Link ein anderer. Oder zumindest hat er so getan. Er war nett, hilfsbereit und immer gut gelaunt. Es hat Jahre gedauert, bis ich langsam verstand, dass all das nur Fassade war. Dass alles nur dazu diente, meine Mom so sehr an sich zu binden, dass sie keine Wahl hatte, als bei ihm zu bleiben.«

Ich richtete mich auf und schlang die Arme um meine Knie. Hunter folgte meinen Bewegungen und lehnte sich an die Wand hinter uns.

»Er wollte so viel Zeit wie möglich mit ihr verbringen. Köderte sie mit Ausflügen und Geschenken, mit denen er sie angeblich überraschen wollte, sobald sie mal etwas anderes plante. Immer wieder sagte sie ihren Freundinnen und Kolleginnen ab, um stattdessen Zeit mit ihm zu verbringen. Ich glaube, sie bemerkte es gar nicht. Aber irgendwann hatte sie keine Freundinnen mehr. Er redete ihr ein, dass sie ihren Job nicht brauchte, weil er genug für uns alle verdiente. Immer wieder brachte er das Thema zur Sprache, bis sie kündigte. Von da an musste sie ihn immer um Geld fragen. Egal, was sie kaufen wollte. Und wenn es nur eine Tüte Nudeln fürs Mittagessen war. Link genoss das.« Meine Stimme troff vor Verachtung. Ich erinnerte mich noch gut an das belustigte Funkeln in seinen Augen. An die Art, wie er sich zufrieden in seinem Sessel zurücklehnte und an seiner Zigarette zog, wenn meine Mom zu rechtfertigen versuchte, dass sie etwas in der Drogerie besorgen wollte.

»Er isolierte meine Mom, verhinderte, dass mein Bruder und ich engere Freundschaften schlossen, und machte uns finanziell total abhängig von ihm. Er bemängelte alles, was meine Mom tat, und ich musste zusehen, wie sie immer mehr verschwand.«

Das war es, was sie tat. Sie verlor sich selbst und verschwand in einem grauen, stummen Schatten. Bis sie nicht mehr meine Mom war.

Hunters Hände hatten sich fest in die Bettdecke gegraben. Doch er schwieg und ließ mich weitersprechen. Und ich war dankbar dafür.

»An einem Abend brannte meiner Mom das Essen an. Link kam von der Arbeit. Er beschimpfte und beleidigte sie. Dann schlug er zu.«

Das Klatschen seiner Ohrfeige hallte in meinem Ohr wider. Ich hörte meinen eigenen erschrockenen Schrei und sah Brian, der erstarrt am Tisch saß.

»Er entschuldigte sich hinterher«, fuhr ich bitter fort. »Er sagte, es wäre ein Ausrutscher, die Arbeit wäre so anstrengend gewesen und es käme nie wieder vor. Natürlich log er. Alles, was aus seinem Mund kam, waren Lügen.«

Ich fuhr mir durchs Haar und holte tief Luft. Mein Auge pochte, als ich versehentlich dagegen stieß.

»Link hat nie Brian oder mich angegriffen. Ich glaube, es bereitete ihm mehr Vergnügen, dass wir zusehen mussten, wie er Mom verprügelte. Aber als ich etwas älter war, ertrug ich es nicht mehr. Ich glaube, es war einfach nur ein Reflex, weil ich direkt neben ihr stand. Auf jeden Fall sprang ich vor sie, als Link ausholte, und steckte den Schlag ein. Seine Faust traf mich im Gesicht.«

Hunter schluckte. »So wie heute.«

Ich nickte. Eine einzelne Träne rann meine Wange hinab. »So wie heute«, wiederholte ich tonlos.

»Und deine Narben …?« Hunter beendete seine Frage nicht, blickte mich nur voll Sorge an.

Es war lediglich ein schwacher Hauch meines Schmerzes, den ich in seinen dunklen Augen sah, dennoch schenkte er mir Erleichterung. Hunter zog sich nicht von mir zurück, sondern war noch an meiner Seite und hörte sich meine Geschichte an. *Vielleicht*, wagte ich zu hoffen, *versteht er sogar, was in mir vorgeht. Was es in mir ausgelöst hat, als ich gesehen habe, wie er den anderen schlug.*

Ich nahm seine Hand und führte sie auf das wulstige Gewebe an meinem Arm. »Link traf sich öfter mit einem Kollegen, um gemeinsam Football zu schauen. Sie rauchten Zigarren und tranken viel. Einmal zwang er meine Mom, für sie zu tanzen.« Es kostete mich Überwindung, das auszusprechen. Scham und Wut hinterließen einen bitteren Geschmack auf meiner Zunge. »Ich zog sie vom Tisch, um sie aus dem Raum zu bringen. Daraufhin verbrannte Link mir den Arm mit seiner Zigarre.«

Hunter sog scharf die Luft ein. Seine Hand verkrampfte sich.

Wieder spürte ich den unsäglichen Schmerz und roch das verbrannte Fleisch. Übelkeit stieg in mir auf, und ich sprach schnell weiter. »Er ließ die Wunde nicht heilen. Tag für Tag packte er meinen Arm und drückte so fest zu, dass sie wieder aufbrach. Oder er drückte eine weitere Zigarre darin aus. Es dauerte Wochen, bis es ihm langweilig wurde und die Wunde endlich heilen konnte.«

»Sein Kollege hat da einfach mitgemacht?«, hakte Hunter nach. »Hat er nichts unternommen?«

Ich stieß einen wütenden Laut aus. »Nein. Drake fand das Ganze furchtbar witzig. Aber ehrlich gesagt, denke ich, dass er sich vielleicht auch vor Link fürchtete. Vor dem, was geschehen konnte, wenn er sich einmischte.«

Wie in der Nacht in unserer kleinen Bucht, führte ich Hunters Hand zur nächsten Narbe, knapp unter meiner Brust. Sicher konnte er fühlen, wie mein Herz gegen die Rippen hämmerte. In diesem Moment wirbelten so viele widersprüchliche Gefühle in mir umher, dass ich nicht sagen konnte, was meinen Puls beschleunigte.

»Link schubste mich in unseren Wohnzimmerschrank, als ich die neuen Schulbücher vor ihm retten wollte. Meine Mom hatte sie gekauft, ohne es mit ihm abzusprechen, und natürlich machte ihn das wütend. Er wollte sie anzünden. Der Schrank hatte Spiegeltüren, und eine Scherbe hat mich fies getroffen. Die vielen kleineren Schnitte, die die anderen Scherben hinterlassen haben, sieht man nur, wenn ich länger in der Sonne war. Die Narben bräunen nicht wie der Rest meiner Haut.«

Ich hasste den Anblick meines sonnengebräunten Körpers. Jedes Mal kam ich mir vor wie eine zerbrochene Vase, die man wieder zusammengeklebt hatte.

»Und die hier stammt von einem Messer.« Ich legte Hunters Hand an meinen Oberschenkel. Seine Wärme drang durch den dünnen Stoff meiner Jogginghose. »Link sagte, er würde mich töten, wenn ich mich ihm weiter entgegenstellte. Ich sagte, er würde sich nicht trauen. Daraufhin packte er ein Messer und schnitt mir den Oberschenkel auf.«

»Andy.« Hunter zwang mich, zu ihm aufzusehen. »Wieso hast du ihn auch noch provoziert?«

Trotzig biss ich die Zähne zusammen. Ich reckte das Kinn und drängte die Tränen zurück. Ich konnte es nicht aussprechen. Den Gedanken, den ich an jenem Tag hatte.

Hunters Augen weiteten sich, als er begriff. »Es war dir egal.«

»Ich dachte, dann wäre es endlich vorbei«, brachte ich angestrengt hervor. »Wenn ich tot bin, hört es auf. Aber er tat es nicht, und für einen Moment war ich wirklich wütend. Weil er so ein Feigling war. Weil er es nicht durchgezogen hat.« Ich wischte mir die Tränen unsanft aus dem Gesicht. Ich wollte nicht mehr weinen, ich wollte den ganzen Schmerz nicht mehr. Trotzdem sprach ich weiter. Vielleicht konnte ich etwas von den Gefühlen loswerden, wenn ich sie mit Hunter teilte. »Dann wurde mir klar, dass Brian und meine Mom sich allein gegen Link stellen mussten, wenn ich nicht mehr da war. Ich fühlte mich schuldig. Wie konnte ich so egoistisch sein?«

Die Tatsache, dass ich sie nun allein gelassen hatte, um nach Bar Harbor zu kommen, schwebte unausgesprochen zwischen uns. Hunter fragte nicht danach. Zumindest noch nicht.

Ich führte seine Finger zu der letzten Narbe. Der, die mit den meisten Schmerzen verbunden war.

»Ich hatte mal einen Hund«, erzählte ich mit stockender Stimme. »Daisy. Sie war ein wunderschöner Husky. Wäre sie kein Welpe mehr gewesen, hätte sie mich vielleicht wirklich beschützen können.« Ich schluckte gegen den Kloß in meinem Hals an.

Wann immer ich einen Hund sah, dachte ich an Daisy. Jedes Mal war es, als durchlebte ich jene Nacht noch einmal. Spürte ihren Schmerz und ihre Verzweiflung erneut.

»Link schlug mich mal wieder, und diesmal ging ich sogar zu Boden. Er trat mir in den Magen, und Daisy … Sie sprang ihn an. Sie wollte mir nur helfen.«

Hunter nahm mein Gesicht in die Hände und fing die Tränen mit seinen Daumen auf.

»Link hat sie getreten. Gepackt und nach draußen gebracht. Er hat sie mit einem Stein erschlagen.«

»Verdammter -« Hunter brach ab. Aber ich spürte seine Wut, denn all seine Muskeln spannten sich an, bis die Venen an seinem Arm deutlich hervortraten.

»Beinahe jede Nacht höre ich ihr Jaulen in meinen Träumen. Ich war so verzweifelt und verstört, dass ich loslief, in den Wald hinter unserem Haus. Es war dunkel, ich fiel, und ein gebrochener Ast bohrte sich in mich. Ein Mann fand mich, keine Ahnung, warum er um diese Zeit dort unterwegs war. Er brachte mich ins

Krankenhaus. Als sie mich fragten, was geschehen war, schwieg ich. Meine Mom oder Link müssen dem Personal irgendeine Lüge erzählt haben, bevor sie mich entließen.«

Hunters Hand rutschte von meiner Narbe zu meinem Rücken. Er zog mich eng an sich, bis wir beinahe eins waren. Ich schmiegte meine Wange an seine Brust und fühlte mich geborgen wie nie. Eine seltsame Erschöpfung nistete sich in mir ein, doch gleichzeitig fühlte ich mich etwas leichter.

»Hast du es je jemandem erzählt?«

Langsam schüttelte ich den Kopf. »Link hat allen geschadet, die davon erfahren haben. Wir mussten die Schule wechseln, als eine Lehrerin zu neugierig wurde, und eine neue Kollegin von ihm wurde sonst wohin versetzt, nachdem Brian und ich ihr in einem Anfall von Mut davon berichtet haben. Link ist Polizist. Und ironischerweise ein talentierter. Er genießt Ansehen und Macht und hat wichtige Freunde. Wir hatten nie eine Chance.«

Hunter schwieg. Wir hingen beide unseren Gedanken nach. Der Sturm draußen wurde ruhiger, der Donner verklang zu einem leisen Grollen, und die einzigen Tropfen, die noch auf das Dach trafen, fielen von den Blättern der Baumkronen über uns.

»Kann ich dich noch etwas fragen?«, wollte Hunter schließlich wissen, und ich bejahte stumm.

»Wieso bist du jetzt gegangen? All die Jahre bist du dortgeblieben, trotz allem. Für deine Mom und Brian, das verstehe ich, glaube ich.« Er klang unsicher. »Was hat sich geändert?«

Ich holte tief Luft. Zögerte. Doch machte dieses Detail jetzt noch einen Unterschied?

»Den Plan hatte ich schon immer. Ich wusste, wenn ich nicht bald ging, würde es mir nie gelingen. Link würde mir meine Zukunft rauben, und den Gedanken ertrug ich nicht. Also bewarb ich mich an jedem College, das nur annähernd interessant war. Die AU war aber immer mein Favorit gewesen. Nur fehlte mir der Mut. Ich wusste nicht, dass ich es durchziehen würde.«

Hunter brummte verständnisvoll, als ich erneut tief durchatmen musste.

»Link kam in mein Schlafzimmer, in der Nacht, als ich ging. Er sagte …« Ich konnte seine Worte nicht wiederholen. Erneut spürte ich Links Hand an meiner Hüfte. Roch den Alkohol. Ich schluckte. »Er sagte Dinge. Dinge, die mir Angst machten. Ich wusste, was in den kommenden Nächten geschehen würde, wenn ich blieb. Genauso wusste ich, dass ich es nicht ertragen würde. Dass es mich endgültig zerstören würde. Ich konnte das nicht überleben. Meine einzige Chance war, zu gehen.«

Hunter musste die Schuldgefühle in meiner Stimme gehört haben. Denn er küsste mich auf die Stirn und flüsterte: »Du hattest keine andere Wahl. Und ich bin froh, dass du es getan hast.«

Zittrig atmete ich aus. »Ich auch.«

Und das war die Wahrheit.

44
Hunter

Ich hatte nicht damit gerechnet, dass ich mich jemals um einen Menschen so sehr sorgen konnte wie um Maia. Bis Andy mir ihre Geschichte erzählte.

Mit jedem ihrer Worte zog sich mein Herz mehr zusammen. Wut keimte in mir auf und wuchs ins Unermessliche. Nie hätte ich gedacht, dass man einen Menschen, den man nicht kannte, so sehr hassen konnte, wie ich Link in diesem Moment hasste. Da half es auch nicht, dass der Dreckskerl mittlerweile im Knast saß und endlich seine Strafe bekam, wie Andy mir schließlich mit deutlicher Erleichterung verriet. Aber mir entging der bleibende ängstliche Ausdruck in ihren Augen nicht. Sie fürchtete sich immer noch vor ihm, egal, wie viele Kilometer und Gitterstäbe sie trennten.

Mit einem Mal erschien es mir logisch, dass sie auf dem Campingplatz wohnte. Vermutlich fühlte sie sich hier sicher. Nicht so leicht zu finden.

Andy schlief ein, kurz nachdem sie mir alles erzählt hatte. Sorgenfalten hatten sich tief in ihre Stirn gegraben, selbst als ihr Atem schon längst ruhig und gleichmäßig geworden war. Ich war mir sicher, dass sie mir nicht alles anvertraut hatte. Dass sie vieles durchgemacht hatte, worüber wir nicht gesprochen hatten. Dass, was auch immer der Privatdetektiv für meine Mom herausgefunden hatte, damit zusammenhing. Jedoch war das, was ich jetzt wusste, mehr als genug. Genug, um sie besser zu verstehen. Jetzt verstand ich, warum es mir oft so vorgekommen war, dass sie einen Teil von sich versteckte. Weshalb sie vor mir zurückgezuckt war. Warum sie kaum Erfahrung mit anderen Männern hatte. Zumindest nicht die, die man sich wünschte.

Ich konnte mir vorstellen, wie sehr mein Streit mit Garrett und der Schlag, den sie eingesteckt hatte, sie getriggert haben mussten. Deshalb hatte sie auf Logan so verstört gewirkt. Er hatte mir von ihrer Begegnung erzählt, sobald ich das Büro des Dekans verlassen durfte. Es hatte meiner Mutter einiges an Nerven und Einfluss gekostet, doch ich konnte meinen Studienplatz behalten, und das war das Wichtigste. Ich war so dämlich gewesen, wegen dieses Idioten alles zu riskieren, das war mir in dieser Sekunde mehr als bewusst.

Andy hatte es zwar nicht ausgesprochen, aber es war eindeutig, dass sie sich immer noch vor Link fürchtete. Wie sollte ich ihr diese Angst nehmen, wenn wir an verschiedenen Colleges studierten?

Mein Handy brummte und schreckte mich aus einem diffusen Halbschlaf. Draußen dämmerte es bereits. Vorsichtig löste ich mich aus Andys Umarmung, woraufhin sie sich tiefer in die Kissen kuschelte. Ich fischte mein Handy aus der Tasche meiner noch feuchten Jeans. Mit Blick auf den Namen des Anrufers verließ ich den Wohnwagen. Die Luft war kühl und sofort vermisste ich Andys Wärme an meiner Haut.

»Logan«, sagte ich leise. Die Stille des Morgens konnte Worte weit tragen. »Was gibt's, wieso bist du schon wach?«

»Hey, hast du mit Andy gesprochen, geht es ihr gut?«

Ich runzelte die Stirn. »Ja, ich bin bei ihr. Soweit ist alles in Ordnung.« Eine riesige Übertreibung, aber das musste Logan nicht wissen. »Aber deshalb rufst du doch nicht an, oder?«

»Nein«, gab Logan zu. Seine Stimme klang erschöpft und kratzig. »Letzte Nacht gab es wieder eine Party bei den *Sharks*.«

Nicht zum ersten Mal fiel mir auf, dass Logan nie von *uns* oder *meinem Team* sprach. Er sagte immer *die Sharks*, was nicht deutlicher machen könnte, wie wenig zugehörig er sich dem Team fühlte.

»Da war dieser Typ«, fuhr er fort. »Viper nannte er sich. Kennst du den?«

»Ich weiß nicht.« Der seltsame Name rührte an etwas in mir, doch ich konnte es nicht genau fassen. Ungeduldig strich ich mir über die nackten Arme. Ich wollte zurück zu Andy, wollte bei ihr sein, wenn sie aufwachte. Ein kalter Tropfen des letzten Regens traf mich im Nacken, und ich zuckte zusammen. »Was ist mit ihm?«

»Er sagt, er würde Maia kennen. Und er wüsste, wo sie ist.« Alles in mir erstarrte. »Was?«

»Ja, zumindest behauptet er, sie kurz nach ihrem Verschwinden gesehen zu haben.«

Mein Herzschlag rannte mir davon. »Wo ist sie?«

Logan seufzte frustriert. »Das wollte er mir nicht sagen. Er meinte, dass er es nur dir verraten würde. Aber auch nur, wenn du Maias Schulden begleichst.«

Verwirrt griff ich mir ins Haar. »Was für Schulden?«

Logan zögerte.

»Verdammt, Logan, spuck's aus!«, schrie ich ins Telefon. Sicher hallte meine Stimme über den ganzen Campingplatz. Doch es war mir egal.

»Viper ist ein Dealer, Hunter.«

Resigniert schloss ich die Augen. Ein Dealer. Plötzlich wusste ich wieder, woher ich seinen Namen kannte. Ich hatte ihn auf Maias Handy gesehen, als ich herauszufinden versuchte, wer ihr das Kokain verkauft hatte, das der Beginn ihrer Sucht war. Das Schicksal hatte einen miesen Sinn für Ironie. Ausgerechnet dieser Typ sollte mir jetzt sagen, wo sie sich aufhielt? Und warum erst jetzt?

»Weißt du, wo ich ihn finde?«

»Er hat mir seine Nummer gegeben«, erwiderte Logan zögernd. »Aber bist du sicher, dass du dich mit ihm treffen willst?«

»Was soll die Frage? Ich habe keine andere Wahl, wenn ich Maia so nach Hause holen kann.«

»Er ist ein Dealer«, wiederholte Logan eindringlich. »Wenn man dich mit ihm sieht, wird das übel enden, das weißt du genauso gut wie ich. Vor allem, wenn er wirklich darauf besteht, dass du ihn bezahlst. Du weißt, welchen Eindruck das macht. Da wird dich auch deine Mutter nicht mehr retten können.«

»Ist mir scheißegal«, knurrte ich. »Wenn ich Maia finde, ist es das wert.«

Logan seufzte erneut. »Ich wusste, dass du das sagen würdest. Ich schick dir seine Nummer.« Er beendete das Gespräch, und wenige Sekunden später erreichte mich eine Nachricht.

Ich tippte die Nummer an, warf einen Blick auf den Wohnwagen, in dem Andy friedlich schlief, und lauschte dem Freizeichen mit einem unguten Gefühl.

»Welcher Arsch weckt mich um diese Zeit?«

Die Stimme klang seltsam rau und brüchig wie die eines jahrelangen Kettenrauchers.

»Hier ist Hunter.«

Stille folgte auf meine Worte. Mein Puls pochte in meinen Handgelenken, und die Nervosität trieb mir den Schweiß auf die Stirn.

»Hunter Bray«, fügte ich hinzu, als Viper immer noch nichts sagte.

»Hunter Braaaay.« Ein rauchiges Lachen ertönte. »Das ging ja schnell.«

»Wo ist Maia?«

»Nicht so hastig, mein Guter. Sicher hat dein Kumpel dir gesteckt, was meine Bedingungen sind?«

Am liebsten hätte ich durchs Telefon gegriffen und den Dreckskerl erwürgt. »Du kriegst dein Geld. Sag mir nur, wie viel.«

»Wunderbar, so kommen wir gut miteinander aus.« Er nannte mir eine Summe, bei der sich mein Magen umdrehte. Nicht, weil ich das Geld nicht aufbringen konnte. Sondern wegen der Menge an Drogen, die Maia dafür bekommen haben musste.

Ich hörte ein Feuerzeug klicken. Viper nahm einen Zug von einer Zigarette oder, was wahrscheinlicher war, von einem Joint.

»Wir treffen uns in einer Stunde. Am alten Wilson-Pier. Bring das Geld mit.«

Er legte auf, bevor ich ihm sämtliche Schimpfworte an den Kopf werfen konnte, die mein Wortschatz hergab.

Als ich leise den Wohnwagen betrat, mir mein feuchtes Shirt überzog und eine Nachricht für Andy schrieb, wurde mir klar, dass ich Logan belogen hatte. Es war nicht egal, was bei diesem Treffen geschah und ob es mir hinterher um die Ohren flog. Niemand durfte davon erfahren, ich konnte mir keinen weiteren Ärger leisten. Der Grund dafür lag vor mir im Bett und hatte mein Herz im Sturm erobert.

Der Wilson-Pier war kaum mehr als ein morscher, teilweise eingestürzter Steg, an dem einst kleine Fischerboote auf ihren Einsatz gewartet hatten. Die Natur hatte sich die Wege rundherum längst zurückerobert, und ich musste mich durch dichtes und dorniges Gestrüpp kämpfen. Ich wartete im kniehohen Gras, denn das alte Holz des Stegs würde keinen einzigen Schritt mehr aushalten, ohne vollständig zusammenzubrechen.

Viper machte seinem Namen alle Ehre. Er schlich sich an mich heran wie eine Schlange und berührte mich so unerwartet an der Schulter, dass ich erschrocken herumfuhr.

»Bleib locker, Willi.«

»Nenn mich nicht so«, fauchte ich und trat einen Schritt zurück.

Vor mir stand ein schmaler Typ mit unzähligen Tattoos und kurz geschorenen Haaren. All die zu Totenschädeln und Stacheldraht verschmolzene Tinte konnte die Einstichstellen in seinen Armbeugen nicht verbergen. Seine Haut war unrein, sein Blick glasig, und bei der Vorstellung, dass Maia sich mit ihm getroffen hatte, kam mir die Galle hoch.

Was hatte er ihr noch alles verkauft außer Koks? Was hatte sie dafür tun müssen, nachdem meine Eltern ihr sämtlichen Zugriff auf ihre Konten entzogen hatten?

Viper grinste. »Hast du das Geld? Etwas mehr, und du darfst meinen Stoff auch mal probieren. Deine Schwester hat eine Vorliebe für Schnee, wenn ich mich richtig erinnere.« Er zog ein kleines Tütchen mit weißem Pulver aus der Hosentasche und schüttelte es leicht.

Nervös wandte ich den Kopf, doch ich sah nur Wasser auf der einen und wilden Wald auf der anderen Seite.

Viper lachte erneut sein zugedröhntes Lachen. »Bleib locker, Mann, hier ist niemand. Also? Ich hab alles, wovon du nur träumst.«

Ich schnaubte angewidert und zog das Geld aus der Tasche, das ich eben noch abgehoben hatte. »Nimm das Geld und behalt dein Scheißzeug, ich will es nicht.«

Vipers Lippen verzogen sich zu einem zufriedenen Grinsen. Er streckte die Hand nach dem Geld aus, aber ich trat einen Schritt zurück und hielt es hoch, außer seiner Reichweite.

»Erst will ich wissen, wo Maia ist.«

»Clever«, merkte Viper amüsiert an. »Aber wieso sollte ich dir glauben, dass ich mein Geld dann noch kriege?«

»Weil Maia seit Monaten verschwunden ist und du jetzt erst mit deinem Wissen um die Ecke kommst und das Geld haben willst, das sie dir angeblich schuldet. Das heißt, du brauchst es. Dringend. Und du bekommst es nur, wenn du mir verrätst, wo sie ist.«

Viper dachte kurz nach. Dann zuckte er mit den Schultern. »Also gut. Wie du willst. Sie war bei mir, ein paar Tage, nachdem sie angeblich *verschwunden* ist.« Er betonte das Wort, als handelte es sich dabei um einen Witz.

»Was wollte sie?«

»Na, Stoff natürlich.« Seine Worte bestätigten meine Befürchtungen. »Aber ich hatte gerade nichts da. Sie wurde sauer, hat ziemlich randaliert, also hab ich sie rausgeschmissen.«

»Maia randaliert nicht«, entfuhr es mir ganz automatisch.

»Ach wirklich?« Viper zog eine Augenbraue empor. »Sei ehrlich, sicher hast du auch immer gesagt, dass sie keine Drogen nimmt. Und dennoch war sie eine treue Kundin.«

Ich schluckte gegen den bitteren Geschmack in meinem Mund an. »Weißt du jetzt, wohin sie wollte, oder nicht?«

»Sie wollte weg«, meinte Viper grinsend, und ich war kurz davor, ihn so lange mit dem Gesicht voran ins Wasser zu drücken, bis sein widerliche Grinsen verschwand.

»*Wohin?*«

»Nach New York.«

Der Boden sackte unter meinen Füßen weg. Ich taumelte einen Schritt rückwärts, all meine Selbstbeherrschung löste sich in Luft auf. »New York.«

»Ja, sie faselte irgendwas von einer Aufnahmeprüfung oder so. Krieg ich jetzt mein Geld?«

Gleichgültig ließ ich die Scheine los. Ich ging in die Knie und vergrub den Kopf in den Händen. Wieso war ich nie auf die Idee gekommen, in New York nach Maia zu suchen? Für jeden anderen würde die Stadt wie ein willkürliches Ziel erscheinen, denn niemand außer mir wusste, dass Maia schon seit ihrer frühen Kindheit von einer Aufnahme an der *Juilliard School* geträumt hatte. Eine Schule für Musik und Schauspiel, eine der besten des Landes, nur knapp fünfhundert Meilen von hier entfernt. Wie oft hatten wir über ihren Traum, Sängerin und Tänzerin zu werden, gesprochen? Wie oft hatte sie in den Broschüren geblättert, deren Hochglanzpapier schon ganz dünn wurde? Ich hatte sie getröstet, als sie begriff, dass unsere Eltern sie auf diesem Weg niemals unterstützen würden.

Die Verzweiflung über ihr Verschwinden hatte mich blind gemacht. Ich hatte so sehr versucht, sie zu finden, in Bar Harbor zu finden, dass ich das Offensichtliche nicht gesehen hatte.

»War nett mit dir Geschäfte zu machen.« Viper wandte sich ab. »Grüß Maia, falls du sie findest.«

Regungslos hockte ich im matschigen Gras. Ich wartete auf die Erleichterung, aber sie kam nicht. Ich fühlte mich nur leer.

Mit klammen Fingern zog ich mein Handy hervor und checkte, wann der nächste Platz in einem Flieger nach New York frei war. Ohne zu zögern, buchte ich einen Flug für morgen Abend.

Maias Entschluss, nach New York zu gehen, ließ mich kurz

daran glauben, dass es ihr jetzt besser ging. Mit einer Drogensucht würde sie an der Juilliard niemals bestehen. Vielleicht hatte sie ihre Probleme überwunden, um ihren Traum zu verwirklichen?

Es war kurz vor Mitternacht, als ich die Bibliothek betrat. Ich war etwas früher gekommen und huschte am Nachtwächter vorbei, um alles in Ruhe vorzubereiten. Für einen kurzen Moment schlichen sich leise Zweifel ein, ob Andy diesmal kommen würde. Aber meine Sorge war unbegründet. Pünktlich um zwölf vernahm ich leise Schritte auf der Treppe. Ich wartete im oberen Stockwerk, wo wir beim letzten Mal zusammen gelesen hatten.

»Hunter?« Leise drang ihre Stimme vom Treppenabsatz zu mir.

Ich ging um die Bücherregale herum, und mein Herz setzte für einen Schlag aus. Sie sah atemberaubend aus. Ihr schlanker Körper steckte in einem violetten Sommerkleid und einer Jacke in Lederoptik. Ich schmunzelte, als ich die schwarzen Chucks bemerkte, in denen sie auf mich zukam.

»Hey.«

Andy lächelte, als sie mich entdeckte. Sie strich sich das Haar hinters Ohr, eine nervöse Geste, die sie noch süßer machte. »Da bist du ja«, sagte sie. »Also? Verbringen wir unser Date mit Hausaufgaben?«

Ich lachte. »Bist du etwa enttäuscht?«

Sie erwiderte mein Lachen, und mein Herz hüpfte höher. All die Gedanken an den anstehenden Flug nach New York und mein Treffen mit Viper verschwanden in dieser Sekunde.

»Vertraust du mir?«, fragte ich schelmisch und trat langsam hinter sie. Gänsehaut bildete sich auf ihrem Nacken, als mein Atem darauf traf.

»Ja.«

Ich genoss den Klang dieses Wortes. Ich konnte hören, dass sie es ernst meinte.

»Gut.« Ich hob die Hände und legte sie ihr über die Augen.

»Was wird das?« Neugier schwang in ihrer Stimme mit.

»Abwarten, Little Rainbow. Ich bin sicher, dass es dir gefällt.«
Langsam führte ich sie zwischen den Regalen entlang.

Als wir den Platz mit den Sitzsäcken erreichten, blieb ich stehen.

»Willkommen zu unserem ersten Date«, wisperte ich dicht an
ihrem Ohr und bemerkte zufrieden, wie sie erschauerte. Dann
nahm ich meine Hände von ihren Augen.

Sie stieß einen überraschten Laut aus. »Wow. Das ist wunderschön!«

Erleichtert atmete ich aus. Ich hatte die Sitzsäcke und kleinen
Tische zur Seite geräumt und stattdessen Decken und Kissen
auf dem Boden verteilt. Überall auf dem Boden standen Kerzen.
Künstliche natürlich. Ich war nicht verrückt genug, echte Flammen in die Nähe all dieser Bücher zu bringen. Auf den Decken
wartete ein Buffet aus Obst, Sandwiches, Schokolade, Salat und
anderen Kleinigkeiten auf uns.

Andy ließ sich auf die Decke sinken. »Es sieht aus wie in der
Bucht.«

»Ja, daher kam die Idee«, gab ich zu. »Ich dachte, die Nacht
dort war so schön, dass wir sie vielleicht noch einmal wiederholen
könnten. Nur diesmal als offizielles Date.«

Andy erwiderte meinen Blick lange. Ihre Augen glühten.
Sicher dachte sie ebenso wie ich an all die Dinge, die in der Bucht
zwischen uns passiert waren. Im künstlichen Kerzenschein sah
ich, wie ihre Wangen sich röteten.

»Meinst du nicht, dass wir Ärger bekommen?«, fragte sie unsicher, als ich mich neben sie auf die Decke setzte.

Ich schüttelte den Kopf. »Earl, der Nachtwächter, verbringt
seine Schicht meist schlafend und geht nur durch die unteren
Flure. Er ist zu faul, hier hochzukommen.«

»Du bist wohl ziemlich oft in der Nacht hier.«

»Ich konnte eine Zeit lang nicht so gut schlafen, also habe ich
meine Nächte entweder mit Training oder aber hier verbracht.«

Verständnis huschte durch ihren Blick. Ich fragte mich, wie
viele unruhige Nächte sie schon hinter sich hatte, bei allem, was

sie erlebt hat. Ich war nicht sicher, ob ich je ein Auge zumachen könnte, wenn die Gefahr im Zimmer neben an auf mich wartete.

Ich schüttelte den Gedanken ab. Diese Nacht sollte unbeschwert werden und nur uns beiden gehören, egal, was sonst vor sich ging. Deshalb goss ich uns etwas zu trinken ein und fragte: »Wie läuft es mit deinem Roman?«

Sie erzählte, und ich hing ihr an den Lippen. Die Leidenschaft, die in ihren Beschreibungen mitschwang, nahm mich immer wieder für sich ein.

Wir futterten uns gemütlich durch all die Speisen, die ich mitgebracht hatte, und unterhielten uns über alles Mögliche, wobei wir sämtliche heikle Themen vorerst ausklammerten. Vielleicht gaben wir uns damit der Illusion hin, dass in unseren Leben alles in bester Ordnung war, aber manchmal war es genau das, was man brauchte. Ich hatte das Gefühl, dass es uns beiden guttat, zumindest für eine Nacht die Probleme zu vergessen.

Irgendwann nach Gesprächen über unsere Lieblingsbücher und die schlechtesten Restaurants, in denen wir je gegessen hatten, lagen wir satt mit dem Rücken auf der Decke und starrten an den weißen Putz des Bibliotheksdachs.

»Kann ich dich etwas fragen?«, wollte Andy plötzlich wissen.

»Alles«, antwortete ich ohne Zögern.

»Auch wenn ich vielleicht diesmal diejenige bin, die die Stimmung zerstört?«

Ich drehte den Kopf und bemerkte, wie sie beklommen auf ihrer Unterlippe kaute.

»Ja.«

Sie holte tief Luft. »Was genau ist mit Maia geschehen?«

Die Frage hätte mich vielleicht nicht überraschen sollen. Doch das tat sie.

Lange sah ich Andy an, während ich nach den richtigen Worten suchte. »Das hat mich, außer Logan, noch niemand gefragt«, erwiderte ich dann.

»Wie meinst du das?«

»Die Leute spekulieren. Sie denken sich Geschichten aus, streuen Gerüchte und berichten über angebliche Fakten. Aber niemand von ihnen hat mich je wirklich gefragt, was passiert ist. Ich hätte es ihnen eh nicht gesagt, weil es sie nichts angeht und vielleicht sogar alles noch schlimmer gemacht hätte, aber ich wäre gerne gefragt worden, verstehst du?«

Andy nickte. Und ich glaubte, sie verstand es wirklich.

Ich setzte mich auf und verschränkte die Arme auf den Knien, während mir die Ereignisse um Maias Verschwinden klar vor Augen standen.

»Sie ist weggelaufen«, beantwortete ich Andys Frage. »Meine Mom hatte die absurde Idee, Maia in so ein komisches Boot-Camp zu schicken, wo sie einem Disziplin und Gehorsam aufzwingen. Maia erfuhr davon, und es gab einen Riesenkrach. Einen von vielen zu der Zeit. Als Aufseher des Camps am späten Abend kamen, um sie abzuholen, wehrte sie sich mit Händen und Füßen und schloss sich schließlich im Keller ein, sodass ihre Abreise aufgeschoben wurde. Am nächsten Morgen war sie weg. Auf meinem Schreibtisch fand ich einen Zettel. *Ich ersticke. Ich kann nicht hierbleiben.*« Ich sah das Papier vor mir. Spürte wieder die Enge in meinem Hals. Die Panik. »Daneben lagen ihr Handy und ihre Schlüssel. Einige ihrer anderen Sachen waren weg. Ich weiß nicht, ob sie je zurückkommt. Aber ich glaube, als sie diese Nachricht schrieb, hatte sie sich entschlossen, für immer zu gehen.«

Schmerzhaft pochte mein Herz gegen meine Rippen. Ich spürte die Sorge und die Angst so frisch wie damals.

Andy griff nach meiner Hand und zog mich zu sich hinab. Sie legte ihre Hand an meine Wange und hauchte mir einen Kuss auf die Lippen. »Danke«, flüsterte sie, »dass du es mir erzählt hast.«

Ich schlang die Arme um sie, und eine Weile lagen wir einfach nur da. Erst als ich die zunehmende Erleichterung spürte, wurde mir klar, dass ich mir nicht sicher gewesen war, ob Andy mir glauben würde.

»Sie wird wiederkommen.« Andy klang so sicher, dass ich versucht war, ihr zu glauben. »Oder du findest sie. Und dann kannst du sie mir vorstellen, und ich werde ihr erzählen, dass ich mit ihrem Bruder das erste Mal auf der Jacht getanzt habe, die er nach ihr benannt hat.«

Mein Herz schwoll an, bei dem Gedanken, eines Tages Maia und Andy zusammen bei mir zu haben. »Das hoffe ich«, erwiderte ich leise. »Das hoffe ich wirklich.«

Andy schmiegte sich enger an mich, und ich versuchte, die dunklen Erinnerungen abzuschütteln. Ich wollte mich auf das Hier und Jetzt konzentrieren. Auf Andy.

Ich schaute an die Decke und dachte an unsere kleine Bucht. »Nicht so schön wie der Sternenhimmel«, murmelte ich.

Andy nahm den Themenwechsel mit einem Nicken an. »Leider nicht.« Sie malte kleine Kreise auf meine Brust. Jeder vollendete Kreis schickte ein Kribbeln durch meine Glieder und benebelte meine Gedanken. Dann stützte sie sich auf den Arm und sah auf mich hinab. Die bunten Haarspitzen rahmten ihr Gesicht ein. »Aber es ist trotzdem ein wunderschönes Date«, wisperte sie. »Danke.«

Zögernd glitt ihr Blick zu meinem Mund. Wie von selbst legte sich meine Hand in ihren Nacken und zog sie zu mir herab. Unsere Lippen berührten sich in einem sanften Kuss. Stromstöße schossen durch meinen Körper. Meine Hand glitt in ihr Haar, mit der anderen drückte ich sie enger an mich.

Andy legte mir eine Hand auf die Brust und löste sich von mir. Trotz des eher harmlosen Kusses war ich außer Atem.

»Ich glaube nicht, dass das hier so eine gute Idee ist«, meinte sie unsicher. Ihr Blick glitt über die Regalreihen. »Vielleicht gibt es noch andere, die ihre schlaflosen Nächte hier verbringen?«

Ich nickte zustimmend. »Okay. Komm.«

»Wohin gehen wir?«, fragte sie, nachdem wir alles zusammengepackt hatten und das Gebäude Hand in Hand verließen.

Ich zwinkerte verschwörerisch. »Dahin, wo wir die Sterne sehen können.

Wir erreichten die Jacht unter dem Funkeln tausender Sterne. Die Lichter der Stadt waren überwiegend erloschen, und der Mond und seine winzigen Begleiter zeigten sich in ihrer ganzen Schönheit.

In meinem Bauch schwirrte tausend Schmetterlinge, und meine Hände waren feucht vor Nervosität, als ich Andy auf die Jacht führte. Es machte mich verrückt, wie sehr dieses Mädchen mich aus dem Konzept brachte. Ich war es nicht gewohnt, so aufgeregt und unsicher zu sein. Über jede meiner Bewegungen nachzudenken. Jedes meiner Worte abzuwägen.

Ich folgte Andy langsam über Deck. Sie hatte den Blick zum Himmel gerichtet. Meine Augen jedoch ruhten nur auf ihrer Silhouette. Obwohl wir uns gegenseitig kaum sehen konnten, ließ ich das Licht ausgeschaltet. Ich wollte ihr den Blick auf die Sterne nicht ruinieren.

»Ups.« Sie stolperte, als sie gegen die Reling stieß. Dann lachte sie, glockenhell und ausgelassen.

»Alles okay?« Ich gluckste.

»Ja. Zum Glück ist die Reling hier, sonst müsstest du mich jetzt aus dem Wasser retten.« Sie wandte sich um, legte die Hände an das Geländer und blickte auf den Ozean, auf dessen Wellen das Licht der Sterne glitzerte.

»Es ist wirklich wunderschön hier. Es muss ein unglaubliches Gefühl sein, jederzeit einfach lossegeln zu können.«

»Das ist es«, stimmte ich zu.

Ich trat hinter sie und führte meine Arme an ihr vorbei, bis meine Hände direkt neben ihren auf dem kühlen Metall lagen. Ich hörte ihren Atem kurz stocken, bevor sie sich zurücklehnte und ihr Rücken an meiner Brust ruhte. Mein Herz schlug im schnellen Takt dagegen.

Mit den Lippen strich ich über ihren Hals und ihre Wange. Unsere Hände verflochten sich miteinander. Andy drehte den Kopf, und im gleichmäßigen Wellenrauschen fanden sich unsere Lippen. Meine Hände wanderten über ihre Arme zurück, strichen ihren Körper hinab, bis sie auf ihrem Bauch lagen. Andys Zunge glitt über meine Unterlippe. Ich seufzte wohlig und ließ sie ein. Zog Andy enger an mich. Unsere Münder verschmolzen immer mehr miteinander.

Andy war mir so nah, dass sich ihr fester Hintern an meinen Schritt drückte. Sie drehte sich leicht, und mir entfuhr ein Keuchen. Ihre Lippen verzogen sich zu einem amüsierten Lächeln. Ich erwiderte es mit einem Knurren und ließ meine Hände tiefer wandern. Ich spürte den Rand ihres Slips unter dem dünnen Stoff des Kleides. Ihr Atem beschleunigte sich. Sie drängte sich meiner Hand entgegen, die weiter auf Wanderschaft ging. Ich strich über ihren Oberschenkel, folgte dem Saum ihres Slips. Sie wand sich ungeduldig. Atemlos löste sie den Kuss und sank gegen mich, als meine Finger ganz kurz zwischen ihren Beinen zum Liegen kamen, bevor sie wieder an ihr emporwanderten und das Kleid mit sich nahmen. Meine Hände streichelten ihren nackten Bauch.

»Hunter«, wisperte sie und drehte sich um, bis wir uns in die Augen sehen konnten. Unser schneller Atem vermischte sich. Sie zog mich zu einem erneuten Kuss an sich. Eine Hand lag in meinem Nacken, die andere tastete sich über meinen Oberkörper, immer tiefer. Ihre Fingerspitzen glitten über meine Erektion. Durch den Stoff der Jeans kaum zu spüren, trotzdem entwich mir ein lautes Keuchen.

»Wollen wir reingehen?«, fragte ich atemlos, sobald ich wieder Worte formen konnte.

Andy nickte stumm. Sie löste sich von mir und ging voran.

Tief sog ich die kalte Nachtluft ein.

Als wir den Innenraum betraten, schaltete ich das Licht ein. Andy wartete neben der Couch, und Erinnerungen an unseren Tanz stiegen in mir auf. Bis Andy sich langsam rückwärts zum Bett bewegte und dabei ihre Lederjacke von ihren Armen zu Boden gleiten ließ. Ihre Wangen glühten rot, in ihren Augen lag ein lebendiger Glanz. Ihre Brust hob und senkte sich schnell.

Mit hastigen Schritten war ich bei ihr und presste meine Lippen auf ihre. Ich vergaß alle Zurückhaltung und alle Vorsicht, die ich mir eigentlich vorgenommen hatte. Ich vertraute darauf, dass sie Wort hielt und mir sagte, wenn ich dabei war, eine Grenze zu übertreten. Ich schob alle Bedenken von mir und hob sie von den Füßen. Ein erstickter Schrei entglitt ihr, wurde aber von meinen Lippen aufgefangen. Meine Zunge fuhr über ihr Piercing. Andy drängte sich mir entgegen, als ich sie aufs Bett sinken ließ und mich auf sie legte. Meine Lippen bahnten sich einen Weg über ihren Hals und zeichneten die Bewegungen meiner Finger nach, die ihr die Träger des Kleides von den Schultern strichen.

Andy legte ihre Hände unter meinem T-Shirt auf meinen Rücken, ihre Beine schlangen sich um meine Hüfte.

Ich löste meine Lippen von ihren und schob das Kleid langsam abwärts von ihrem Körper. Meine Lippen folgten dem Stoff über ihre Brust. »Verdammt! Trägst du eigentlich nie einen BH?«

Andy kicherte, und ihr Körper vibrierte unter mir. »Stört dich das etwa?« Verführerisch strich sie sich mit den Fingern über ihre Brustwarzen.

Ich knurrte. »Es treibt mich in den Wahnsinn.«

Meine Lippen senkten sich auf ihre Brust, und sie stöhnte auf. Schnell atmend beobachtete sie, wie ich ihr das Kleid über die Füße zog und auf den Boden fallen ließ. Ich küsste ihre Unterschenkel, ihr Knie und arbeitete mich an ihren Oberschenkeln hoch. Sie wandte sich vor Ungeduld.

»Hunter. Bitte.« Ihre Stimme bebte.

Ich kam zu ihr hoch, drückte meine Lippen auf ihre und gleichzeitig glitt meine Hand in ihren Slip. Andy stöhnte laut und drängte sich mir entgegen. Sie war so feucht, dass meine Finger mühelos in sie glitten. Mit meinen Lippen fing ich ihre erregten Laute auf. Mit dem Daumen zog ich Kreise über ihren empfindlichsten Punkt. Meine Finger bewegten sich vor und zurück. Ich spürte, wie Andy sich anspannte, ihre Muskeln zitterten. Ihre Hände tasteten fahrig nach meinem Gürtel. Ich zog meine Finger zurück, und sie schrie frustriert auf.

»Was tust du?«, fragte sie atemlos. »Ich war -«

»Ich weiß.« Ich stand auf, öffnete meinen Gürtel und schlüpfte aus meiner Hose.

Andys Augen weiteten sich. Meine Erektion drückte sich mittlerweile deutlich durch den Stoff meiner Boxershorts.

»Ich will dich auf mir spüren, wenn du kommst.«

»Meinst du …« Andy biss sich auf die Lippe.

Ich legte mich zurück aufs Bett und hauchte ihr einen sanften Kuss auf die Lippen. »Vertrau mir«, wisperte ich.

Andys Hände glitten über meinen nackten Rücken. »Das tue ich.«

Ich lächelte. Dann griff ich nach ihrer Hüfte und zog sie mit mir, als ich mich auf den Rücken rollte. Andy entfuhr ein überraschter Laut. Ihr Körper schwebte nur Millimeter über mir, ihre Knie ruhten an meinen Hüften. Ich setzte mich auf und knabberte an ihrer Unterlippe. Sanft zog ich sie weiter an mich, bis ich ihre warme Mitte auf meiner Erektion spürte. Andy keuchte auf, als sie meine Härte wahrnahm. Nur ein kleiner Fetzen Stoff trennte unsere Körper noch. Meine Hand suchte sich erneut den Weg in ihren Schoß. Unsere Lippen tanzten wild, unsere Zungen erkundeten sich. Langsam bewegte ich meinen Daumen in Andys Mitte. Ich spürte, wie sie sich weiter entspannte und Mut fasste. Wie sie neugierig wurde. Langsam begann sie, ihre Hüfte auf mir zu bewegen.

»O Gott.« Stöhnend vergrub ich mein Gesicht an ihrem Hals.

Durch meine Reaktion ermutigt, wurden ihre Bewegungen sicherer. Intensiver. Es brachte mich schier um den Verstand. Ich verstärkte den Druck meines Daumens. Gleichzeitig stieß sie mit der Hüfte vor. Meine ganze Härte traf auf ihren Körper, ihre feuchte Wärme drang durch den dünnen Stoff, und Andy kam heftig, mit meinem Namen auf ihren Lippen. Ihr zuckender Körper gab mir den Rest, und ich ertrank in bebender Erlösung.

45
Andy

Atemlos sackte ich auf Hunter zusammen.

Sein Körper bebte noch leicht unter mir. Er drückte mich fest an sich und vergrub sein Gesicht in meinem Haar.

»Bin gleich zurück«, murmelte er nach einiger Zeit und hauchte mir einen Kuss auf die Stirn. Sanft hob er mich von seinem Schoß, legte mich neben sich ab und zog die Decke über mich.

Zufrieden kuschelte ich mich darin ein und sah zu, wie er in dem winzigen Bad verschwand. Ein Grinsen breitete sich in meinem Gesicht aus, während in mir ein Ballon aus Glück heranwuchs. Eine wohltuende Erschöpfung machte meine Glieder schwer.

Als Hunter ins Bett zurückkam, war ich schon halb eingeschlafen.

»Weißt du eigentlich, wie schön du bist?«, hauchte er mir ins Ohr und schmiegte sich an mich.

Ich verdrehte die Augen, grinste aber. »Übertreib mal nicht. Das sagst du andauernd.«

Hunter fasste mein Kinn, drehte meinen Kopf und presste seine Lippen kurz fest auf meine. Er sah mich an, und mein Herz stolperte unter der Offenheit in seinem Blick. »Weil es wahr ist. Für mich bist du das Schönste, was ich je gesehen habe.«

Ich schluckte und wusste nicht, wie ich auf dieses Kompliment reagieren sollte. Aber Hunter erwartete keine Antwort, er zog mich dicht an sich und schaltete das Licht aus. In enger Umarmung schliefen wir ein, und für eine Sekunde fragte ich mich, ob es immer so sein konnte.

Ein Kitzeln in meinem Nacken weckte mich. Irritiert räkelte ich mich und hörte ein leises Kichern direkt an meinem Ohr.

»Guten Morgen, Little Rainbow.« Hunters Flüstern strich über meinen Nacken, gefolgt von einem federleichten Kuss.

Das also hatte mich geweckt.

Ich rieb mir über die Augen und versuchte, unauffällig mein Haar zu glätten, bevor ich mich zu ihm umwandte. Seinem amüsierten Gesichtsausdruck entnahm ich, dass es mir nicht gelang.

»Ich hoffe, du hast einen guten Grund, mich zu wecken«, murrte ich verschlafen.

Hunters Antwort war ein weiterer Kuss, diesmal auf meine Unterlippe, während seine Hände sich langsam an meinem Rücken hinabtasteten. Automatisch drängte ich mich ihm entgegen, und meine Lebensgeister erwachten unter seiner Berührung.

Hunter stieß ein wohliges Seufzen aus, bevor er sich sanft von mir löste. »Du glaubst gar nicht, wie gerne ich heute einfach nur hier mit dir liegen und, na ja, auch andere Dinge tun würde.« Er wackelte vielsagend mit den Augenbrauen. »Aber ich hab dir gestern etwas verschwiegen, weil ich unser Date nicht ruinieren wollte.«

Misstrauisch rückte ich von ihm ab. »Und was?«

Er fuhr sich durchs eh schon abstehende Haar und richtete sich auf. »Ich weiß vielleicht, wo Maia ist.«

»Was? Wo?« Ich schlang die Decke an mich und rutschte in einen Schneidersitz ihm gegenüber. Meine Augen huschten zu dem Bild hinter Hunter, von dem aus seine Schwester uns glücklich entgegenlächelte.

»In New York.« Hunter räusperte sich. »Ich hätte schon viel früher darauf kommen müssen. Sie träumt schon seit Jahren davon, an die *Juilliard Academy* zu gehen, und die Aufnahmeprüfungen fanden kurz nach ihrem Verschwinden statt.«

»Du meinst, sie hat die Prüfung bestanden und ist dortgeblieben?«

Ratlos zuckte Hunter mit den Schultern. »Ich weiß es nicht. Ich kann mir nicht vorstellen, dass sie das tun würde, ohne mir davon zu erzählen. Aber andererseits … wenn sie jede Verbindung zu unseren Eltern kappen wollte und zu ihrem Leben hier? Ich denke, die Chancen stehen gut, dass sie in New York ist, egal ob sie die Prüfungen bestanden hat oder nicht. Ein … Freund von ihr meinte auf jeden Fall, sie wollte dorthin.«

Mir entging das kurze Zögern bei dem Wort *Freund* nicht, jedoch waren meine Gedanken schon einen Schritt weiter. »Das heißt, du fliegst nach New York?«, schlussfolgerte ich, woraufhin der glückliche Luftballon in meinem Innern etwas schrumpfte.

Hunter nickte. »Noch heute. Heute Abend, um genau zu sein. Und ehrlich gesagt, weiß ich nicht, wann ich zurückkomme. Es hängt alles davon ab, ob ich sie dort finde und wie es ihr geht.«

Der Ballon schrumpfte weiter. Ein seltsames Gefühl breitete sich in mir aus. Ein Gefühl der Einsamkeit, obwohl ich wusste, dass das Unsinn war. Hunter musste diese Reise antreten. Es war nur logisch, dass er nach all den Monaten des Suchens diesem ersten richtigen Hinweis nachging. Dennoch war das Lächeln auf meinen Lippen gezwungen, und ein Kloß saß in meinem Hals fest.

Er würde auf jeden Fall zurückkommen. Oder nicht?

»Melde dich, sobald du etwas herausgefunden hast«, war alles, was ich sagen konnte.

Hunter atmete erleichtert aus und nickte.

Ich hielt mein Lächeln aufrecht, doch der Kloß in meinem Hals wuchs.

Sein Handy gab einen kurzen Piepton von sich, und er angelte es vom Nachttisch. Sein Blick verfinsterte sich. Tiefe Falten erschienen auf seiner Stirn.

»Alles okay?«

»Ja.« Er legte das Handy zur Seite. Sein Lächeln wirkte plötzlich so unecht, wie mein eigenes sich anfühlte. »Ich geh schnell unter die Dusche, damit ich nachher pünktlich wegkomme.« Er küsste mich kurz und stand auf. »Ich würde dich ja bitten, mich zu begleiten, aber die Dusche ist leider sehr klein und außerdem fürchte ich, dass das meine Pläne für heute durcheinanderbringen könnte.«

349

Mein Lachen wirkte auf mich vollkommen verkehrt. Das ungute Gefühl verstärkte sich noch, als Hunter im Bad verschwand. Kurz darauf hörte ich das Wasser prasseln. Tief durchatmend ließ ich mich im Bett zurückfallen. Mein Blick wanderte erneut zu dem Bild von Maia. Ich wünschte mir wirklich, dass sie in New York war und Hunters Suche ein Ende hatte. An seiner Stelle wäre ich sicher auch in den nächsten Flieger gestiegen, um zu ihr zu kommen. Warum also fühlte ich mich plötzlich so leer und konnte den Gedanken nicht abschütteln, dass irgendetwas nicht in Ordnung war? Hatte es mit Hunters falschem Lächeln nach der Nachricht gerade zu tun?

Ich kroch aus dem Bett und zog mich an, aber die Gedanken wollten einfach nicht verstummen. Nachdem ich wieder angekleidet und in meine Chucks geschlüpft war, nahm ich mein Handy in die Hand, um mich etwas abzulenken. Seit unserem Date um Mitternacht hatte ich es nicht mehr angerührt und bemerkte erst jetzt, dass mich in den frühen Morgenstunden eine Nachricht von einer unbekannten Nummer erreicht hatte. Unsicher schwebte mein Daumen darüber. Die letzten Nachrichten dieser Art hatte ich von Link erhalten. Aber der saß in Haft.

Zögernd bestätigte ich die Anfrage.

Genießt eure gemeinsame Zeit, solange ihr noch könnt.

Nein. Der Boden unter mir schien zu schwanken.

In dieser Sekunde wusste ich es eigentlich schon. Meine Zeit mit Hunter, meine Zeit in Sicherheit, war abgelaufen. Mein Unterbewusstsein schrie es mir förmlich entgegen, nur weigerte ich mich noch, zuzuhören.

Der Nachricht hingen zwei Fotos an, die sich quälend langsam herunterluden. Als sie sich endlich Pixel für Pixel aufgelöst und zu richtigen Bildern geformt hatten, brauchte ich einen Moment, um zu verstehen, was ich sah. Die Aufnahmen waren unscharf, als wären sie von weiter Entfernung herangezoomt worden. Sie zeigten Hunter und einen kränklich wirkenden Typen, die sich irgendwo am Wasser gegenüberstanden. Was auch immer sie dorthin geführt hatte, es war mehr als deutlich, dass Hunter lieber woanders wäre. Wütende Falten hatten sich auf seine Stirn und um seine Mundwinkel gelegt. Der andere trug ein seltsam zufriedenes Grinsen zur Schau. Auf dem einen Foto hielt er ein Tütchen hoch, dessen Inhalt ich nicht erkennen konnte. Aber beim Betrachten des zweiten Bilds keimte ein Verdacht in mir auf. Hunter streckte dem Typen einen Stapel Geldscheine entgegen.

Ungläubig starrte ich auf das Foto. Wieso sollte Hunter Drogen kaufen? Nach allem, was er mir über seine Schwester erzählt hatte, war das total unsinnig. Aber ich wusste, dass er mit Dealern gesprochen hatte, um Maia zu finden.

Plötzlich fiel mir ein, wie er vorhin bei dem Wort *Freund* gezögert hatte.

War der angebliche Freund ein Dealer? Der Typ auf diesen Fotos? Das erklärte zwar noch nicht, warum Hunter ihm scheinbar Stoff abgekauft hatte, aber als ich die Fotos wieder schloss, war mir das vorerst egal.

Genießt eure gemeinsame Zeit, solange ihr noch könnt.

Meine Gedanken rasten ebenso wie mein Herz. Link war der Einzige, der mir so eine Nachricht schicken würde. Nur dass er das nicht konnte. Es sei denn er hatte Hilfe.

Ich erstarrte. Das Handy fiel mir fast aus der Hand.

Drake.

Drake machte Links Drecksarbeit. Drake hatte in Bar Harbor nach mir gesucht. Drake hatte sich an Vicky vorbei in das Büro des Cafés geschlichen. Er konnte meine Nummer gefunden haben. Er konnte die Fotos aufgenommen und mir die Nachricht geschrieben haben.

War ich zu unaufmerksam gewesen, als wir aus dem Nationalpark zurückkamen? Nein. Dass ich Drake nicht mehr gesehen hatte, hieß allerdings nicht, dass er Bar Harbor wirklich verlassen hatte.

Wenn Drake noch in der Stadt war, wenn er mich beobachtete und Hunter gesehen hatte …

Ich war so dumm gewesen. Hatte mir eingeredet, dass Drake sich nicht von Link beeinflussen ließ, solange dieser im Gefängnis festsaß. Was für ein Schwachsinn. Wie hatte ich so leichtgläubig sein können? Wie hatte ich mich so an diese trügerische Hoffnung klammern können? Sollte ich es nach all den Jahren nicht besser wissen?

Aber nur, weil Drake mir diese Nachricht schickte, nach Links Anweisungen natürlich, musste ich ihn nicht fürchten.

Genießt eure gemeinsame Zeit, solange ihr noch könnt.

Solange, bis Link aus dem Gefängnis kam.

Das war die Botschaft dahinter.

Drake würde Hunter nichts tun. Es war Link. Immer Link.

Nur beruhigte der Gedanke mich nicht. Ich fühlte mich, als würde ich mit rasendem Tempo auf einen Abgrund zusteuern, ohne Möglichkeit, anzuhalten.

Als Hunter in Jeans aus dem Bad kam, saß ich auf dem Sofa und starrte angestrengt aus einem der kleinen runden Fenster. Der Himmel war grau verhangen, das Wasser glänzte wie kalter Stahl.

»Du bist aufgestanden?« Hunter ließ sich zu mir aufs Sofa fallen.

»Ich dachte, du musst sicher bald los?« Fragend sah ich ihn an. Ich atmete auf, weil meine Stimme ruhig und normal klang, obwohl es in mir ganz anders aussah.

Hunter nickte und zog sich sein T-Shirt über. »Ja, bald. Aber ein bisschen Zeit haben wir noch.« Er grinste vielsagend und beugte sich vor.

Ich versteifte mich und bereute es in derselben Sekunde. Doch ich kam nicht dagegen an.

Er runzelte die Stirn und hielt inne. »Alles okay?«

Ich wollte ihm von den Fotos erzählen. Nur hatte ich keine Ahnung, wie ich anfangen sollte. »Nein, es -«

Der schrille Klingelton meines Handys unterbrach mich. Ich zuckte zusammen und holte es aus meiner Tasche. Mein Herz blieb stehen.

»Du bist der letzte Mensch, der noch einen dieser nervigen vorinstallierten Klingeltöne eingestellt hat«, meinte Hunter schmunzelnd.

Ich erwiderte nichts. Das Handy klingelte und vibrierte in meiner Hand.

»Willst du nicht drangehen?«

»Ich …« Meine Stimme kratzte fürchterlich, und ich räusperte mich mühsam. »Das ist meine Mom.«

Hunter richtete sich auf.

Ich starrte noch immer auf das Display. Seit dem Tag meiner Flucht hatte ich nicht mehr mit meiner Mom gesprochen. Anfangs hatte ich sie nicht angerufen, aus Angst, dass Link es mitbekommen könnte. Ich fürchtete, er könnte uns belauschen oder meine Mom verprügeln, in der Hoffnung, meinen Aufenthaltsort rauszufinden. Später dann schämte ich mich. Weil ich sie allein gelassen hatte. Auch seit Link verhaftet wurde, hatte ich nur mit Brian gesprochen, weil … Ich wusste nicht genau, warum.

Meine Finger zitterten, als ich abnahm. »Mom?«

»Andy.« Ihre Stimme klang brüchig.

Ich wusste sofort, dass etwas passiert war. Trotzdem schloss ich für einen Moment die Augen und genoss den Klang ihrer Stimme. Mir war nicht klar gewesen, wie sehr ich sie vermisst hatte. »Mom, geht's dir gut?«

»Ja, mir geht es gut. Wo bist du?« Sie wirkte seltsam gehetzt.

»Was ist los?«

»Es ist wegen Link. Ich glaube, er ist auf dem Weg zu dir. Bist du in Maine?«

Schmerz pochte in meiner Brust. Kalter Angstschweiß brach mir aus. Hunter legte seine Hand auf meine Schulter. Ich wusste nicht, ob er die Worte meiner Mutter verstehen konnte, doch er sah mich besorgt an.

In diesem Moment ertrug ich seine Nähe kaum. Es war zu viel. Mein altes und mein neues Leben drohten auf seltsame Art und Weise miteinander zu verschwimmen. Ich stand auf und entfernte mich ein paar Schritte. Meine Beine zitterten.

»Was soll das heißen?«, fragte ich meine Mom. »Link ist in Haft.« Mit voller Inbrunst sprach ich die letzten Worte aus, als würde es sie unumstößlich wahrmachen. Obwohl ich sofort an die Fotos dachte. Die Nachricht.

Der verzweifelte Laut, den meine Mutter ausstieß, nahm meinen Worten ihren Sinn. »Er ist draußen. Drake hat seine Kaution gezahlt.«

»Was?« Ein atemloses Keuchen war alles, was ich fertigbrachte.

Hunter stand plötzlich neben mir und hielt mich fest, als meine Beine unter mir nachgaben.

»Wahrscheinlich mit Links Geld, aber …«

Die Worte meiner Mom verschwammen in meinem Kopf. Hunters Nähe fuhr mir wie schmerzhafte Stromstöße durch den Körper. Ich ertrug weder seine Blicke noch seine Berührungen. Ich löste mich von ihm und stolperte die Treppe hoch aufs Deck, musste unbedingt an die frische Luft. Der Morgen war kühl, Wind fuhr mir ins Haar und wehte es mir in die Augen. Fahrig wischte ich die Strähnen mit der freien Hand zur Seite und trat bis an die Reling vor.

»Andy, bist du in Maine?«, fragte meine Mom erneut, und ich erstarrte, den Blick auf das graue Meer gerichtet.

Meine Kehle wurde trocken, und meine Hand schloss sich fester um die Metallstange. Das Einzige, was mir auf dem schwankenden Boot Halt gab.

»Ja.« Meine Stimme klang seltsam beherrscht, verriet die Unruhe nicht, die in mir aufstieg. »Woher weißt du, dass er auf dem

Weg hierher ist?«

»Brian wusste, dass Link nach dir sucht, und hat sein Handy getrackt.«

»Er – was?«

»Seit wir von Links Entlassung erfahren haben, hat er ihn so im Auge behalten.«

Der Wind wurde stärker. Wellen schlugen gegen den Bug, und kalte Tropfen spritzten mir ins Gesicht.

»Wo in Maine?«, fragte ich heiser.

»Ich weiß es nicht genau. Brian hat mir nur geschrieben, dass er in Maine ist.«

»Warte, was meinst du damit, er hat dir geschrieben?« Meine Brust zog sich zusammen. Ich konnte kaum noch atmen.

Einen Moment lang war es still in der Leitung. Dann sagte meine Mom: »Er ist weg.«

»Was soll das heißen?«

»Als er gesehen hat, dass Link Chicago verlässt, ist er sofort hinter ihm her. Er hat mir nur einen Zettel hinterlassen. Ich denke, er will dich vor Link schützen. Er versucht, vor ihm bei dir zu sein.«

Langsam sickerten ihre Worte durch meine betäubten Gedanken. »Brian kommt hierher?«

»Ja.«

Mein Bruder wusste längst, dass ich in Bar Harbor war. Ich hatte es ihm ja selbst verraten. Ich konnte nur mutmaßen, warum er es meiner Mom scheinbar nicht erzählt hatte. Vielleicht, weil er dem Frieden auch nicht vollkommen getraut hatte.

Brian und Link fuhren ein Wettrennen gegeneinander auf dem Weg zu mir. Gut möglich, dass Brian Link überholte und vor ihm hier ankam. Aber was würde passieren, wenn sie aufeinandertrafen? Wenn Link bemerkte, dass Brian ihm folgte?

Übelkeit stieg in mir auf. Ich schluckte schwer. »Okay«, zwang ich mich zu sagen. »Mach dir keine Sorgen, Mom. Ich muss jetzt auflegen.«

»Andy -«

»Ich melde mich, Mom. Versprochen.«

Mit tauben Fingern beendete ich das Gespräch.

Link war hier. Irgendwo in meiner Nähe. Wenn er schon in Maine war, konnte es maximal noch ein paar Stunden dauern, bis er Bar Harbor erreichte. Er würde mich finden. Ich war nicht mehr sicher.

Die Erkenntnis nahm mir die Luft. Zitternd sackte ich zusammen und kam hart auf dem feuchten Boden auf.

Was sollte ich jetzt tun? Ich musste weg, musste meine Sachen packen, alles aufgeben und –

Nein.

Ich dachte an die Uni, an Dustin, an Vicky und das *Café Mary*. An das Projekt auf meinem Laptop. An Hunter.

Hunter.

Sobald Hunter erfuhr, dass Link mir schon so nah gekommen war, wusste ich nicht, wie ich ihn aus dieser Sache raushalten sollte. Er würde sich einmischen. Es lag in seiner Natur. Er würde versuchen, mich zu schützen, so wie er es auch bei Maia getan hatte. Wenn Link auftauchte, würde er sich vor mich stellen. Ohne zu wissen, worauf er sich einließ. Denn er kannte Link nur durch meine Erzählungen. Das war nicht genug.

Ich konnte es ihm nicht sagen und riskieren, dass er sich in Gefahr brachte. Deshalb musste ich sichergehen, dass er wie geplant in das Flugzeug nach New York stieg.

46
Hunter

Etwas stimmte nicht. Ich hatte es schon gespürt, als ich aus der Dusche gekommen war. Sicher war ich mir jedoch erst, als Andy nach einem schier endlosen Telefonat wieder zu mir nach unten kam. Ihr Gesicht war bleich, und sie umklammerte ihr Handy, als suche sie irgendwo Halt.

»Was ist los?« Besorgt ging ich auf sie zu. Versuchte, aus ihrem seltsamen Gesichtsausdruck schlau zu werden. »Alles in Ordnung?«

»Ja. Nein.« Sie rieb sich die Stirn. »Ich hab nur lange nicht mehr mit meiner Mom telefoniert, das ist alles.«

Ich nickte verständnisvoll. »Möchtest du darüber reden?«

»Nein. Nicht jetzt, okay?« Sie schaute mich an, und mein Herz kauerte sich zusammen bei dem Schmerz, der in ihren Augen stand.

»Komm her«, sagte ich leise und zog sie in eine Umarmung.

Andy lehnte ihren Kopf an meine Schulter, ihre Arme legten sich um meinen Rücken. Ich hielt sie fest, schweigend, bis sie sich langsam von mir löste.

»Soll ich dich nachher zum Flughafen begleiten?«, fragte sie und griff nach ihrer Jacke. »Ich muss vorher noch ins Café, aber Vicky lässt mich bestimmt früher gehen, wenn ich es ihr erkläre.«

»Das wäre sehr schön.« Ich begleitete sie nach oben, küsste sie zum Abschied und sah ihr hinterher, bis sie am Ende des Stegs verschwand.

Aus irgendeinem Grund hatte ich ein mulmiges Gefühl. Es wollte einfach nicht verschwinden.

Trotzdem ließ ich Andy gehen. Vielleicht brauchte sie nach dem Telefonat mit ihrer Mom einfach etwas Zeit, um ihre Gedanken zu ordnen. Ich konnte sie später danach fragen. Auf dem

Weg zum Flughafen.

Logan schreckte fluchend aus dem Schlaf, als ich die Tür zu unserem Zimmer aufstieß.

»Scheiße, was ist denn mit dir los?«, schimpfte er.

»Sorry. Gar nichts. Hab es nur ein bisschen eilig.« Ich riss meine Reisetasche vom Kleiderschrank und stopfte wahllos Sachen hinein.

Logan schlug die Decke zurück und kam auf mich zu. Er trug nur seine Boxershorts und mir stockte der Atem. Zahlreiche runde Blutergüsse verliehen seinem nackten Oberkörper ein bizarres Aussehen.

»Sag mir lieber mal, warum du aussiehst, als hätte dich ein Zug überrollt«, forderte ich ihn auf. Für eine Sekunde war alles andere vergessen.

Er sah an sich hinab und verschränkte die Arme. Er versuchte, die Verletzungen zu verbergen, doch es gelang ihm nicht einmal annähernd. »Nur ein paar verirrte Bälle, nichts weiter«, wehrte er wenig überzeugend ab.

»*Verirrte Bälle?*«

Mein Blick fiel auf die leeren Dosen eines Energydrinks, die neben seinem Bett lagen. »Logan, hattest du -«

»Jetzt geht's um dich, kapiert?«, erwiderte er harsch und griff sich ein T-Shirt aus meinem Schrank. »Wieso packst du? Wo willst du hin?«

Er zog sich das Shirt über, als wäre damit alles in Ordnung. Doch das Bild seiner verfärbten Haut ging mir nicht aus dem Kopf. Für einen Moment wog ich ab, ob ich Logan zwingen sollte, mir zu erzählen, woher er die Verletzungen hatte. Weshalb er nach Jahren wieder zu den Energydrinks griff, obwohl er wusste, was das bei ihm auslösen konnte. Aber ich kannte ihn gut genug, um zu wissen, dass er erst sprechen würde, wenn er so weit war. Davon abgesehen blieb mir nicht genug Zeit für so ein Gespräch.

»Ich fliege nach New York«, verkündete ich deshalb und stopfte noch ein paar Bücher in meine Tasche, bevor ich sie verschloss. »Ich glaube, dass Maia dort ist.«

»Was? Wahnsinn! Woher weißt du das?«

Logans Euphorie rührte mich. Ich atmete tief durch und erzählte ihm, was ich herausgefunden hatte. Während ich von meinem Treffen mit Viper berichtete, zog Logans Stirn sich immer weiter zusammen.

»Und du glaubst ihm?«, fragte er, als ich zum Ende kam.

»Ja.« Ich fuhr mir mit der Hand übers Gesicht. »Ich hätte es selbst wissen müssen. Maia träumt von der *Juilliard*, seit ich denken kann. Es ist total logisch.«

Logan seufzte. »Mann, das wäre echt verrückt, wenn sie die ganze Zeit dort war. Ich hoffe, du findest sie.« Er verzog das Gesicht. »Und ich hoffe, dich hat niemand mit Viper gesehen, das könnte übel ausgehen.«

»Ich hab aufgepasst, da war niemand außer uns.«

Obwohl ich mir sicher war, machten mich Logans Worte nervös. Ich schob es auf die Aufregung wegen der bevorstehenden Reise und auf die Sorge um Andy, die mich nicht loslassen wollte.

»Wissen deine Eltern schon Bescheid?«, erkundigte Logan sich.

Ich schüttelte den Kopf. »Ich hatte dran gedacht, es ihnen zu sagen. Aber wenn Maia doch nicht in New York ist? Wenn Viper gelogen hat oder ich Maia dort nicht finden kann? Ich will es erst sicher wissen.«

»Okay, verstehe ich.«

Logan blickte auf sein Handy und rieb sich dabei über die Brust. Ich bemerkte, wie er kurz zusammenzuckte, vielleicht, weil die Prellungen unter der Berührung schmerzten.

»Ich muss weg. Training«, verkündete er.

»Wir sehen uns«, meinte ich, »und dann erzählst du mir von den verirrten Bällen.«

Logan wich meinem Blick aus. »Bring Maia nach Hause«, sagte er, während er aus der Tür ging.

»Das werde ich.«

47
Andy

Es stimmte nicht, was ich Hunter gesagt hatte. Zwar machte ich mich wirklich auf den Weg ins Café, aber nicht, um zu arbeiten. Ich musste Vicky von Link erzählen. Für den Fall, dass er im *Café Mary* auftauchte und nach mir suchte.

Ich wusste nicht, ob ich in den nächsten Tagen dort arbeiten würde. Ich wusste nicht, wie es überhaupt weitergehen sollte. Was ich tun sollte, sobald Link in Bar Harbor auftauchte. Wie ich verhindern sollte, dass Brian mich zu schützen versuchte, dass er nicht verletzt wurde.

Ich wusste gar nichts mehr.

Nur, dass ich nicht wieder fliehen wollte. Diesmal nicht. Vielleicht war ich verrückt oder naiv. Vielleicht war ich nach all den Jahren auch einfach nur das Kämpfen leid.

»Nimm es mir nicht übel«, begann Vicky stirnrunzelnd, sobald ich vor ihr stand, »aber ich glaube, du machst den Gästen Angst.«

Ich reagierte kaum. In meinem Kopf wirbelten tausend Worte durcheinander, während ich überlegte, wie ich dieses Gespräch anfangen sollte. An der Stelle, an der mein gewalttätiger Stiefvater Jagd auf mich machte und ich mich trotzdem entschloss, nicht davon zu laufen? Weil ich es satt hatte, mir etwas von ihm nehmen zu lassen?

»Wieso kommst du hier rein wie eine wandelnde Tote?«, fragte Vicky leise. »Und woher hast du dieses Veilchen? Ich schwöre, wenn das Hunter war -«

»Es war nicht Hunter«, unterbrach ich sie genervt. »Es war nur ein Unfall.«

»Ein Unfall? Und das soll ich glauben? Deswegen wirkst du so verstört?«

Ich schluckte.

Vicky musterte mich einen Augenblick, dann griff sie nach meiner Hand und zog mich mit sich, bis wir in dem kleinen Büro standen. »Komm schon, Andy«, drängte sie mich. »Sag mir, was passiert ist.«

Ich wappnete mich, um ihr alles zu erzählen, da klingelte mein Handy. Das Display zeigte eine Nummer mit der Vorwahl aus Bar Harbor an. Ohne nachzudenken, dankbar für jede Ablenkung, ging ich dran. »Hallo?«

»Adriana Torrez?«, fragte eine weibliche Stimme.

Ich räusperte mich. »Wer will das wissen?«

»Hier ist Anita Galen vom *Garry Davys Memorial Hospital*. Sind Sie der Notfallkontakt von Brian Torrez?«

Mein Blut gefror. Eine eisige Kälte legte sich um mein Herz. Meine Hände begannen, zu zittern.

»Ja«, erwiderte ich. »Er ist mein Bruder.«

»Miss Torrez, ich muss Ihnen leider sagen, dass Ihr Bruder nach einem schlimmen Verkehrsunfall zu uns gebracht wurde. Er hat einige Verletzungen davongetragen und uns gebeten, Sie zu benachrichtigen.«

Das Eis in meinem Innern zerbarst. Angst und Sorge erfassten mich mit solch einer Wucht, dass ich kraftlos auf das Sofa sank.

Brian war hier. In meiner Nähe. Er war verletzt.

»Ich komme sofort.«

Es war sicher kein Zufall. Link und Brian gleichzeitig auf dem Weg zu mir, und dann hatte Brian einen Unfall?

»Dort entlang.« Vicky deutete auf ein Schild, das uns den nächsten Flur entlangführte.

Unfallchirurgie.

Chirurgie? Musste Brian operiert werden?

Vicky nahm meine Hand und drückte sie sanft, während wir

durch die hell erleuchteten Gänge des Krankenhauses eilten. Sie hatte keine großen Fragen gestellt, sondern nach dem eingehenden Anruf sofort den Laden geschlossen, um mich herfahren zu können. Nicht zum ersten Mal bedauerte ich, selbst keinen Führerschein zu haben.

Je länger ich Vicky durch die Flure folgte, desto schlimmer wurde die Enge in meiner Brust. Sie nahm mir die Luft zum Atmen. Als wir endlich die Zimmertür erreichten, hinter der Brian lag, drehte sich alles um mich herum und meine Knie gaben beinah nach.

»Okay, stopp.« Vicky hielt mich auf, bevor ich das Zimmer betreten konnte. »Du hyperventilierst, Andy. Du musst dich beruhigen, dein Bruder braucht dich jetzt, und so bist du ihm bestimmt keine Hilfe. Eher können wir dich gleich ins andere Bett danebenlegen.«

Ich nickte fahrig. Vicky hatte recht. Es dauerte ein paar quälend lange Minuten, dann beruhigte sich mein Atem, und ich konnte wieder einigermaßen klar denken.

»Soll ich mit reinkommen?«, fragte Vicky, als ich meine klamme Hand auf die Türklinke legte.

»Ich …« Zögernd starrte ich auf die Tür. Mein erster Impuls war, Vicky zu bitten, draußen zu warten. Aber etwas hielt mich davon ab. Zum ersten Mal fühlte ich mich nicht in der Lage, eine Situation allein zu bewältigen. Nicht nach allem, was in den letzten Stunden geschehen war. Deshalb nickte ich. »Ja, bitte.«

Vicky lächelte bestärkend, dann öffnete ich die Tür.

Brian lag allein in dem kleinen Zimmer. Rote, grüne und blaue Zacken liefen über einen Monitor neben ihm an der Wand. Zwischendurch piepte es. Das andere Bett war leer und mit Plastikfolie abgedeckt.

Mein Bruder war wach. Er hörte uns eintreten und wandte den Kopf. Ein entsetztes Keuchen entfuhr mir, und ich presste mir die Hände auf den Mund.

»Andy.« Überrascht blickte er mich an. Dann verzogen sich

seine blutigen Lippen zu einem schwachen Lächeln. »Ich hab dich vermisst.«

Die dicken, stahlharten Wände, mit denen ich mein Inneres in den letzten Wochen eingeschlossen hatte, zerfielen zu Staub. Ich hatte mir eingeredet, dass meine Flucht das Richtige gewesen war. Dass meine Mom und Brian selbst schuld waren, wenn sie bei Link blieben. Dass sie feige waren, und ich ohne sie besser dran war. Doch Brian war mein kleiner Bruder. Der Junge, mit dem ich zu besseren Zeiten versucht hatte, ein Baumhaus zu bauen, Frösche gefangen und Gruselgeschichten gelesen hatte.

Bei seinen Worten zog sich alles in mir schmerzhaft zusammen. Ich schluchzte laut auf und rannte auf ihn zu.

Er stöhnte leicht, als ich mich ihm in die Arme warf, aber in der nächsten Sekunde schloss er mich schon in eine feste Umarmung.

»Es tut mir leid. So, so leid!«, wimmerte ich.

Brian presste mich fester an sich, seine Tränen tropften auf meinen Hals. »Du hast mir so gefehlt«, flüsterte er schmerzerfüllt.

Eine Zeit lang lagen wir uns weinend in den Armen, keiner von uns war bereit, den anderen loszulassen.

Irgendwann löste ich mich von ihm und sah auf. Vicky stand am Fenster und hatte ihre Augen nach draußen gerichtet, wohl um uns Freiraum zu geben und trotzdem für mich da zu sein. Mein Blick wanderte über Brians Gesicht und erneut verschlug mir der Schreck den Atem.

»Es ist nicht so schlimm, wie es aussieht«, sagte Brian leise, was ihm jedoch nur ein ungläubiges »Ach ja?« von mir einbrachte.

Seine gesamte linke Gesichtshälfte war mit violetten und tiefblauen Blutergüssen übersät. Sein Auge vollständig zugeschwollen. Über seiner Braue war eine frisch genähte Wunde erkennbar, an der noch Spuren von Blut klebten. Seine Unterlippe war aufgeplatzt und geschwollen, und seine linke Hand steckte in einem dicken Verband. So reglos, wie er unter der Bettdecke lag, fragte ich mich, ob er noch andere Verletzungen hatte, die er vor mir versteckte.

»Morgen früh werde ich operiert, der Arm muss gerichtet werden«, erklärte er. »Aber ansonsten ist alles okay.«

»Okay?«, wiederholte ich tonlos. »Verdammt, gar nichts ist okay!« Ich schrie jetzt.

Brian zuckte bei meinem plötzlichen Ausbruch zusammen und verzog gequält das Gesicht. Auch Vicky drehte sich überrascht zu mir herum.

»Du hättest sterben können, du Idiot! Seit wann fährst du überhaupt Auto? Oder bist du ohne Führerschein gefahren? Ich schwöre dir, Brian, wenn du wirklich so dumm warst -«

»Jetzt halt mal die Luft an!« Unterbrach er mich harsch.

Ich verstummte. Die Freude über unser Wiedersehen war aus seinen Augen verschwunden. Stattdessen entdeckte ich kalte Wut.

»Glaubst du etwa, du warst die Einzige von uns, die Geheimnisse hatte? Dass nur du davon geträumt hast, unserem Leben zu entfliehen? Dachtest du, ich wäre zu feige oder zu bequem?«

Ich schwieg schuldbewusst. Denn genau diese Gedanken waren mir doch gerade erst durch den Kopf geschossen.

»Hast du je daran gedacht, mich zu fragen, ob ich mit dir gehe?« Schmerz glitzerte in Brians Augen. Sein Blick glitt über meine kurzen, gefärbten Haare und das Piercing. »Du hast dich verändert«, murmelte er nachdenklich. »Aber das habe ich auch. Schon lange, bevor du gegangen bist. Du hast es nur nicht gemerkt, weil du zu sehr mit dir und deiner eigenen Wut beschäftigt warst.«

»Ich war nicht -«

»Streite es nicht ab,« entgegnete er müde.

Hatte er recht? Natürlich hatte ich mich gerade in der Zeit vor meinem Aufbruch zur AU viel um mich selbst gekümmert. Hatte heimlich gejobbt, viel gelernt und versucht, mich auf das College vorzubereiten. Wie oft hatte ich mich erst nachts ins Haus geschlichen und war am frühen Morgen bereits wieder verschwunden? Aber ich war doch da gewesen. Wenn Link wieder wütend wurde, wenn meine Mom wieder eine Verletzung hatte, die ich versorgen musste.

»Versteh mich nicht falsch, du warst oft da, wenn Link seine Ausraster hatte«, sprach Brian meine Gedanken aus. Sein Blick huschte kurz zu Vicky, die uns stirnrunzelnd zuhörte. »Aber das meine ich nicht. Du hast uns in Schutz genommen, aber du warst nicht meine Schwester. Schon lange nicht mehr.« Eine Träne lief über seine geschundene Wange.

Mir schmerzte ein Kloß im Hals, und ich musste kämpfen, um meine eigenen Tränen zurückzuhalten, als mir der Wahrheitsgehalt in Brians Worten bewusst wurde.

Brian räusperte sich. »Ja, ich habe einen Führerschein gemacht. Schon vor einer Weile, und mittlerweile bin ich siebzehn und darf allein fahren.«

»Du hattest Geburtstag.«, sagte ich tonlos. Die Schuldgefühle drohten mich von innen aufzufressen.

Wie erschlagen sank ich auf einen der beiden Stühle neben der Tür. Ich vergrub das Gesicht in den Händen. Brian hatte einen Führerschein. Ich hatte seinen Geburtstag vergessen.

Brian antwortete leise: »Letzte Woche. Natürlich gab es keine Party.«

Als ich aufsah, begriff ich, dass auch er nicht mehr derselbe war wie vor ein paar Monaten. Er trug sein Haar kürzer, und während er sich jetzt im Bett aufrichtete, fielen mir zum ersten Mal seine breiten Schultern auf. Er war stärker geworden. Kräftiger. Der Ausdruck in seinen Augen war, wie ich ihn noch nie bei ihm gesehen hatte. Erwachsen.

Brian blickte kurz zu Vicky und fragte dann an mich gerichtet: »Was weiß sie?«

»Noch nichts. Aber ich vertraue ihr, und werde ihr alles erzählen.«

»Ich stehe hier vor euch, wisst ihr?«, meinte Vicky gespielt empört.

Ich hörte es kaum. Misstrauisch beäugte ich Brian. »Wieso fragst du?«

Er rang mit sich. Ich konnte es sehen. Den gehetzten und unsicheren Gesichtsausdruck. Die Art, wie er mit seiner gesunden

Hand an seinem Verband nestelte. Ich ahnte, was er mir gleich erzählen würde. Ich blickte ihn eindringlich an. »Was ist passiert, Brian? Wie kam es zu dem Unfall? Mom sagte, du bist Link gefolgt. Er hat etwas damit zu tun, habe ich recht?«

Gequält sah er mich an. »Ja. Ich habe ihn eingeholt, aber irgendwann aus den Augen verloren. Ich bin trotzdem weitergefahren, immer in Richtung Bar Harbor. Ich wusste ja, dass er nach dir sucht. Dann, heute Morgen, tauchte ein Auto hinter mir auf, wurde immer schneller und fuhr viel zu dicht auf.« Zittrig atmete er ein. »Es war Link. Er hat mich von der Straße gedrängt.«

Brians Worte bestätigten meine Befürchtungen. Ich spürte kein Entsetzen. Keine Angst. Resigniert schloss ich die Augen.

Vicky zischte entsetzt. »Was soll das heißen?«, platzte es aus ihr heraus. »Wer ist dieser Link?«

Langsam öffnete ich die Augen. Vicky blickte gleichermaßen verwirrt und erschrocken zwischen Brian und mir hin und her. Sie stand noch immer am Fenster, die Arme verschränkt. Hinter ihr verschwand die Sonne langsam hinter den Häusern der Stadt.

»Unser Stiefvater«, antwortete ich tonlos.

»Er sucht dich«, sagte Brian, bevor Vicky sich zu dieser Offenbarung äußern konnte. »Er wird keine Ruhe geben, bis er dich gefunden hat.«

»Ich weiß.«

»Nein, du verstehst das nicht!« Brian war mit einem Mal aufgebracht. »Er ist vollkommen durchgedreht. Er ist hinter dir her und hat sich total darauf eingeschossen. Kurz bevor er in Haft gelandet ist, habe ich einen Haufen Unterlagen bei ihm gefunden. Über Orte, an denen er dich gesucht hat. Colleges, an denen du dich beworben hast. Und Fotos von dir. Neue Fotos, die in Bar Harbor gemacht wurden. Ausdrucke von irgendeiner Website.«

Mein Mund wurde trocken. Meine Hände verkrampften sich um die Armlehne des Stuhls. Ich dachte an all die Fotos, die von Hunter und mir auf der Social-Media-Seite von Bar Harbor gelandet waren.

»Das geht über seine normale Wut und Gewalt hinaus. Er ist richtig psychopathisch, und ich weiß nicht, was er tut, wenn er dich findet. Du musst abhauen, Andy!«

»Nein«, erwiderte ich entschlossen.

»Was soll das heißen? Bist du irre?«

Der Monitor, an den Brian angeschlossen war, piepte warnend. Seine Herzfrequenz stieg mit jedem seiner Worte.

»Ich kann hier nicht weg«, versuchte ich ihm so ruhig wie möglich klarzumachen. »Ich habe ein neues Leben, und ich habe hart dafür gekämpft. Das gebe ich nicht einfach auf.«

»Wegen dem Typen?«, spuckte Brian aus. »Ich hab die Fotos gesehen, Andy. Aber ich hätte nicht gedacht, dass du wirklich so dumm bist!«

Ich sprang auf. »Das hat absolut nichts mit -«

»Er wird dich umbringen, Andy!«, keuchte Brian außer sich. »Er will dich tot sehen!«

Der Monitor flippte aus. Eine Pflegerin stürmte herein, blickte erst zu Brian und dann wütend zu mir. »Was zum Teufel ist hier los? Was soll das Geschrei?« Sie ging zu Brian und drückte ihn in die Kissen. Er wehrte sich nicht, sondern sackte kraftlos zurück.

»Sie gehen jetzt!«, befahl sie mir und Vicky harsch. »Die Besuchszeit ist vorbei.«

Bevor sie ausgesprochen hatte, war ich aus dem Raum gestürmt. Ich ertrug es nicht, Brian so zu sehen, ertrug seine Worte nicht, konnte nicht mehr atmen, musste einfach raus. Meine Hände zitterten. Angst hielt meinen Körper im Griff.

»Setz dich«, beschwor Vicky mich und schob mich auf den nächsten Stuhl. »Ich hole dir ein Glas Wasser.«

Ich nickte, doch wippte unruhig mit den Knien. Kaum war Vicky um die nächste Ecke verschwunden, sprang ich auf. Wenn Link Brian von der Straße gedrängt hatte, wollte er sicher verhindern, dass dieser das irgendwem erzählte. Brian machte sich Sorgen um mich, aber er verstand nicht, in welcher Gefahr er selbst schwebte. Link war skrupellos und unberechenbar.

Ich lief auf das Stationszimmer zu. Der lange Tresen davor war unbesetzt. Hektisch blickte ich mich um, in der Hoffnung, jemanden zu entdecken, der hier arbeitete. Doch es war niemand zu sehen.

Ich wartete und trommelte mit den Fingern auf das weiße Holz des Tresens. Dabei fiel mein Blick auf die Krankenakten, die kreuz und quer auf dem Schreibtisch dahinter lagen. Brians Name stach mir ins Auge. Sicherlich hatte er seine Verletzungen heruntergespielt. Besser, ich verschaffte mir einen Überblick.

Ich sah mich kurz um, aber ich war nach wie vor allein auf dem Flur. Mit einer schnellen Bewegung griff ich nach der Akte. Meine Augen huschten über die Papiere. Gehirnerschütterung, zahlreiche Prellungen und Schnittwunden, ein angeknackstes Jochbein und ein mehrfach gebrochenes Handgelenk waren die Bilanz von Brians Unfall. Nichts, was nicht wieder heilen würde.

Erleichtert atmete ich aus und wollte die Akte gerade weglegen, als ich stutzte.

Blutgruppe: null negativ.

Verwirrt starrte ich auf die Zeile. Meine eigene Blutgruppe kannte ich seit Jahren. AB positiv. Wir hatten sie in der Schule bestimmt, als uns die Vererbungslehre beigebracht worden war. Meine Mom hatte A positiv, auch das wusste ich mit Sicherheit, weil ich das Material zur Blutgruppenbestimmung aus der Schule *geliehen* hatte. Es erschien mir bei all ihren Verletzungen nur sinnvoll, die Blutgruppe zu kennen.

Doch wenn ich meine Blutgruppe und die meiner Mom nahm, konnte Brians unmöglich null sein. Ein Verdacht sickerte durch meine Zellen. Mein Puls raste. Übelkeit stieg in mir auf.

»Kann ich Ihnen helfen?«

Erschrocken fuhr ich zusammen und schubste die Akte zurück auf den Schreibtisch. Ich wandte mich um. Ein Mann in strahlend weißem Kittel stand hinter mir.

»Sind Sie Arzt?«, fragte ich atemlos und starrte sein dafür viel zu junges Gesicht an.

»Noch nicht.« Er lächelte. »Ich bin Medizinstudent und habe gerade mit dem praktischen Teil meines Studiums begonnen.« Er holte tief Luft und bereitete sich wahrscheinlich auf einen langen Bericht über das Studium vor, doch ich unterbrach ihn direkt.

»Können Sie dafür sorgen, dass mein Bruder – Brian Torrez – von niemandem außer mir besucht wird? Er hat mich gebeten, das zu regeln. Er hat ein paar Freunde, die bestimmt kommen wollen, allerdings sind sie sehr laut und grob. Dabei kann er sich nicht wirklich gut ausruhen, verstehen Sie?«

Ich hatte keine Ahnung, ob er mir diese dürftige Erklärung abkaufte, dennoch nickte er freundlich.

»Sicher. Wenn Sie mir nur Ihren Namen nennen, dann kann ich das gleich in die Wege leiten.«

Erleichtert stieß ich den Atem aus. »Adriana Torrez. Danke.« Ich blickte zu Brians Zimmer, das direkt in Sichtweite des Stationszimmers lag. Mehr konnte ich nicht tun, um ihn hier zu schützen.

Ich ließ den Studenten stehen und machte mich auf die Suche nach Vicky. Da ich sie jedoch auf der gesamten Station nicht entdecken konnte, nahm ich an, dass sie in die Cafeteria gegangen war, um mir etwas zu trinken zu besorgen. Ich versuchte, in dem Gewirr aus Krankenhausfluren meinen Weg dorthin zu finden, doch hatte mich nur wenige Minuten später heillos verlaufen. Sicher war es nicht hilfreich, dass ich in Gedanken die ganze Zeit bei Brian war. Genervt hielt ich an, wurde dabei fast von einem Bett umgestoßen, das ein Pfleger durch den Gang schob, und suchte nach einem Schild oder Pfeilen oder irgendetwas, das mir den Weg weisen konnte.

Das Blut gefror mir in den Adern.

Nur wenige Meter entfernt stand Link.

Er sah anders aus. Er hatte einige Kratzer, seine dunkle Jacke war zerrissen, seine Haare länger. Er hatte sich in meine Richtung gewandt, schien mich aber noch nicht entdeckt zu haben. Der Ausdruck in seinen Augen war derselbe wie immer. Kalt. Berechnend. Gefährlich. Er drehte sich langsam im Kreis und schaute suchend umher.

Ich wich zurück. Hastig wandte ich mich um und folgte dem Pfleger mit dem Bett durch eine große elektrische Tür in einen weiteren Gang. Er bemerkte es nicht.

Die Tür schloss sich viel zu langsam, und ich wich weiter zurück. Ich spürte die Klinke der nächsten Tür in meinem Rücken und griff danach.

Link drehte sich erneut in meine Richtung.

Ich riss die Tür auf, drängte mich hindurch. Atemlos zog ich sie hinter mir zu und sackte dagegen. Ich schloss die Augen. *Du hast mich nicht gesehen,* beschwor ich innerlich. *Ich bin sicher, du konntest mich nicht sehen.*

Erst, als meine Knie nicht mehr zitterten, öffnete ich meine Augen.

In diesem Moment wurden mir zwei Dinge klar.

Erstens, ich war auf der Intensivstation gelandet.

Zweitens, ich befand mich mitten in einem Patientenzimmer.

Vor mir stand ein einzelnes Bett, in dem ein junges Mädchen lag. Zahlreiche Kabel und Schläuche liefen von ihrem Körper zu verschiedenen Geräten, die ihr Bett umgaben. Ein rhythmisches Piepen erfüllte den Raum und bewies, dass ihr Herz in ruhigem Gleichklang schlug.

Ich sollte nicht hier sein. Dennoch ging ich weiter in den Raum hinein. Das Mädchen hatte die Augen geschlossen und sah so friedlich aus, dass ich sie für eine Sekunde beneidete. Schon im nächsten Augenblick schämte ich mich für diesen Gedanken. Was musste passieren, dass ein so junges Mädchen auf der Intensivstation landete? Wie viel war schiefgegangen, dass sie mit Beatmung und ohne Bewusstsein in einem beinahe leeren Zimmer lag, in dem ihr nur ein Haufen technischer Geräte Gesellschaft leistete?

Sie war hübsch. Der Gedanke schoss mir ganz unvermittelt durch Kopf. Etwas jünger als ich, mit dunklem, lockigem Haar und vollen Lippen, zwischen denen ein Beatmungsschlauch hing.

Aber auch sie war vom Leben gezeichnet. Ihre Wangen waren hohl, ihre Haut leichenblass.

Ihr Gesicht wirkte so vertraut, als würde ich sie kennen, und mit einem Mal wünschte ich mir, dass sie die Augen aufschlug. Dass ich mit dem Wissen dieses Zimmer verlassen konnte, dass für sie alles gut wurde.

Mein Blick wanderte zu ihren Händen, die jemand auf der Bettdecke verschränkt hatte. Feine, lange Narben zierten ihre Handgelenke. Sie rührten etwas in mir, doch ich konnte nicht sagen, was es war, konnte es nicht greifen. Ich wandte mich ab.

Es ging mich nichts an. Anstatt über das Schicksal eines fremden Mädchens nachzudenken, sollte ich überlegen, wie ich aus dem Krankenhaus herauskam, ohne von Link entdeckt zu werden.

Mein Handy klingelte, und ich zuckte zusammen. Fluchend zog ich es aus der Tasche. »Ja?«

»Verdammt, wo bist du denn?« Vicky klang gehetzt. »Ich hab schon das ganze Krankenhaus nach dir abgesucht.«

»Entschuldige«, antwortete ich leise, obwohl das Mädchen sicher nicht aufwachen würde. »Ich hab dich gesucht und mich dabei verlaufen. Wir treffen uns draußen, okay?«

Vicky bejahte, und ich beendete das Gespräch.

Ich wollte zur Tür gehen, als mein Blick auf den Nachtschrank fiel. Dort lag, neben ein paar anderen Dingen in einer durchsichtigen Plastiktüte, eine Kette mit einem Lebensbaum.

Unruhe befiel mich. Ich griff nach dem Tütchen und drehte es in den Händen. Ein merkwürdiges Gefühl machte sich in mir breit. Mir war, als hätte ich etwas vergessen, an das ich mich dringend erinnern musste.

Ich betrachtete den Ausweis, der unter der Kette lag. Der Name darauf sagte mir nichts.

Mit dem Zeigefinger fuhr ich die Konturen der Kette nach. Dann begriff ich. Ich hatte diese Kette schon einmal gesehen. Und mit einem Mal verstand ich, warum mir das Mädchen seltsam bekannt vorkam.

Das Blut wich mir aus dem Gesicht.

Nein. Das konnte nicht möglich sein.

Ein Keuchen entfuhr mir.

Ungläubig wandte ich mich dem bewusstlosen Mädchen zu. Ich war mir sicher, dass der Name auf dem Ausweis nicht zu ihr gehörte. Dass sie jemand anderes war. Ein Mädchen, das verzweifelt gesucht wurde. Dessen Bruder alles tat, um es zu finden. Der im Begriff war, in ein Flugzeug zu steigen, um herauszufinden, wo sie war.

Jedoch am völlig falschen Ort.

48
Hunter

»Alles in Ordnung? Du bist so still.« Ich warf Andy einen besorgten Blick zu, bevor ich meine Aufmerksamkeit wieder auf die Straße richtete. Der Verkehr in Richtung Flughafen war ausgerechnet heute die totale Katastrophe.

»Alles okay. Bin nur müde, war ein langer Tag«, antwortete sie leise.

Ich musste fest auf die Bremse treten, weil ich zu spät sah, dass die Ampel vor uns Rot zeigte. Unruhig tippte ich mit den Fingern gegen das Lenkrad. Wir hatten einen Umweg durch die Innenstadt nehmen müssen, da ein Unfall die Main Street lahmgelegt hatte, und waren jetzt später dran als erwartet. Sicher würden wir noch früh genug am Flughafen ankommen, dennoch stieg mit jeder Minute, die verging, meine Nervosität. Ich war kurz davor, Maia wieder zu sehen. Ich spürte es. Es machte einfach Sinn, dass sie in New York war. Es war logisch.

Sie musste dort sein.

Ich wusste nicht, was ich sonst tun sollte. Die Angst, nach dieser Hoffnung erneut hart auf dem Boden der Realität zu landen, ließ mich nicht los.

Die Ampel sprang auf Grün, ich trat ungeduldig aufs Gas und würgte dabei den Wagen ab. Ich bemühte mich um Ruhe, als ich den Motor neu startete und der Fahrer hinter mir ungeduldig hupte. Endlich ging es weiter.

Nach einer gefühlten Ewigkeit erreichten wir den Flughafen. Mein Auto parkte ich im Parkhaus, obwohl es mich am Ende wahrscheinlich ungeheure Gebühren kosten würde. Ich schnappte mir meine Tasche und fotografierte die Parkplatznummer, weil ich bei meiner Rückkehr sonst ewig nach dem Auto suchen würde. Dann nahm ich Andys Hand. Wir betraten die große Eingangshalle, und ich versuchte, mir in dem Gewusel von Reisenden, umherhetzenden Flugbegleitern, Shops und Verkaufsständen einen Überblick zu schaffen.

Bis zum Check-in waren noch einige Minuten übrig, deshalb führte ich Andy sanft zwischen den vielen Menschen entlang, bis ich eine etwas ruhigere Ecke neben einem Notausgang fand.

Sie wich meinem Blick aus. Ich umfasste ihr Gesicht und strich zärtlich unter dem deutlich erkennbaren Veilchen entlang.

»Ist wirklich alles in Ordnung?« Ich musste sie noch einmal fragen. Seit wir uns am Wohnheim getroffen hatten und ins Auto gestiegen waren, hatte sie kaum ein Wort gesagt. Sie war blass und der Ausdruck in ihren Augen, als sie jetzt zu mir aufsah, gefiel mir nicht. Ich konnte es nicht genau benennen, hatte nur ein ungutes Gefühl. Möglichweise lag es auch an meiner Aufregung und der Sorge um Logan, die ich vorerst in die hinteren Winkel meiner Gedanken zu verbannen versuchte.

Ich wartete auf Andys Antwort. Ihre Schultern bewegten sich, weil sie tief Luft holte.

»Mir geht es gut. Wirklich.« Sie lächelte. »Ich glaube, das Gespräch mit meiner Mom hängt mir einfach noch nach. Wir haben so lange nichts voneinander gehört, und in der Zeit ist so viel passiert. Ich weiß nicht, ob wir je normal miteinander umgehen können.«

»Eines Tages bestimmt«, antwortete ich zuversichtlich. »Du musst euch Zeit geben, die Geschehnisse zu verarbeiten.«

Andy nickte bloß. Ich zog sie in eine Umarmung. Sie legte die Arme um mich und hielt sich an meiner Jacke fest.

»Kann ich dich etwas fragen?«, murmelte sie an meiner Schulter. Ich nickte. »Natürlich. Alles.«

Langsam löste sie sich von mir, um zu mir aufzusehen. »Was ist, wenn du Maia findest, aber sie nicht zurückkommen will? Wenn es nicht mehr so wird, wie es früher war?«

Ihre Frage traf mich vollkommen unerwartet. Nicht, dass ich sie mir nicht selbst schon gestellt hätte. Aber ich hatte sie erfolgreich verdrängt.

»Ich weiß es nicht«, gestand ich. »Wieso fragst du?«

Andy schlang sich die Arme um den Oberkörper. »Ich hab mich nur gefragt, was dann passiert.«

Es dauerte ein paar Atemzüge, bis ich verstand, worauf sie hinauswollte.

»Du meinst mit uns?«

Sie nickte zögernd.

»Mit uns hat das überhaupt nichts zu tun«, erwiderte ich überzeugt. »Egal, wie es mit Maia weitergeht. Das hat keinen Einfluss auf dich und mich. Auf uns. Okay?«

Ich schloss sie erneut in die Arme und hoffte, dass sie meinen Worten glaubte.

»Versprochen?« Ihre Stimme zitterte leicht. Sie schien sich wirklich Sorgen zu machen.

»Ja. Ich verspreche es.«

Eine nur schwer verständliche Ansage hallte durch das Gebäude. Mit Blick auf die große Uhr, die über dem Infoschalter hing, rückte ich von Andy ab.

»Ich muss los«, murmelte ich entschuldigend. »Vicky holt dich ab?«

»Ja, ich schreibe ihr gleich eine Nachricht.«

»Gut.« Ich beugte mich vor, um ihr einen schnellen Abschiedskuss zu geben, aber Andy hatte anderes im Sinn. Sobald sich unsere Lippen berührten, schlang sie ihre Arme um meinen Nacken und drückte sich eng an mich.

Ich ließ mich von ihr mitreißen, stieß mit der Zunge gegen ihr Piercing, vergrub eine Hand in ihrem Haar und holte kaum Luft, bis die Reisetasche in meiner anderen Hand leicht gegen mein Bein schlug und mich daran erinnerte, warum wir am Flughafen waren. »Ich muss jetzt los«, wisperte ich erneut. Dann trat ich einen Schritt zurück.

Ich musste wirklich gehen, aber mit einem Mal hatte ich das Gefühl, am Boden festzukleben. Keinen weiteren Schritt konnte ich machen. Ein Cocktail aus Angst, Hoffnung und Nervosität wirbelte in meinem Magen. Ich bekam kaum Luft.

»Hunter?«

»Was, wenn sie nicht dort ist?«, stieß ich hervor. »Wenn ich mir umsonst Hoffnungen mache?«

Andy nahm meine Hand und drückte sie leicht. »Du wirst sie wiedersehen«, sagte sie eindringlich. »Du steigst jetzt in dieses Flugzeug nach New York und dann ... dann wirst du sie wiedersehen.«

»Okay.« Ich nickte, ob aus Zustimmung oder um mich selbst von ihren Worten zu überzeugen, wusste ich nicht. Ich packte meine Reisetasche und wandte mich zum Gehen. Da hörte ich erneut Andys Stimme.

»Hunter.«

Noch einmal drehte ich mich um. Andy trat von einem Fuß auf den anderen. »Ich ...« Sie hielt einen Moment inne. »Ich werde dich vermissen.«

Mit einem Lächeln erwiderte ich: »Ich werde dich auch vermissen, Little Rainbow.«

Den ersten Teil der Strecke, bis zum Umstieg in Boston, musste ich in einem eher kleinen Flugzeug zurücklegen. Eingequetscht zwischen einem schnarchenden Muskelberg und einer älteren Dame, die ziemlich stark nach Lavendel roch, wartete ich darauf, dass wir abhoben. Ich wippte unruhig mit den Füßen, sodass mein ganzer Sitz wackelte und die Lavendel-Dame einen ungehaltenen Seufzer ausstieß. Ein Flugbegleiter baute sich am vorderen Ende des Ganges auf und spielte mit teilnahmsloser Miene und fuchtelnden Handbewegungen das übliche Programm an Sicherheitsanweisungen ab. Ich zog mein Handy aus der Tasche. Ich war schon so oft geflogen, dass ich diesen Vortrag selbst halten könnte.

Nach kurzem Zögern tippte ich eine Nachricht an meinem Dad. Ich verriet lediglich, dass ich nach New York flog, nur für alle Fälle. Von Maia und der *Juilliard* sagte ich nichts. Erst wollte ich mir sicher sein.

Eine E-Mail meiner Mom stach mir ins Auge.

Dringend lesen!, waren die einzigen Worte, die sie geschrieben hatte.

»Soll das ein Witz sein?«, murmelte ich genervt und klickte auf die Datei, die angehängt war. Der Download dauerte ewig. Er endete gerade, da setzte das Flugzeug sich in Bewegung.

Ich lehnte mich im Sitz zurück, schloss die Augen und kaute energisch auf meinem Kaugummi, während wir abhoben. Egal, wie oft ich in ein Flugzeug stieg, Abflug und Landung waren immer furchtbar. Heute, wo ich ohnehin schon aufgeregt war, war es besonders schlimm. Mein Magen rumorte, und ich konzentrierte mich auf meine Atmung und den Minzgeschmack des Kaugummis, in der Hoffnung, dass es meine Innereien beruhigte. Als das Schlimmste vorbei war und ich aus dem Fenster blickte, schrumpfte Maine unter mir auf die Größe eines Footballfeldes zusammen.

Ich sah wieder auf mein Handy, atmete gegen die Übelkeit an und öffnete die Datei. Es dauerte einen Moment, bis ich begriff, was ich vor mir hatte. Eine digitale Akte.

Über Andy.

49
Andy

Mein Herz und meine Seele waren nur noch Fetzen. Jedes meiner unausgesprochenen und falschen Worte hatte mich ein Stück mehr auseinandergerissen, bis ich kaum noch aufrecht stehen konnte.

Ich wusste nicht, ob Hunter mir je verzeihen würde. Wenn er herausfand, dass ich ihn nach New York hatte fliegen lassen, obwohl ich wusste, dass er Maia da nicht finden konnte.

Ich würde mir nicht verzeihen.

Das Versprechen, das ich Hunter abgenommen hatte, war geradezu lächerlich. Schließlich hatte er nicht gewusst, worum es bei meiner Frage wirklich gegangen war. Aber ein Teil von mir musste seine Worte trotzdem hören und klammerte sich jetzt daran.

Ja. Ich verspreche es.

Vicky fuhr mich zum Campingplatz zurück. Die ganze Zeit über rannen stumme Tränen über meine Wangen. Als sie mich danach fragte, schob ich es auf die Situation mit Brian und das Gespräch mit meiner Mom. Eine Lüge, die auch bei Hunter zuverlässig funktioniert hatte. In Wirklichkeit hatte sich der kurze Abschied von Hunter wie ein Abschied für immer angefühlt, und ich hatte keine Kraft mehr übrig, um dem Schmerz, der sich in meiner Brust einnistete, etwas entgegenzusetzen.

Wir erreichten den Campingplatz, und obwohl Vicky mir anbot, bei mir zu bleiben, schickte ich sie weg. Versprach ihr jedoch, ihr bald alles zu erklären. Sie schloss mich in die Arme und versicherte mir, dass sie sofort für mich da sei, wenn ich dazu bereit wäre. Eine Geste, die mich mehr berührte, als ich sagen konnte. Von der ich das Gefühl hatte, sie nicht zu verdienen.

Ich lief auf meinen Wohnwagen zu, checkte die Uhrzeit und versuchte, Logan zu erreichen. Hunter hatte mir seine Nummer für Notfälle gegeben.

Ich wollte zumindest versuchen, den Schaden, den ich anrichtete, zu minimieren. In der verzweifelten Hoffnung, dass Hunter mich verstehen würde. Dass er begreifen würde, dass ich weder ihn noch Maia leiden lassen wollte. Im Gegenteil. Ich tat mein Möglichstes, um ihn vor Link zu schützen.

Link war längst in Bar Harbor. Alles, was ich brauchte, war Zeit. Zeit, mir einen Plan zu überlegen. Zeit, Link wegzulocken. Zeit, die Sache ein für alle Mal zu beenden.

Ich bog auf den schmalen Weg zu meinem Stellplatz ein, als Logan endlich abnahm. »Hi, Andy.«

»Ich glaube, ich hab Maia gefunden«, sagte ich, ohne auf seine Begrüßung einzugehen.

Verblüffte Stille drang aus der Leitung. In der Ferne sah ich meinen Wohnwagen auftauchen. Die solarbetriebenen Lichterketten funkelten mir durch die Abenddämmerung entgegen.

Schließlich hörte ich Logans fassungslose Stimme. »Was?«

»Ich hab sie gefunden«, wiederholte ich so hektisch, dass ich über die Worte stolperte. »Im *Garry Davys Memorial Hospital*. Sie liegt auf der Intensivstation.«

»Woher weißt du das?«, fragte Logan bemüht ruhig.

In schnellen Worten erzählte ich, wie ich aus Versehen auf der Intensivstation gelandet war und Maia entdeckt hatte. Ich berichtete ihm von der Kette und dem Foto, das ich bei Hunter gesehen hatte, während mich meine nervösen Schritte immer weiter auf meinen Wohnwagen zu trugen.

»Weiß Hunter schon Bescheid?«

»Nein, er ist auf dem Weg nach New York. Ich konnte ihn nicht mehr erreichen.« Selbstekel wallte in mir auf. So heftig, dass ich stehen bleiben musste.

»Okay, das ist gut«, meinte Logan. »Wir müssen uns erst absolut sicher sein.«

»Aber ich bin mir sicher!« Ich zwang ich mich, weiterzugehen. Mir blieb nicht viel Zeit.

»Das glaube ich dir, aber du kennst Maia nun mal nur von einem Foto«, erwiderte Logan eindringlich. »Ich bin praktisch mit ihr aufgewachsen. Ich fahre ins Krankenhaus und sehe nach, ob sie es wirklich ist. Und erst dann sagen wir Hunter Bescheid.«

»Okay. Meldest du dich, wenn du bei ihr warst?«

»Natürlich. Und Andy?«

»Ja?«

Logan räusperte sich. »Danke. Wenn es wirklich Maia ist … Du kannst dir nicht vorstellen, was du damit für Hunter getan hast.«

Er legte auf und ließ mich aufgewühlt zurück. Ich war kurz davor, ihn zurückzurufen und meine Lüge zu beichten. Ich hielt es kaum aus. Schon am Flughafen, als Hunter sich zum Gehen gewandt hatte, hätte ich beinahe einen Rückzieher gemacht und ihm alles erzählt. Weil ich doch wusste, was ich ihm antat, indem ich ihm meine Entdeckung verschwieg. Aber seine Sicherheit war den zusätzlichen Schmerz, den ich mir nach allem anderen jetzt noch auflud, doch wert. Oder?

Ich steckte das Handy weg und kramte in meiner Tasche nach dem Wohnwagenschlüssel. Dann öffnete ich das kleine Tor an meinem Zaun, das Dustin mir gebaut hatte. Ein süßlicher Duft stieg mir in die Nase. Ein Duft, der nicht hierhergehörte.

Ich sah auf und erstarrte. Mein Schlüsselbund fiel mir aus den tauben Fingern. Kälte floss in meine Adern. Eine alte Erinnerung stieg in mir auf.

»Komm schon Daisy, komm zu mir!«

Brian lachte. Sein blondes Haar strahlte in der Sonne.

Ein schwarz-weiß-grau gefleckter Welpe lief glücklich bellend auf mich zu.

»Wieso heißt dein Hund wie eine Blume?«, fragte Brian und vergrub seine kleinen Hände in dem Fell.

»Na, weil Daisy genauso hübsch ist und mich fröhlich macht
wie eine Wiese voller Gänseblümchen.«

Brian schüttelte den Kopf. »Das ist total bescheuert.«

Ich ignorierte ihn, lachte und jagte mit Daisy über die Wiese.
Ich spürte, wie Link uns beobachtete, aber das Sonnenlicht und
Daisys Bellen vertrieben meine Furcht.

Ich fiel auf die Knie und würgte unter dem süßen Geruch.

Auf dem kleinen Stück festgetrampelter Erde, direkt vor der Tür
meines Wohnwagens, lagen hunderte frische Gänseblümchen.

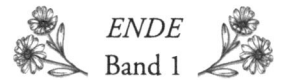

ENDE
Band 1

 *Danksagung*

Da sind wir nun. Am Ende meines ersten Buchs. Für mich immer noch vollkommen unglaublich!

Wenn du diese Seite vor dir hast, bedeutet das, du hast diese Geschichte, die lange Zeit nur in meinem Kopf existierte, bis zum Ende gelesen. Es sei denn, du gehörst zu den Menschen, die in einer Buchhandlung ein Buch aus dem Regal ziehen und bis zur Danksagung vorblättern, bevor sie es wieder zurückstellen. In diesem Fall möchte ich dich bitten, ~~mir zu verraten, warum zum Teufel du so etwas tust~~ das Buch zu nehmen, zur Kasse zu gehen, es zu kaufen und dann bei Seite eins mit dem Lesen zu beginnen. Andy und Hunter verdienen es.

Irgendwann beim Schreiben von *Acadia Love* kam der Punkt, an dem es nicht mehr nur meine Arbeit war. An dem auf einmal andere Menschen auf verschiedenste Art und Weise zu ihrer Entstehung der Geschichte und dem Weg zum gedruckten Buch beigetragen haben.

Zuallererst gilt mein Dank Virginia Theil, die mir begeistert Zitate schickte, während sie das Manuskript prüfte und mich so schnell und herzlich in ihrer Verlagsfamilie aufgenommen hat. Die diesem Buch ein wunderschönes Cover geschenkt hat und alles dafür tut, damit wir Autor*innen uns mit unseren Geschichten in ihrem Verlag absolut wohlfühlen. Dank der ich nicht nur Andys und Hunters Geschichte mit euch teilen darf, sondern auch die von … ach, das verrate ich euch ein anderes Mal.

Liebe Virginia, ich könnte nicht glücklicher sein, mit der Acadia-Reihe bei dir und deinem Verlag gelandet zu sein!

Lieben Dank auch an meine wundervolle Lektorin Mila Marten, die mit mir das Allerbeste aus dieser Geschichte herausgeholt hat.

Die mir erklärt hat, was Vampirverben sind (hat tatsächlich nichts mit Blut oder Glitzer zu tun) und deren Stimme ich vermutlich nie wieder aus meinem Autorinnenkopf bekomme, wie sie „'n bisschen schwammig" oder „zu vampirig" sagt. Die meine fehlende Recherche *hüstel* und meine umnachteten Witze ertragen hat. Ich freue mich schon sehr, mit dir an Band 2 zu arbeiten!

Vielen Dank an meine Testleserinnen Louisa Rosenfelder, Jennifer Krampe, Nadine König, Lena Schwarzfischer und Lisa Kraus, die die erste Version der Geschichte gelesen und schon geliebt haben. Danke für euer Feedback, eure Begeisterung, eure Mails und eure Kommentare. Danke, dass ihr Logan so liebt, denn er ist mir beim Schreiben viel mehr ans Herz gewachsen als erwartet.

Ein großes Danke und ganz viel Liebe an Julia Drube, Marieke Saenger, Jennifer May, Susanne Daglinger, Nina, Anna Lena, Scarlett und Sabrina für die beste WhatsApp-Gruppe aller Zeiten! Danke für all die Motivation, das Mitfiebern, Mitfeiern, Mutmachen, für viele Stunden Co-Working und eine Gruppenbeschreibung voll verrückter Hashtags. Danke, dass ich noch dabei sein darf, obwohl ich das gelbe Drachenbuch doof fand.

Lieben Dank auch an Carolin Mühlbauer, die sich jederzeit meine Ideen anhört, sich mit mir freut und sich meine viel zu langen Sprachnachrichten über den alltäglichen Wahnsinn über sich ergehen lässt. Fühl dich umarmt!

Ein großes Danke an meine Familie, die mich von meiner ersten Kurzgeschichte an unterstützt und bestärkt hat, immer an meiner Seite ist und bei jedem Umzug über zweitausend Bücher die Treppen hochträgt. Was wäre ich ohne euch?

Danke an all meine lieben Follower:innen, ob auf YouTube oder Instagram. So oft verschönert ihr mir mit euren Nachrichten,

Postkarten und Kommentaren den Tag! Zu erleben, wie ihr auf dem Weg zu meinem ersten Verlagsvertrag und darüber hinaus mit mir mitgefiebert habt und es immer noch tut, macht mich unglaublich glücklich.

Ein besonderes Danke an all die Autorinnen, deren Geschichten, Erfolge und Werdegänge mich begeistert, motiviert und inspiriert haben. Autorinnen, die gar nichts davon wissen, aber mir den Mut gegeben haben, auch nach der zwanzigsten Absage für *Acadia Love* noch eine weitere Bewerbung abzuschicken. Ihr werdet es wahrscheinlich nie lesen, aber danke an Carolin Wahl, Tami Fischer, Antonia Wesseling, Anne Lück, Lena Kiefer, Stella Tack und Kathinka Engel – ich hoffe, dass ihr noch ganz viele wunderbare Bücher schreibt!

Und zu guter Letzt, um nach mehr Zeilen als erwartet zum Schluss zu kommen: Ein großes DANKE an dich! Danke, dass du zu diesem Buch gegriffen hast. Danke, dass du dich entschieden hast, deine Zeit zusammen mit Andy und Hunter in Bar Harbor zu verbringen. Du bist wunderbar.

Ich hoffe, wir lesen uns wieder, wenn die Geschichte in *Acadia Fight* weitergeht!

Triggerwarnung

(Achtung: Enthält Spoiler für das gesamte Buch)

Acadia Love enthält folgende potentiell triggernde Inhalte:

Häusliche Gewalt
Missbrauch
Nötigung
Mobbing
Homophobie
Suizid
Drogenmissbrauch
Panikattacken
Tierquälerei
Tod eines Haustiers

Bitte lies dieses Buch nur,
wenn du dich emotional dazu in der Lage fühlst.

Falls du zu diesen oder ähnlichen Themen Hilfe suchst, kannst du
dich jederzeit anonym an folgende Stellen wenden:
Telefonseelsorge: 0800 111 0 111
Hilfetelefon „Gewalt gegen Frauen": 08000 116 016
Hilfetelefon „Gewalt gegen Männer": 0800 1239900

Die Autorin
- Franziska Kamberger -

Franziska Kamberger entdeckte schon in früher Kindheit ihre Liebe zu Büchern, die sie seit 2013 als DieBücherseelen auf Youtube und Instagram mit der Welt teilt.

Wenn sie nicht gerade als Pflegefachkraft unterwegs ist, denkt sie sich fantastische, romantische und lustige Geschichten aus, mit denen sie unzählige Notizbücher füllt. Sie lebt und schreibt mit einer verwöhnten Katze, verrückten Tassen und über tausend Büchern in Hildesheim.

Playlist Acadia Love

Avril Lavigne – Head Above Water
Raphael Lake - Prisoner
JC Stewart – Break My Heart
Velt – At The Harbour
Sam Ryder – Tiny Riot
Zoe Wees – Control
James Arthur - Medicine
The Weeknd – Call Out My Name
Chord Overstreet – Hold On
James Arthur – Train Wreck
Rachel Platten – Fight Song
Nicholas Bonnin – Shut Up And Listen
Tommee Profitt – Hurts Like Hell

Das war:
ACADIA LOVE

Der wundervolle Auftakt der
„ACADIA - Reihe"

von Franziska Kamber
aus dem Theil Verlag

Diese Reihe erscheint auch als E-Book.

Dieses und weitere wundervolle Lesehighlights unter:
www.theil-verlag.de